江苏省作协第十一批重大题材文学作品创作工程

又见青绿

"耿车模式"蝶变记

孟昱 宋显磊 倪李 著

江苏人民出版社

图书在版编目（CIP）数据

又见青绿："耿车模式"蝶变记 / 孟昱, 宋显磊, 倪李著. -- 南京：江苏人民出版社, 2025.4.
ISBN 978-7-214-29520-0

Ⅰ. I25

中国国家版本馆CIP数据核字第2024HQ8034号

书　　　名	又见青绿："耿车模式"蝶变记	
著　　　者	孟　昱　宋显磊　倪　李	
责 任 编 辑	强　薇	
特 约 编 辑	杨忻程	
装 帧 设 计	佳　佳	
责 任 监 制	王　娟	
出 版 发 行	江苏人民出版社	
地　　　址	南京市湖南路1号A楼,邮编:210009	
照　　　排	江苏凤凰制版有限公司	
印　　　刷	南京斯马特数码印务有限公司	
开　　　本	718毫米×1000毫米　1/16	
印　　　张	24.5　插页 9	
字　　　数	301千字	
版　　　次	2025年4月第1版	
印　　　次	2025年4月第1次印刷	
标 准 书 号	ISBN 978-7-214-29520-0	
定　　　价	68.00元	

（江苏人民出版社图书凡印装错误可向承印厂调换）

生态文明建设是关系中华民族永续发展的根本大计，是关系党的使命宗旨的重大政治问题，是关系民生福祉的重大社会问题。

——2023年8月，习近平总书记在首个全国生态日之际作出重要指示

序

人不负青山，青山定不负人。《又见青绿："耿车模式"蝶变记》讲述的正是耿车人与青山绿水的故事。这个故事发生在江苏省宿迁市宿城区耿车镇。

我以前没有去过耿车这个地方，但对"耿车模式"早有耳闻。20世纪80年代，我在江苏省委办公厅工作时，知道耿车独创了乡办、村办、户办、联户办"四轮齐转"和集体经济与个体经济"双轨并进"的发展模式，快速发展了农村经济，且经过总结推广，红极一时。著名社会学家费孝通等专家在实地调研后，将其提炼概括为"耿车模式"。随后，《人民日报》刊发长篇通讯《耿车模式诞生记》，并配发短评《好一个"耿车模式"！》。耿车也从此成为中国区域经济发展的样板之一。

后来我还知道，受经济效益的驱动，"耿车模式"在前进过程中发生了偏移，以废旧物资回收加工业为主导的产业模式对当地生态造成了严重的破坏，空气浑浊、雾霾当空、废塑遍地、污水横流，耿车镇一度成为闻名全国的"垃圾镇"。可以说，耿车百姓虽富了口袋，但毁了生态，他们既享受着经济之利，也饱受着环境之苦。

进入新世纪后，尤其是党的十八大以来，在习近平生态文明思想特别是"绿水青山就是金山银山"理念的指引下，耿车镇的污染状况引起了各级党委政府的高度重视。面对日益严峻的生态环境问题，耿车镇党委充分发挥基层党组织的战斗堡垒作用，按照上级党委政府"彻底禁、禁彻底"的要求，紧紧依靠耿车人民、发动耿车人民，以壮士断腕的决心和勇气，仅用66天时间就取缔了全镇存续近半个世纪的废塑产业，且无一例越级上访事件，打赢了轰轰烈烈、声势浩大的环境保卫战，堪称奇迹。同时，镇党委积极引导经营户向绿色家居、塑料精深加工、园林花卉、直播电商等产业转型，走上了生态优先、绿色发展的转型之路。

也正因为此，在建党95周年之际，耿车镇党委被中共中央授予"全国先进基层党组织"荣誉称号。

纵观耿车镇一路走来的深刻足迹，可谓跌宕起伏、精彩纷呈，印满了众志成城的奋斗故事、艰难曲折的探索故事、自我革命的壮阔故事和转型发展的创新故事。而这一切，最终汇聚成了那个华丽逆转的"耿车蝶变"故事。

习近平总书记指出："中国不乏生动的故事，关键要有讲好故事的能力。"我认为，耿车的蝶变之路，就是这样一种生动的故事，报告文学则是记录这种故事最好的文学样式。因此，在2023年七八月份，当江苏省生态环境厅领导与我商量，提出计划创作一部反映"耿车蝶变"的长篇报告文学时，我当即便有了兴趣。我创作过多部报告文学，作品也取得了一定的社会反响，故而对于报告文学的创作有切身的体会。我认为一部优秀的报告文学作品，题材是最重要的，也是作品能否产生影响、取得成功的关键因素。

多年积累的创作经验告诉我，"耿车蝶变"的故事就是一个极好的报告文学创作题材。为了验证这份直觉，在与江苏省生态环境厅领导商讨后不久，我便组建了创作小组，带队前往耿车镇实地调研。

那是我第一次到耿车。虽然通过网络、新闻、报纸等媒介，我对耿车新的发展情况有所知晓，但百闻不如一见。到达耿车后，我便迫不及待地参观了村庄和企业，听取了介绍。在亲眼见到耿车镇的发展现状后，我大受震撼，并不由自主地为之感动、受之鼓舞。我高兴地看到，如今的耿车，天蓝地绿、青草盈盈，碧空绿水已成常态。更关键的是，在生态环境面貌巨变的同时，耿车的发展并没有停滞，且一路向好，各项经济指标屡攀新高，人民生活水平稳步提升，幸福感、获得感、满足感不断增强，"绿水青山就是金山银山"的理念在这里得到了生动体现。

这是彻底的脱胎换骨！这是真正的涅槃重生！

此时，我才深刻感受到，为什么在2023年6月，江苏省委书记信长星在耿车镇调研时会指出"耿车的转型蝶变充分彰显了'两山'理念的实践伟力"，为什么在9月份的全省生态环境保护大会上，信书记分享了五个有关"美丽江苏"的故事，其中之一就是"耿车蝶变"的故事。

这个故事，确实值得记录、值得宣传、值得一写。遗憾的是，由于已有创作任务在手，委实分身乏术，再三考虑后，我决定将这项创作任务交付给孟昱和宋显磊。他们都是我在江苏文艺"名师带徒"计划中的徒弟，主要跟着我学习报告文学创作。孟昱是第一批的徒弟，接触报告文学已五年多时间，也有了一定的成果。宋显磊是第二批的徒弟，算是报告文学的新兵，正在学习锻炼中。

古语云："纸上得来终觉浅，绝知此事要躬行。"我之所以做出这样的决定，正是想让他们通过实际创作来提升写作水平，这也是我一直提倡的"名师带徒"的方式方法。

后来，在实际采访创作过程中，耿车镇的宣传委员倪李同志对此事表现出了浓厚的兴趣，主动提出希望加入创作小组，以期为书稿尽一份力，为耿车做一份贡献，我十分理解也非常欢迎。

对于这部报告文学的策划、创作和出版，我是极为重视的，尽管没有直接投入创作，但我依然坚持全过程参与其中，无论是书名的构思，还是文字框架结构的搭设；不管是书稿主题立意的确定，还是行文表述的风格，甚至包括作品的出版发行事项等，我均亲自过问沟通，进行认真考量和严格把关，并对这几位年轻作者进行了多次专业上的指导。

这既是对由江苏省生态环境厅发起的创作项目负责，也是对几位年轻后生们的专业成长负责。在刚看了初稿后，我便提出了许多修改意见，毫不留情地指出了其中存在的问题和不足，并要求调整结构，甚至要求有些章节推倒重写。

令我欣慰的是，这三位年轻作者能够以踏实的学习态度，认真吸收了我的意见，对书稿进行重新构架和二度深入采访，不仅丰富了内容，作品的思想性、文学性也都有了进一步提升，基本达到了我预期的水准。

"凡是过往，皆为序章。"这是我最喜欢的一句话。它告诫我们不能满足于现有成绩，要永远热血、永远奋斗、永远向前。正如古语云："胜非其难也，持之者其难也。"对于耿车镇来说，又见青绿是现在，留住青绿才是未来。当下的蝶变是一个新的起点，意味着告别了过去，今后发展面临的新挑战必定依然艰巨。但我相信，只要坚持以习近平生态文明思想为指引，认真贯彻落实党的二十大和二十届三中全会精神；只要紧跟时代步伐，充分挖掘耿车人民的力量源泉，耿车镇的未来必将光明闪耀。

而对于年轻的作者们来说，创作是中心任务，作品是立身之本，这本书的写作并不是结束，而是新的开始。要想在报告文学的道路上负重致远，那就必须能够静得下心、耐得住寂寞、坐得住冷板凳。只有孜孜不倦、笔耕不辍，才可能在专业领域有新的突破。

身处新时代，驰骋新天地。新事物总能给人们带来美好的新遐想。我期待着耿车镇今后乘风破浪的新发展，也将继续关注着几位年轻作者，愿他们百尺竿头，更上层楼。千言万语，一言以蔽之：砥砺前行，未来可期。

是为序。

江苏省文联主席、省报告文学学会会长

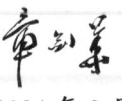

2024 年 8 月

目录

第1章　从这里走来　　　　1

第2章　与塑料结缘　　　　9

第3章　好一个耿车模式　　31

第4章　十字路口　　　　　50

第5章　打响保卫战　　　　68

第6章　冲破围城　　　　　88

第7章　66天的奇迹　　　104

第8章　后整治时代　　　　124

第9章　荣耀时刻　　　　　148

第10章　筑巢以待凤　　　162

第11章　第一步探索　　　182

第12章	回归大地的选择	201
第13章	老本行焕发新风貌	220
第14章	快人一步	235
第15章	美食背后	253
第16章	花香引蝶来	270
第17章	城镇面孔	287
第18章	寻回乡愁	304
第19章	美丽乡村美丽情	322
第20章	最是文化能致远	345
第21章	生态耿车新模式	363
后　记		375

第 1 章

从这里走来

江苏省的北部有一座城市,它是西楚霸王项羽的故乡,有着5000多年的文明史和2700多年的建城史,素有"华夏文明之脉、江苏文明之根、楚汉文化之魂"的美称。有意思的是,尽管历史悠久,它却是江苏"十三太保"中最年轻的地级市——宿迁市,拥享项王故里、中国酒都、水润之城"三张名片"。

宿迁原为淮阴市(今淮安市)下辖的县级市,1996年,江苏省政府下发《关于调整淮阴市行政区划设立地级宿迁市并将灌南县划归连云港市管辖的通知》,将淮阴市的沭阳县、泗阳县、泗洪县三县与宿迁合并为地级市。从那时起,才有了今日的宿迁市。

宿迁的地理条件优渥,坐拥骆马湖、洪泽湖两大淡水湖,大运河、古黄河等众多河流穿境而过。受益于得天独厚的水域自然条件,宿迁也成为酒文化的发源地之一,孕育了"洋河""双沟"两大中国名酒品牌,故有中国白酒之都的称号。乾隆皇帝六下江南,其中五次驻跸于此,并赞叹宿迁为"第一江山春好处"。

耿车镇,西楚大地上的古老印迹,就位于宿迁市的西侧,与徐州市毗邻。

▶ 耿车大车屋模型

耿车历史悠久，据有关史料记载，耿车镇的起源可上溯到秦汉时期，流经耿车一带的泗水、淮水是我国历史上最早开始漕运的河道。而比较确切的记录，则始于宋元时期。据宋史记载，南宋抗金英雄魏胜，出生于宿迁县西南乡下，即属耿车一带。同期另一位抗金义士张荣，其解甲归田后亦终老于耿车，后世子孙还留下了"十四世同居"的治家佳话。随后，明代的各类史籍图册，均开始明确标注"耿车"的地名。明万历年间，宿迁第一本县志上记载的宿迁境内五乡二十一社、九镇十八集中，耿车集的大名就位列其中。

耿车镇位于水陆要冲，有"宿迁西大门"之称。它是著名社会学家费孝通倍加赞赏的"耿车模式"发源地，也是江苏省委书记信长星反复提出的"耿车蝶变"发生地，更是受到中共中央表彰的"全国先进基层党组织"所在地。

此地为何以"耿车"命名？流传最广的说法，是相传宋元时期，有位耿姓农民推着独轮车来到美丽的白鹿湖畔。他流连于湖畔美景间，决定在此定居。他在湖边建起了大车屋，用旧轮车在路旁摆起茶桌，招待过往行人。久而久之，在此落户的人越来越多。万历五年（公元1577年），此地建集立市，取名耿车集。还有种说法，是在明朝中期，鲁班第48代传人居住在白鹿湖西岸，他姓耿，待人真诚热情，农忙时耕种土地，农闲时就为附近村民修房盖屋、做门窗橱柜，还常被邀请为新人打造婚嫁物品。某日，这位耿木匠突发奇想，耗时九九八十一天，打造了一座风车城堡，人们为了感谢耿木匠，遂把此地称为耿车。再一种说法，是与战争有关。据传在南北朝时期，魏将孔伯恭造火车攻宿豫，其战场就在耿车一带。至宋金战争时期，耿车所在地是双方争战的水运要道，抗金英雄魏胜先后发明了如意车、炮车等武器，在战役中大显神威。故有专家推测，耿车的"车"字或与古代战车有关。至于"耿"字，极可能是当时守卫城池的将官就姓耿，所以将此地定名为耿车。另还有一种说法，是以前此处水运发达，今耿车地带有一处渡口，名为"宫家渡"，百姓常于此等候往来船只，因车船不分家，故等船也称等车，经几代人口口相传，"等车"便演化为谐音的"耿车"。以上说法，似乎各有道理，但无论"耿车"之名究竟以何种缘由而起，其名称背后所流淌的，都是浓厚的历史底蕴。

在耿车，有一个不得不提的重要文化标识，那就是和地名来源相关的白鹿湖。据记载，在宋元时期，历代官府和文人墨客对于宿迁境内绝美的自然景观倍加赞誉，并进行总结，概括为"宿迁八景"，分别是：宿豫早春、司吾清晓、仓基莲唱、白鹿渔歌、龙泉夜雨、马陵秋月、草埝耕云、梅村煮雪。其中"白鹿渔歌"之景就位于耿车镇西南方向的白鹿湖。在明代以前，白鹿湖是区域内的重要湖泊，湖域辽阔，是宿迁和徐州、泗州等地的分界线。明代的《一统志》《江南通志》《淮安府志》《邳州志》《泗州志》《宿迁县志》等志书，对此都有明确记载。

白鹿湖东西长二十里开外，南北最宽处十里左右，横贯耿车、龙河、埠子，连接邸家湖、埠子湖，沟通睢宁的找沟湖和芹沟湖。耿车镇今日的红卫村、刘圩村、湖稍村等，都属于白鹿湖的范围。白鹿湖风景绝佳，水产丰饶，湖畔人家多以捕鱼为业。在风和日丽的清晨，或是月明星稀的夜晚，渔人泛舟湖上，撒网如练，四周水鸟鸣叫，云气氤氲，欸乃轻扬的摇橹声和渔人高唱的渔歌相互呼应，在寂静的湖面上回荡传响，蔚为美观。有景如斯，古代文人雅士以《白鹿渔歌》为题，留下了一首首歌咏白鹿湖的优美诗篇。如明代宿迁教谕诗人徐维超《白鹿渔歌》云："湖水渺无际，氤氲云气笼；波间蓑笠叟，生涯一短篷；口唱竹枝词，荡漾任天风；钓罢归来晚，欸乃月明中。"

令人遗憾的是，到了清代初年，白鹿湖劫难频发。特别是历经顺治十五年和雍正三年这两次重大的黄河洪灾，白鹿湖被彻底冲淤为平陆。数百年来传唱不绝的数首《白鹿湖》，成为了停留在历史中的永恒想象。

若沿着时间循迹而看，便可发现，耿车一路从沧桑中走来，并不算顺坦。白鹿湖消失了，耿车人同样面临着巨大的生存挑战。囿于地理条件的制约，耿车人民饱受着自然灾害的频繁侵扰。耿车素有"洪水走廊"之称，每到汛期，位于山东南部的沂蒙山区便有大量洪水下泄，经此入海。据史书记载，这里"洪水横流，河湖无涯，漂浮尸骸盈河，无岁不受患。"尤其是雍正三年发生的黄河朱家海决堤事件，持续长达一年半的时间，黄河泛滥所行经的田原、家园、集镇等无不受到冲击破坏，繁华的耿车集及部分村庄几乎遭到毁灭性破坏，就连官方镇守耿车的军事设施也被洪水冲垮。且由于地处古黄河黄泛区，耿车的土地盐碱化严重且地面高低不平，土壤贫瘠，十粮九不收，再加之当地盗匪肆虐，恶霸横行，恶劣的农业生产条件使得安分守己种地成为奢望。"四面跨河鳌子顶，高高低低像丘陵，春天白茫茫，夏天水汪汪，糠菜半年粮，四处去逃荒。"是历史上耿车人民生活的真实写照。农民们走投无路，为了生存，他们不得不四处寻找新的办法。

▶耿车建邑图

正所谓河有两岸、币有两面,在耿车人为粮食问题犯愁的同时,商业的种子亦在此处生根发芽,离开了土地的庇护,做生意便成为耿车人的生存之道,并很快做出了名堂。据《宿迁商业志》记载,清朝时的耿车,已有了远近闻名的八大贸易行,分别是牛马行、猪羊行、鸡行、编制行、木行、粮行、纸行、粉丝行。农暇时,耿车还会举办一年一度的骡马大会,由富豪子弟乘骡马纵辔疾驰比赛,胜者将披红挂彩,并有物质奖励。各处行业商人,摆设货摊,罗列道旁,供游人选购,营业收入可比平时多十倍甚至百倍,牲畜的上市交易买卖量同样翻倍增加,甚是热闹。

然而好景不长,清末和民国时期连年不断的战争打破了耿车人苦心经营的商业局面。被剥夺了种地和做生意权利的耿车人,再也无法延续以往的生存方式,一天能吃两顿糠菜都成了奢望。长期饥肠辘辘、食不果腹的悲惨生活境况,让他们不得不放下所谓的尊严和颜面,迫于填饱肚子的基本生理需求,他们走上了讨饭的道路。无数穷苦百姓流离失所、无家可归。随着乞讨

▶ 耿车乡扒河疏浚

的人群规模不断扩大,耿车成为了附近有名的"讨饭乡"。

中华人民共和国成立后,当地政府设立了耿车乡,耿车人民的生活迎来了崭新的变化。翻身做主的耿车人对这片土地再次投入极大的热情,大家发扬不怕苦、不怕累的战天斗地精神,家家户户出劳力,男女老少齐上阵,连续多年在秋、冬两季兴建水利工程设施,想尽一切办法改良土壤、开荒造田。由于当时没有大型机械设施,耿车人便肩挑担扛,凭借着血肉之躯没日没夜地干。1950年2月,耿车乡全面完成土地改革,所有贫雇农都分到了土地,农民群众热情高涨,一门心思积极备耕生产。

但现实的残酷考验从未停止。

当时的耿车乡有19个村,131个小组,3.78万人口,3.7万亩耕地。由于人多地少,全乡土地资源非常紧缺,算下来,人均占有耕地不足1亩,远低于全市农村人均占有耕地1.69亩的水平。不仅土地紧张,土壤质量改善行动也并不顺畅。土地几经改进,依然盐碱度过大。春天风沙到来,地上便白茫茫一片,似下过一场小雪,在夜间行走甚至都不用打手电筒。流传于百姓间的打油诗"湿了板干碾飞沙,白盐碱爬到屋檐下",就是当时的生动写照。即使好一些的地块,种上小麦、山芋、玉米、高粱等旱生作物,收成也很惨淡。玉米只有五寸长,粒子只有十几个,高粱不足一人高,一百多米长的山芋埫,最多只能收半篮,更有甚者,有的地块光秃一片,寸草不生。

这片土地让耿车人吃尽了苦头,在年终分配口粮时,其他生产队最多的可分到100斤粮食,最少的也能分到80斤,而耿车只有可怜的31.4斤,连做种子都不够。因为口粮问题,耿车所在的第八生产队也常被调侃,戏称为"三一四"小队。"今年巴望明年好,明年还穿破棉袄",耿车被迫逃荒要饭的达几千人,被外地的收容车遣返的"要饭花子",超过大半都是耿车的农民。耿车因此成为当地出名的"吃粮靠粮站,用钱靠贷款,烧火靠煤炭"的"三靠"乡。因为穷,耿车人在外总感觉抬不起头,其他乡镇的人家甚至不愿将女儿嫁到耿车。

境况不佳,形势逼人。幸运的是,穷则思变的耿车人抓住了商业发展的契机。1955年5月,由于经济体制改革,宿迁县粮油购销业务由供销社移交给粮食部门经营,耿车专门成立了粮管所,使得粮油购销贸易业务得到快速发展。镇街上,菜市、草市、布庄、茶馆、酒楼、旅社、药店、烟店、槽坊、油坊、酱园等各行各业如火如荼,镇区经济一度十分繁荣。到1956年2月,全县对农村小商小贩的社会主义改造普遍展开,耿车的121户商贩均被批准全行业公私合营和组织合作化经营,这在一定程度上为耿车镇未来集体经济的发展打下了基础。

但不管农村商业经济如何发展,对于作为国之根本的农业来说,土地仍然是农民赖以

▶ 耿车乡开荒造田

生存的命根子。进入20世纪70年代，耿车公社领导为了彻底解决土地盐碱化问题，努力让耿车人能吃饱饭，开始在各大队普遍投建电灌站，大力实施"旱改水"工程，致力将沙碱地改造成高产的水稻田。全公社发动全体适龄劳动力团结一心，平整土地、框田打埂、引水稀盐。当时，流传着这样的说法，"声势震山河，意志压寒风。男超武松猛，女赛穆桂英，老汉自称是黄忠，青年活像小罗成。改良工具超鲁班，出谋献计胜孔明，一锹挖到水晶宫，遍地金谷好收成……"火热干劲灌溉的艳丽花朵，在耿车大地四处绽放。

经过持续多年的努力，耿车人最终将白茫茫的盐碱地全部变成了平展整齐的产粮田。统计资料显示，到1981年，耿车水稻面积已达2.6万多亩，三麦面积1.7万多亩，粮食总产量2400多万斤，基本解决了温饱问题。与此同时，耿车政府开始因地制宜开展农业结构调整，经济作物以棉花为主，林牧副渔随之相应兴起，年总收入超过50万元，耿车的发展开始步入新的阶段。

掸去岁月的浮尘，耿车发展的坚实脚印清晰可见。千年耿车，正从纵横迤逦的河流中缓缓而来，从战火连绵的硝烟中砥砺而来，从馥郁灿烂的西楚文化中翩然而来，走向未来，走向更多的精彩。

第 2 章

与塑料结缘

在耿车镇，有个问题总被人们津津乐道：谁是第一个做废旧塑料的人？这不仅是耿车人对源头的深切追问，更蕴含着对启幕者的由衷钦佩。

耿车与塑料有着不解之缘，因塑料起步兴盛，也靠塑料闻名全国。原本内涵丰富的"耿车模式"还一度成为了废旧塑料的专属代名词。一提起"耿车模式"，人们想起的不再是"四轮齐转"的创新，也不是"双轨并进"的活力，而只剩献祭了生态环境的淘金者和满目疮痍的大地，不禁令人唏嘘和叹惋。

而这一切，都缘起于半个多世纪前的那次探索和尝试。

1968年，为了响应国家发展工业的号召，积极适应生产需要，耿车公社开办了综合厂，业务包含缝纫坊、染坊、面坊等。不久后，为进一步扩大业务、促进生产，公社领导研究决定，将三义村的关德亮调至综合厂，担任副厂长。关德亮高中毕业，在当时周边人群中是学历最高的，因此他理所当然成为公社领导的首选人物。关德亮到任后，接到的任务是向苏南地区的扬中县学习做磨油石。

关德亮感激领导的信任，到任后以身作则，带领工人们共同奋斗。但几年下来，业务始终不温不火，与心理预期相差甚大，这不免让他有些着急。工作之余，他经常思索破题之道，却终不得其解。

有一天，业务员刘尚武来找领导签字，关德亮便将对方唤至办公室，愁眉苦脸地问："尚武，你的人脉广，帮我出出主意吧。你也知道，公社领导很看重这个厂，但现在，磨油石的业务一直没有起色。再这样下去，工人工资和上缴税金都有困难了，你说可怎么办呢？"接着又是一声忧伤的长叹。

刘尚武闷头想了想，也没有好的办法。他挠挠头，过了半晌说："这方面我也没什么路子。不过，我当兵的时候有位战友，关系不错，后来转业去了浙江湖州做生意。听说那边厂子多，要不我过去看看，有没有什么门路？"

关德亮几乎没有犹豫就答应了。他改变现状的愿望太迫切了，不愿意放弃任何一丝希望。

事不宜迟，刘尚武次日就动身。他按照战友寄信的通讯地址，辗转两天，来到了湖州的一个小镇。过程还算顺利，他向人打听，很快便找到了地方。战友非常意外和高兴，热情招待了他，得知来意后，还毫不隐瞒地向他介绍了当地的经营方向和业务情况，并引他参观了自己公社办的厂。

这趟出行让刘尚武收获颇丰。几日后，他兴奋地返回耿车，当天晚上就迫不及待地赶到关德亮家中汇报情况。他告诉关德亮，那边的公社之前开了茶厂，最近又办了塑料厂，也就是将塑料生产成风筒布，卖给各地煤矿，产品非常畅销。刘尚武提出建议："关厂长，战友建议我们可以做他们的上游产业，去收购废旧塑料。他答应，不管我们收多少，他都要。"

关德亮安静地听完，问出最关心的问题："事情倒不难，外面到处都有废塑料，但这事的效益怎么样呢？"

刘尚武掰起指头算着账："战友给出的收购价是每斤 2 毛钱，我稍微打听了下，这边收购价在 1 毛钱左右，也就是说，每收购 1 斤我们能赚 1 毛钱，100 斤就是 10 块钱，1000 斤就是 100 块钱。有这么大的利润，再多的工资和税金也不用愁了呀。"

关德亮眼中的光转瞬即逝，道出了他的顾虑："听起来是不错，但如果大批量收购的话，估计要垫付不少钱，我们哪能拿得出来呢？"

刘尚武笑着说："这个问题我已经谈好了，他们先垫 3000 元，这笔钱从以后的货款里慢慢扣。"接着，他从包里掏出一沓钱，摆在桌子上。

望着眼前的钞票，关德亮的笑容冲到了脸上，情不自禁喊道："那太好了！"

方向确定了，关德亮决定先找个人做起来，探探路。于是又一个问题随之而来："让谁去干呢？"两人热切讨论着，考虑到这事以前从未做过，且还要提前将一笔钱给对方作为启动资金，因此此人必须要信得过。保险起见，他们将目光瞄准了身边熟悉的人。不久，两人便商定出了共同目标，当即骑车来到耿车村，找到对方，邀请他加入。

他就是曹其洲，一名资深的老共产党员，当时已快 50 岁了。在那个"大呼隆"年代，他当过贫下中农代表、保管员，还担任过生产队长。当时，劳动一天只能赚 2 毛钱，还不够养家度日。曹其洲本身也正有转行之意，因此了解情况后，便痛快答应了这份突如其来的邀约。

几日后，曹其洲就开始了塑料之路的全新探索。他推着平板车下乡，挨家挨户收购塑料。在沿途遇到路边丢弃的瓶子，也会捡拾起来。刘尚武的战友履行了承诺，定期安排货车来取，不管有多少，全数拉走，并现场结算。

曹其洲尝到了甜头，干得更卖力了，不仅主动延长外出收购的时间，连收购范围也随之扩大。源源不断的塑料从耿车运往湖州，络绎不绝的钞票从湖州带回耿车，实现了商品交易的完美循环。

几个月后，货车司机带来一个消息，浙江当地厂家的生产规模不断扩张，对废旧塑料的需求也日益旺盛，希望耿车能够提高供应量。曹其洲从关德亮口中得知这个情况后，着实动足了脑筋。他了解到，依托目前上门回收的模式，收购量很难有大的提升，于是，他决定转变思路。

经过一番考察，曹其洲在徐淮路边的耿车街设立了一个塑料收旧点。他不再下乡各地跑，而是等着别人主动将塑料送过来。为扩大影响，调动大家积极性，他不仅提高了收购价格，达到每斤 8 分钱，还买了许多当地的小丰收香烟。只要送来的塑料达到一定斤数，他就送出一包。平均算下来，每天可以收到近百公斤。

曹其洲的尝试取得了初步成功，不仅收货量大大提升，还从中嗅到了其他商机。通过与不同行业的人聊天，他得知原来不仅塑料可以卖钱，就连许多司空见惯的废品一样具有交易价值。窥得了新天地，他便开始扩大业务范围，除了收塑料，还同时收破布、烂棉、废纸等，然后分类处理，将化纤袋卖给乡综合厂，把塑料鞋底销往山东，又将鞋帮、旧报纸等卖到徐州造纸厂。与业务面扩大相伴而来的，是极为可观的经济利润。

时间长了，曹其洲还练就一双"神眼"。在整堆废旧物资中，他快速扫过一眼就能看出哪些是硬料，哪些是软料，哪些是边角次品，甚至货物有几吨重，粗估能卖多少钱等，一笔笔明细账在心里被清楚地列出，而结果往往也与他预测的非常相近。在业务高峰期，他每年的废品收购量达到 40 多万斤，却从不带磅秤。凭借着这项无人能比肩的特殊技能，他赢得了"破烂王"的名声。

后来在 1990 年时，曾有一部电视剧《破烂王》引起轰动，那时耿车街的孩子们都会用清稚纯亮的歌声唱着主题曲:"破烂街,破烂巷,收破烂的锣儿三声响。一声响,悠悠长;二声响,传四方;三声锣儿说以往……"在传唱间,不知是谁篡改了歌词,人们乐津津地唱道:"破烂街,破烂巷,破烂巷里出了个破烂王……破烂王的名字叫曹其洲。"

依靠着火眼金睛辨破烂的本领,曹其洲很快发家致富。他在徐淮路边建起了15间三层小楼,又开了饭店、商店和旅馆,购买了全镇第一台电视机。到1985年,他的周转资金已有20万元,每年上缴国家利税8000多元,屡屡受到县工商系统和个体户协会的表彰。

率先富裕起来的曹其洲并没有忘记生活依然贫困的乡亲们。他拿出数千元,雇佣60多位村民外出回收废旧物品,自己再统一销往他地。对于有意向单干的,他也积极支持。当时,有两位穷得叮当响的村民急于改变现状,便将目光投向了这个行当。曹其洲得知两人没有本钱时,便主动提出借给每人200元,并给他们指了路,到泗洪境内收废品。遗憾的是,由于没有经验,两人收到不少假货,且收购价格过高,算下来,不仅赚不到钱,就连本钱也要赔个精光。曹其洲听闻,又自己贴钱收下这些货品,方才解了两人的燃眉之急。类似的举动还有很多,曹其洲也因此赢得了乡亲们的尊重。

有了曹其洲的带动和影响,回收废旧物品成为了充满诱惑力的黄金产业,村民们纷纷跟上,绝大多数人也很快尝到了甜头。经过曹其洲的指点,村民朱士林投入仅有的280元退伍金,第一年就赚回了3000元,第二年便开始设点收购,第三年更是创办了塑料加工厂,带动70多人就业。短短三年,朱士林共获利4万多元,到1988年时,他的固定资产已突破50万元,新华社还对他的事迹进行过报道。

叶袤村(今刘圩村)的王金华和妹妹王翠平同样被废品回收的广阔前途

和丰厚回报吸引住了，义无反顾地投身其中，被村里人称为收破烂的"两朵金花"。事情还要回溯到1983年，时年20岁的王金华看到两个摇货郎鼓的人兼职收破烂，感觉很好奇，便上前打听。当知道到他们每天可赚五元时，她差点惊掉了下巴，当即跑回家和父母说："我要去收废品。"父母听了直摇头："大姑娘家去收破烂，成何体统，太丢人现眼了。"王金华则寸步不让，态度坚决道："要是怕人笑话，那就只能死啃着几亩地，永远住草房，永远穷下去。"见父母流露出明显的不高兴，她又继续道，"你们嫌丢脸，那我自己干。"快言快语，说得全家人无话可答。

翌日晨，王金华就推着家中的旧自行车，拿上秤，带两个旧袋子，外出收破烂了。一天时间，她跑了4个村子，驮回来160斤的破塑料凉鞋、废铝、烂胶鞋和破布条等。到回收点转卖后，竟挣了27元。这下，父母高兴坏了，态度瞬间由原先的抵触变为支持。王翠平看到后，也主动提出加入。从此，每日天刚蒙蒙亮，姐妹俩稍微啃块饼、喝点开水，就推着两辆自行车匆忙上路。中午为了多收货，她们几乎不停步，边走边吃干粮，直到天黑透才返回。有时走得距离太远，她们就干脆在附近找地方将就一晚。在追求富裕的道路上，两人兴致勃勃，丝毫不觉得苦累。

但实话说，收破烂并不是轻松的活，尤其在乡间土路上骑自行车，还要驮着近两百斤重的物资，本就辛苦，如遇上刮风雨雪，那泥泞道路更可想而知。姐妹俩至今都还记得，那年腊月她们到泗阳县新园乡，两天共收了370斤废品。回家时，正遇上雨雪交加，浑身溅满泥水，感觉又冷又饿。可前不着村，后不着店，车轮又裹满了泥，推不动车，两人急得直抹眼泪。实在没办法，她们只得一起使劲先推一辆车走一段，再返回去推另一辆车，历经艰难，终于挪到家附近。当远远看到父亲和哥哥跑来时，两人的辛劳和委屈变成汹涌的眼泪,止不住地涌了出来。

与身体遭受的苦难相比,最让她们难以释怀的是精神上的挫折,那些白眼和讽刺,往往会在很长时间内,持续折磨着她们的意志。那次,她们敲开了镇上一户人家的大门,有位年轻媳妇看到她们,斜着眼说:"我们家没有破烂,谁稀罕你那几毛钱。"王金华心里不好受,脸上却摆着笑,说:"好姐姐,你嫌脏我来找。我知道你不差那几毛钱,算我帮你打扫卫生吧。"年轻媳妇想了想,似乎觉得有道理,便嘟囔着让开了身子。

好在,上天不会辜负每一段辛勤的付出,姐妹花的劳动使家里生活条件有了快速明显的改善。不到两年时间,家中就盖起六间大瓦房,还买了四辆自行车。村里其他姑娘学着姐妹俩的样子,也纷纷推起了自行车,走街串户,来往于城乡之间。父亲高兴得逢人便说:"生活好了,我的两个女儿立了大功。"

废品回收的热潮在各个村蔓延着,尽管依然有些村民并不看好或内心抵触这个行当,但已有越来越多的村民加入其中。三义村有位近50岁的妇女,为了收破烂,努力地学习骑自行车。学会后,仅用几天时间,她就凭9元本钱获得了100多元的利润,成为塑料致富的又一验证。

由于废品回收的入行门槛低、回报率高,造成行业发展势头迅猛,对其他行当造成了不可避免的冲击,特别是工厂里原本老老实实上班的工人们,私下也都动起了热心思,跃跃欲试,期待着从中赚一桶金。观察一段时

▶耿车乡塑料大盆厂

间后，不少人开始离开工厂，每日骑着自行车下乡收塑料，形成了一支支浩浩荡荡的队伍。由于人员被严重分流，一度红火的乡办塑料大盆厂甚至经营不下去了。

村民们的似火热情让耿车乡党委也看到了废旧物资回收业的巨大潜力，为巩固和放大行业优势，乡党委在徐淮公路南侧，规划筹建了耿车废旧物品市场，总面积3万平方米，投资72万元。市场内铺设柏油路面，同时配套水、电等基础设施，满足食、宿等需求，整体布局颇为现代。市场区域分为收旧、小商品、农副产品和家具建材等四个经营板块，其中以收旧市场为主，每年收购量在万吨以上。市场建成后，很快就吸引了大批废品回收户入驻。人员聚集了，商品信息的交互也更为灵敏和通畅，常年都有来自上海、河南、浙江、山东等地的客商在此交易，购销范围涉及10多个省市，年购销量超万吨，耿车也由此成为废旧物品专业市场和苏北废旧物品集散中心。

头脑灵活的耿车人在与废旧物资打交道的过程中，很快发现了新的重要商机，即产品的下游利润同样可观。于是，他们立刻延伸了产业链条，不仅收破烂，还开工厂"吃"破烂，这个工厂就是废旧塑料加工厂。五星村党支部书记姚正华瞅准时机，第一个建起了村办再生塑料工厂，加工生产塑料产品，赚得盆满钵满。受到启发的各个村组闻风而动，塑料边条厂、拉管厂、切粒厂等工厂如雨后春笋般生长出来。一套产业链流转下来，可以将废旧塑料变成塑料切粒，再加工成不同规格的塑料盆、食品周转箱、酒瓶周转箱等塑料制品销往全国各地，成为了特定历史时期耿车乡镇企业发展的重要特色。除了"吃"塑料的厂，耿车人的眼界和"胃口"不断拓宽，还开办了"吃"碎玻璃、"吃"废纸、"吃"废铝、"吃"废铁、"吃"废绳头、"吃"破麻袋等的各类厂，"吃"完以后"吐"出来的，便是全新的产品。一句话概括，几乎和废品有关的物料，耿车人都能让它重获新生。

"废旧物品就是好，都能从废变成宝。"这是当时耿车人的普遍共识。经过几年的裂变式发展，耿车的废品回收业如日中天。从肩挑手推，只在附近乡镇吆喝，到跨江越省，跑到外地设点收购，业务覆盖面逐渐延展，还形成了在南方以镇江为集聚点，在北方以徐州为集聚点的发展格局。行业规模上去了、从业人员增加了，产业的容纳性也更强了，从开始时只收固定种类的废品，到后来，只要对方愿意卖，几乎所有废旧垃圾统统来者不拒。耿车的废旧物资行业就像不停充气的皮球，规模不断膨胀着。

▶ 分拣废旧塑料

那时的马路两旁，林立着几十个由个体、联户或集体办的收购摊点。路边上、场院里、家前屋后到处堆放着破旧塑料、破布、烂棉花、碎铜烂铁等。带拖斗的大卡车不停地从各地将破烂运来此处，又不断地将它们从这里送出去，在车辆的进进出出中，耿车人收获了真金白银的丰厚回报。

1983年2月，春节刚过，大家还沉浸在过年的喜庆氛围中，宿迁县耿车乡迎来了新的"一把手"。根据宿迁县委安排，县纪委办公室主任徐守存调任耿车乡担任党委书记。

徐守存于1939年9月出生在宿迁县三棵树乡刘桥村的贫农家庭，从小学业扎实，高中毕业以优异成绩考入江苏师范学院（现为苏州大学）。学业结束后，他被分配到苏州报社。因考虑家中父母年迈，需要照顾，他便多次向上级提出申请，希望能回家乡附近工作。最终，上级领导批准了申请，调他到宿迁大兴中学任语文教师。不久后，他的文笔被大兴公社党委书记看中，便安排他写通讯报道，随后又被调至县委，跟随领导蹲点写文章，并于1974年加入中国共产党。1980年，他的工作再次调整，任县纪委办公室主任。

到耿车乡上任伊始，徐守存就遇到了棘手的事，眼看全乡农业税和各项提留已近截止日期，却始终收不上来。他带着疑惑，逐村逐户上门，与农民分别交谈，查找症结。一位中年农民噙着眼泪说："俺不是不想交，哪个有粉不往自个儿脸上抹，可实在是拿不出呀。"看着对面那张老泪纵横的脸，徐守存的眉头和心同时拧到了一起。

经过走访，徐守存发现当地农民普遍比自己想象的还要贫困。除了一些做废品回收上些规模的家庭，生活还算不错，其他大部分人的经济底子都很薄，粮食也不富足。许多人家甚至连件像样的家具都没有，男女老少一年四季的衣物都挂在堂屋的一根绳上，齐刷刷一长排，看起来令人压抑。

进入4月，履新两个月的徐守存对全乡的基本情况已有了较为全面和清楚的了解。他认为，行动之要，思想为先，想要破这个局，首先就要有斗志。因此在慎重考虑后，他召开了上任后第一次全乡党员干部大会，向大家开诚布公地谈了耿车的严峻现状，道明了形势的紧迫性，并郑重立下军令状："县党委把我调到这里，就是要带领乡亲们致富的，如果实现不了这个目标，我引咎辞职，打包回家。"

会上，徐守存务实的态度和硬气的做派确实鼓舞了士气，也增强了全乡干部群众为未来美好生活奋斗的决心和勇气。但对需要改天换地的耿车乡来说，光凭热情和勇气是远远不够的，还必须要有切实可行的目标和措施。

会后不久，淮阴市新上任的市长高德正来到耿车调研，围绕如何快速发展当地经济，与徐守存进行了深入交谈。高德正是从苏州调过来的，对红火的"苏南模式"有着深入了解，因此鼓励徐守存要解放思想，将苏南的经验和耿车的实际相结合，调动农民的积极性，尽快改变穷困面貌。

与高德正的交流让徐守存大受裨益。按照高德正提出的方向，徐守存多次召开党委会，专题研究耿车发展的具体路径。有人明确提出，最便捷也最可能成功的，就是在当前比较成熟的"苏南模式"和"温州模式"间作出选择，要么参照苏南模式，继续发展乡村集体企业，或者套搬温州模式，放手发展家庭企业。这个提法很快得到了多数人的附议。

在综合了大家的意见后，徐守存提出了自己的看法，认为一切要从实际出发，实事求是走自己的路，才是最好的办法。他向大家解释道："高德正市长前段时间来耿车调研时，专门强调既要借鉴现有模式，更要考虑本地实际。目前的情况是，我们耿车乡距离中心城市较远，工业基础弱，这和苏南不同；我们已有了一批乡村骨干企业，这和温州又不同。所以，我们不能盲目借鉴，而要综合考虑，要吸收苏南、温州等模式好的做法，也要遵循客观现实。我的意见是，我们要努力探索一个适合耿车本土的新模式。"

为尽快找到这个模式，徐守存从有限的财力中硬生生挤出一笔钱，带领乡、村两级干部到苏南和温州等地学习参观。这些干部多数没出过远门，就像刘姥姥进了大观园，一到地方全都震惊了。他们发现，那里的乡镇企业简直可以与宿迁县城的大厂媲美，相比之下，耿车实在太落后了。他们如饥似渴地观摩着、学习着，以期从中找到更适合耿车的发展路程。

在温州的一个村庄考察时，徐守存聚精会神地听着负责人的介绍。当了解到这个村人均只有六分地，是全乡耕地标准的一半，而人均收入却是其他村的一倍多时，他突然灵光一现，想起了乡里的耿车村。他意识到，耿车村其实与这里颇有共通之处。相对周边村庄，耿车村村民的商品经济意识较强，他们利用集镇街区优越的地理位置，在耿车街和徐淮路两侧，拣破烂、收破烂、卖破烂一字排开，成为全乡经济发展的一道独特风景线。同时，还有四五百人从事小商店、小饭店、小理发店等十多个服务行业，全村超过50%的农户在街上都有经营项目，用本村人的话来说就是"家家都有猴儿牵"。

徐守存受到了启发。返乡后，他立刻安排乡村干部分四个片区，在全乡范围内开展摸底调查，寻找各村最有可能发展上规模的营收项目。结果意外发现，每个村都有代表性的手艺，是过去为了糊口传承下来的，比如做鞭炮、编织、木锨、筐子、家具等木器及祖传的磨豆腐、做粉皮等技艺。这些传统手艺，早年在"割资本主义尾巴"时不同程度地受到冲击，大多偃旗息鼓了。徐守存便想，如今有党的富民政策作指引，为什么不让他们重操旧业呢？

徐守存决定把"家家都有猴儿牵"作为发展乡镇企业、治穷致富的出发点和突破口，培养农民的商品经济意识，将他们的思维和目光从面朝黄土背朝天的耕种转移到商品经济领域。为此，他带领乡党委制定了阶段性的三项重点任务：一是梳理党的十一届三中全会以来关于农村的富民政策和文件；二是发挥致富典型的影响力，让经商专业户、重点户做经验介绍，并动员曹其洲、朱士林等有名的"破烂大王"带领观望户付诸实际行动；三是为现存的手艺人搭建发展平台。

这三项任务一经公布，立刻引起了全乡人民的好奇和关注。以前对废品回收抱着观望态度的村民跟曹其洲等大户做了几天后，观念顿变，每天赚到了以前从不敢想的收入，生活有了显著改善。从此，越来越多的村民踊跃投身其中，有的还成为了这个行当的中坚力量。到20世纪80年代末，耿车乡总计已有2500余人从事废旧物资回收加工业，涉及的品种有10大类25小类，仅塑料一个品类，年销售量就超过2000吨，销售额逾百万元。

相比之下，第三条措施引起了更为广泛的响应，蛰伏了多年的手艺人们奔走相告，积极响应乡党委的号召。其中最具代表性的是三义村，村民们祖上传承了旋木的手艺，做的是小鼓、陀螺、木碗、花棒子等孩子的玩具，这原本是讨饭时换饭吃的本领，没想到如今被赋予了新的经济内涵。

不过，有的老人经历过特殊时期，对此心有余悸，徐守存得知后，便召集手艺人代表开了会，当众拍胸脯保证道："现在形势不一样了，大伙只管放心干，各显神通，有什么事我担着。"一阵热烈的鼓掌声轰然响起，几位老人的热泪也随

▶ 三义村村民在生产木器

之滑下。会议刚散，还没等徐守存离村，村民们就七手八脚把积满了灰尘的旋木机翻出来，一番修理后，沉寂多年的机子又重新转起来了。

生产工具有了，为解决销路问题，徐守存又帮助村子与五金公司签订承做电灯底盘的合同，粗略算下来，平均每人的日收入可达24元。这一讯息立马传遍了全村，有手艺的农民蜂拥而起，重拾旧业，不会的人则赶紧拜师学艺，以求早日入行。

三义村的手工业就像火种，从微弱星光熊熊燃烧成了赤焰烈火，村庄很快成为以旋木为主的全乡第一个"一村一品"专业村。一段时间的经营后，产品也从电灯底盘拓展到电源垫板、电灯座盘、纱锭管、勺柄、床架、衣架、

军用揪把子、锅勺柄、锦旗杆头等几十个品种。应多元化生产的需要，各类户办企业随之兴起繁盛。1985年，三义村仅凭旋木一项手艺，年产值就达80万元，每户净收入约3000元。

两年间，跟着思维活跃的徐守存的步伐，耿车乡各村都找准了自身的前进定位。在不放松粮食生产的大前提下，各村积极发展多种经营模式，全面向手工、建筑、运输、服务业等领域延伸，形成了各具特色的专业品牌。如三义村的旋木业、造纸业，五星村和大众村的木制业，湖稍村与大同村的豆制品加工业，新刘村和徐扬村的编织业，花厅村的油毡制造业，赵庄的建筑业，新华村的烟花业，红卫村与叶荟村的运输业，耿车村的商业、服务业及以19个村为集散中心的全乡废旧物品购销、加工业等。

为巩固现有优势，打造更多的发展机遇，徐守存坚持进行新的尝试。不久后，在户办企业蓬勃发展的基础上，他又发现了新的状况，有些家庭虽希望以企业模式经营，但受限于自身的人力物力财力等因素，无法满足单打独斗的硬条件。

这是花厅村周硕才、周德济父子俩带给他的思考。两人原先从事废品收购，有一次把收购来的破布条送到徐州铜山县火花造纸厂时，看到厂里用这些破布条生产出了做油毛毡用的原料纸，销量广阔，顿觉得这是个商机，关键是技术不难，有设备即可，故他们也想在村里办个油毛毡厂。可尽管有潜在市场，但缺钱少人，办厂筹备工作困难重重。苦思无果下，父子俩找到徐守存寻求帮助。徐守存听后同样觉得是个好门路，便帮助二人联系了乡工商公司，给予3万元贷款。钱有了，接下来便是人手的问题。客观说，只要有了钱，人手不会是大问题，再加上父子俩的鼓动，很快成功说服了25户村民合伙入股，就这样把油毛毡厂风风光光地办起来了。1984年，工厂正式开工，当年就实现盈利 11.8 万元。到第二年时，产值更是一举突破 100 万元，盈利 25 万元，在周边乡村引发了不小的轰动。

父子俩的经历打开了徐守存的思路。为了帮助实力并不那么雄厚的家庭实现创业梦，乡党委便有意识地引导发展联户办企业，即多户联合、资源叠加、优势互补、合作共赢。联户办企业让村民看到了新的天地，一时间，原先囿于自身条件而止步于创业初期的村民脑袋活络起来了，他们互相结合，共同发力，短时间便兴起了多个联户办企业，在取得丰厚经济效益的同时，也进一步丰富了耿车发展模式的内涵。

实践证明，户办、联户办的应景做法适应了时代的发展，也取得了不俗的成绩，最直观的变化就是耿车乡的百姓收入逐渐增多，对未来生活也充满了期待和憧憬。

但作为地方主官的徐守存心里清楚，个人和集体就像人的双腿，要协调并进才能稳步前行。因此，在发展家庭经济的同时，他对如何壮大以乡办企业和村办企业为主体的集体经济也进行着同步的谋划。他的目标很明确，既要让个人口袋富裕，保持前进的热情，也要让集体经济壮大，提供跨越的可能。

基于这种想法，徐守存多次派人到苏南、胶东等乡镇企业比较发达的地方学习取经，希望早日创办出属于耿车自己的大厂，多抱几个"金娃娃"。他将想法向县委汇报后，得到了上级领导的认可和支持，并

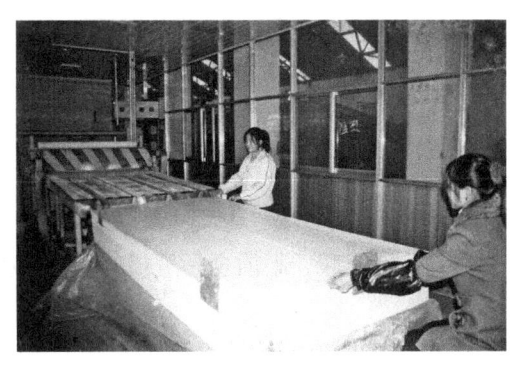

▶ 装饰板厂生产车间

在拨款、筹资、安排计划等事项上都给予耿车乡优先优惠政策。有了上级领导的鼎力相助,徐守存为耿车乡勾勒的壮阔蓝图很快落实到现实中。只是,这条路并不如想象中的那般通畅。

经过一番紧锣密鼓的筹备,斥资143万元、占地1.5万平方米的装饰板厂在耿车大地拔地而起。现代化宽阔的厂房如同耿车乡面向未来的励志宣言,蕴含着无限充沛的潜能,显得雄伟和壮丽。启用当天,全乡干部群众自发地围聚到厂门口,兴高采烈地参加开工仪式,见证这一对全乡发展具有重要意义的时刻。大家闪动的眼神和澎湃的心潮中有着共同的心愿,期待通过这个厂拔掉穷根子、甩掉穷帽子、走上新路子。徐守存对此更是信心满满。耿车沧桑古朴的面庞中,跃动着开创新局面的豪气和自信。

装饰板厂顺利开业后,徐守存一鼓作气,又陆续开办了多家工厂,力争全方位、多点式地快速扩大全乡集体经济规模。

然而,欲速则不达。在全乡人关切的目光中,装饰板厂的机器轰鸣声并没有持续多久就出现了卡顿。由于办厂经验不足,问题在短时间内接连暴露,如流动资金不足,原材料供应短缺,管理人员和技术人员匮乏等,造成质量上不去,数量稳不住,成本不下来,生产出的产品在市场上毫无竞争力。最终,开工8个月后,厂子亏损已达32万元。曾意气风发的其他工厂也仿佛受到了传染,变得萎靡不振,接连亏本,甚至有9家濒临倒闭。这一圈下来,累计亏空超过200万元。

徐守存坐不住了,急得眼泪都飞出来,忙下令停工。那段时日,他辗转反侧、夜不能寐,眼前全是亏损的惨淡数据和乡亲们不解的眼神。他一度觉得心灰意冷,深感对不起党和人民的信任。

历经了数个黯淡的日夜,徐守存强迫自己调整状态,直面问题。他反复回想整个过程中的所有环节，分析一切可能出问题的关键点，最终决定，要更换管理模式。

徐守存找来分管社办企业的乡党委副书记孙修业，告诉对方自己希望重组装饰板厂，请他帮助推荐人选。孙修业长期和企业打交道，人头颇为熟悉，很快就推荐了乡机电厂厂长高行楼。用人不疑，疑人不用。虽然徐守存对高行楼并不十分了解，但他依然鼓励对方甩开臂膀干，只要能扭转局面，他定会全力支持，也会视情况进行经济奖励。

高行楼果然不负重托，一上任就大刀阔斧地进行改革，调整发展思路，精简部门设置，优化工作流程，还从上海扬子木材厂引进了3名有丰富经验的退休人员作顾问指导。徐守存看在眼里，满心赞许。

几日后，高行楼找到徐守存，提出需要60万元资金，并解释了用途和意向。徐守存点头表示理解，但这可不是笔小数目，就连宿迁分管工业的副县长也迟迟不敢签字。情急之下，徐守存只好立下军令状，承诺保证不亏损，并愿意承担一切后果。副县长见他似乎胸有成竹，便犹豫着签下了字。随着60万元到账，徐守存的心也跟着悬了起来，但他此时没有更好的办法，只能尽可能给高行楼创造条件，让对方去实现华丽的逆转。

令徐守存惊喜的是，高行楼没有辜负他的信任，几个月后，装饰板厂便扭亏为盈。到年底结算时，竟一举赢利16万元，实现利税54万元，工厂也一跃成为全乡首屈一指的工业大户。徐守存没有忘记承诺，在次年初召开的全乡工业大会上，他向高行楼兑现了7000元的奖金。

从那时起，徐守存意识到，耿车乡、村两级的集体工业企业要发展、集体经济要壮大，不采取点特殊措施和方法是不行的。于是，他带领乡党委班子对原有集体企业进行整顿和改革，从任命责任制改为承包责任制，使企业成为相对独立的市场经济主体。

比较典型的是镇办拖配厂，经营17年，共负债近8万元。承包给个人后，新的负责人将生产指标层层摊派，定额及激励政策落实到班组，极大增强了工人的干劲，仅一个多月，产值就逆转至17万元，盈利1.2万元。

管理模式更新的同时，乡党委还在借鉴成熟地区发展经验的过程中，发现了核心技术的重要性。鉴于全乡企业整体技术水平偏弱的客观现实，乡党委想尽办法，通过发展多层次、多形式的横向经济技术联合，与大专院校、科研机构挂钩，提高生产力水平。比如与吉林大学协作生产节能电焊机，与无锡化工研究所协作生产化学油漆，与苏州"长城"牌落地扇配套生产开关箱，与洋河、双沟大小酒厂联合生产异形瓶，与徐州碳素厂联合生产碳素等；并在联合生产过程中，摸透关键环节、学会核心技术。据统计，在那段期间，耿车乡与32个市县工厂、4所大学、2个研究所签订了51个经济技术协作项目，还引进技术管理人员39人，送外地培训各类专业人才385人。快速提升的技术素养，客观上拉高了层次定位，成为全乡集体企业发展的重要基础。

可以说，乡党委对促进全乡经济发展呕心沥血。从引导宣传到鼓励帮扶，从企业诞生，到壮大成长，乡党委在每个环节都做了精心的安排。经过细雨和风的政策滋养，耿车乡的企业数量有了显著提升，规模也有了明显扩大，面对新的形势，徐守存又对全乡干部提出了"领导就是服务"的思路，要求在"服务"两字上大做文章，在全县率先设立了工商服务公司和农民企业服务站，为企业主提供供销服务、信息服务、资金服务和技术服务，为企业成长提供沃土。

至此，耿车的经济进入了繁盛的历史时期。通过"一人带一家，一家带几户"的方式,全乡有超过80%的农民投入经营创业中,户办、联户办企业达2700多个。到1986年底,乡村企业发展到59个,户办、联户办企业跃升至4567个,分别比1983年初增长80%和224%。全乡工业总产

▶耿车乡制毯厂

值达4691万元,成为苏北地区的新状元和排头兵。当年,江苏省委调查组领导在实地考察耿车乡后,兴致勃发,作诗道:"传统手艺人人会,不建厂房家中搞,不与大厂争能源,就地取材不缺料。一村一品专业化,组织起来跑供销,小打小闹不起眼,转移劳力效益高。"

客观来说,耿车乡在特定时期实现了经济的大发展大繁荣,有着多方面的因素叠加。除了乡党委书记徐守存的决策和推动,时任江苏省委书记韩培信、淮阴市委书记丁铁、市长高德正等各级领导均对耿车的发展倾注了心血,在多个场合积极推介耿车经验。此外,耿车呈现的喜人面貌也饱含着广大人民的心血和付出,王成聿就是其中一位颇具代表性的人物。他是红卫村六组的村民,在当时是响当当的名人。

高中毕业后,王成聿便在家务农,看到乡亲们吃米面比较麻烦,就向亲戚们借了几百元,购置了碾米机和机面机,在村里搞起粮食加工坊。几年后,他又买了榨油机,开始做家庭油坊。随后,他陆续采购了煤球机、粉碎机等一整套农用设备。因家中共有六种机械,故他被人们戏称为"六级部长"。

高德正市长在就职后的大调研中,专门参观了王成聿开办的油坊,对他把好质量关、原料关、销售关和采取多劳多得模式的做法给予了高度肯定,

认定他就是自己寻找的能够带头致富的农民能人典型。调研结束后，高德正就向丁铁书记提议开展"治穷致富"活动。市委仔细研究后，觉得很有意义，随即便召开了全市三级干部大会，邀请王成聿等先进典型到会做经验交流，号召全市干部学习耿车经验。王成聿也因此成为耿车发展的代表性人物。

不过，王成聿并不安于现状。几年后，他在二伯家哥哥的介绍下前往上海打拼，主要做机器拆旧。他依靠精巧的手艺和踏实的态度，财源滚滚而来，在上海实打实地闯出了一番天地。多年来，他的事迹始终被视为传奇，在耿车口口相传。宿迁和淮阴的领导非常欣赏他的胆识和才干，做了多次思想工作，才将他调回红卫大队，又安排他任党支部副书记，主抓村办工业。

有了平台，王成聿如鱼得水，能力和才华很快施展出来。在其他各村仍专注于废品回收行当的时候，他和村书记周保同商量后，带领村民开办了全乡第一个村办织布厂，后又创办了凉鞋制造厂，每天可生产2000多双凉鞋，被行业内誉为"中国八大鞋王"之首。

虽然红卫村的经济发展如火如荼，但在当时的历史环境下，作为创办企业的带头人，王成聿走出的每一步其实都蕴藏着巨大的风险。周边村一些眼红的村民及对王成聿有偏颇想法的人，趁机联合起来向乡党委举报，还编造了一句流行语四处传播，"王成聿你别神，大牢里缺个人"。王成聿的家人朋友成日提心吊胆，担心他一不留神"犯错误"。

1986年10月，长期受风言风语纠缠的王成聿不堪其扰，只身到北京找朋友散心，并打算居住些时日，远离喧嚣的氛围。期间，他偶然听说稀土合金在市场上很受欢迎，重点供应汽车制造，很有前途，且当时全国的稀土合金生产地主要在内蒙古包头市。他的思路顿时打开，一个大胆的创业想法随之涌现——回去办个稀土合金厂。他直觉，这行的前景一定无比光明。但冷静后，家乡风行的流言蜚语又让他打了退堂鼓，进与退之间，他始终下不定决心。

恰巧此时，他收到了徐守存寄来的一封信。徐守存告诉他，现在从中央到地方都在支持农村发展经济，希望他能够尽快回耿车，继续发光发热，并且承诺乡党委会全力保障他的安全。这封信让王成聿吃了定心丸，也坚定了他回村办稀土合金厂的信心。

回村后，王成聿办稀土合金厂的想法得到了徐守存的积极支持，他便开始了积极的筹备。他通过一位在冶金部工作的老乡介绍，来到位于内蒙古包头市的东方钢铁厂，顺利与厂长谈妥了办厂事宜。返乡后，考虑到手中资金不足，他又联系了一些村民共同出资。

▶ 王成聿牵头成立的稀土合金厂

1987年4月，耿车乡传出了一条爆炸性新闻，王成聿联合42位个体大户共集资159万元，与包头市东风钢铁厂联营，创办了苏北地区第一家大型稀土合金厂，时任宿迁市市长朱玉振还专程赶往现场，为工厂开业剪彩。到1994年，合金厂实现产值1500万元，利润43万元。1995年，中国第二汽车制造厂又与合金厂签订了2500吨硅镁金的订购合同，仅此一项，工厂产值便可超过2500万元。王成聿也因此被授予江苏省优秀企业家称号，将传奇留在了耿车大地。

"满眼生机转化钧，天工人巧日争新。"自与塑料结缘起，耿车人就发现了打开新世界的钥匙。他们凭借勤于思索、敢于探索的魄力和执着,从塑料这个聚焦点起步,向无垠的立体面延展,延展出"四轮齐转""双轨并进"的精彩,也延展出"耿车模式"的辉煌,道路越走越宽阔,精神越走越昂扬。

塑料,注定是耿车人绕不过的话题。过去,他们的生活因塑料改变,而未来,他们的生活依然会因塑料改变。历史的车轮中,似有着奇妙的呼应。只不过,两次的出发点不同,发展指向也注定各异。

第 3 章

好一个耿车模式

历史车轮滚滚驶过,总会于某个瞬间激荡出一些重大事件,对未来产生深远影响,并在时间轨道中留下标签,供后世铭记。

1978年12月,虽是寒冬,却似暖春,党的十一届三中全会在北京胜利召开,实现了党和国家历史上具有深远意义的伟大转折。这次会议使中国进入了改革开放和社会主义现代化建设事业的新时期,开启了中国经济发展的崭新阶段。

在这个大背景下,全国各地以发展经济为目标,结合本土特征,陆续掀起了探索经济发展不同形式、不同方法的热潮,并形成了经济发展的不同模式,呈现出一派百花争艳、欣欣向荣的奋进场景。其中令人耳熟能详的莫过于以发展集体经济所有制企业为主的"苏南模式",以个体私营经济蓬勃兴起而闻名的"温州模式",以民营企业为主力、以轻工业产业集聚为特点的"泉州模式"等,以及综合吸收借鉴了其他地区模式特点,探索出乡办、村办、户办、联户办"四轮齐转",集体经济和民营经济"双轨并行"的"耿车模式"。这些模式就如分散在中华大地的耀眼明珠,因其内在的参考价值和代表性,被誉为中国区域经济的发展样板。

与其他模式相比,"耿车模式"的发祥地位于苏北落后地区,经济基础薄、工业底子弱,给这种模式的探索和产生带来了更多的困难和挑战。但或许正是因为不同于其他地区的客观条件,才赋予了"耿车模式"更深沉的价值和意义。

实际上,"耿车模式"在被正式提出前,就已凭借"四轮齐转"的创新思路和亮眼成绩引起了许多领导和学者们的关注,随着关注度不断增加,理论层面的"耿车模式"浮现在人们面前。可以说,"耿车模式"从提炼提出到享誉全国的经历,同样也是专家学者们对其认识不断深化的过程。

李阳是第一位提出"耿车模式"的专家学者。1985年,经过在塑料业十几年的积累以及对发展方式的不断探索、调整和优化,耿车乡的经济总量已有了显著提升,并呈现出对周边地区的影响带动作用,宛若待冲破云雾的朝阳,蓄积着一跃升空的雄浑力量。那时,李阳任淮阴市政府副秘书长、市经济研究中心总干事,正在国务院农村发展研究中心挂职,为了对农村发展情况有更真实的感受和认识,从而更好地研究和发掘农村经济的潜力,他便将耿车乡作为乡村的代表,驻点调研。

▶耿车"四轮驱动"模式

通过较长时间的观察,李阳目睹了耿车经济面貌发生的变化,亲身感受到了农民生活的显著变迁,尤其对耿车乡发展乡办、村办、户办、联户办企业的思路做法产生了浓厚兴趣。在他看来,耿车乡从贫困一步步走向富裕,这对其他落后地区发展经济具有较强的借鉴意义。

发现了价值点，李阳兴奋不已。他对掌握的许多现实数据和情况进行梳理、分析和提炼，撰写出《耿车模式调查报告》，文中首次将耿车的经验概括为"四轮驱动，双轨并行"。这份报告后来被市委市政府主要领导同志看到，给予了高度肯定，表示反映的内容很有意义。

次年2月，李阳受邀返回北京，参加全国经济发展战略研讨会。会上，他见到了中央书记处农村研究室的副主任谢华，便向对方简要介绍了在耿车乡的所见所闻、所思所想，并将随身携带的调研报告交给对方。

回到办公室，谢华出于听完李阳介绍后对耿车产生的兴趣，快速浏览了一遍报告。孰料看完后，他非常激动，又重新认认真真阅读一次，感觉这份报告的价值远远超出了自己的预期。他兴致勃勃地将报告推荐给了农村研究室的主任杜润生。杜润生看后同样颇感兴趣，提笔批示道："耿车乡发展乡镇企业的模式与苏南、温州不同，值得研究。"

为了让这篇报告产生与其价值相匹配的更大影响，在杜润生的安排下，农村研究室对这篇调查报告进行了局部调整修正，并将标题改为《发展乡镇企业的"耿车模式"》，向全国下发。这也是"耿车模式"的提法首次出现在大众视野里。

下发几天后，《解放日报》立刻响应，在头版刊登了《借鉴"温州模式"和"苏南模式"，苏北淮阴乡镇企业推出"耿车模式"》一文。这篇文章中，作者将"耿车模式"的主要特点总结为"从当地实际出发，乡办、村办、户办、联户办企业四轮双轨并进，大小有机结合。大的抓住上水平，小的分散进家庭，大轮带着小轮飞，小轮推着大轮转"。同时，还配发了短评《出现多种模式是件好事》。

一篇调研报告竟引起如此高规格的媒体关注，这让李阳备受鼓舞，也更加确信了"耿车模式"所蕴含的价值和意义。他决定再接再厉，将"耿车模式"的内涵更多地展示出来。随后，在极短的时间内，他又陆续撰写了《乡镇企业的"耿车模式"》《"耿车模式"新发展》《"耿车模式"适合经济处于中等水平的地区发展乡镇企业》等报告和通讯文章，在《经济参考报》《农民日报》等多个权威报刊发表，并作为案例列入《中国社会主义新农村的雏形》《振兴农村经济必由之路》《江苏经济发展战略研究》等十多部书刊，让"耿车模式"的影响力似涟漪般源源不断地向外荡漾开去。

李阳不仅通过文字表述，还利用参加江苏乡镇企业工作会议、全省经济学会会议、苏北经济发展战略研讨会等各类会议的契机，向其他参会人员不遗余力地介绍"耿车模式"的旺盛生命力，就如游子介绍故乡般，充满深情和自豪。在不久后召开的乡镇企业工作三级干部会议上，已声名鹊起的耿车乡理所当然受到了隆重表彰。

在李阳的全力推介和上级领导及各类媒体的支持下，"耿车模式"走进了越来越多人的视野。第二年元月中旬，著名经济学家、原中央顾问委员会委员于光远了解到"耿车模式"和耿车的发展情况后，很有兴趣，专程前往实地调研。在现场参观了耿车乡的各类企业和农民投身生产的火热场面后，于光远现场发表了见解，认为"四轮驱动"既改革了集体企业，又发展了在集体服务和管理下的联户办、户办企业，调动了老百姓的创业积极性，搞活了经济。这是涉及所有制结构创新的问题，值得好好研究。同时，耿车人民勇于创新、艰苦创业的精神也要好好发扬。

或许是短暂的考察令人意犹未尽，或许是耿车的澎湃景象让他印象深刻，于光远临行前，主动提出："我留下一句话，算是给耿车的期待和祝福。"

他拿起毛笔,遒劲有力地写下了"为发展我国农村经济创造出一种可供选择的很好的模式"。这既是对当地经济发展的充分肯定,也是对耿车乡在发展道路上继续前行的期许。

1986年5月8日,看似再平凡不过的一天,却蕴含着无限的可能,正如处在快速发展期的耿车乡,向前迈出的每一步,都踏出了更宽阔的天地。

那天,正在忙碌签字的徐守存突然接到县委办公室的电话。对方告诉他,两天后,将有一批专家学者前往实地考察"耿车模式"。

"好的,多少人?"徐守存开始时并未在意,前几个月密集到访的考察团让他对整套接待流程烂熟于心,甚至方案都无须另外制定。对方笑道:"徐书记,这次和以往可不一样,去多少人不重要,去哪些人才重要。"

徐守存停下手中的笔。他听出了对方的话外之意,疑惑地问:"噢?那这次是哪些人?"对方嘴里蹦出三个字,如雷贯耳,让徐守存愣住了。

他听到对方说:"费孝通。"

费孝通可是大名鼎鼎的人物。他毕业于清华大学研究院,获得英国伦敦大学哲学(社会人类学)博士学位,不仅是著名的社会学家、人类学家、民族学家、社会活动家,也是中国社会学和人类学的奠基人之一。当时,费孝通任全国政协副主席、民盟中央主席、北京大学社会学教授、中国社会学会会长。他在半个多世纪的社会学实践中,在中国农村社会、社会结构、少数民族、小城镇等方面都进行了广泛研究,对推进社会学在社会主义背景下的发展和振兴作出了突出贡献。

不论是从行政级别还是专业地位来说,费孝通的到访都足以令徐守存意外和惊喜,甚至带有不可避免的震撼。

其实费孝通的耿车之行于一个月前就开始酝酿,但因行程繁忙,屡屡改期。早在 4 月 11 日，费孝通就给江苏省委研究室主任朱通华写了封信，道："我明天去日本，18 日返京，接着开两个会，28 日南下，大概 29 日到南京，30 日即去淮阴。淮阴（此处指耿车模式）据说是苏南、温州的结合型，可与对方比较一下。"然而一周后，费孝通再次去信给朱通华，说："我本定 28 日来南京，昨天各方面均劝阻稍事休息再动，我不得不从命，所以改到 5 月 3 日乘火车来宁，6 日晨到。在苏北日程势必压缩，不得不取消盐城这一节。苏北访问只能集中在淮阴，主要比较前后两次访问，即两年间的变化，和横向比较，即苏南、温州、苏北。请先与淮阴联系。"又一周后，费孝通的第三封信交到了朱通华手中，写道："日程算是肯定了。我处境身不由己，苦恼万分，行期一推再推，令人麻烦和失望，一切均得请你转为乞谅。我原来打算在淮阴了解一下他们所谓第三模式，对一切创新我都神往。"

俗话说，好事多磨。经过几次改期，费孝通的行程总算确定下来。两天后，5 月 10 日，天气晴朗，气温舒适。在耿车的发展历程中，这天注定是值得被浓墨重彩记录的日子。

上午约 11 点半，一辆车缓缓驶入了耿车乡党委大院，徐守存和市县领导早已在此等候。刚下车，费孝通就握住徐守存的手，并向他介绍了同行的两位专家，宦乡和罗涵先，两人都是声名显赫的资深专家学者。

宦乡是中国社会科学院副院长、国务院国际问题研究中心总干事、著名国际问题专家。罗涵先则是全国政协常委、国务院农村发展研究中心特约研究员、民盟中央副主席，曾著有《中国农村的经济社会变革》《中国农村发展社会学》等。在 20 世纪 80 年代，罗涵先几乎大部分时间都与费孝通一起进行社会调查，对农村的发展和建设提出了许多真知灼见。

费孝通笑道："早闻耿车大名了，之前就听省委韩培信书记多次提起过，耳闻这两年又有变化，所以专门再来看看。宦院长和罗主席是我专门邀请来的，他们都是各自领域的专家，能从不同的角度分析地区经济的发展。宦院长上个月刚来过，和我说这里非常好，强烈推荐我来。"徐守存显得颇为激动，忙说道："非常欢迎领导专家现场指导，这是我们耿车人的荣幸。"

简单的午餐和休息后，费孝通便开始了调研之旅。他一路看一路问，不时还停下脚步了解详细情况，兴致盎然。

来到五星村塑料厂时，费孝通看到这里正热火朝天地生产着，院子里堆满了形形色色的废旧塑料，有的工人在整理分类，有的在清洗，有的在加工塑料制品。他便站在一旁，饶有兴致地观看着。

徐守存趁机作介绍："五星村是乡里发展比较快的村庄，我们去年组织大家办起了2个村办厂，32个联户办厂，475个户办厂，全村工业产值达到了205万元，获纯利84万元。"

宦乡听后深有感触地说："变废为宝，有利环保，大有可为。"

费孝通点头表示同意，随手拿起一块塑料，仔细端详后道："这就是你们的发家密码。"

徐守存回道："确实，做塑料让不少村民致富了，不过我们也在探索多元化的道路。下面我们要去看的村子，就比较有代表性。"费孝通点头道："好"。

按预定的调研路线，徐守存引导费孝通等人来到了三义村。三义村以旋木业为主，工厂主要集中在戴庄内。当时，戴庄共有47户人家，其中45户都在从事

▶费孝通在耿车调研

生产旋木器具，占比极高，是全乡家庭工业和"一村一品"的典范。

了解基本情况后，费孝通看到了这个村庄可挖掘的内涵，果断决定改变调研思路，由沿线参观改为入户走访，一对一与农户交谈，以了解掌握更详细的生产信息。一路下来，费孝通用一天多的时间，与20多位农户进行了深入交谈，又到附近村、厂考察了一番。

费孝通笑眯眯地看向两位老友，问道："宦院长、罗主席，这一趟下来，你们感觉怎么样？"

宦乡想了想道："我觉得，耿车乡的经济模式比较特殊，如果非要归类，我认为属于见缝插针式。你看，这里从事的塑料、木料等行业，几乎都是城里的大工厂不愿意做的，但他们硬生生把这些做出了名堂，还做出了花样。这个思路其实是对的，乡镇企业的起步创办阶段，就是要从实际出发，既不能好高骛远，也不能碌碌而为。"

罗涵先也在思忖后表达了看法："放眼全国的大形势，各地为推动农村经济快速发展，往往采取的都是'以工补农'或'以工建农'的方式，这似乎已经成了广大农村经济腾飞的必由之路。这种方式当然有效，但也有局限性，对于工业基础差、交通不便、商品经济弱的地区，能发挥的作用就很受限制。在这种情况下，这里的'耿车模式'我觉得就是最好的借鉴和选择。"说完，他又补充道："我回去还要继续研究，把这个模式的内涵和价值好好挖一挖。"罗涵先说到做到，一年多后，他将费孝通在淮阴时的重要讲话与他潜心撰写的研究文章《乡镇经济比较模式》合并，纳入著名科学家、教育家、社会活动家钱伟长先生主编的《现代化探索丛书》中，引起社会各界人士的广泛关注。

行程结束后，费孝通感慨地说："前年烟花三月的时候，我从徐州到连云港、盐城，后又转到扬州，走了一圈，大约二十几天，那是我第一次到苏北。前几年，看了苏南和温州的两种模式后，我心里就始终悬着个问题，在没有大城市可依靠、没有商业传统、以农业为主的地区，农村经济究竟要怎样才能发展起来？"他向四周环视，目光落在一个方向，笑道，"这个问题曾经困扰我很久，如今我想明白了，原因就在于那趟苏北之行有空白，没有来这里。不过，确实没想到，淮阴这几年真的找到了发展农村经济的办法，我看了报道，还被称为'耿车模式'，让我印象深刻，非常不错。"

听到费孝通对这里的肯定如此之高，徐守存有些受宠若惊，急忙道："我们也只是在没有办法的情况下，做了一些其他的尝试。"

费孝通看着他，鼓励道："不用谦虚，做得确实很好，我对所有能推动农村增产、农民增收的举措都很有兴趣。这些年来，我看了不少地方，也提出了不少'模式'，我认为'模式'就是在不同条件下，不同地区探索的具有特色的经济发展过程。各个地区的步伐和路径不可能千篇一律，就是要八仙过海、各显其能，就是要各行其道、百花齐放。"

当晚回到招待所，费孝通迫不及待拿起纸笔，将对"耿车模式"的认识和感悟详细列了出来，密密麻麻的纸上，跃然显示着他的激动和兴奋。这趟短暂的耿车之行很快结束了，但他的足迹嵌入了这片土地，"耿车模式"也与他的挂念紧紧捆绑在一起。离开耿车后，他依然持续关注着那里的发展。那个乡镇孕育出的"四轮齐转""双轨并进"，像是时代车轮在他心里驶过，留下了悠长久远的回响。

得知费孝通前来，正集中精力研究经济发展之道的淮阴市委自然不愿放弃这样大好时机，热情邀请费孝通作一场讲座。盛情难却之下，费孝通便答应下来。当时正值市"两会"期间，市委得到费孝通的肯定回复，极为重视，立即开展组织工作。为能让更多的人现场聆听，市领导决定在淮海影剧院举办这场含金量甚高的讲座，并安排所有参加"两会"人员和市直机关干部到场学习。

费孝通结合在耿车调研的心得和思考，作了题为"乡镇经济的多模式与多模式发展战略"的讲座，说道："在乡党委和全乡人民的共同努力下，耿车找到了适合自己的发展道路，并且成果有目共睹。如今的耿车，已名气在外，我这次来，属于慕名前往。虽然调研的时间不长，但我感觉此行不虚，耿车模式潜在的价值，值得被认真对待。"随后，他向大家分享了自己眼中"耿车模式"的几个特点，即体量规模小，全乡主要做小商品，依靠家庭工业，虽然带有温州模式的性质，但是规模并不大；筹集资金难，对于办工业所需要的大额资金，很难通过贷款满足，大部分情况只能靠农民集资，比如耿车村的异型玻璃瓶厂等；发展基础弱，耿车乡既不具备"苏南模式"雄厚的集体经济基础，也缺乏"温州模式"广阔的市场基础，因此，它并不能看作是两种模式的简单叠加，而是自成一派、自有特色。同时，他给"耿车模式"提出了研究定位，说道："我认为，耿车模式更适合那些缺乏工业基础的农村。能够让四个轮子一起转，甚至飞起来，客观说，就连苏南地区和温州都没有做到。在这一点上，可以说耿车模式具有独特的研究价值。"

这番中肯的点评让当地干部们流露出源自内心的喜悦和微笑。费孝通接着根据自己的思考，提出了几点建议：一是要有现代技术，目光不能停留在土办法上；二是要动员鼓励更多的人参与进来，壮大这种模式的体量；三是要扩大社会性的服务功能，这也是适应商品经济的过程中，必须要有的市场观念；四是要对外开放，尽快走出去，用好外界的市场资源来提升购买力。

费孝通的讲座在一片鸦雀无声的氛围中结束，笔尖摩擦纸面的"沙沙"

记录声是最真实的反馈。他高亢地总结道:"耿车乡的农民凭借自己勤劳的双手,探出了一条新路,既有大的、上水平的产品,打进国内外市场,也有小的、进家庭的产品,满足人民需求。我认为,这种自力更生、艰苦创业的精神值得大大发扬。有了这种精神,淮阴必定前程似锦。"他对印象深刻的耿车也送上了自己美好的祝愿,"我相信,耿车模式会越叫越响,耿车未来也一定会越来越好。"

这场高屋建瓴、内容扎实的讲座让淮阴市的干部们收获满满,特别是很早就关注到"耿车模式"的市政府副秘书长李阳,更听得心潮澎湃,深为费孝通的精深思想和前瞻眼光所折服。他觉得这场讲座所体现的闪光内核,应该被记录下来,传播到更大范围内。他将费孝通的讲话整理成文,并以《淮阴行》作为题目,分上下篇发表在新华社《瞭望》新闻周刊和《江苏社会科学》上,后又被收录在《行行重行行》《费孝通文集(第十卷)》等著作中。

返回北京的路上,费孝通依然沉浸在对"耿车模式"的钻研和寻宝之中,试图提炼出更具指导性的理论,发掘出更具普及性的做法。他发现"耿车模式"像个宝矿,每次冥思总会有些新的收获,这令他欣喜不已。

回到北京后,费孝通立刻联系了《人民日报》,向他们极力推荐"耿车模式",提出这种模式应当在全国范围内进行更大面积的推广,它的重要性和参考意义,绝对不应该被囿于几块巴掌大的区域。费孝通作为一流的专家学者,他的推介自然也附着了极为权威的认证。

仅仅两三天后,5月16日,《人民日报》便在第二版头条刊发了李阳创作的长篇通讯《耿车模式诞生记——江苏省宿迁县耿车乡发展乡镇企业的调查》,通过对事实和数据的呈现,形象解释了"耿车模式"产生的历史背景、现实经过和发展路径。为了帮助读者理解,同时也体现出对"耿车模式"的

▶《人民日报》的刊文

重视,与这篇文章同时刊登的,还有江畅的短评《好一个"耿车模式"!》。这成为"耿车模式"自提出以来最重磅的亮相。

值得一提的是,在此后的几十年间,《人民日报》始终关注耿车的发展,相关报道达 30 多篇。《人民日报》一位记者曾动情地写道:在耿车,可以聆听创业故事,清晰感受创业者勇立时代潮头的激情,触摸到我们国家奋进不停歇的发展脚步。

1986 年 9 月,自然界的天气正逐渐转凉,"耿车模式"的热度却丝毫没有减弱。尽管此时距离《人民日报》刊登文章已有几个月时间,但社会各界关注的目光始终未曾偏移,甚至还有愈演愈烈之势。

这天,徐守存突然接到一封邀请函,请乡党委派员参加将在北京举办的"全国小地区经济发展研讨会",并作好发言准备。徐守存知道这个会,规格很高,在业内颇有影响力。不过,它的常规名称应该是"全国经济地区发展研讨会",且参会对象普遍为省、市,或由若干地市组成的地区,如苏鲁豫皖接壤地区 14 地市、晋冀鲁豫接壤地区 17 地市、桂粤湘接壤地区地市等。

望着邀请函中的"小地区"字样,徐守存一度以为是组委会弄错了,便打电话到北京咨询。工作人员告诉他,这次会议名称的调整是根据专家的建议,且之所以邀请耿车乡作为先进典型参会,也是因费孝通、于光远等学者的联名推荐。了解了原委,徐守存第一时间向县委作了汇报。县委领导的话语中带着鼓励:"这是好事,去吧,让耿车模式惊艳全国。"

几日后，徐守存与李阳、关德亮等人携着耿车乡近 4 万人的期待，一同踏上了奔赴首都北京的列车。

9 月 24 日，在"全国小地区经济发展研讨会"召开期间，专题聚焦"耿车模式"的"耿车乡经济发展战略研讨会"如期举行。令徐守存等人意外和感动的是，本因参加中央工作会议而无法出席的于光远，竟在开会前临时调整了安排，专程赶到会场主持。

作为学者的于光远，开口便直奔主题："本来会议冲突来不了，但我想了想，还是得来。不仅要来，而且要多说几句。这次会议为什么叫小地区？是有考量和讲究的。大地区战略要研究，小地区战略同样要研究。全国小

▶ 于光远主持研讨会

地区数量大，如果各个小地区都能把自己的战略制定好，对于大整体来讲意义重大。但各个小地区的生产力水平不同，情况千差万别，所以要提倡多样性、多模式，而不能僵化。在这方面，耿车乡的做法就很有参考意义。"

几句话开场后，会场的话语权便交到了李阳手上。他首先代表全市人民对领导的关怀表示了感谢，并对着精心准备好的发言材料，全面细致地介绍了"耿车模式"的缘起和成长经过。他自豪地向各位专家介绍道："1983 年，耿车的乡、村两级企业产值是 725 万元，但到了 1985 年，就达到了 3646 万元，产值猛涨 4 倍，利润增长了 5.4 倍。"

于光远认真听完后，不住地点头，道："耿车模式有创造，搞得活，很见效。他们起步虽然不算早，但是上升幅度大，速度快。实践证明，这是一

个好模式，值得在全国范围内推广。"

于光远的话引起了现场专家学者们的强烈共鸣，中国人民大学副教授杨树珍、中国国土经济学研究会常务秘书长戴魁一、《世界经济导报》记者郑长安、北京大学教授陈传康、《人民日报》农村部负责人刘允洲等重量级嘉宾纷纷发言，围绕"耿车模式"的时代价值和未来前景，展开了热烈的讨论，并提出了建设性的意见建议。

当夜，新华社率先刊发了《耿车模式有较大适应范围——首都专家学者们肯定耿车发展乡镇企业经验》的新闻报道，指出耿车乡的乡镇企业是开放在苏北平原上的奇葩，这种多层次所有制、多样化产业结构、多渠道服务体系的生产经管形式，对我国经济水平处于中下等的广大乡村发展商品经济、脱贫致富有更大的适应性和借鉴意义。

随后，《人民日报》转载了这篇文章，中央人民广播电台以《耿车之路》为题做了专门报道，《农民日报》《经济参考报》《新华日报》等各级报刊也分别作了跟踪报道。

会后，意犹未尽的于光远邀请徐守存等人单独碰面，就"耿车模式"的今朝和明日进行了更加深入的讨论，还对一些有提升空间的做法进行了善意提醒，叮嘱道："'耿车模式'是个宝贝，要用好它、更要完善它。希望你们按照党中央的大政方针，坚持改革、继续前进，认真总结经验，做出一份美丽的样本。"徐守存等人连连致谢，深以为然。

会议进行到第三天时，一位工作人员找到正在参加研讨会的徐守存，请他接一通电话。徐守存满脸疑问地跟着工作人员走出了会场，拿起电话才发现是费孝通，他惊讶地几乎喊了出来。费孝通和善的语气从电话中传出来，邀请他们会后到自己家中一叙，再聊一聊"耿车模式"这个如今已成热点的话题。

时隔几个月，徐守存等人第二次见到费孝通，没有了初次见面的紧张，亲近了许多。大家因为一个远在苏北的小乡村而相聚在一起，感觉像是一种奇妙的缘分。几人围坐在客厅沙发旁喝茶畅聊，为了共同的目标碰撞着精妙的想法。费孝通聊得很酣畅，结束时提出："'耿车模式'给了我惊喜，我也给'耿车模式'送份礼物。"说完，他走进书房，题写了"大胆探索，因地制宜，为乡镇企业创造新的模式"的深切寄语。

▶费孝通寄语"耿车模式"

从北京返程后，徐守存起草了一份书面报告，详细记载了北京研讨会的主要精神和讨论成果，报送至县委主要领导。随后，乡里同步召开了乡党委会议，进行传达学习。县委领导很快作出批示，要求耿车乡再接再厉，并为其量身制定了新的目标任务，要求在年底前，根据现实发展的需要，再新增几个乡办和村办的工厂，扩大户办、联户办企业规模，加快全乡乡镇企业的发展步伐，力争在2至3年内建成亿元乡，县委也会对耿车乡给予最大程度的帮扶和支持政策。

有了北京研讨会的荣耀加身和诸多专家学者的赏识肯定，"耿车模式"成为了金光闪闪的招牌，引发了社会学界和经济学界更为深切的关注。来自北京大学、南京大学、复旦大学等高校

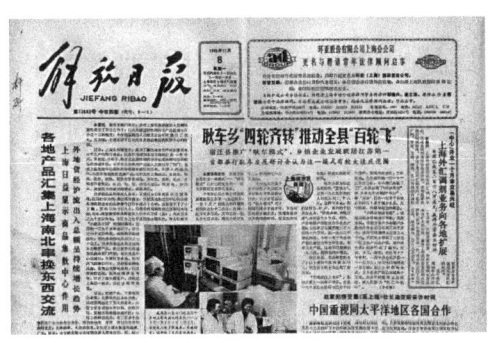

▶《解放日报》刊文

的教授们争先撰文,短时间便在学术期刊上发表了有关"耿车模式"的论文上百篇。《解放日报》也再次于头版刊登《耿车乡"四轮齐转"推动全县"百轮飞"》的文章,文章指出,经过充分实践和科学提炼,耿车以"四轮驱动,双轨并进"为特色的发展模式已经完全成熟,并为国内广大农村地区借鉴运用。

理论上说,对于"耿车模式"借鉴应用匹配度最高的当数本地区的其他乡镇,同样的自然和经济条件,赋予了他们同样的发展可能。为了实现一花开后百花开的局面,宿迁县委领导多次在各个场合强调,要认真吸收和积极推广耿车经验,全县各乡镇都要借鉴推行耿车乡的"四轮齐转,双轨并行"模式,做到"消灭空白村"。

为了在全市范围内更好地复制"耿车模式",淮阴市委市政府还专门组织撰写了《关于宿迁县耿车乡乡镇企业发展情况的调查报告》,指出耿车乡在发展乡镇企业方面的主要经验,就在于面对本地实际,依据自身自然条件、经济状况和生产力发展水平,坚持集体经济和个体经济双轨并进,工、商、建、运、服五业并举,走出了充满活力的以户办、联户办企业为主体,以乡、村企业为骨干,乡、村、组、户、联户办企业"五个轮子"一齐转的多形式、多层次发展乡镇企业的路子。

"耿车模式"在全市得到了有力的推广和运用。到1988年底,全市乡办、村

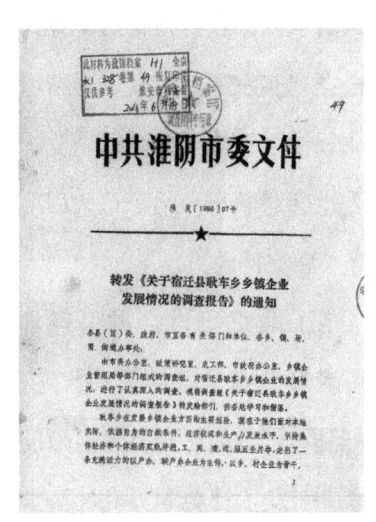

▶ 淮阴市委转发《关于宿迁县耿车乡乡镇企业发展情况的调查报告》的通知

办、户办、联户办企业已有44939个,从业人员15.2万人,占全市劳动力的40%,有效推进了宿迁市乡镇企业的发展进程。

其他地区在借鉴耿车,耿车自身亦在求变。1987年,耿车乡调整为耿车镇后,镇党委便对镇村两级工业实行了租赁或承包经营,多样化的管理模式进一步释放了企业活力。据统计数据显示,当年底,全镇"四个轮子"总产值达5754万元,其中13个镇办企业产值1454万元,19个村办企业产值1000万元,户办、联户办企业产值3300万元。到了第二年,耿车镇完全实现了家家有项目、户户有收益,全镇三业总产值首次突破亿元大关,达到了历史最高水平。

拥有蓬勃生命力的"耿车模式",在全镇人民的共同努力和上级领导的关心呵护下,源源不断地向外传递出独具特色的声音,并自豪地吸收着来自各方的反馈。

1987年初,在中共中央下发的《把农村改革引向深入》文件中,就提出在技术、交通、市场、能源条件不足的地区,要鼓励"四轮驱动"。1990年底,在考察了耿车镇稀土合金厂、制毯厂、农贸市场等地后,国务院研究室局长、研究员余国耀称赞"耿车模式非同凡响",江苏省人大常委会原副主任汪冰石为耿车题词:"坚持自力更生、全面发展耿车经济,总结经验,继续前进。"1994年10月,费孝通在出席淮海经济区第九届市长专员会议中再次提出,欠发达地区发展乡镇企业可借鉴"耿车模式"……"耿车模式"的影响仿佛波涛,在全国范围内不停翻滚。而这一个个瞬间,就如光影的一页页片段,记录着耿车在发展道路上的点点滴滴,如此生动,又如此恢宏。

曾有学者将风靡一时的"耿车模式"的影响进行了归纳和总结,提炼出五个方面,即:

商品经济观念深入人心。"耿车模式"形成的过程正是耿车人冲破旧的小生产传统观念的过程，是商品经济深入全乡千家万户的过程。在实践中，农民们深刻认识到贫穷不是社会主义，发展才是硬道理，从而重新确定了新的价值观、荣辱观和创业观，以懒惰受穷为耻，以勤劳致富为荣，解放思想，开拓进取，在创业致富上敢做敢为敢争先，涌现出一大批有文化、有觉悟、守法经营致富的新式农民。

致富道路越走越宽阔。由于户办、联户办企业的蓬勃兴起，1986年和1994年全镇人均收入分别达到357元和1203.7元，比1978年分别增长8.7倍和29.4倍，长年从事二、三产业的农户人均收入已超过1300元。当其他地方"万元户"还是稀罕物的时候，耿车每个村都有一二十户"万元户"。与此相应的，1994年全镇企业上缴税金953.11万元，是1980年的151.3倍。

劳力实现了战略转移。"四轮齐转"出现了四个转变：企业机制由集体经营向公有民营、股份合作制转变；经营方式由劳务型向加工型转变；生产管理由粗放型向科学型转变；劳动手段由传统手工业向机械化、现代化加工转变。四个轮子一起转，特别是发展家庭企业、联户办企业是解放农村生产力的一条新路，标志着耿车乡的农民已从单一的农业结构中摆脱出来，进入商品经济的海洋。

农业水平保持稳定增长。农民手中有了钱，便自觉地增加对农业的投入。1986年和1993年，全镇粮食总产量分别为1812万公斤和2088万公斤，比1978年分别增长62%和87%。为缩短耕作时间，提高劳动效率，很多农民还自愿采取结合或联户的方式，购买大型农业机械。1985年以来，全镇用于农业投入的资金达1000万元，农业机械化程度已达 85% 以上。

小城镇建设步伐加快。开辟出主街富民街和两条支街，街道铺设柏油路面；拓宽集镇及周围主干道，建成贸易货亭，结束了露天市场的历史。1992年，耿车市场被国家工商总局命名为"文明集贸市场"。同时，农民自筹资金新建楼房1700多间3万多平方米，95%的农户住上瓦房，家用电器、高档家具越来越多。

这份全面深刻的提炼总结既是对"耿车模式"影响的科学概括，更是对其内核的深度解析。

"耿车模式"凭借着个性特质，在全国持续产生着轰动性影响。短短几年，各省市到耿车参观学习的干部群众就多达40余万人次。"耿车模式"彻底叫响了。它让长期被饥饿、贫困压低头颅的耿车人成为了全国的耀眼明星，带给居民的不仅是前所未有的财富，还有比黄金更珍贵的自信。

放眼"耿车模式"形成发展的过程，数不清的精彩故事每天都在发生。一点一滴，汇聚成时间的洪流；一笔一画，书写着历史的宏阔，当人们翻阅这些过往篇章，耿车一路前行的足迹便清晰可见，每一脚都迈得踏实，每一步都踩得厚重。

只是，当时的耿车人们还没有意识到，在这场繁华背后，一场严重的危机正在潜伏着、酝酿着。

── 第 **4** 章 ──

十字路口

2005年8月,时任浙江省委书记的习近平同志在安吉县余村考察时,首次提出"绿水青山就是金山银山"的重要论断。随后,这个曾因靠山吃山、开矿采石而导致长期山秃水臭、空气污浊的村庄,主动停掉了矿山、关掉了水泥厂,开始探索新的发展路子。再看如今的余村,山峦叠翠,流水潺潺,风景优美,已成为远近闻名的旅游村。

实践证明,"绿水青山就是金山银山"理念具有科学的指导意义和深厚的实践伟力。遗憾的是,直到多年后,耿车人才真正意识到这一点,虽果断付诸行动,但也因长期放任污染而付出了惨痛的代价。

自"耿车模式"叫响全国起,耿车人就沿着这条道路疾速奔驰,名利双收的局面让他们更加坚定自己的选择。不过,"模式"往往是时代的产物,只有依附在契合的特定时期,才能发挥出最具积极性的价值。随着时代大潮不可抵挡的流动,"耿车模式"的内涵也发生着微妙变化,曾经齐转的四个轮子速度似乎有了偏差,并进的两条轨道方向仿佛也产生了偏移。

在耿车镇各产业门类竞相发展的过程中,相对于绝大多数产业对规范化、精细化、科学化与日俱增的要求,废旧物资回收加工业则凭借一如既往的低门槛、低投入和高回报的优势力压群雄、脱颖而出,吸引了超半数的居民趋之若鹜,纷纷转型进军其中。随着时间推进,行业优势愈加巩固。直至进入新世纪,曾轰动一时的"耿车模式",似乎只剩下了废旧物资回收加工业,其他产业类别在这个行业巨大利润的光环面前,倍显黯淡和凄凉。耿车人从垃圾堆中淘出了黄金、在废品摊里实现了致富,势头正猛的废旧物资回收加工业,俨然已成为耿车镇的标志性产业。

福兮祸之所倚,若回头看便可清晰发现,困扰耿车镇十几年甚至几十年的环境污染问题,从那时便开始发端。

耿车镇经营的废旧物资产业链条中,塑料的分类清洗和焚烧造粒是污染最严重的环节,清洗弄脏水源,焚烧污染空气,对于这些情况,村民们尽数看入眼里,但在与金钱的较量中,他们选择了无奈的妥协。在经济利益的驱使下,废水废气几乎不经过任何净化便直接投向自然,一点点蚕食着原本健康的生态体系。

随着从业者和产业规模剧增,耿车污染问题日益严峻。由于对环境长期无视和肆意破坏,长年累月下来,黢黑的河水,灰暗的天空,刺鼻的空气,成堆的垃圾,无数的蚊蝇成为了全镇随处可见的令人咋舌的现实。但耿车的老百姓依然"心无旁骛",就在这样恶劣的环境里,日复一日追逐着自己的财富梦。

无视问题并不代表解决了问题,一味妥协也终究不是破题良方。耿车镇就像一座火山,环境污染便是涌动的岩浆,能量不断

▶ 随处可见的废塑垃圾

蓄积，终有一日，它们会冲破山口，汹涌而出，伤害周围的生灵。

诚然，关于废旧塑料生产加工的问题，国家始终保持着密切关注。国务院办公厅在2007年就下发了《关于限制生产销售使用塑料购物袋的通知》，2011年再次下发《关于建立完整的先进的废旧商品回收体系的意见》，以期引导废塑产业健康发展。根据相关文件精神，2012年8月，原环保部、发改委、商务部联合发布关于《废塑料加工利用污染防治管理规定》的公告，明确提出"禁止在居民区加工利用废塑料""禁止露天焚烧废塑料及加工利用过程产生的残余垃圾、滤网"等，以进一步加强废塑料加工利用的污染防治。

但国家出台这些政策的初衷和用意，彼时的耿车人并没有真正领会到，他们沉浸在依靠塑料垃圾谋生活、赚大钱的美梦中，无暇顾及其他。

终于，耿车污染问题由量变的积累引发了质变的突破。2012年开始，耿车镇频频被曝出负面消息。6月，江苏省广电总台派记者到耿车暗访，拍摄了大量资料，随即播出了一档专题栏目，题为"聚焦垃圾产业，塑料加工祸害环境，管理整治亟待规范"，栏目中介绍了耿车镇生态环境的现状，并展示了令人触目惊心，甚至有些惹人不适的画面，引发全社会一片哗然。原环保部也将耿车镇列入全国八大重点环境整治区域，要求尽快治理。不久后，原江苏省环保厅又向宿迁市发专函，要求市委市政府加快部署，落实环保部指示，尽早改变耿车面貌。

一时间，曾以"耿车模式"享誉全国的这片土地，似乎成为了反面典型。

然而，当时耿车镇的各项统计数据依然光鲜亮丽。资料显示，那时耿车镇是华东地区最大的再生资源加工集散地，全镇约有70%的人口从事废旧塑料回收加工经营，年交易量达150余万吨，成交额超过30亿元，废旧物资回收加工业也是当地的支柱产业和税收的重要来源。全镇人均地区生产总值超过 3.5 万元，显著领先于宿迁市 3.17 万元的平均水平。

一边是后劲十足的经济动能，一边是日渐式微的生态环境，站在十字路口，耿车镇的未来将何去何从，这注定是场艰难的抉择，全市各级领导对此煞费苦心。

2012 年 9 月 4 日，耿车镇迎来了特殊的客人——一位宿迁市政府主要领导突然造访耿车。

这位市领导是带着任务来的。缘由还要追溯到 2011 年 5 月，江苏省委下发了《关于开展领导干部下基层活动的意见》，提出在领导干部中开展了解民情民意、破解发展难题、化解社会矛盾，促进干群关系融合、促进基层发展稳定、促进机关作风转变的"三解三促"活动。"三解三促"活动受到群众普遍欢迎，取得了良好的效果。因此，次年 4 月，宿迁市委结合省委部署要求，参照下发了《关于深入开展领导干部下基层"三解三促"活动的通知》，旨在深化拓展全市领导干部下基层活动，并明确要求做到领导干部参与全覆盖、所有村（社区）联系全覆盖、有重点信访案件地区落实领导包案全覆盖的"三个全覆盖"。

根据手中的事务安排，9 月，市领导正式启动了此项活动。结合之前了解到各级政府、媒体对耿车点名批评的情况，他决定选择耿车镇驻点调研。

得知他的计划，身边同事大都表示惊讶，接连有人劝道，耿车镇是"烫手的山芋""难啃的硬骨头"，出力不讨好，建议他换个地方。面对众口一词，市领导有些犹豫，但在经过思想斗争后，他没有更改选择。他向身边人解释道："耿车的问题摆在那里，回避不是办法。如果不去，我永远掌握不到第一手情况，也就不可能有务实有效的应对方案。"

抱着这样的想法，市领导入住耿车镇大同村一位村民家中。这个村庄共有1160户人家，其中有800户都在从事塑料回收加工产业，规模占比相当可观。

放下行李，市领导马不停蹄开始了走街串巷的调研之旅。市里"大人物"的出现在村里引起了轰动，村民们得知消息，纷纷好奇地前来一探究竟。当市领导路过一家小超市，与门口的村民攀谈时，围观的人群越来越多，一度将路都堵死了。村书记王坤见状，急忙招人搬来许多板凳。市领导招呼村民坐下，干脆就地开了场村民座谈会。

市领导在大同村共驻点了5天时间，每天都在村里看、找人谈，几乎跑遍了耿车镇的各个村庄和角落，走遍了全镇的规上企业，了解到耿车镇共有8900户居民，从事废旧塑料回收加工经营的超过3000户，其中从事回收、分拣、破碎工序的约2000户。外来务工人员的平均每小时工资在10元以上，不仅促进了群众增收致富，而且解决了大龄人口的就地就近就业问题。同时，他对耿车镇的污染状况也有了更直观的感受。最让他为之痛心的，是耿车小学一位学生在美术课描绘大自然时，竟把天空涂成了灰色。当老师问起缘由，孩子天真地回道："因为我从小看到的天空就是这种颜色。"

市领导想起有人针对耿车环境严重污染问题向他提过建议，即应当严格依法依规，彻底取缔低端的加工作坊和企业。他曾经考虑过，觉得很有道理，但此时，他有了新的认识。他

▶ 小学生画的耿车

意识到，耿车情况远非想象的那样简单，废旧塑料行业紧密关联着经济发展、人员就业等许多现实的社会问题，牵一发而动全身，决不可贸然行动，必须从长计议。也是在那段时间，一条思路在他脑中逐渐清晰，那便是不能用简单的禁止或取缔等办法堵死群众的致富之路，而要通过脱胎换骨的产业改造，使耿车凤凰涅槃、重现新生，从而根本上解决环境污染的问题。

基于这样的考虑，建设"循环经济产业园区"的构想在他脑中渐渐浮起。

市领导的构想并非空穴来风。早在2006年1月，宿迁市政府就认识到耿车镇废旧塑料加工业存在的污染弊端，并在《国民经济和社会发展第十一个五年规划纲要》中提出了建设宿城区耿车循环经济示范园的规划。按此思路，在2008年，市政府筹建了耿车镇工业园区（分为东园区和新华园区）。为加快推进园区建设，市里又牵头成立了宿城区耿车镇工业园发展有限公司，专门统筹和负责园区建设和发展的任务落实。

眼看各项工作即将走入正轨，谁也没有想到，一场突如其来的金融危机打乱了市领导的整体布局。金融危机爆发后，国内行业尤其是出口相关的生产受到了较大波及，作为上游产业的塑料颗粒供应方，耿车镇许多经营户都面临着规模压减、销售停滞、回款困难等现实难题。经济效益的下滑让村民们不得不采取保守策略，不愿意投入额外资金规范生产、入园经营。失去了经营户的支持，园区建设举步维艰，空荡荡的厂房里，许多配套无法跟上。虽然金融危机后，也陆续有经营户入驻，但由于缺少相应的硬件设备和设施，使得"循环"的理念并没有真正体现出来。

直到2012年，随着国家及时调整产业发展思路，加大对各行各业的投资和帮扶力度，国内经济已逐渐回暖，市场前景乐观可期。在这样的背景下，市领导才有了重提构建"循环经济产业园"的底气和信心。同时，与建设产业园相配套的"三合一"(加工、仓储、居住为一体)向"三集中"转变的循环产业发展思路也随之萌生,即"生产向园区集中、居住向小区集中、交易向市场集中"。

为了验证可行性,在市领导提议下,市委市政府组织召开了"推进耿车科学发展座谈会",邀请相关部门负责人、专家和耿车代表等人员参会,集思广益,最终决定打造产业升级平台,正式建设循环经济产业园。产业园规划面积为6000亩,包含标准化厂房集中区、龙头企业集聚区、研发区等,用以承接产业转移,把全镇上千家符合条件的小企业集中起来,同时配套建设交易市场和集中居住区,实现生产从分散布局向集中布局的变化,"三废"从自由排放向处理后排放的变化,交易从一家一户向市场集中的变化。

产业园的规划选址为北至苏州路、西南至325省道、东至科兴路,紧邻如今的镇政府大院。之所以选择这里,一方面是镇政府曾在这里建设过2.5万平方米的标准厂房,虽然只是空房子,没有设备,但也算有些基础;另一方面则大有深意,除了土地性质外,这里是曾经镇工业园区的新华园区所在地,也是废旧塑料经营户最集中、污染问题最严重的地方,市、区、镇党委政府正是希望通过在这片土地建设循环经济产业园,向耿车人民传达出关键信息,即取缔对环境造成严重污染的经营户势在必行,同时,耿车传统的废旧塑料行业完全可以实现绿色健康发展。

循环经济产业园的设立是宿迁市委市政府推进"耿车模式"适应新形势、紧跟新趋势,丰富"耿车模式"内涵的一次关键尝试,它的重要性和长远影响毋庸置疑。为认真落实好市委市政府的决策部署,宿城区委区政府当即行动起来,先是成立了宿迁市耿车循环经济产业园投资发展有限公司,主要任务是贷款融资,为园区建设提供资金保障。紧接着又成立了循环经济产业园管委会,级别为区直机构,投资发展公司的董事长和园区的党工委书记均由时任耿车镇党委书记张再先兼任。

都说万事开头难,事事皆如此。由于园区建设刚刚起步,前期的融资工作并不顺畅,各大银行及金融机构出于风险管控和稳妥考虑,均采取观望态度。但园区建设的每一步都需要财力支撑,没有钱,各项工程寸步难行,这让负责融资工作的管委会财政分局副局长侯范宁甚是头疼。那段时期,他起早贪黑,每日都穿梭于各银行和金融单位之间,绞尽了脑汁、磨破了嘴皮,可任由他如何推介园区的广袤前景和未来,依然收效甚微。短短一周时间,他原本乌黑的头发出现了明显的灰白,憔悴之情填满在眉宇之间。为了不影响建设进度,侯范宁只得与张再先商量,寻求破解之法。张再先深觉此事重大,不敢耽搁,当即向区领导作了汇报,请求帮助。幸运的是,在区领导的协调下,投资公司很快与工商银行达成合作共识,完成了首轮融资。迈出了第一步,后续的工作便相对顺利了,侯范宁依然每日跑各银行和金融机构,很快筹集到近10亿元的资金,为园区的顺利建设提供了充沛的资金支持。

随着园区正式进入施工阶段,美好的畅想充盈在每个人心中。这个沾满历史印记的"耿车模式",也呈现出另一番面貌。按照定位,园区将围绕"产业提档升级、环境整洁舒适、群众安居乐业"三大目标,推动"产业园区、骨干企业、研发平台、专业人才"新四轮齐转,实现"民资、外资"新双轨并进,致力将耿车打造成为国家级塑料工业循环经济示范基地。

时代造就了"耿车模式"闪闪发光的新内核,也赋予了市区镇各级领导干部新的历史使命。为了确保园区建设顺利进行,市委市政府专门建立了"加快耿车科学发展联席会制度",在建设过程中的重要节点、遇到的重大问题及时召开联席会议,多次会办、现场分工、专题交办,集全市之力稳步推

▶ 循环经济产业园

进循环经济产业园的建设。

经过一年的行动，2013年年底时，产业园已初具规模，全过程采用高标准，铺设道路23公里，兴建标准化厂房10万平方米，建设研发中心8000平方米。至2017年时，厂房面积又扩建至22万平方米。园区最大的亮点是借助新技术，全程无害化、清洁化、能源化处理"三废"。在废水处理上，将园区所有生产废水集中到耿车污水处理厂处理后，作为中水返回到园区清洗废旧塑料，使循环经济名副其实。废气处理上，采用全国领先的集气系统、喷淋吸附、活性炭吸附二级处理装置，实现标准化厂房全覆盖。固废处理上，将引进的环保龙头企业与循环经济产业园结成产业链，产业园产生的固体废弃物集中转运到光大环保垃圾发电厂焚烧发电。

为了鼓励和吸引经营户入驻，园区内的标准厂房面对当地人的租金仅为6元每平方米，远低于市场价，还提供用水用电等一系列的配套措施。此举极大地激发了耿车商户入园的积极性，各个生产经营户如潮水般涌入园区，导致现有厂房很快供不应求。园区管委会决定趁热打铁，顺势启动了二期、三期的厂房建设，新增面积约11万平方米，全力保障当地废旧塑料经营户的生产需求。

镇党委苦于环境污染的影响，改变现状的愿望极其迫切，在规划建设产业园之初，时任镇党委书记张再先就多次召开专题会议，广泛动员、明确分工，要求全镇干部群众积极配合产业园建设。园区建成后，镇党委更是表现出了坚定决心和雷霆行动，经领导班子会议研究，镇党委专门下发了园区厂房入驻的《考核办法》，把吸引企业入驻的数量作为硬指标，分摊至每位财政供养人员，并将完成情况与年终考核奖励挂钩。此项决策在当时引起了部分干部的不满，毕竟影响切身利益的事，任谁都会有抵触情绪。然而，张再先用一句话表明了态度："上级党委交办的任务，我们必须完成，这是作为党的干部的必备素养，没有什么可说的。"

在推进园区建设、实现集中生产的同时，如何打通集中交易的渠道，自然也是管委会重点关注的目标。张再先立刻想起一块现成的地方，他在地图上用红笔圈出一块区域，嘴角露出会心的微笑。

这块区域，就是位于镇政府西侧的中国再生资源商贸城。这个商贸城很有来头，它是宿迁市在顺应新世纪可持续发展大背景下的突破和创新举措，也是市"十一五"规划的重点产业园区，紧邻淮徐高速和徐淮路，交通便捷。按照规划，商贸城占地面积275亩，总投资5亿元，建筑面积15万平方米，可入驻经营单位1000多户，项目包括再生塑料区、金属橡胶区、辅料、色料、助剂区、塑料机械模具区、再生资源成品区、大型仓储物流区、电子商务区及商务休闲配套区等。在大厅的电子屏上，还滚动显示着不同塑料产品类别在各地区如上海地区、浙江地区、广州地区等地的交易参考价格，充分满足了废塑生产户的经营所需。

2010年，商贸城一期就已开工建设，江苏亿达投资管理有限公司投资3亿元，并于次年8月底建成开盘，运行情况基本达到了预期，年交易再生塑料产品100万吨以上，年交易额达30亿

▶ 中国再生资源商贸城

元,完全可以承担"三集中"的交易所需。当时,商贸城正在进行二期建设。

生产和交易的两个"集中"都顺利落地,为了解决老百姓"居住向小区集中",张再先开始了新一轮谋划。尽管小区建设的初衷是为了解决征地拆迁农民的安置问题,但张再先开会讨论时反复强调:"市区领导都很重视小区的建设工作。这些村民是为了耿车更美好的未来才被迫搬离,他们是无私的奉献者,是光荣的参与者,所以人民政府不能辜负他们的付出,一定要高标准、严要求建设他们的新家园。"

经过反复酝酿,并报上级党委政府同意后,管委会最终选定了地址,因处在宿迁城市的最西侧,故取名为西城家园。2012年,西城家园正式动工。小区占地面积500亩,建筑面积73万平方米,全部按照商品房的标准建设,周边还配套规划建设了学校、医院等,以满足耿车人民对生活的美好向往。西城家园的建设产生了良好的效果,不仅完成了农民向市民的身份转化,而且提升了他们的生活质量,节约了土地资源,更有利于全镇农业的集约化、高效化经营。

至此,宿迁市委市政府为耿车镇量身打造的"三集中"发展思路已全面启动,在区镇两级党委政府的推动下,在当地人民群众的支持下,耿车的多彩未来似乎已近在咫尺。

▶ 西城家园

就在耿车循环经济产业园如火如荼规划建设之际,一件对中国发展至关重要的事情正在发生。2012年11月,中国共产党第十八次全国代表大会在北京召开,标志着中国特色社会主义进入新时代。党的十八大站在历史和全局的战略高度，对推进新时代"五位一体"总体布局作了全面部署，从经济、政治、文化、社会、生态文明五个方面，制定了新时代统筹推进"五位一体"总体布局的战略目标。党的十八大后，习近平总书记在多个场合对"绿水青山就是金山银山"理念进行了更加深刻、系统的理论概括和阐释，指出"我们既要绿水青山，也要金山银山。宁要绿水青山，不要金山银山，而且绿水青山就是金山银山"，标志着生态文明建设被提升到了新的高度。

然而，令人惋惜的是，面对这一次的历史新起点，耿车镇再次贻误了时机。在这片曾经上演了奇迹的土地上，耿车人选择继续沉浸在光灿灿的塑料致富梦想中，惨痛的教训卷土重来，甚至比上一次更加严厉。

由于国家经济形势持续向好，从 2012 年至 2015 年，全国 GDP 增速始终保持在 7% 以上，发展潜力被大幅释放，中华大地处处充满着活力。敏锐的耿车人很快嗅到了商机，市场对塑料颗粒制品的需求日益旺盛，当地村民或增加设备人手，或开始投身废塑加工，耿车的废塑产业规模迅速扩张。

生产规模扩大了，租金和规范管理的成本自然也随之增加。为了追求更高利润，同时避免监管，许多经营户权衡再三后，干脆选择不再进入园区，就在屋前院后摆上机器生产。甚至有的经营户开始探索从废旧塑料向其他废旧物资扩展，"土废塑"里还加入了"洋垃圾"。遇到生产面积不足时，便买几张铁皮搭成简易厂房，虽然条件简陋些，但丝毫不影响源源不断流入口袋的真金白银。

生产的无序扩张给自然环境的承载带来了极重的压力，居民存款增加的同时，耿车镇在生态污染的道路上也愈行愈远，付出了"海陆空"立体式污染的惨痛代价。所谓"海"，指的是水域污染，主要是废旧塑料洗涤废水、造粒冷却废水和生活污水，根据统计，耿车镇年耗水量450万吨，相当于宿迁市区居民3个月的用水量。这些水在未采取任何处理的情况下直接排入沟渠河塘，导致地表水面严重污染，浅层地下水也受到了波及。河流水质化学需氧量、氨氮、总磷浓度大量超标，已属于劣V类水质，通俗些说，就是污染极重，已无法直接用于任何用途的水体。所谓"陆"，指的是地面污染，主要是废旧塑料回收加工过程中残留的塑料橡胶等废物。耿车每年产生垃圾近5万吨，其中塑料加工过程产生的垃圾4万吨，垃圾废料占农用地达2000亩。所谓"空"，指的是空气污染，主要是废旧塑料高温造粒以及焚烧塑料废弃物产生的有害气体。由于耿车废旧塑料回收加工企业多，经营分散，大量的垃圾无法及时清运填埋，造成焚烧垃圾的现象十分突出。空气中的总悬浮物、PM10、PM2.5均存在超标情况，空气污染最严重的时候，甚至超过当时评价标准20倍。

当地政府对此甚为苦恼。各级领导既对环境污染问题痛心疾首，却又不能轻举妄动，毕竟，废塑产业是耿车老百姓最重要的经济来源，也是一个家庭的命根子，且从业人数屡屡攀升，如处理不好，极易引发恶性群体事件。因此，在没有寻到合适的契机之前，在没有得到大多数老百姓支持的情况下，政府部门只得小心翼翼地尝试，最多是对那些造成污染特别严重、带来影响特别恶劣的加工户给予整改、关停或取缔的处罚。为了治理污染，政府还不得不投入重金，但放眼被垃圾围城的耿车镇，这些效果微乎其微。据相关机构测算，若政府想彻底推行环境整治，费用至少需10亿元。

随着时间的推移，耿车环境污染状况愈益严峻，目之所及，皆是问题。

到2015年时，镇区和镇域的各个村庄，几乎已找不到一条清澈的河流，浑浊的河水似凝固般缓缓蠕动，水面上漂浮着各式各样的塑料制品，有的河道因垃圾过多，已被淤堵住，完全失去了生机，小鱼、青蛙等生物早已不见踪迹。成日雾蒙蒙的天空，像是被覆盖上了灰色的滤镜，颜色昏暗得令人压抑。四面八方都飘来刺鼻的焚烧塑料味，就连飞翔的鸟类也抛弃了这里。只有随处可见的戴口罩的村民，伴着机器发出的轰鸣声，还在家门口不知疲倦地忙碌着。

对于规模较大的塑料加工厂来说，小河小流已经满足不了生产排放的需求，他们毫不犹豫地将目光投向了骆马湖的水道。骆马湖是重要的蓄水湖，也是当地居民饮用水的主要水源地，但已被财富蒙蔽双眼的经营户选择无视饮水安全，每天都有几百家加工厂向流入骆马湖的水道中排放数吨富含洗涤剂的重度污水。水源被污染后，老百姓想喝到干净的地下水，必须要打300米的深井，而在以前，30米深处的水就已香甜可口。耿车人虽从垃圾堆里捡出了巨大财富，却也饱受着生态恶化之苦。

▶ 触目惊心的垃圾污染

污染和阳光有一点是相似的，都具有辐射周边的特性。通俗来说，遭受破坏的水源和空气并不会老老实实地固守在耿车区域，它们会流动起来，向四面八方进攻，吞噬着相邻村镇健康的生态环境。

日积月累，周边的生存条件越来越糟糕，耿车人看在财富的情面上选择了接受，可周边村镇的居民却没有承受的理由。忍无可忍之下，他们终于行动起来，拿起了政策武器维护自己的权益。

那几年，市区两级接到关于耿车镇环境问题的信访、投诉、举报数量居高不下，最多时一天可接到上百条。耿车环境污染状况也成为各级人大代表、政协委员关注的重点，每年都会有相关的建议或提案，接连不断。还有一些报纸和自媒体，似乎嗅到了热点，轮番前往耿车明察暗访，连篇累牍地予以报道。更有不少人在网络发帖，表达对经营户罔顾环境只求赚钱的愤慨和对耿车未来的担忧。

其实对耿车人来说，他们身处其中，关于环境污染的危害有着比谁都清醒的认识。他们无法割舍的，只是鼓囊囊的钱袋子。全镇不少经营户赚了些钱后，便立即在市区买了房子，只有在加工生产时才会返回村里，将村庄变成了工厂。"生活在市区，生产在镇村"是当时耿车人普遍的生活状态。还有一些因行动不便或念恋旧土不愿离开的老人，也会叮嘱自己的子女，备孕怀孕期间尽量不要回村。更严峻的是，每年水稻种植前，全镇的灌溉渠都要进行一次大冲洗，才能勉强满足农用的需要。如果直接用沟渠里的水灌溉，不出一个礼拜，水稻就会病死。而且，村民们即使种了水稻，收割后也大都会卖掉，再重新到城里买米吃。

尽管村民们对生活的方方面面谨小慎微，可残酷的现实是，自然界从不会向某些群体格外开恩。对于长期浸润在污染环境里的人们来说，浑然不觉中，他们的身体早已受到了普遍的毒害和侵蚀。

2015年夏季，耿车镇大众村一位村民因咳嗽不止到宿迁市人民医院就诊，经过系列检查后，发现是肺部出现问题。医生在开药治疗时，随口蹦出句话："又是耿车的。"言者无心听者有意，这位村民好奇地探问情况，得知近几个月来，在这位医生接诊的肺病病人中，几乎有超过一半都是耿车镇居民。

这位村民闻言一笑，并没有当回事。几日后，在一次闲聊中，他把此事当作笑谈告诉了村党委书记李军。李军仿佛想起什么事,一下愣住,脸色"唰"地就变了。村民不知情由,一脸茫然地望着对方。李军思忖片刻,没有多说什么,将村民打发走了。

李军即刻抓起手机给时任耿车镇党委书记徐光良打电话,汇报了这个情况,神色凝重地说:"徐书记,我突然想到,全镇发病率这么高,会不会和生活环境有关系?如果真是这样,那镇里这么多老百姓,岂不是都有危险?"此时的徐光良刚刚调任耿车镇不久,对镇里的情况虽有些了解,但尚未深入。听了李军的担忧,他不敢大意,略作思考后回道:"有可能,但不能武断下结论。给我点时间,我来处理。"

几日后,一个神秘的调研组来到了耿车。他们在全镇多个点位布置了设备,收集检测空气数据,并对土壤和水流进行取样,细致地装瓶、打包。这个调研组成员,就是徐光良从市、区请来的环保、医疗等方面的专家。

没多久,调研组向徐光良反馈了情况。正如李军担忧的那样,调研组经过缜密分析得出了结论,认定耿车人相关疾病的发病率居高不下,与当地生态污染有密切的关联。

徐光良呆坐在椅子上,倒吸一口凉气。他知道耿车镇污染严重,也了解不少居民身患疾病,但他从未将这两者联系起来。亲手打开环境污染的潘多拉魔盒,并从中获取巨额财富的耿车居民,最终还是遭到了自然界无情的反噬。

徐光良的大脑快速转动。他愈加感觉到,眼下的耿车像一个多面体,全镇似乎陷入某种奇怪的运转模式,当地居民既热爱家乡,又不断逃离故土;他们既对垃圾生产充满干劲,也对随之产生的污染唉声叹气;他们既是废旧物资回收加工业的坚定执行者,又是改变现有生产模式的迫切需求者;他们既是受益者，更是受害者……

徐光良又想起了不久前的那次对话。几个月前，他还在宿城区埠子镇任党委书记，那天，突然接到区委书记裴承前的电话，请他过去有事面谈。他怀揣着好奇和疑惑敲响了裴承前的办公室，隔着那张几乎摆满了资料的办公桌，两人进行了一次关起门来的交流。

裴承前招呼徐光良坐下，笑盈盈地问："徐书记，如果把你调到耿车镇当党委书记，你愿意吗？"面对开门见山的询问，徐光良丝毫没有心理准备。他晃了晃神，不解地询问缘由。裴承前直言道："区委对现任党委书记张再先同志另有任用，目前在物色接班人选。但耿车的情况你是了解的，治理难度远超其他乡镇。我们商量来讨论去，认为目前只有你最合适。"

听闻此言，徐光良急忙站起来道："裴书记过奖，其实我自知还有很多不足，但很感谢组织对我的信任和肯定，我坚决服从组织安排。"

裴承前爽朗地笑了，示意他坐下，声音响亮道："好，那我就代表区委向你交办工作。你到耿车镇后，重点抓好两件事，一是整治好环境，二是发展好电商。"徐光良干脆利索地回："请裴书记放心，一定完成任务。"徐光良离开前，裴承前拉住他的手，意味深长地叮嘱道："徐书记，期待。"

几日后，一纸调令送到埠子镇，徐光良正式接过了这个沉重的接力棒。

此时皓月已升空，隔着一层显而易见的雾霾，月亮柔和的光晕隐约可见。镇政府办公大楼内已空荡荡，忙碌了一天的干部们都拖着疲倦的身体回家，享受亲情的温暖。只有徐光良的办公室还亮着灯，远远望去，如同黑暗中的萤火，格外引人注目。

杯茗茶散着袅袅余温，旁边是一个摊开的笔记本，上面密密麻麻挤满了文字和横线，徐光良左手托住额头，右手还在写画着。他的焦虑正通过笔端不停流淌出来。如何不辜负区委的信任？如何兑现自己的豪言壮语？如何让饱经沧桑的耿车实现逆势蝶变？他目前还没有明晰的思路。

下一步该何去何从？徐光良思索着。历经磨难的耿车镇，再次来到了十字路口。

第 5 章

打响保卫战

　　2015年立冬后不久,耿车镇气温的变化便不再遮遮掩掩,夹带寒意的凉风蓄满力量,随时准备占领这片土地。昼夜十几度的温差让人的体感并不那么舒适,白日像酷暑,夜晚似寒冬,波折的温度曲线击倒了许多老幼和抵抗力弱的人群。就连徐光良也没有幸免,连日的熬夜让他引以为傲的身体素质大打折扣,总感觉脑袋昏沉沉的。

　　那晚,已经快七点钟了,徐光良依然没有走出办公室的门。在门口等待多时的工作人员看着时间一点点流过,心里不免纳闷:"平日里对时间要求苛刻的徐书记,今天是怎么了?"

　　又是几分钟过去,工作人员等不急了,抱着疑惑,他轻敲办公室的门,听到一声含混的"嗯",便走了进去,看到坐在椅子上睡眼惺忪的徐光良。

　　工作人员赶紧解释:"徐书记,循环经济产业园的协调会马上开始了,再不走就要迟到了。"

　　"噢,那走吧。"徐光良起身揉了揉眼睛,仿佛还没有缓过神来。

　　两人等电梯时,工作人员突然开口:"徐书记,是不是最近太累了?身体要紧呀。"徐光良看向对方,笑了笑,并没有接话。

徐光良主持的这次协调会并不复杂,主要是几家企业在厂房改造过程中遇到了困难。协调会本计划下午召开,因他临时接到通知赶去区委,故只得推迟到晚上。听了各方面的意见后,他便清楚了症结所在,很快明确责任,并作了分工部署,仅半个小时便结束了会议。

走出会议室,徐光良顿时闻到一股刺鼻的味道,在本就略感滞塞的脑袋里横冲直撞。他知道,这是附近的居民又开始造粒了。他下意识地停住脚步远远望去,看到不远处的半空中翻腾着滚滚黑雾,在路灯的照射下异常明显,像是战争后的硝烟,既悲壮又凄凉。他愣了几秒,钻进车中,心底涌上一股失落,有些心不在焉地问:"今天还有安排吗?"

随行人员回道:"原计划要去慰问一位肺癌患者,但今天有些晚了,您看是不是改到明天?"

徐光良疲倦地将头后仰,靠在座位上说:"既然排了行程就去吧,明天还有明天的事。"

这户人家算是村里的塑料大户,满院子的废旧塑料让徐光良无从下脚。每一次落步,他都要看准空档踩下去。进入屋子,满眼的垃圾情况更甚,柜子上、桌子边,甚至床角都堆放着一些塑料罐。一个骨瘦如柴的中年男子正躺在床上,紧闭着眼,每口气都喘得十分艰难。

徐光良看得难过,转向身后的妇女,说了几句鼓励的话,希望他们保持信心,积极配合治疗,并许诺镇党委会尽力解决他们的生活必需。

不提还好,中年妇女一听到"治疗",就忍不住抹着眼泪道:"这些年起早贪黑干塑料,好不容易攒些钱,结果看病全花光了,还欠了一屁股债,简直是造孽。"

徐光良心情沉重,叹口气劝道:"大姐,已经到这一步,也不用过多抱怨了，生活还是要向前看。不过，你应该也知道，他这个病和干塑料有很大关系，我们前不久还专门找专家来检测过。为了家里其他人的身体考虑，你们还是尽早改行吧。现在各级政府对做电商有许多扶持政策，你们不妨试试看。"

妇女摇摇头，眼泪如雨滴落下，自开始就没有停过，声音像是泡在水里："有政策也没用，干啥都没有干塑料赚钱。我们干了几十年塑料，其他啥也不会，亲戚朋友都靠它挣钱，就我们不干，那不是傻吗？再说了，就算我们不做了，村里那么多人做，还不是照样要天天吸毒气。"

"这不是长久之计，政府会统筹安排的。"徐光良继续试图说服对方，"只要你们愿意转行，我们可以安排人来教你们。"

妇女盯着他问："转行也可以，那你们能不能下个命令，让大家都别干塑料了，我们肯定第一个支持。"

徐光良感觉好气又好笑，但他知道，这是大多数村民的真实想法。为了给村民树立信心，徐光良郑重地回道："我们会认真考虑的。"

返程时已接近九点了，徐光良坐在车上，目光投向窗外，望着月光下向后退去的农房，若有所思。

自从上任耿车镇党委书记以来，徐光良始终记得区委书记裴承前明确提出的两项任务，在前任镇党委书记张再先打下的基础上，大刀阔斧地推出系列举措，使电商环境得到优化，淘宝业绩明显提升。当时，耿车镇已成功被评为"江苏省农业电子商务示范乡镇"，大众村和湖稍村成为"江苏省电子商务示范村"，大众村还是全国首批淘宝村之一，被评为"省级巾帼电子商务示范村"等。在前段时间的"双十一"中，耿车镇的电子商务交易额突破6500万元，又创新高。在这一点上，他是值得骄傲的。

但想到环境整治的硬任务,他又像泄了气的皮球。履新几个月了,他对耿车的环境污染痛心疾首,却始终想不出有效的办法。虽然镇党委明确了"四个一批"的整治思路,即取缔一批:取缔垃圾料、商标纸、烤鞋底、蓄电池、医疗废弃物、废塑料褪镀(涂)、盐卤分拣及加工过程中产生泥沙量大、烟气大、无除烟除气设施的企业(户);控制一批:对排污严重的大棚纸、聚氯纸、网绳等加工企业和作坊进行全面控制,严格整改;整治一批:对无证、无照、无污染处理设施、运作不规范的废塑料加工经营企业(户)限期整改,整改不到位的,强制取缔;入园一批:引导证照齐全、环保设施完善的加工企业(户)进入耿车循环经济产业园发展。但在实际推行过程中,由于认识的局限性,经营户并不能真正理解和支持镇党委的用意,因此存在不小的难度和阻力。散乱的废旧物资回收加工行业就像是野蛮生长的杂草,在耿车大地肆虐。

就在前不久,市环保局还根据群众举报,查处了镇内一家违规从事废旧电路板拆解的加工户。这事本来并不稀奇,经济利益的驱使下,经常会有人罔顾制度,进行违规操作。比如半个月前,镇城管根据群众举报的线索,在市经济技术开发区与耿车镇交界处,对十余户烤鞋底重污染加工向耿车境内转移一事进行了处置。但这次令他忧虑的是,这位加工户竟然是从广东省千里迢迢跑到耿车镇来的,就是因为听说了耿车镇是废旧物资回收加工业的宝地。曾以"耿车模式"享誉全国,曾靠"四轮齐转"创造经济发展奇迹的耿车镇,什么时候被人们贴上"垃圾宝地"的标签了?这让他忧心忡忡,茫然失措。

可话说回来,他是党培养的干部,从农村孩子一路成长为镇党委书记,他内心对党组织充满了感激和尊崇。他深知,既然区委交代了任务,那前方哪怕荆棘密布，哪怕阻力重重，他也要硬着头皮向里闯，不能有丝毫退却之心。

他深呼吸一口气，稍事平复浮躁的心情，透过车窗，将目光投向耿车镇的大街小巷。下午与裴承前的谈话场景忽然从心底浮了上来。

接到区委通知时，徐光良就有了预感。他知道，这种临时召唤一般都是有突发或重大情况，但事出为何，他并不清楚。赶到区委时，工作人员将他引到裴承前办公室，对方满是心事的表情让他不由也跟着严肃起来。

裴承前招呼他坐下，话语没有拐弯，直奔主题道："上午市委召开了一个小范围会议，市委市政府的领导都参加了，主要就是耿车的污染和治理问题。我听了以后，压力很大。"

徐光良赶紧问："是不是上级又有新的政策和指示？"

裴承前轻轻点头，算是给予了肯定回答，接着告诉他，市委领导在会上专门提到了今年10月，习近平总书记关于《中共中央关于制定国民经济和社会发展第十三个五年规划的建议》的说明内容，再次强调"推进生态文明建设，解决资源约束趋紧、环境污染严重、生态系统退化的问题，必须采取一些硬措施，真抓实干才能见效"。

徐光良捕捉到了关键信息，安静地继续听着。裴承前接着说："市委已经有意向，要重拳出击，彻底解决耿车镇的废旧塑料问题。"

"彻底解决？"徐光良颇觉意外，一时没有缓过神来。

其实在几年前，市领导就已清醒认识到，耿车镇要改变垃圾围城的严峻污染现状，就必须要根除家庭作坊式的废旧物资回收加工行业，引导经营户或入园经营，或自身进行标准化的改造。即使徐光良上任不久，也一眼看出了症结所在，并就耿车镇环境整治问题与裴承前沟通过，看法如出一辙。但尽管各级党委政府思想有高度共识，前方却依然充满了未知。

前两年，耿车全镇有3000多户从事垃圾加工。后来，因浙江省嘉兴市、本省苏州市和徐州市等地考虑污染问题，先后取缔了废旧塑料加工业，使得这个产业逐渐向耿车集聚，并以耿车为中心，扩散到周边的4个乡镇。短时间内，耿车及周边乡镇吃"垃圾饭"的从业家庭就骤增至6978户，每年加工废旧塑料近300万吨，产值达80亿元。巅峰时期的加工户达8000多户，从业人员近10万。

如此大的规模，涉及近七八千户家庭的切身利益，没有哪位领导敢予以拍板，强制关停塑料回收和生产。万一处理不好引发群体性事件，不论对哪一方都没法交代，且后续想重新启动，机会就更渺茫了。因此，出于稳妥考虑，这个想法便被搁置起来了。

当然，凡事并无绝对。2015年下半年，一场内外因素共同叠加引发的改变，让看似无解的耿车难题有了突破口。

事情从2014年起就出现了端倪。那年夏天开始，国际油价持续走低，到2015年下半年时，已从每桶110美元跌破40美元，跌幅超过六成。国际油价的快速下跌，导致国内成品油下调幅度不断拉宽。数据显示，2015年全年国内成品油中，汽油累计下调670元/吨，柴油累计下调715元/吨。塑料作为原油的副产品，自然跟着受到了巨大的冲击，价格跌破了绝大多数经营户的心理预期。那段时间耿车做塑料的居民全部做一批亏一批，亏损率超过20%，更严重的是，到2015年时，这种情况已经持续了一年多。残酷的经济环境和入不敷出的经营惨况，让每位经营者都面临着事关生死的抉择，是咬牙坚持，还是及时止损，没有人知道哪一个才是正确选项。重压之下，商户们纷纷做出了自己的判断。到2015年年底时，已有近一半的人心存动摇，对是否继续做塑料产生了顾虑，还有一些不堪重负的人，不甘心地逃离了塑料行业，忍痛关停依然轰鸣的机器。不过，对大多人来说，关停只是暂停，并不是终止，待市场好转，他们仍旧期待着塑料堆里的金光闪闪。

与此同时，自党的十八大以来，党中央对推进生态文明建设的关注持续深入。2014年11月，国家发展改革委将历时近两年起草的《关于加快推进生态文明建设的意见》上报至国务院。2015年3月，中共中央政治局召开会议，审议通过了此项《意见》。是年5月，中共中央、国务院正式印发了《关于加快推进生态文明建设的意见》，明确提出"坚持绿水青山就是金山银山"。这也是继党的十八大和十八届三中、四中全会对生态文明建设作出顶层设计后，党中央对生态文明建设的一次全面部署。江苏省委紧跟党中央的脚步，于6月便印发了《关于推进生态文明建设工程的行动计划》，提出了6类26项重点工作，涵盖"循环经济""蓝天工程""农村环境综合整治"等具体目标，为全省的生态文明建设提出了更加细致的方向，也为耿车镇重拳出击改善生态环境提供了政策支撑。

而最触动耿车人心灵的，是一封来自海外的信。这封信于2015年7月从国外寄到宿迁市委，作者叫李玟，是在美国留学的耿车籍青年。他在信里既表达了海外游子的思乡之情，也倾诉了对故乡现状的痛心。信中写道："如果回到从前，我们更爱

▶ 在美耿车人的来信

的是碧水蓝天。世界很大,我想回家。家已不是从前模样,看到的是垃圾,闻到的是刺鼻的气味,小河流不再清水潺潺,天空不再是碧蓝碧蓝,家乡不再是想象中的天然。何时再现碧水蓝天?何时能回到从前?"信的内容一经媒体公布后,立刻惹来全市人民一片哗然,被推至聚光灯下的耿车镇获得了广泛的关注,只可惜,这并不是值得骄傲的事,异样的目光和犀利的评价缠绕着每一位热爱故乡的人。静下心来反观当下,随处可见的废水、废物和废气,就像粗大的鞭子,狠狠抽在耿车人的心上,既觉得面上无光,更感到心里有愧。

上有高屋建瓴的政策指示,下有市场疲软的现实基础,中间还有浓厚质朴的情感需求,这是一举打破耿车污染困境的千载难逢时机。不久前,宿城区委区政府就先期迈出了第一步尝试,下达了彻底整治废塑料行业的任务。但是,还是那个老生常谈的问题挡在眼前,端掉群众饭碗的工作要怎么做?取缔以后要怎么办?怎样才能平稳地实现过渡?全市各级党委政府都在思索着。

徐光良回过神,满怀期待地问:"是不是市领导有好的办法了?"

裴承前想了想,说:"也许吧。"他并不是回避问题,而是确实不清楚。他唯一明确的,就是市委已下定决心要根治耿车镇的塑料污染顽疾,至于采取何种措施来解决这个顽疾,他也在期待着。他对徐光良说:"市领导一定会有更宏观的考虑,我们的任务,就是做好准备,迎接这场硬仗。"

市委提出要彻底解决耿车污染问题,自然也并非心血来潮。除了以上三方面客观因素外,最近发生的一些事,也让整治耿车的迫切性在市委开会考量时增加了权重。

10月19日,原环保部组织专家组,对宿迁市创建国家环保模范城市开展了技术评估。国家环保城市是指在已具备国家卫生城市、城市环境综合整治定量考核和环保投资达到一定标准的基础上，才有资格创建的城市，是全国城市科学发展的杰出代表，是国际社会可持续发展城市的优秀典范，也是在强化城市环境保护工作、推动经济发展方式转变、构建和谐社会等方面发挥了积极示范作用的模范城市。可以说，这对宿迁市来说，是含金量极高的一项荣誉。为了这次迎检，宿迁市做了充足的准备，市委市政府主要领导多次开会做专题部署，要求全市各级党委政府共同发力。街道上也挂满了随处可见的宣传标语，"创模"的氛围相当浓郁。

作为市领导重点关注的耿车镇，自然重任在肩，结合镇里实际情况，镇党委专门召开了"耿车镇创模迎检暨环境综合整治推进会"，提出了"六个到位"的工作要求，即宣传发动到位，长效保洁到位，对私拉乱接电线、开孔水井经营户断水断电到位，对重污染加工户取缔到位，对小而散的有毒有害物品加工户清理到位，对环保设施不到位的加工厂规范到位。同时，还发布了《致广大废塑料经营户的一封信》，与广大废塑料经营户细算了环境账、健康账、经济账、名誉账，倡议违法经营的废塑料经营户自觉主动停止生产经营，支持配合综合整治，用一系列具体的行动展现配合宿迁市创模的决心和态度。但由于长年累月对环境的侵害，仅仅靠短时间的改善，很难取得明显的效果。

三天后，专家组评估结束，向市委市政府反馈了城市创模工作中存在的6个方面64项具体问题，其中重点就集中在废气污染、水污染、空气异味等方面。参加会议的市领导眉头拧成了疙瘩，他很清楚专家组说的是哪里。

那个时刻，他萌生出了一种决心，并打定主意，等市委主要领导出差回来就与他沟通。

此时的市委主要领导正在英国。为进一步扩大宿迁市对外开放规模，加快开放型经济发展的节奏，推进重大项目的建设，他率领市经贸代表团赴伯明翰市举办投资环境推介会，向英国的企业家们介绍了宿迁市的产业基础、投资环境、人文底蕴、生态环境等优势，诚邀大家到宿迁投资，共谋发展。精彩的介绍引起了当地不少企业家的兴趣，英国真维特高压电源有限公司当场签订了合作协议，宿迁市代表团还与两位新材料领域博士签订了人才引进意向书。

临行告别前，一些英国企业家表示，一定找机会到宿迁去走一走、看一看，市委主要领导也表达了诚挚期待和热烈欢迎。总体看来，这次推介会比较圆满和成功，但坐在返程的飞机中，他的心情低落下来。放下了收获的喜悦之后，他想起了一个地方。

这个地方，就是绕不过去的耿车镇。宿迁市整体风景优美、生态健康、蓝天绿水、飞鸟翱翔，这是客观现实。所以相对之下，耿车的状况则显得尤为扎眼。即使是国内稍有些名望的投资机构，看到耿车的实地情况都避之不及，更何况环保理念极强的英国投资者呢？宿迁市已经有过因耿车环境吓退投资者的前车之鉴，这种情况万万不能再发生了。

那个时刻，市委主要领导感受到了一种压力，这是来自城市发展渴望的压力，迫使他必须尽快做出抉择。

回到宿迁后，两位领导第一时间碰了头，互相交流了近期发生的事，共同的感受和决心，让两人双双露出了无奈的笑容。

市领导发出感慨："治理耿车的污染问题已经是上了膛的枪、拉了弦的箭，势在必行，我们拖不起了。"

市委主要领导很同意，长叹口气道："之前一直很犹豫，想等更好的时机，现在看来，这也许就是最好的机会了。"他指着桌上的一份材料，接着说："现在有个最好的条件，原油价格大跌，很多经营户对改变现状有迫切期待，如果遗失良机，等塑料价格再起来，阻力必定剧增。"

"我也是这个想法。"市领导附议道，"而且在美耿车人的那封信影响很大，社会上也都在关注着我们下一步会如何行动，再加上中央有明确规定，所以，不论从哪个方面来说，市委市政府都不能按兵不动了。"

对方点头，若有所思地沉默着。

"对了，前几天碰到耿车镇的徐光良，你知道他说什么吗？"市领导突然想到件事，开口道，"他说，领导，我不能跟你握手，我身上有洗不掉的耿车味，不健康。"

市委主要领导的表情轻松下来："这个小徐书记，上任时间不长，感触倒还蛮深的。"

市领导笑道："能有这种感触，说明他工作确实用心了。我相信裴承前书记既然推荐他，一定是有道理的。"

市委主要领导表达出自己的想法："区里和镇里有想法有干劲，这当然是好事，但还是得我们来定方向才行。这两天我也一直在想，我们还是要下去再实地转一转，看看现在整治工作究竟开展到什么程度了，看看有没有哪个症结需要市委市政府来解决。塑料整治的难题不能全部甩给基层，我们也要拿出态度来。"

接着，他又意味深长道："这一次，我们要汲取以前的经验，抓住当前的有利时机，拿出一万分的决心和魄力，彻底禁、禁彻底。"

在几日后召开的市委常委会上，市委主要领导正式作出了到耿车调研的工作部署。他在会上动员道："耿车片区废旧物资加工行业是在特定发展阶段、特殊历史背景下形成的,它的存在和发展有着合理性和必要性。可随着时代变迁,耿车依然停留在粗放式发展、低端发展的阶段,以破坏生态环境来换取经济利益,这就不符合现实要求了。习近平总书记曾强调,保护生态环境就是保护生产力,绿水青山和金山银山绝不是对立的,关键在人,关键在思路。我对这句话印象很深。最近这几个月,耿车及周边地区关于塑料违规生产的举报越来越多,说明广大群众对改善生态环境、追求绿色发展有着广泛又急切的愿望和需求,这对我们来说是宝贵的机遇期。我们要积极做好人民群众生产和生活方式的引导、转变。就现阶段而言,首要任务是抓住当前相对比较成熟的时机,以彻底禁、禁彻底的决心,坚决做好废旧物资回收加工行业的综合整治工作。"

就在市委办忙着筹备市领导前往耿车调研的行程时,又一件助力耿车镇废旧物资回收加工整治的事情发生了。12月4日,工业和信息化部制定下发了《废塑料综合利用行业规范条件》和《废塑料综合利用行业规范条件公告管理暂行办法》,这两份制度初衷是为了贯彻落实《循环经济促进法》,规范废塑料资源综合利用行业发展秩序,促进企业优化升级,加强环境保护,提高资源综合利用技术和管理水平,引导行业健康持续发展而制定的。其中对"生产经营规模、资源综合利用及能耗、工艺与装备、环境保护"等方面进行了详细的数据规定,并且自2016年1月1日起即将施行。

市委主要领导看到材料后,只说了两个字:"正好。"

12月7日,正是大雪时节,雪花虽未如期而至,但寒意已准时抵达。光秃秃的树杈在冷风中摇曳,给冬季的耿车镇增添了几分萧瑟。当天下午,市委市政府两位主要领导带队,按计划到耿车调研,了解废塑行业的现状、前期开展综合整治的进展以及引导经营户转型发展的路径等,为市委下一

▶ 市委市政府主要领导到耿车镇调研

步更好地开展"彻底禁、禁彻底"行动提供真实客观的现实依据。

市委主要领导已到宿迁任职一年多,市政府主要领导还要再早一些,已经两年多了。两人记不清多少次到耿车,唯一能确定的,是每一次到这里,心情都是一如既往的沉重。

调研组的第一站安排在红卫村。映入眼帘的是一堆堆成山的塑料,田间地头、家家户户,但凡有块空地,都是塑料垃圾的堆放处,废弃针管、电池电瓶这些高污染物也随处可见,走在路上,经常会踢到塑料垃圾。由于整日泡在垃圾堆里,村里许多年轻妇女,不说打扮,就连正常梳洗的都很少,面部尽显颓靡,丝毫看不到这个年龄段应有的阳光和活力。

红卫村的村书记王鹏引导着调研组边走边看,正介绍转型思路和做法时,市委主要领导突然开口问:"听说今年红卫村因为环境污染问题,被媒体曝光了?"这个直白的提问让王鹏愣住了,一片红色从脖子爬上脸颊。

"是的。"王鹏如实道。

领导又看向徐光良:"我记得你向区委报过一份材料,说耿车偏高的发病率和环境污染有关?"

徐光良点头道:"我们专门请专家来检测过,两者确实有关系。"接着,他将一位村民唤至跟前,介绍说,"这是红卫村二组的藏宏生,他家就是典型的例子。"

"老藏,你快给领导介绍介绍。"王鹏提示对方道。

藏宏生略显腼腆地开了口:"各位领导,我曾经胃中毒,就是因为干塑料。我们这儿有一句话,叫烤鞋底取塑料,黑烟直往鼻里冒,那个气味又臭又腥,熏得人想吐。我记得那次是下雨,我在家烤鞋底,第二天就不行了,不能吃饭,还呕吐。后来去医院查出是胃中毒。去年我父亲肺癌去世了,也是和这个有关。"说完,他又补充道,"不只我们家,其他人家也有这种情况。"

藏宏生语毕,也许是因为想起了去世的父亲,神色明显落寞下来。徐光良轻拍他的肩膀,以作安慰。

领导表情沉重地听完,想起了著名作家雨果的一句话,大自然是善良的慈母,同时也是冷酷的屠夫。放在此刻看来,这个说法非常形象。他看向王鹏:"王书记,据我了解,区委和镇党委提出彻底整治废塑料已经有段时间了,但今天现场看后,我感觉变化似乎并不大,从你的角度看,阻力主要在哪里?"

王鹏心中一慌,赶紧表态道:"我向您检讨,是我们村委思想还不够重视,推动落实不力。"

领导笑了,摆摆手道:"不是说你,我问的是乡亲们对整治的真实态度。"

"噢。"王鹏听明白了,仔细做了思考,方才回道,"现在的阻力主要还是舍不得钱袋子。至于整治态度,就我感觉,乡亲们是中立的,虽然从塑料里赚了钱,但是造成的污染和对身体的影响他们都看在眼里,更何况,现在市场也不好。我觉得,可能大多数人还在观望,主要看政府最终是什么态度,究竟是一阵风还是一场雨。如果政府真的强力推进,我想绝大部分村民应该会顺势而为。"

领导心里有数了,语气坚定地说:"这次我们要做的,就是彻底禁、禁彻底。"接着,他交代了更具体的任务,"这里面有几点要注意,整治工作一定要全面，不能这个村整治，那个村不整治，各村之间会有比较，这碗水若不端平，注定成不了事。而且还要持久，不能一阵风过后，涛声依旧。"

王鹏认真听着，郑重回道："请领导放心，我们一定落实好市委市政府的决策和要求。"

红卫村遍地垃圾的画面像涂了胶水，牢牢地黏在调研组的心里。在前往下个调研点的过程中，车内气氛冰冷，言语似乎被冻住了，只有空调口的出风声"呼呼"响着。

这一站是大众村，令人忧虑的环境状况与红卫村不相上下。由于大众村电商事业起步早，并已做出了一些名堂，因此调研组成员对这个村庄并不陌生。但是，这里污染同样严重，常年污水横流，特别是夏天，垃圾焚烧，蚊蝇乱飞。大众村域内有一个自然村，名叫史庄，情况最为严重，共130户人家。当时，做塑料的经营户为了扩大生产，不惜扒掉仅有住房，连接院墙和小菜园，扩建成简易的生产厂房。侵占公共道路、挤占汪塘沟边的事情更是屡见不鲜，就连仅剩的羊肠小路也被垃圾堆满。遇上雨天，清澈的水珠一落地，即刻变成脏水黑水。家庭工厂作坊产生的有害污水、生活废水无处可去，只能在村里徘徊、渗透或等老天蒸发。史庄常常臭气熏天，村民经常自嘲道，史庄真的快变成"屎庄"了。

最要紧的是，村民们赖以生存的水源也受到了污染。村内的史庄河，一半填垃圾，一半排废水，河水都是五彩的，流过之处寸草不生。地下水百米深内皆不可饮用，即使烧开了，水也泛着黄，还有股怪味。

村民们对此早习以为常，还饶有兴致地向调研组分享了一则趣事。夏天的时候，有位村民在浙江做生意，欠了2000多元钱。债主跟着一路追过来，结果到村里后，顿时傻眼了。到处可见的垃圾中找不到下脚地，密密麻麻的苍蝇直向人身上扑，腐烂变质的酸臭味弥散在空中。这位村民是做豆腐的，正潇洒地将豆腐渣全都倾倒在门口，惊起一团苍蝇。债主下意识地捂住口鼻，再没有提要钱的事，逃也似地转身走了。

这件事被村民当成趣谈，但两位领导却笑不出来，他们的心情比黝黑的河道还要淤堵。两人相视而叹，一股愁云笼罩在心头。

调研结束后，市委主要领导的心情沉重无比。他向随行人员交代："明天一早，通知大家开个会。"说完便转身向车走去。夕阳洒下余晖，将他的背影拉得很长，路面上铺着金灿灿的日光，随处可见的成堆垃圾也显得更加刺眼。

12月的苏北寒风阵阵，街上的人们都裹紧了衣服，低头匆匆赶路。到了晚上十一点多，街上已几乎看不到行人了，城市开始变得空荡。路灯挺立在路边，努力发着明亮的光，衬托着城市的夜景。在夜风的吹拂下，路灯显得有些孤寂和清冷。日复一日、年复一年，它们始终伫立于此。行人眼中那一团团投下的光亮，就是它们坚守的意义。

此时的市委主要领导正站在书房的窗户前，望着城市的夜景陷入沉思，下午调研看到的一幕幕场景像针一般扎入他的心里。这些情景他不是第一次看到了，但每见一次，这根针就扎得越深。他知道，即将启动的"彻底禁、禁彻底"行动是改变耿车现状的必然举措，为了耿车镇能够走得更远，为了宿迁市能够更均衡发展，不得不采取这种方法。但能否顺利取得预期效果？会不会引起群众的大规模反对？说实话，他并没有十足把握。一旦群众反应激烈，上访、抗拒，甚至发生暴力冲突，他甚至可能会搭上自己的政治前途。但他更清楚，作为宿迁市的"一把手"，作为一名共产党员，在这种特殊情况下，自己必须要冲上去，扛起这份责任。

市政府主要领导也在沉思着,他想到去年初自己任职时的表态讲话:"我愿做西楚大地一棵树,追求森林的吐故纳新。一片森林看似是静态的,但实际上它每时每刻都在改善生态环境,焕发着全新的生命力。"如今,在宿迁这片大森林中,繁茂丰盛的树木处处可见,彰显着蓬勃的生机,耿车这一块区域却显得如此另类,甚至像是森林中的沙漠,不仅破坏着整体的平衡,而且还会蚕食周边的树木。多少耿车居民遭受着呼吸相关疾病的困扰,且人数还在攀升;多少真金白银每年巨额投在耿车的环境整治上,却收效甚微;多少执法队伍前往各村查处非法加工生产,但屡禁不止;还有多少投资商一到耿车附近就打了退堂鼓,多少新闻媒体反复报道耿车牛皮癣似的污染,多少耿车周边群众接连不停地投诉反映……有些事他甚至记不清了,但这些事情带来的严重后果如同绵延不绝的痛,牢牢地将他包裹,挣脱不开。对于即将推行的"彻底禁、禁彻底"行动,他从内心赞同并期待着。

同样陷入沉思的还有裴承前,他本就是宿迁人,从参加工作起,就从未离开过这片生长的故土。对于耿车的情况,他经历了全过程,从回收垃圾行当的兴起,到以"四轮齐转""双轨并进"为主要内容的"耿车模式"的提出,再到这几十年来废旧物资回收加工业如脱缰野马般的野蛮滋长,他眼看着耿车经济一步步崛起,又目睹着生态环境一步步恶化,甚为痛心。年初担任区委书记后,他就将耿车的环境整治作为工作的头等大事,出台了一系列政策,推行了一系列措施,但在巨大的经济利益面前,经营户往往会出奇的团结,想尽办法去钻政策空子,甚至漠视规定铤而走险,消解着这些举措原本应有的积极功能。作为土生土长的宿迁人,他不愿意与乡亲们针锋相对,但秉着对未来负责的态度,更不可能放任不管。他意识到,这次市委即将采取的"彻底禁、禁彻底"措施,或许就是这个僵局的转折点。

徐光良亦在沉思，他是耿车镇的当家人，是耿车镇生态环境和全镇居民生命安全的第一责任人，整治的意愿最为迫切。尽管上任只有半年时间，但他已不知多少次开会讨论耿车塑料行业的治理问题，不知多少次向上级领导汇报耿车镇未来的发展问题，不知多少次思索着耿车镇下一步将迈向何处的问题。他脑中始终铭记着上任前裴承前和他语重心长的谈话，记得在对方眼中，闪烁着对他的重托和对耿车镇未来的希冀，这份信任令他压力倍增。而今天听到市委主要领导提出"彻底禁、禁彻底"的要求，突然令他在迷雾中看到了方向。有时在遐想中，他会觉得自己身处在一个全新的世界里，耿车面貌焕然一新，垃圾污染不见踪迹，青山常在，绿水长流，他正陶醉于其中。这份遐想，就是他最真切的奋斗目标，市委的要求，就是他实现目标的直接路径。

翌日晨，刚刚苏醒的阳光正努力刺破冬季浓厚的夜幕，昏暗的天空还没有完全转亮，前一日参加调研的成员就已全部在镇政府会议室集中，有的仿佛还没有清醒，迷蒙的眼神伴着阵阵呵欠。

市委主要领导把话筒拿到嘴边，扫视一圈后，缓缓开口道："同志们，通过昨天实地调研，我相信大家都会有触动心灵的感受。实话说，我很痛心，耿车镇面临的形势相当严峻，问题相当突出，后果相当严重。可以说为了金山银山，已经罔顾绿水青山了。生态环境保护是功在当代、利在千秋的事业。今天，我们之所以选择在这里开会，就是要秉着对耿车老百姓负责、对子孙后代负责的态度，共同商量耿车镇未来的发展之路。"

参会人员从这番话中听出了决心，听出了态度，也听出了势不可挡的气势。大家纷纷埋头做着记录。

市委主要领导的眉心从昨日调研开始就没有舒展开，他望着现场各个部门、各个条线、各级党委政府负责人,加重语气继续道:"耿车整治并不仅仅是耿车镇的事情,作为宿迁市的一份子,所有人一荣俱荣、一损俱损。我希望全市党员干部都能够提高认识,共同发力,算好'四本账'。"

"四本账"是宿迁市委市政府对党的十八届五中全会提出的"创新、协调、绿色、开放、共享"发展理念的实际运用,即"政治账":国家将生态文明建设摆在了重要位置,如果环保失职,既有政绩压力,又丢面子,甚至还会动到领导干部的"官帽子";"经济账":2015年耿车废旧塑料加工产值30亿元,利润却只有1.5亿元,税收200万元,算下来,加工1吨废旧塑料仅赚200元,还不到20年前的十分之一,再加上治理污染投入的花费,这注定是赔本的买卖;"生态账":耿车镇的空气、水流、土壤等污染严重,若不修复,对上无法向国家交差,对下无法向人民交代,但若要修复,则又是一笔巨额的财政支出;"健康账":废旧物资回收加工造成的废水、废气和废旧垃圾等,严重影响着当地居民的身体健康。

市政府主要领导接话说:"耿车的生态状况已经到了不治不行、非治不可的地步了,这一点无需多说,大家都很清楚。习近平总书记多次强调,建设生态文明是关系人民福祉、关系民族未来的大计。我们必须要有这种责任感和使命感,坚决贯彻落实。这些年来,市区镇各级党委政府都采取过一些措施,可结果却是越规范越集聚、越集聚越污染、越集聚越积重难返,归根结底,是过去那种只针对问题表面、不触及矛盾实质的'救火式'整治,不能从根本上改变现状。所以,在充分考虑后,市委市政府决定要以'彻底禁、禁彻底'的态度和决心,坚决治理好耿车的废塑产业无序发展问题,还耿车老百姓碧水蓝天。"他稍作停顿,继续道,"希望大家瞄准这个目标,齐心协力,发扬宿迁人民不怕困难、不惧坎坷的精神,打赢这场环境保卫战。"

话音落下，现场依然寂静。

市委主要领导问向徐光良："徐书记，这次'彻底禁、禁彻底'综合整治工作，耿车镇是主战场，你有什么想法？"

徐光良抬起头，目光中透着坚毅，声音响亮道："耿车镇党委有信心，耿车人民也有信心，一定完成任务。"

"好，就等你这句话。"市委主要领导提高声调道，"刚刚提到，这是一场保卫战，我觉得这个形容非常好。我再补充一句，这是一场以人民为主体的环境保卫战。纵观共产党近百年来的发展历程，每一次困难时期，无不是依靠人民群众度过的，这次一定也是一样。我们要发动耿车人民，相信耿车人民，调动起流淌在人民之间那股雄浑的力量，共同打赢这场意义重大的环境保卫战，让绿水青山就是金山银山的理念在这里落地生根，结出硕果。"

抑扬顿挫的声音通过话筒，从悬挂在四周的音响中传递出来，从会场向四周扩散开去。这既是对耿车污染重疾发起总攻的宣战，更是对当地光明未来志在必得的宣言。

冬风萧瑟的耿车镇，涌动着改天换地的蓬勃力量。思路明了，方向定了，一场注定载入耿车发展史册的环境保卫战正式打响。

第 6 章

冲破围城

山雨欲来风满楼，任何蝶变都不可能一帆风顺，痛苦的洗礼是实现涅槃的必经之路。对于身处暴风旋涡中心的耿车人来说，这个过程既是思想的重塑，也是理念的重生，更是未来的重启。

明确"彻底禁、禁彻底"思路只是"耿车蝶变"的第一步，更艰巨的任务是如何将这种思路转为现实。

那次会议过后，市委办公大楼突然"热闹"起来，来来往往的人神色匆匆地穿梭于办公室与会议室之间，分管领导、各部门负责人和工作人员，常常会为某个方案细化的不同意见而据理力争，在那些忽远忽近、忽强忽弱的起伏声中，"耿车"两字是核心的话题。尽管表述不同、方式各异，但所有争执的方向是一致的，都是在党中央"五位一体"总体布局中，全力为耿车找到更适合的发展模式，让这趟曾经引领快跑的沧桑列车能够沿着时代轨道再次飞驰，让"耿车模式"的新内涵重新闪耀。

市委的要求部署传达至区委，工作的压力和强度同步跟着传导过来。那些日子，裴承前带着相关人员没日没夜地研究，报纸不知翻了多少张，材料不知看了多少份，专家不知找了多少位，论证会不知开了多少场。在他办公室墙壁上悬挂的宿城区行政区划图，耿车的地界已被各种颜色的彩笔密密麻麻地涂满，就如躺在村头巷尾那些堆积如山的废旧垃圾，格外醒目。

上面千条线，下面一根针，作为镇一级党委，徐光良知道，上级的各项决策部署，最终都要靠他变为实际行动；未来综合整治中可能遇到的问题，也要他去面对处理。他是耿车镇毫无疑问的掌舵者，更是耿车群众重任在肩的当家人。

徐光良变成了陀螺，在高速旋转中，将个人生活和休闲时光统统抛于脑后，只剩下没日没夜的忙碌。他既要组织力量24小时不间断地搜集、统计、汇总各类资料数据，及时报送给上级党委政府，以供决策参考，还要不停带队穿梭在各个村庄，掌握了解第一手情况，为即将到来的集中整治行动做足准备。

在半个月左右的时间里，徐光良带着镇领导班子和相关部门负责人挨个村子跑，将全镇的塑料家底重新梳理了一遍，发现全镇共8800多户人家，几乎家家有塑料，户户产毒源。他愈发感觉到，耿车就像一位重疾缠身的患者，因害怕疼痛，屡屡拒绝去疴猛药，导致病情延误，日益加重，直至面目全非。难得歇下脚时，他偶尔会想起曾工作5年的埠子镇，那里杨柳拂堤、草长莺飞，鸟语花香时时可闻，美丽乡村处处可见。对他来说，那里是回忆，更是目标。他有一种执念，流汗不畏、流泪不惧，定要让耿车来一场美丽的蝶变。

激烈的争论尘埃落定，针对耿车废旧物资回收加工"彻底禁、禁彻底"的工作方案愈加清晰。

2016年1月1日，元旦之日，新年伊始，站在时间交汇的转折点，崭新的年份向人们露出笑容。为美好生活而努力奋斗的人们纷纷许下心愿，希望在新的一年能万事顺遂，迈上生活的新台阶。

上午八点多，徐光良已经到办公室了。此时的他没有心情去感慨岁月的流转，也没有闲暇去品味跨年的喜悦，更不用说去安心享受三天的小长假，对他来说，迎面走来的2016年是一位戴着面具的陌生人，被面具遮掩的面容究竟是和善的天使，还是狰狞的恶魔，一切都还是未知。

就在前几天，宿迁市召开了生态文明建设大会，市委主要领导提出，要严格落实习近平总书记关于生态文明建设的重要指示精神，坚持人民满意目标，树好生态文明标杆，打造绿色发展标志，深入实施生态立市战略，并重点强调了生态文明建设只有进行时，没有完成时。

会后，市委主要领导告诉裴承前，生态立市战略能否顺利推进，宿城区是关键。裴承前明白对方的意思，随后便找到徐光良，传达了市委的指示，同时延伸出自己的看法："对全市来说，宿城区是关键，而对全区来说，耿车镇是重点。"徐光良知道裴承前话中的分量，他引用市委主要领导开会常说的一句话表明了自己的态度："生态环境保护既是重大经济问题，也是重大社会问题和政治问题。请放心，我了解。"

徐光良利用几天时间，对即将开始的"彻底禁、禁彻底"行动进行了全方位思考和谋划。他清楚，虽然看起来这是针对废旧物资行业的专项整治，但由于废塑行业根深蒂固的影响和渗透，必须考虑全面，精准推进，比如如何造势宣传？如何做经营户的思想工作？对于拒不整改的村民应如何处理？家中确有困难的住户要如何保障？等等。问题像是在空中盘绕的飞线，他需要将其一条条理出来，再逐条清理。

没一会儿，人到齐了。在这间并不大的会议室里，大家互相道贺着："新年快乐！"面对着即将到来的艰巨任务，在高强度的工作压力下，这简单的四个字成为了彼此间最具深意的祝福。

徐光良满脸歉意地向大家说:"本来,现在应该是大家辞旧迎新的欢乐时刻,却被临时喊来开会,实在是时间紧张、形势紧迫、任务紧要。"

一人接话道:"我们在这里就是为了更好地辞旧迎新,辞掉过去的生态污染,迎来崭新的绿水青山。"

此话引起了会场的阵阵笑声。徐光良的心情也轻松许多,肯定道:"说得对,也说得好。不论何时,我们都要牢记'绿水青山就是金山银山'的理念。昨晚,区委裴书记给我打了电话,对耿车的集中整治非常关心,说市委已基本明确,节后就会发通告,正式启动'彻底禁、禁彻底'行动,而且还会成立工作指挥部,专门推进这件事,要求我们提前做足准备工作,全面宣传发动,制定好紧急预案,确保整治一举成功。"

当话题转移到整治工作时,洋溢在大家脸上的笑容便被严肃取代了。

徐光良继续道:"既然市委反复强调彻底,那必然要腾笼换鸟。腾什么笼,换什么鸟,在这一点上,从市委到区委再到镇党委的意见是一致的,要腾转型升级思维之笼,换不合时宜的思想观念之鸟。所以,我们当下的任务,各条线要充分发挥专业优势,进行立体宣传,全力解开经营户可能存在的心结,打破思想的藩篱。"随后,他根据近日的思考,做了更加细致的分工。

这次会议不长,但内容充实,每个部门和条线都明确了各自的任务和责任,并在共同奋斗的道路上,化为了精彩各异的生动现实。

按照会议安排,文秘条线很快起草了《致废旧物资回收加工经营户的一封信》《自行取缔承诺书》等材料,随后全镇党员干部入户走访,与所有经营户推心置腹地谈废旧物资回收加工业的利弊得失,引导他们签订承诺书,确保一户不漏;宣传条线依托各类媒体搭建宣传矩阵,使"离开废旧塑料,我们还可以这样过"等正面引导信息和违法案例等反面震慑信息互为依托，鼓励全镇人民自觉转型、逐绿向美；文化条线创新地将环保宣传与书画创作有机结合，举办了"宿迁市书画名家环保宣传公益行"活动，10 余位书画家在现场挥毫泼墨，创作了一幅幅环保宣传标语、口号和楹联，如"共建绿色温馨家园，共享清澈碧水蓝天"，"离开塑料不难过，绿色发展收入多，蓝天碧水好生活"，"废旧物资拿命换钱，生病之后钱难买命"，等等。一时间，大街小巷、广告牌和墙壁上，无处不见这些深入人心的宣传内容。事实证明，这些标语和口号在不久后开展的废旧物资回收加工综合整治行动中，发挥了潜移默化的重要辅助作用。

在各条线千帆竞发的时候，徐光良自然也不甘落后，他策划了一场别出心裁的考察观摩活动。为打消废旧塑料加工户对整治的顾虑，帮助他们树立整治后的发展信心，同时也为了让干部们得到些许放松，他组织镇村干部和废旧物资回收加工大户赶赴作为"绿水青山就是金山银山"理念提出地的浙江余村实地感受变迁之美。

在余村，大家亲眼看到当地的游客络绎不绝，生意红红火火，村民开办的农家乐、民宿成为上海、江苏等地游客的养生乐园，河道漂流成为夏季各地游客的欢乐海洋，农业采摘园、绿色有机果蔬成为城里人的香饽饽。眼见曾经生态污染严重的余村由于环境变化带来了蓬勃生机，考察团感慨不已，更有一些人开始为家乡耿车的现状而倍觉羞愧。这次考察活动基本达到了徐光良的预期，让大家受到了心理的震撼，余村践行"绿水青山就是金山银山"理念的现实图景，让一些塑料大户对整治的担忧转成了对美好图景的向往。

耿车镇在自加压力的同时，全市其他部门单位也在进行着整治前的冲刺。根据市委提出的"彻底禁、禁彻底"目标和算好"四本账"的具体要求，区、镇各级党委政府陆续召开学习会、专题会，学习上级文件精神和内容，以争取群众的支持为追求，在"情"和"法"上做文章。市、区两级公安、国土、环保、水务、法制办和乡镇干部对《环境保护法》《土地管理法》《水污染防治法》《治安处罚法》等法律法规条款进行深入研究，对可能发生纠纷的节点提前预警，对或许存在的违法经营行为预先告诫。在宿迁市中级人民法院的支持下，宿城区还设立了专门的生态保护审判庭，对污染严重、拒不配合的人和事进行依法打击、公开处理和曝光。

细致入微的思想动员和形式多样的政策宣传，犹如绿色发展理念的"先手棋"，把生态文明的种子播撒进了耿车人的心中，让"既要金山银山更要绿水青山""既要富裕生活更要健康身体"的观念成为全镇居民的共识。

关键的时刻终于来了。

耿车镇全体干部群众仿佛置身于硝烟弥漫的战场，望着漫天尘嚣从远处滚滚而来。他们目光坚定，岿然不动，必胜的信念似一道光柱，将面前来势汹汹的迷雾穿透。

2016年1月12日，星期二，腊月初三，全市废旧物资回收加工综合整治工作指挥部第一次全体会议召开。会上，市领导代表市委市政府郑重宣布，全市废旧物资回收加工综合整治工作正式启动。高亢的声音回荡在会场，显得严肃和厚重，向困难宣战的热情流淌在席间，鼓舞着在座的所有人。在这次会议中，还发布了《宿

▶ 全市废旧物资回收加工综合整治工作指挥部第一次全体会议

迁市人民政府关于开展废旧物资回收加工综合整治的通告》（以下简称《通告》），作为整治的行动指南。

▶《宿迁市人民政府关于开展废旧物资回收加工综合整治的通告》

根据《通告》要求，这次声势浩大的综合整治以"彻底禁、禁彻底"为总要求，整治范围涵盖全市，特别以宿城区、宿迁经济技术开发区为重点，并明确了整治时间为1月11日至5月31日，总计142天。《通告》中尤其列明了七项综合整治的具体内容，即严厉打击从事废旧物资回收、加工生产、销售期间违法用地、违法建设行为，严厉打击从事废旧物资回收、加工生产、销售期间无照经营或者超范围经营行为，严厉打击从事废旧物资回收、加工生产、销售期间未依法进行环境影响评价、未经验收擅自投产或未取得排污许可证排污行为，严厉打击从事废旧物资回收、加工生产、销售期间违法取用地下水行为，严厉打击违法从事废旧物资运输行为，严厉打击从事废旧物资经营期间偷税漏税行为，严厉打击其他违法违规行为。

在耿车的蝶变之路中，这是具有标志性意义的一次会议。从此，耿车镇崭新的一页被缓缓掀开。

为推进综合整治工作全速启动，市政府在会后紧接着又出台了《全市废旧物资回收加工综合整治工作方案》，再次重申"彻底禁、禁彻底；堵源头、清库存"的工作要求，并细化了推进措施。

市级的"决定"发出后,区、镇各级党委政府协同配合、加紧跟上。当日下午,宿城区也召开了废旧物资回收加工综合整治工作指挥部第一次会议,指出要严格按照市委市政府关于整治工作的决策部署,统一思想,凝聚共识,以对上级负责、对人民负责、对未来负责的态度,落实好各项整治措施。

身处主战场的耿车镇第一时间便投入了综合整治的激烈战斗中。根据区委区政府统一安排,耿车镇政府印发了《耿车镇废旧物资回收加工行业综合整治工作实施方案》,明确提出在全镇范围内,依法开展废旧物资回收加工产业综合整治行动,要全面清理取缔废旧物资(主要为废旧塑料)购销、运输、分拣、清洗、破碎、造粒等加工经营户(企业)。在此基础上,同步开展违法用地复垦、土壤修复、水环境整治等配套治理工程,全力消除废旧物资回收加工带来的环境污染问题,努力实现耿车镇产业全面转型、环境同步治理、群众生活改善、社会和谐发展。

市、区、镇三级党委政府在极短的时间内紧密联动、密集出招,接连不断的政策和行动中,既对上级文件有落实、有呼应,又对具体情况有分析、有针对,彼此间相互配合,绘就出了废旧物资回收加工综合整治的路线图,也彰显了各级党委政府的决心和意志。

历史的目光再次聚焦这里,在全国各地生态文明建设遍地开花之际,因环境污染而备受关注的耿车镇,终于获得了涅槃重生的宝贵机遇。忙碌了一天的徐光良站在办公室窗前,望着街上和往昔并无二致的万家灯火,深吸一口气。他明白,之前的系列雷霆行为只是列兵布阵,一场"向废塑污染说不、向绿色转型发展"的人民战争即将迎来总攻。

1月14日,正值苏北大地的隆冬时节,瑟瑟寒风从耿车镇呼啸而过,

▶ 宿城区废旧物资回收加工综合整治工作动员大会

刺鼻的塑料味依旧四处弥漫，灰蒙蒙的天空里不时卷起飘摇的塑料袋和垃圾物，河沟像一条条黑色的触角伸向各个村庄，连萧条的树杈都面目狰狞。午饭后，街上陆续可见许多裹紧棉衣、步履匆匆的居民向耿车中学赶去。这些人是来自耿车镇、蔡集镇、双庄镇等地方的代表，他们昨日接到通知，专程来参加宿城区废旧物资回收加工综合整治工作动员大会。

钢结构搭建的耿车中学宽阔的食堂内吵吵嚷嚷，前来参会的人员各怀着心思坐在铁凳上，与身旁人热络地交流着，探寻对方的下一步打算。有的人因生意受挫或思想转变，确有告别废塑的意愿，想来听听有没有补偿标准；有的人正在转型之路上摸索前进，想了解区里的扶持政策；当然也有的人不愿意放弃经营了几十年的行当，想从会议中窥得今后继续做塑料的可能性。形形色色的出发点让所有人坐在了一起，共同期待着接下来的会议内容。

不多时，一阵洪亮的声音从四面八方的音响中响起，严肃又庄重，议论正酣的火热场面瞬间静了下来。宿城区委副书记、区长张辉用简短的话作了开场："同志们，现在开会。这次会议的主题是，以党的十八大和十八届五中全会精神为指引，贯彻落实习近平总书记对生态文明建设的重要指示，按照市委市政府部署要求，坚定信心，振奋精神，攻坚克难，坚决打赢综合整治这场硬仗，还人民群众美好家园，向市委市政府和全区人民交上满意答卷。"

在张辉主持时，徐光良正仔细环视着现场的熟悉面孔，捕捉着他们的真实反馈。这些表情传达出的信息，将是镇党委最终决定采取何种方式推动综合整治工作的有力参考。观察了好一会儿，他突然有些忐忑。尽管绝大多数人都低着头，看不到表情，但弥漫在四周的凝重却有如实质，他能真切地感受到。这些代表们似在犹豫，似在思索，似在抵触，似在挣扎。通过他们，徐光良确信了，这场近在眼前的人民战争，注定要打得坎坷起伏，注定要赢得波澜壮阔。

裴承前的讲话将徐光良的思绪拉了回来，也让他坚定了打赢这场战争的信心。他听到裴承前说："废旧物资回收加工综合整治既是攻坚战，更是持久战，既要快刀斩乱麻、强力推进、立竿见影，又要打好组合拳、疏堵结合、标本兼治，确保相关企业和从业人员有序合理分流。"接着，裴承前伸出四根手指，高声道，"综合整治的工作很多，但我们要重点抓好四个方面，那就是全力支持二次创业，不断拓宽增收渠道，加快推进城乡统筹，扎实开展环境修复。"

这番话让不少人抬起了沉重的脑袋，"二次创业""增收渠道"等字眼让他们充满期待，似乎于迷雾中看到了光和亮。会场气氛泛起涟漪，窃窃私语声从四处冒出来：

"二次创业，可是能创什么业呢？"

"就是，除了塑料，我其他什么也不会。"

"现在塑料行情太差了，不做就不做吧。"

"话说回来，如果环境真的能改一改，那倒也不错。"

……

在进行具体的任务部署后，裴承前继续道："共产党是代表人民的政党，不论何时都不会放弃任何一户家庭和任何一位村民,我们一定会扛起责任,带领大家在新的道路上共同致富。也请大家相信,过程虽然是痛苦的,但前途一定是光明的。未来大家的生活环境,一定姹紫嫣红、鸟语花香。"

底气十足的话语,像是春季的暖意融化了凛冽的寒风,多少宽解了代表们的焦虑。耿车的代表们眼中闪出坚定和亮光,似乎看到了未来耿车的五彩画面。他们开始用力鼓掌,雷动的声响传达着最质朴的情感。这掌声,是以壮士断腕的决心坚决打赢绿色发展攻坚战的壮志宣言,也是誓要冲破"垃圾围城"困境,奋力实现"耿车蝶变"的深沉呐喊。

会议结束后,裴承前将徐光良唤到一旁,又进行了叮嘱。内容并没有多少新鲜的补充,但承载着厚重的期望。

待徐光良回到单位,天已黑透。站在镇机关大院外,他能够清晰地看到办公大楼里点亮的盏盏灯光,像是一簇簇焰火,在寒冷的季节散发着光热,温暖着耿车。

徐光良将中层干部集合起来,传达下午的会议精神。这段时间以来,工作强度骤然飙升,对每位干部都提出了不同程度、不同方面的考验。他看着眼前一副副疲倦的面孔、一双双憔悴的眼睛,心里有说不出的滋味。

按徐光良的想法,这个会早就应该开,只是有一些想法他还没有想好怎么表达,无奈暂时拖下来。直到这两天市区两级的动员部署会陆续开完,他知道,再也等不起了。这个会必须要开,有些话也必须要说了。

在外人看来,废旧物资回收加工"彻底禁、禁彻底"这项工作之所以难,是因为参与的群众多,存续的时间长,涉及的利益大。但对徐光良来说,这些都不是最大的困难,只要全体党员干部齐心协力,没有克服不了的困难,也没有完不成的任务。对于这一点,他坚信不疑。

在他看来，这项工作最大的难点和潜在的阻碍点，是参与废旧物资回收加工业的党员干部人数实在太多。他做过摸底，仅在镇级132名村组干部中，就有98人在做与废塑相关的产业，比例之高让他吓了一跳。劝别人做总比自己做要容易得多，这是极其浅显的道理。如果不能统一党员干部的思想，让他们带头遵守，那这次整治注定会以失败告终。

徐光良首先简要地传达了会议内容，接着将文件放在一边，双手捧起温热的茶杯，聊天似地谈起了自己的想法："刚刚我们学习的内容，不单单是'彻底禁、禁彻底'综合整治的动员令，更是上级党委政府下达的任务书，作为党的干部，我们必须无条件执行。"他看了看会场的反映，继续道，"我知道有的人心里有抵触，思想上有顾虑，但这是势在必行的事。环境整治，功在当下，利在千秋，我希望大家都能从大局出发，尤其是家里做塑料的，这时候更要发挥模范带头作用。我们机关干部，不仅要善于做群众工作，也要善于做自己工作。"见许多人仍然垂着头，他知道多说无益，便收尾道，"同志们，大道理我就不多说了。对于保护生态环境这个问题，习近平总书记反复强调，党中央多次部署，省委市委和区委广泛动员，重要性大家都明白。我相信大家在关键时刻一定会做出无愧于组织、无愧于人民的选择。我更相信，未来的耿车老百姓一定会感激大家当下的付出，历史也会记住这个难忘的时刻。"

徐光良的讲话深沉有力，闪耀着对圆满完成综合整治工作的信心。这份信心既来自党中央对生态环境的高度重视，也来自省市区领导对耿车镇的关心关注，还来自耿车人民几百年来绵延不绝的拼搏精神，更来自创造过全国瞩目的"耿车模式"的底气。

随后，徐光良布置了接下来的任务。他对现实情况做了充分的考虑，提议这次综合整治应当以引导经营户的自觉行动为主,行政的强制措施只能作为辅助,这样才可能将矛盾隐患降到最低。至于如何激发居民的自觉行动,他也提出了具体措施,即继续加大宣传,营造铺天盖地的整治氛围,让众多经营户真正感受到党委政府的决心,打消蒙混过关的投机念头。

这个提议得到了大家的一致认可,耿车镇整治的第一步就这样踏踏实实地迈了出去,也标志着"彻底禁、禁彻底"废旧物资回收加工综合整治工作在耿车镇正式拉开帷幕。

在随后的一周内,宣传工作全面深入又密集紧张地推进着。全镇范围内共竖起了 10 块大型户外广告牌,出动了 30 余辆宣传车,制作了 1000 多条横幅,进行了 1500 平方米的墙体喷绘,推送了 10 余条公众号消息。镇党委还将上班时间提前到早上 8 点,要求镇村 500 多名人员全部走村入户,共发放了 3500 多份整治通告和致经营户的一封信,签订《自行取缔承诺书》的户数一举超过了 95%。

宣传的成效慢慢展现出来,与现实融为一体,仅几天的时间,全镇 61 处货场就整改完成了 19 处,并拆除地磅 10 个,停止购销、破碎清洗、造粒等加工户 340 户。

▶ 执法人员 24 小时值守卡口

在确保宣传到位之余,镇党委在全镇 42 个卡口内,安排了 300 余名执法人员 24 小时轮流值守,切断废旧物资流入耿车境内的一切可能。与此同时,徐光良还组织人员到已先行启动整治的宿迁经开区取经,收获颇丰,学到了档案分类、人员管理等一些富有成效的经验和做法，并及时充实到耿车镇的整治方案中。

综合整治的起步还算顺利，但在这个过程中，一些意想不到的困难和问题也逐渐暴露。一位镇干部反映，有位加工户将自己拒之门外，隔着大门嚷道："你们快点走，和你们这群当官的没什么好聊的。"两位镇干部面面相觑，望着紧闭的大门，心里又气又急。这件事传到时任镇宣传委员的林焕英耳中，她趁午餐时前去安慰吃了闭门羹的镇干部："不用放心上，那户人家不是针对你们，他只是在想方设法逃避整改。"听了她的宽慰，闷闷不乐的镇干部敷衍地点头表示回应，并没有接话。

那个瞬间，林焕英却突然有了灵感。她发现那户村民说的其实并非没有道理，综合整治本就极易引起对方的抵触情绪，而镇干部又代表镇党委政府上门劝说，在无形中更加强化了这种严肃性，使群众难以平和地接受。他们希望得到的，是平等交流。

林焕英觉得豁然开朗，激动得连吃饭都没心思，匆忙跑回办公室，在网上兴奋地搜索着。

次日，"微聚耿车"公众号推出了一篇文章《废旧物资回收加工综合整治，看耿车人自己怎么说……》。文章转自"宿迁论坛"，是一名普通的耿车群众表达的自己对综合整治的看法和建议："曾经的'耿车模式'今天再谈起来实在是让人羞愧，耿车模式本来不是破烂模式，干破烂的人多了便成了破烂模式。耿车人一边赚着污染环境的钱，一边夜晚从不敢开窗睡觉，很多年一直在纠结中活着，直到大部分人对刺鼻气息麻木。""曾经的耿车人没有什么资本做生意，今天的耿车人多多少少有了点本钱。以前环境污染还能够忍受，现在再不整治就可能遗祸永远。""曾经落后的宿迁地区并没有太多产业可供选择，今天宿迁的区位已今非昔比，网络也给了偏僻地区更平等的机会。""聪明、勇敢、勤劳、智慧的耿车人一定能够创造新的奇迹，虽然这一天还没到来，但我坚信这一点。"

通篇朴实的文风和真挚的表达，像一块磁铁牢牢吸住了加工户内心深处的柔弱情感，一时间转发者众多，阅读量迅速突破了3500，成为综合整治这场全面战役中宣传战线上取得的亮眼成绩。

林焕英的思路被打开了。前几日，她还在为如何发挥公众号的宣传阵地作用而愁眉苦脸，如今，碧波荡漾的湖水跃动在她的眼前，源源不断地给她灵感。几日后，又一篇文章《如果你恨一个人，就让他继续干废塑料吧！》出现在大众的视野里："现在塑料真难做，没有关系不要货，送礼吃喝咱不说，低三下四喊大哥。""为塑料生，为塑料死，为塑料操劳一辈子！吃得了亏，上得了当，赚的钱赔在烂账上！""举头望明月，低头卖塑料。生当作人杰，死亦卖塑料。待到山花烂漫时，他在丛中笑着卖塑料。问君能有几多愁，还有一堆塑料手中留！""做个塑料真受伤，家前屋后都遭殃，买来废品要存放，没法只能堆地上。"

相对于严肃的《综合整治通告》，这些俏皮话更容易被群众接受，很快便"飞入寻常百姓家"，还成为了耿车人津津乐道、相互调侃的口头禅。塑料的危害、转型的迫切、上级的要求等内容，就在这些轻松幽默的语句中，沁入了耿车百姓的心中。

宣传工作已见成效，整治推进当然也要大步流星。趁着宣传的优势，镇党委当机立断，采取了下步行动，充分发挥党的组织优势，明确"书记带头、党员示范、全员参与"的思路，号召各村党员干部带头清理整治，带头放弃废旧物资回收加工经营，带头转型转产，并按照从经开区学习来的经验，要求各村完善档案资料，做到"六个一"，即每户一个档案盒、一张经营情况登记表、一串经营户编号、一张整治前现状图、一张整治后效果图、一份承诺书。

上级部门也在竭尽全力地支持和推进综合整治工作，6个市直部门，12个区直部门同步发力，在政策、资金、项目等方面挂钩、帮扶，加强转型引导和激励，从不同方面助力这场环境保卫战。在裴承前的指示下，区委区政府还成立了专门指挥部，在耿车坐镇调度，并在全区范围内抽调近千人充实到耿车的整治一线中。考虑到庞大的工作量，同时为与上级措施配套，徐光良也从镇机关部门安排了50名工作人员驻村协助，包括所有副书记、副镇长，均下沉到了各个村落中。

如果说宣传工作是起风，那么接下来便是落雨了，耿车镇9个村、居委会终于走到了更为艰巨的入户整治阶段。

回望处，废旧物资行业几十年的熏陶，用明晃晃的利润桎梏了勤朴的耿车人，也锁住了他们改变生态环境的机遇。而至此时，在"绿水青山就是金山银山"理念的感召下，在各级党委政府的有序组织和推动中，耿车人的意识觉醒了。他们感受到了塑料之外的别样风光，蕴含着美好生活的真谛，心绪涌涌，期待憧憧，即将冲破思想的围城，向过往挥别，去探索另一种恒久的可能。

第 7 章

66天的奇迹

经过轰轰烈烈的前期准备,综合整治工作被推入下一个阶段。当时的情况是,前期宣传动员成效明显,统筹部署措施保障到位,驻村的镇领导全部到岗,甚至已有一些村民主动将家中塑料和设备清理出来。按计划,当日晚上,各驻村镇领导将牵头召开村委会,连夜部署,与村书记统一思想,进行冲刺前的最后安排。第二天一早,清运车辆会同时进村,首先拖走路边堆放的塑料,然后清理居民家中未主动处理的废塑材料和生产设备。

那是徐光良极为难熬的时刻。当晚,他与镇长熊广贤坐镇镇政府,焦急又不安地等待着来自最前沿的讯息。两人心不在焉地聊了几句,发现实在没有闲谈的心思,便双双关上了嘴巴。

徐光良坐了一会儿站起来,在接待室里踱步,走了几步又坐下来,指尖快速在沙发扶手敲击。旁边的熊广贤则不停抽着烟,一根接一根,并不宽敞的房间里,很快变得烟雾缭绕。

当坐和站感觉都不顺意后,徐光良只能将缓解情绪的方式转向其他途径。他向熊广贤伸出手:"给我一根吧。"对方惊诧地望着他:"你不是不抽烟吗?"徐光良生硬地笑笑,脑袋里惦记着各村开会的情况,连搭腔的心思都没有了。

熊广贤递过去一根，又帮他点着。一口烟雾从嘴巴里吐出，徐光良觉得味道很奇怪，低头看见手指夹着正燃烧的香烟，愣了愣神，目光随着袅袅青烟飘向窗外，向各个村的方向散去。

直到深夜，还没有任何消息传来。虽然按照约定，没有消息就是好消息，意味着各项工作都在正常推进，但始终有股不安的情绪在他心里流淌，就像乌黑海面下的暗流涌动。他实在忍不住了，拿起手机，给大众村党委书记李军打去电话询问情况。电话刚接通，一阵闹哄哄的声音就飘荡过来，只听李军沙哑的声音响起："徐书记，我们还在讨论细节，你放心，天亮就开始清理，绝对不耽误。"

听了李军胸有成竹的表态，徐光良稍微放下些心，但又续上了一根烟，若有所思地对熊广贤说："熊镇长，我发现我们算是踩在天平上了。这件事如果做得好，我们是人民功臣，假如做不好，那我们就是千古罪人。"

熊广贤用力笑了笑，轻声地回："一定没问题。"

大众村的情况让徐光良松了口气，他边等消息，边规划着整治后耿车镇的下一步发展，并时不时与熊广贤探讨几句。虽然言谈看似正常，但他的举止似乎已无意识，手中的香烟仿佛在进行接力赛，一根根不停地燃烧。没一会儿，烟头竟然堆满了烟灰缸，这让熊广贤颇觉不可思议。

时间像利刃，将两人的精力一层层削去，直至临界点。已连续几日睡眠不足的徐光良呵欠连天，泪水从眼角不受控制地流下。熊广贤劝道："徐书记，你去睡会儿吧，有消息我告诉你。"徐光良摇摇头，疲惫的笑容里透着担忧："大家都在拼命，我怎么能睡得着？万一有情况呢，再等等吧。"

徐光良的忧虑成真了，不多时，一阵响亮的来电刺破了夜的静谧，带着十万火急的焦躁。他急忙按熄香烟,抓起手机贴在耳旁,一位副镇长的声音几乎是冲了出来,带着委屈灌入了他的耳朵:"徐书记,情况不太妙,这个村的书记一直说要观望观望,找各种理由拖延和阻挠。这都好几个小时了,村委会就是开不起来。"徐光良神经一紧,顿时困意全无。他看向墙上的挂钟,已经凌晨两点多了。"我马上来。"说完,他想了想,回办公室拿上纸笔,和熊广贤立刻向村委赶去。

两人很快来到村委办公室,徐光良用力把门推开,眼前烟雾腾腾。村书记正靠在椅子上安静地抽着烟,副镇长则愁眉苦脸地坐在沙发上。见两人进门,副镇长像见到救兵,抑制不住的喜悦在眼眶里翻滚。

徐光良满肚子的火气"噌"地蹿出来,走到办公桌前,厉声道:"你想干什么!为什么不开会?"

毫无思想准备的质问让对方受到了惊吓,支支吾吾嘟囔道:"都这个点了……"

听到狡辩,徐光良更生气了,一巴掌拍向桌面,发出"咚"的声响,怒斥道:"现在嫌晚了,早干吗去了!"

村书记自知理亏,便躲避开徐光良的目光,一个劲保证:"这是我们的失误,您放心,天亮就开,天一亮就立马开。"

徐光良冷笑道:"简直不像话!"他将公文包重重放在桌子上,掏出预先准备的纸和笔,摆在对方面前,"我就问你一句话,现在能不能开?能开,就马上去召集,不能开,你写个辞职信,以后都不用你管了,我找其他人来管。"说完,他指向熊广贤,"正好镇长也在这儿,做见证人,你现在写,我现场批。"

眼见徐光良火力如此猛烈,村书记瞬间呆住了,像木偶般保持着同样的姿势，好一会儿没有反应。

徐光良"哼"了声，指了指挂钟，冷冰冰地下了最后通牒："我给你20分钟时间考虑，时间一到，村书记立马换人。"说完，转身就向门口走去。

徐光良前脚刚迈出门，身后就飘来慌张的声音："能开，能开，徐书记您放心，我这就去召集。"望着村书记落荒而去的背影，徐光良的余怒就像黑夜般弥漫，他再次呵斥道："不像话！"

年轻的副镇长从未见过这副模样的徐光良，壮着胆子走到跟前，战战兢兢地说："徐书记，对不起，这次是我……"徐光良抬手制止了他的检讨，望着月色下的村庄，陷入了思索。

这个插曲给徐光良敲响了警钟，他觉得有必要再给各村书记上上发条。天亮后，趁着清运车清理垃圾的时候，他将各位村书记紧急召集起来，重申开展综合整治的重要性。他严肃地对大家说："今天凌晨发生了一件很不应该的事，有个村拖慢了进度。这位书记也在场，我就不点名了。大家都知道，上级领导给这次综合整治任务已经定了性，是一场环境保卫战。我想说的是，既然是战争，那党员干部就要无条件地带头向前冲，逃兵是绝对不可原谅的。"他环视会场，发现大家脸上都透着极度的疲惫，心有不忍，语气便缓和下来，"当然，战争也是残酷的、激烈的，如果真的有什么困难解决不了，提出来，我来协调。"

大众村书记李军首先开口："困难肯定有，但目前来看，都还能处理。等后面遇到棘手问题，我再汇报。"

刘圩村书记丁义录附和道："是的呀，说起来是废旧塑料，但对老百姓来说，那都是白花花的银子，困难少不了的。现在已经碰到不小的阻力了，但我们还在努力推进。"

新华村书记周璧跟着接话道:"可不是嘛,断人财路的事,好比从身上割肉,谁能乐意呢?"

徐光良心念一动,突然笑了。他意味深长地望着周璧,说:"这个比喻很生动,但这第一块肉,我觉得还就得从周书记身上割。"

周璧脸色"唰"地变了,脱口而出:"啊?为什么?"

徐光良示意周璧看向墙面,正中央挂着鲜红的党旗。他收起笑容,声音变得沉稳如山,透出厚重的威严:"要说为什么,就因为你是共产党员,是党支部书记,是新华村的领路人。关键时刻,必须要发挥带头作用。"

周璧涨红脸,不吭声了。

徐光良看向大家,语重心长道:"我能理解周书记的心情,他不久前刚上了四台新设备,这个经济损失是很惨重的,还有和周书记一样做塑料生意的人,同样面临类似的情况。但是,你们应该知道,现在全镇的经营户都在盯着你们。你们如何去做,已经不是个人行为,而是代表着党和政府。如果你们自己都退缩,那凭什么去要求老百姓遵守?如果连党的要求都置若罔闻,那又凭什么自称党的干部?"

周璧的声音突然响起,打断了徐光良的话。他一字一句地说:"徐书记,我会带好这个头。"语气庄严得像在宣誓。

徐光良赞许地点头,问道:"你的家里人能不能支持?需不需要镇里出面帮助做工作?"

周璧摇摇头,斩钉截铁地回:"不需要。"他站起身说,"请放心,我现在就回去处理,一定对得起自己的身份。"

"好。"徐光良深感欣慰,"这才是党员干部应有的样子。大家也都一样,有困难及时反馈,我们以上率下,共同打赢这场保卫战。"

"放心。""没问题。""保证完成任务。"痛快利索的回答声此起彼伏。

回到办公室,徐光良浓烈的情绪忽然上涌,眼睛竟有些湿润了。村书记们的深明大义和精诚团结带给了他力量。他手扶窗沿,凝视远方,仿佛看到了碧水蓝天的崭新耿车。

领命归来的周璧并没有第一时间回家处理原料和设备,而是拖着沉重的步子来到办公室,泡了一杯滚烫的热茶,靠在办公椅上,闭目沉思。

他了解徐光良的用意,之所以瞄准他,是因为新华村是全镇经营户密度最大的村庄,有400多户人家从事废塑产业,且自己做塑料10多年,年收入非常可观,算是经营大户,因此,他的身上有着多重的典型意义。

扪心自问,徐光良的做法是正确的,也正因为如此,才让他更加难过,因为自己没有反驳的理由。他曾经也分析过,镇党委大概率会选择从自己身上开刀,但当这把刀真正举起来时,锋利的刀刃还是令他产生了本能的恐惧。他迟迟落不下手。

周璧躲在办公室里和自己做着斗争。他从上午坐到下午,从下午又坐到晚上,眼前反复回闪着前几日的事。

他想起整治前夕,亲朋好友、街坊邻居纷纷登门表态:"你可不要当出头鸟,我们都指着你撑腰呢。""我把丑话说前头,你拆不拆我不管,但你要是拆我的厂子,那咱们兄弟就没得做了。""我知道你是书记,可厂子是自己的,你可别干损人不利己的傻事。"

他又想起那天晚饭时,妻子提出想到城里买套房子,每年不菲的收入足够还贷款,父亲也当场表示支持。但如果不做塑料,妻子的购房梦也就泡汤了。

他还想起工人们有天找到他,说:"周厂长,你不会真的拆厂子吧?拆了我们可就失业了。"

他想起的事情越多,心里越凌乱,越下不定决心。眼看着天幕从暗黑转为清亮,他仍然陷在取舍的沼泽中无法脱身。

一阵熟悉的铃声驱散了绕成一团的思绪,周璧看到来电,方才想起夜里曾给妻子发消息,说有工作晚点回去,结果竟忘了这事。

妻子的声音充满关心:"你在哪里?工作还没忙完?"

周璧惆怅地回道:"在办公室,徐书记和我谈了整治的事,希望我带头……"话至一半,他便说不下去了。

妻子听明白了,安慰道:"你是村书记,带头是应该的,其他不要多想。不做塑料,我们可以做其他的,生活总会越来越好。"

妻子在关键时刻的理解和支持最终让周璧下定了决心。他抹去眼角的泪水,稍微平复了心情后,便打电话叫来村委会副主任杨理兵。

杨理兵推开门,看到满脸倦容的周璧吓了一跳,连忙问:"怎么了?出什么事了吗?"

周璧没有回答,恳切道:"老杨,我要拜托你帮我办一件事。"

杨理兵面露不解。

周璧接着说:"请你代表村委会去通知我家里人,今天开始,必须尽快拆除厂房,卖掉机器,清除塑料。"说完,赶紧转过身去。

望着周璧的背影,杨理兵有些想不通,追问道:"我去通知你家人?这……这是哪门子逻辑?"

周璧摆摆手,催促道:"别问了,快去吧。"

杨理兵莫名其妙地走了出去。直到后来他才理解,原来周璧之所以请他出面,是无法面对自己的亲人,无法面对厂里的员工,更无法面对自己几十年打下的事业。

听到关门声。周璧才转回身,两行热泪正汩汩而下,滑过脸庞滴落在地。他慢慢拿起手机,艰难地给妻子发消息:"一会儿老杨过去,听他安排。"

很快,妻子回:"知道了,放心。"

周璧噙着眼泪长舒口气,仿佛耗光了精力,瘫坐在沙发上,只有双颊的泪光还透着流动的生气。

短短两三天的时间,周璧就卖掉了所有设备,清掉了满满的库存,直接损失达 400 多万元。但他来不及心疼,综合整治工作的时间紧、任务重,他必须尽快推进,不能拖后全镇的进度。

对于打仗来说,"给我上"和"跟我上"是两种截然不同的思路,结果必然也大相径庭。在村干部清理自家的设备和物资前,入户整治工作并不顺畅,大户强烈抵触,小户骑墙观望。不少人都抱着这样一种观点与整治工作相抗衡,即不整治,还能吃垃圾饭;整治了,只有喝西北风。但村干部率先垂范后,情况瞬息变了。新华村另一位塑料大户王志勇见周璧和村会计刘长生家中都拆除了机械,便了解大势已去,不再心存侥幸,当天就将囤积的 60 吨原料全部转卖到外地。几位大户开了路,后续的工作便通畅了,其他村民们接连主动地拆除设备、处理原料。新华村的综合整治工作就如上了高速路,一路驰骋。

▶ 村民拆除机械设备

类似的场景在其他几个村庄也同步上演。

从镇政府返回的途中,李军思绪连篇,塑料行业的鼎盛画面在他脑中不停上演。毋庸置疑,垃圾确实给村民带来了富裕,但也造成了无法用金钱衡量的环境毁灭。他曾认真观察过,村子的孩子外表看起来和外界孩子没什么两样,可仔细端详就会发现,他们稚嫩的脸上全是蜡黄和灰暗相交映的颜色。而且,污染给村民的身体健康带来了极大的影响,每每听说有村民突患重病或离世,他的心就像被人紧攥着一样疼。对于综合整治,他是坚决赞同的。在他看来,村委不能"富了口袋,毁了生态",从老祖宗手中接过的是干净的土地,传给子孙的也应该充满绿意。

回到村里,李军立刻召集党员干部、村民代表和小组长开会,传达会议精神,最后说:"徐光良书记反复强调,综合整治是大势所趋,所有党员干部都要顺应大潮,我也希望大家都能当好表率和示范,做出点样子来。"

会议开过了,精神传达了,大家也三三两两地回去了。望着众人离开,李军总感觉少了些力量。他清楚,现在大众村的综合整治还处于政府主导阶段,村民真正自发性的行动仍然不足,持观望心态的人依旧占据主要比例。扭转局面其实也很简单,徐光良已经做出了示范,即先抓典型。但他自己不做塑料,无法产生带动性,思来想去,他决定也沿袭徐光良的处理方式,找人"开刀"。

几乎同刻,一个背影被他牢牢锁定,那就是全村规模最大的加工户张先进。

张先进同时还是村委会副主任,也是当地塑料商会会长。李军对他的情况比较了解,知道家里成品、半成品塑料约有3500吨,价值数百万元。

眼看张先进的身影已经消失在门口,李军自言自语道:"够典型,就他了。"

尽管主意已定，但李军并没有着急行动。他手里还有很多紧急村务要处理，最关键的是，他抱有一些希望，期待张先进能够主动清理，这比他去做对方工作更有意义。

整整一天的期待让李军心里滑出了落差，到晚上8点多钟，他终于坐不住了，径直来到张先进家里。一踏进门，就看到对方正在耀眼的白炽灯下忙碌，将院子里的饮料品分类，斜长的影子跟着身体不规则地左右扭动，显得有些滑稽，他的脸色顿时拉下来了。

张先进与李军同龄，既是同学，也是搭班二十多年的同志，更是并肩作战的伙伴，在村委会主要负责招商和治理污染工作。他抬头望了一眼，发现是李军，便又将目光埋在塑料堆里。一直以来，两人相处得都非常愉快，但自从综合整治开始后，他的心里就有了微妙的变化。他有预感，料到李军定会找自己，上午开完会他刚松口气，不承想一天不到，李军又找来了。

他背对李军招呼着，躲避开未知的目光："李书记，你到屋里先歇一歇，我把手里这点活干完就来。""不碍事，我等你。"张先进回过头，看到李军站在一旁，像一棵挺拔的树。他没办法，只得停下手里的活，冲洗双手，陪李军进屋坐下。

为占据主动，张先进抢先开口道："李书记，整治工作开始，你又要忙起来啦。不过你看，现在污染严重确实是事实，但塑料加工让乡亲们富起来了，这也是有目共睹。你还记得吗，以前我们经常唱'破烂铁、破烂钢，收破烂的人儿要自强'，到处叫喊着收破烂，鞋底都磨破了。"见李军始终盯着自己不搭腔，他便继续道，"我们那时候穷，但不怕脏、不怕累，在塑料堆里摸爬滚打，没拖过政府的后腿，也没抱怨过难听的话。现在生活好了，家里有小楼，银行有存款，自己有汽车，儿子有新房，闺女有嫁妆，在以前，这哪敢想呀。李书记，你说对不？"

李军这时才接话，犀利的语言直击向对方的要害："张主任，道理、政策和要求我不和你多说了，你是副主任、老党员，这些应该很清楚。我觉得，你是党的干部，名字也叫先进，所以你的思想和行动也应该先进、必须要先进。我来找你的目的，想必你也能猜得出来。你是村里的塑料大户，我希望你能带头清理，做个示范给乡亲们看。"

张先进尴尬地赔笑道："那是自然的。不过我家的存货有四五千吨，清理起来确实困难。要不这样，你给我一个月时间，等我把这些备好的废品弄出来，剩下的全部转卖处理，保证以后再也不弄了，你看行吗？"

李军摇摇头，口气缓和些，但态度依然坚定："没有那么多时间，整治就是要一鼓作气，否则夜长梦多。而且，上面的要求你是知道的，开会时你也表态了。再说，谁家都有困难，这不是理由。"他想了想，说，"最多10天，10天内必须清理到位。"

张先进的面孔变了颜色，倍觉愤懑，心里暗想：李书记今天怎么了，凭什么拿我撒邪火？我叫先进就活该受损失吗？他赌气地回道："知道了，我尽量。"

李军起身告辞，走之前，留下一句话："不是尽量，是一定，这没有讨价还价的余地。"

张先进似乎没有听见，回到院子里继续整理塑料，将瓶子扔得"咚咚"响。李军叹口气，跨出了院门。

不过，张先进自己也没有想到，他的执拗在第二天就发生了变化。事情的转折来自一件意外之事。

次日中午，李军前往村内集中点去查看垃圾清运的进度，骑车路过村里的汪塘时,看到两个孩子正在塘边玩耍,还不时捡起地上的石子扔向塘中央。百来平方米的塘里已被垃圾填满,又臭又脏,他知道塘边烂泥多,易滑,便冲他们喊道:"这里危险,快回去。"孩子们向他吐了吐舌头,跑走了。

李军继续赶路时,无意间从后视镜发现,两个小孩竟又跑了回来,心里咯噔一下,来不及多想,便下意识地调转方向。几秒钟后,他听到了小孩的尖叫声。

快速骑到跟前,他发现有个孩子正在污水中拼命挣扎,另一个孩子吓得大哭大喊。他急忙跳下电动车,来不及脱衣服便跃入水塘,一股恶臭味顿时钻进口鼻。他强忍住恶心,费了很大劲才将孩子拖到岸边。

此时的塘边已围聚了许多村民,大家七手八脚将李军和孩子拉上岸。孩子的父母闻声赶来,挤进人群。母亲看见正瑟瑟发抖的孩子,"哇"一声叫出来,抱住孩子失声痛哭。

巧合的是,这个孩子的父母也是村里的经营大户。综合整治后,他们的厂房虽然停工,但拒不拆除设备,还曾因此事与村委工作人员起过争执。此时此刻,他们看到浑身湿漉漉的李军,羞愧得不敢直视。孩子父亲抹了把眼泪,走到李军面前,将自己的外套脱下来披在对方身上,向他深深鞠躬,哽咽着说:"李书记,大恩不言谢,对不起。"李军笑着回:"没关系,孩子没事就好。"

这户人家回去后的第一件事,就是联系工人前来拆除设备和厂房,并帮助村委积极做其他人的思想工作。孩子父亲更是逢人就说:"李书记是我们的大恩人。今后不管村委有什么决定,我们一定无条件配合。"

这事很快传到了张先进耳中,他听说后,内心五味杂陈,既为李军的坦荡襟怀所折服,又对自己作为村领导却没能发挥应有的带头作用而懊恼。亡羊补牢，为时不晚，他二话不说，即刻开始清理设备和物资。由于数量巨大，他租用两辆半挂车昼夜不停地拉，把1000多吨成品低价卖给环保标准高的大企业，把3000多吨塑料废品送到光大发电厂，又把生活垃圾分类送到小岭垃圾填埋场。这轮下来，他的直接经济损失达200多万元。

最后一趟车颠簸着驶离时，正是夕阳时分，灿烂的晚霞映透了遥远的天际，呈现出无与伦比的壮美，恰如耿车镇正在进行的事业。望着车辆慢慢驶远，像一位老人蹒跚离去，张先进的眼泪抑制不住地滚落下来。

▶ 清理外运垃圾

类似张先进的情况还有很多。入户整治期间，很多经营户由于投入多、损失大，内心的抵触通过不同方式呈现出来，致使清理工作总是磕磕绊绊。大众村十一组有位村民，在整治开始后就下定决心，要与村委打持久战，态度就像是弹簧，诚恳而又坚定，让工作人员的每一次劝说都像打在棉花上，无功而返。无奈之下，李军只得亲自出马，利用下班后的时间，连续多日登门沟通，几乎每次都要到深夜，说政策、说影响、说出路，经常饭吃不上、觉睡不好，肉眼可见的憔悴了许多。好在经过一周的坚持，村民终于被说服了，但由于家中废塑太多，一时找不到足够的清运车，李军又多方协调，调来四辆自卸车，还将自己家人也唤来帮忙，就这样从早到晚忙了五天，才总算清理干净。

这样琐碎的工作，就是那段时期村干部的日常。李军有一个日记本，里面详细记录着每日的工作安排、要求、问题和困难，内容精确到每户的家前院后。

2016年1月23日，工作安排：各组汇报承诺书签订情况，将承诺期限汇总，以便督导检查。利用下雪、天寒不便入户的天气，排出各组工作计划与有效措施，于1月24日上午点名报到送上来。外来户清理情况汇报。杨坡（村委副书记）将各组进度每天汇总上报。每组一份。明细表。上午9:30至12:30，参加全区总指挥部第二次扩大会议。

2016年1月25日，工作安排：汇报1月24日工作进展情况。沿途经营户，一户一户讲。还未清到位的是哪几户？准备采取什么措施？能否保证月底前完成？园区内准备如何清理整治？园区内张先进、张雷怎么打算？王跃，有人打12345投诉热线，说味道太浓，影响周边正常生活。有无不配合的，是否需要执法组？通知史德甫将刮坏的横幅扎好。通过图片看出各村机械人工一起上，我们哪组需要及时上？

2016年1月27日，工作安排：26日巡查问题通报。一组，吴家齐，蔡士芹家西。

2016年1月28日，最新要求：从1月29日开始，立即停止违法生产。进一步加大工作力度，多措并举，推进进度。成品半成品可以堆放在厂房内，其他原料一律运输出去。鼓舞士气，大干一周。成功与否，就在这几天。

……

字里行间中，闪动的是一线村干部每日辛勤工作的身影；清晰的笔迹下，流淌的是党员干部们的汗水和心血。

综合整治期间，耿车镇整日车辆轰鸣、人声鼎沸，一座座废塑加工厂房陆续拆除，一辆辆清运车排起了长龙，一箱箱垃圾运往指定倾销场，一幕幕令人热血沸腾的事件在各村上演。

红卫村村民周继亚把150吨原料当作垃圾处理，亏损20多万元；湖稍村村民王修跃把刚刚花10万元买的破碎机按每斤3毛钱的废铁价贱卖出去；五星村党总支书记蔡文之召开村民代表大会，将"不参与废旧物资回收、清洗、破碎、造粒等相关生产经营行为，不出租房屋给废旧物资经营户"的条款写入村规民约，以便村民相互监督、相互约束。

正面事件起着带动引领作用，而反面典型也发挥着独特的警示效果。对坚持拒绝整改且造成不良影响的经营户，村干部便配合区联合执法组采取强制措施，在上级公安、环保等部门配合下，依法查处，及时制止违法行为，形成震慑效应。

身处风口浪尖的耿车又转起来了，像是有只大车轮在镇内飞旋，火热的场景映照着20世纪80年代的生产热情，使两幅画面之间产生了奇妙的勾连。但不同的是，一个意味着辉煌的启幕，一个昭示着光荣的终结。

为了生态文明的追求，为了绿水青山的环境，为了子孙后代的福泽，党员和群众一起，干部和村民一起，老人和孩子一起，全都投入到这场震天动地的环境保卫战中。他们的壮举注定要被时间铭刻，被历史记录，被后世传颂。

1月底，距离"彻底禁、禁彻底"综合整治正式开始已过了半个多月的时间，根据区委书记裴承前的安排，宿城区废旧物资回收加工综合整治指挥部在湖稍村货场召开了现场推进会，对下一步整治工作进行思想再推进、工作再部署、措施再细化、速度再加快。

徐光良向前来考察的区委副书记、区长张辉和区委常委、指挥部副总指挥赵赛花介绍道："综合整治以来，不论房前屋后，还是田间地头，或是沟渠河塘，积压了 30 多年的废塑垃圾都基本清理到位。我们安排了 100 多辆自卸车天天拉，光运费就花了 400 多万。"说着，他突然有些动情，眼前飞速闪过一张张朴素生动的面孔。他调整了情绪，语气更加坚定，自豪地说："向领导汇报，这一场硬仗打得确实很艰难，也很激烈，但让我们感动的是，几乎所有经营户都能理解配合，未发生一起越级上访事件。没有他们的支持，绝对不可能达到当前的效果。"

赵赛花感慨道："所以说，人民群众是最伟大的。为了未来放弃眼前，为了集体牺牲个人，这些口号说着轻松，但只有真正落到身上，才知道它的分量。"

张辉也忍不住称赞道："徐书记，说明你们镇党委真是把工作做到群众心坎里了。"

徐光良笑道："不只是镇党委，还有各村级党组织，包括广大乡亲，关键时刻全部选择了对党的信任，这点让我非常感动。"

考察组一行继续向前走，沿着干净整洁的村路、望着焕然一新的环境，脑海里全都是以前垃圾遍野的场景，脚下越走越轻盈，仿佛处在时空交错的地带，感受着天与地的变化。

2 月 6 日，星期六，农历丙申猴年春节前夕，耿车镇迎来了市级验收。道路上的垃圾早不见踪迹，眼前直观的变化就是最有力的说明。但为了严谨，验收组还是决定随机选择几个村庄，沿着门户挨家检查。毕竟，这么短的时间完成全镇范围的整治，想想就觉得不可思议。

验收组很快就欣喜地发现，在每户空荡如风的庭院里，似乎连味道都变得清新了，村民的精气神也随着废塑垃圾的消逝而增添了新的光彩。来到村民张成亚家时，验收组还没有开口，他就兴冲冲地说道："嗨，不用检查了，我家早不做了。"组长笑呵呵地问他:"那你感觉到生活有什么变化吗?"张成亚道:"挺好,不用吸毒气了,干干净净过大年。"

一路登门查看了几十户,得到的反馈如出一辙,验收组真的相信了,耿车镇创造了一个奇迹。

验收结束后,验收组召开了一次简短的发布会,隆重对外宣布:自"彻底禁、禁彻底"综合整治工作启动以来,耿车镇3471户废旧物资回收加工经营户已全面清理到位,61个交易货场全部取缔,59个地磅、2100户设施设备全部拆除。另外,清理外运废旧物资40万余吨,整治沟渠河塘120余个,清出垃圾10万余吨,清理违法用地995亩,拆除违法建筑33.5万平方米,下达各类整改文书220份……整治工作取得了显著的阶段性成果。

听到验收组的话从洪亮的音响中传来,徐光良使劲抿住嘴唇,晶莹的泪花在眼眶里打转。他太清楚了,这一串串数字的背后,蕴含的是多少没日没夜的煎熬,承载的是多少舍小为大的豪举,更浸润着多少干部群众的汗水和多少家庭的辛酸。

尽管验收组对耿车镇的整治成绩表示了充分肯定,但徐光良知道,还有一些遗漏的边边角角正隐藏在暗处,伺机反弹,综合整治仍需要继续深入。因此,验收过后,他并没有放松懈怠,而是以"巩固成果、全面覆盖"为目标,要求全镇党员干部继续抓紧整治扫尾工作。

2月底,市委主要领导再次到耿车镇调研。这次,他选择了新华居委会。亲眼看到昔日"垃圾镇"彻底变了样,他心里十分高兴,与徐光良边走边谈,听对方介绍全镇综合整治情况的汇报。

徐光良滚瓜烂熟地将整治数据一一列举出,并谈了自己的感悟:"通过这场行动,我们更加深刻地认识到,改革与发展的过程,实际上就是'破'

▶ 取缔货场（左）、整治沟渠河塘（右）

与'立'的过程。对耿车镇来说，'破'的是以牺牲环境为代价的落后产业，'立'的是生态兴镇理念、绿色经济路径和集约发展方式。下一步，我们耿车镇考虑要在生态优先与创新主导的思路中探索，争取早日驶入更具潜力和前景的新车道。"

市委主要领导点头表示肯定，也满怀信心地提出了希望："以前的耿车模式影响很大，要让耿车成为转型发展的典型、绿色发展的典型、大众创业的典型，实现老典型的新突破。"

徐光良认真道："领导请放心，我们一定会努力。"

不觉间，两人走了1公里才停下脚步。

在随后召开的座谈会上，市委主要领导对耿车环境的变迁印象深刻，有感而发，一口气说出12个到位，即组织领导到位、宣传动员到位、综合施策到位、清理取缔到位、工作机制到位、服务支持到位、奖惩措施到位、督查推进到位、干部履职到位、维护稳定到位、依法行政到位、资金投入到位。

领导的高度肯定令耿车镇干部群众备受鼓舞，也让全镇人民对未来发展满怀信心。

为使耿车人民尽快找准未来的发展之路，3月19日，宿城区召开了耿车片区转型发展动员大会,毋庸置疑,这是对耿车镇具有重要意义的一次会议。只是,它的重要性并不在于会议本身,而凝结在会议之外。这次会议,标志着耿车镇的工作重点已从综合整治调向了转型发展,它背后所蕴含的,是"彻底禁、禁彻底"废旧物资回收加工综合整治行动全面、圆满、顺利收官。

从1月14日召开综合整治动员大会起,到3月19日召开转型发展动员大会止,总计66天。这66天,是一个真正的奇迹。

耿车人利用这66天的时间,告别了一个时代。如果说废旧物资回收加工在历史上创造了苏北地区发展乡镇经济的"耿车模式",那么这场为期66天的环境保卫战,则是在新时代贯彻习近平生态文明思想的具体实践,意味着耿车开启了绿色转型发展的新篇章,也赋予了"耿车模式"新内涵。

在这内涵中,有一种底色极为突出,那就是各个党组织和党员始终走在前面、干在实处,尤其是从事废旧塑料加工的98名党员村组干部,时刻发挥着先锋模范作用,各村第一个关停粉碎机的是党员,第一个卖掉粉碎机的也是党员,第一个拆除简易厂房的还是党员。这些党员用自己的实际行动带头清、当典型、做典范,履行着作为一名共产党员的光荣使命和责任。

不过,对于致力全面蝶变的耿车来说,综合整治只是第一步,随后一年多的时间里,镇党委多管齐下、多面开花,又陆续完成燃煤锅炉、畜禽养殖等专项整治;兴建生态廊道6条,新栽各类苗木50余万株;启动土壤污染情况调查,稳步推进水土修复计划;率先建成乡村生活垃圾分类处理体系,配备镇村保洁人员133人,投放分类垃圾箱4600余个,基本实现道路、集镇、村庄、庭院"四清洁";在工业园区配置废气收集处理系统,控制烟尘污染等。

潜心为政，声名自来。2018年3月，习近平总书记在十三届全国人大一次会议上发表了重要讲话，指出"我们要以更大的力度、更实的措施推进生态文明建设，加快形成绿色生产方式和生活方式，着力解决突出环境问题，使我们的国家天更蓝、山更绿、水更清、环境更优美，让绿水青山就是金山银山的理念在祖国大地上更加充分地展示出来。"镇党委带领全镇干部群众认真学习贯彻落实习近平总书记的重要讲话精神，在生态文明建设的道路上行稳致远。当年，耿车镇就凭借扎实的生态文明成果，获得江苏省首批生态文明建设示范乡镇（街道）称号。

从人人避犹不及的环境洼地到全省倍享盛誉的示范乡镇，其中每一步都走得不易，却又迈得辉煌。浴火重生的耿车大地，已充满无限生机与可能，耿车人也将在这片土地上继续放飞理想，创造新辉煌。

然而，打赢环境保卫战，只是绘就梦想蓝图的第一步，困难依然在前方等待。毕竟，饭碗没了，收入断了，许多百姓的经济支柱倒塌了，下一步，他们将何去何从？是否能找到合适的转型出路？转型道路又能否走得顺利？面对这些未知，全市各级党委政府都在同步思索着。

第 8 章

后整治时代

2016年2月7日，是中国传统的除夕佳节，也是废旧物资回收加工综合整治市级验收的第二天。黄昏下的耿车镇机关大院褪去了往日的喧嚣，显得有些冷清。徐光良站在大楼门口，抬头望着天，像一尊雕塑。

"徐书记，别人都回家过年了，你怎么还不走呀？"打饭回来的值班门卫冲他打招呼。徐光良回过神道："噢，马上。"嘴上回应着对方，脑袋却依然沉浸在遐思中。

门卫师傅也学着徐光良把目光投向天际，看着绚烂的晚霞，兴致勃勃地说："徐书记，你看这天空多漂亮。塑料整完以后，感觉天都蓝了，也不用闻臭味了，这个年过得舒心嘞。"这段充满抒情色彩的话语似乎撞到了徐光良的心间，他向对方微笑告别，驾车驶出了大院。

漫天晚霞下，徐光良的心情却无法放松，有件事在胸腔堆积着，久久无法驱散，让他无法安心呼吸这明显好转的清澈空气。方向盘在手中轻轻转着圈，车辆像是踏青的游客，融合在静谧的乡村图景中。

徐光良并未回家。他沿着镇里的路，绕着各个村庄，不紧不慢地行驶着。此时的路上几乎看不到多少车辆，笔挺的公路显出难得的空旷，大部分人都在家中，为晚上丰盛的年夜饭做着准备。他似乎没有目的，也不知要去向哪里，车辆在路口随机地转弯，拐入一条条再熟悉不过的道路。远处的夕阳发出橘黄色的光，将他半张脸照得透亮。

如今，在耿车镇大街小巷里，昔日家家机器轰鸣、滚滚黑烟冲天而起、装满废旧塑料的大货车呼啸疾去的场景已不复存在，日益清澈的河水欢快流淌，整洁的街道和干净的房屋伫立两旁，宛若一幅水墨田园的意象画。这个曾落魄的乡村恢复了它应有的模样：恬静、祥和、安宁。道路两旁的村庄里，不断能看到鸡鸭鹅闲庭信步地踱过乡间小路，穿梭在这片今非昔比的土地上。

"砰……啪……"不知谁家放了一个二踢脚，打破了宁静。接着，"噼里啪啦"的炮仗声陆续响起，像是一种集体的约定。徐光良下意识地将汽车拐进村庄，停在路边，听着接二连三的脆响声，心生感慨。都说爆竹声中一岁除，但在以前，这却是很少见的，因为废旧塑料易燃易损，所以很忌讳附近出现火源。而今年情况不一样了，他明显感到，被垃圾裹挟多年的耿车镇年味变浓了。

徐光良下了车，沿着村路漫步，凛冽的寒风让他不由打了个冷颤，同时也清醒了许多。

他看到，家家户户的大门口被打扫得干干净净，门上都贴了喜庆的春联和大大的福字，很多家庭还挂上了造型各异的红灯笼。不远处，围聚在一起放鞭炮的大人和孩子们，脸上洋溢着幸福的笑容。

他听到，此起彼伏的鞭炮声接连作响，窜天的爆竹在空中炸裂，声音清脆而嘹亮。伴着阵阵烟雾，孩子们的欢呼声不绝于耳。

他闻到，家家户户烧鱼炖肉，香气扑鼻。空中还弥漫着鞭炮的硫黄味道，熟悉又亲切。他不禁闭上眼睛，深吸一口。

没一会，他缓缓睁开眼，不敢让自己在温馨的画面中过多停留。他提醒自己，现在还不是轻松的时候，前方依然有更艰巨的任务等待他去面对。

这时，一阵悠扬的口琴声传来，吹奏的是《军港之夜》，将他的注意力黏住了。声音来自不远处，他循着口琴声走去，转角便看见一个再熟悉不过的背影，是大众村党委书记李军。

他没有打断对方，而是静静地倾听，沉浸在曼妙的旋律中。直到演奏结束，他才鼓起掌。李军惊诧地回头，发现了徐光良。他有些意外和好奇，问道："徐书记，这大过年的，你怎么不回家？难道又有任务？"

徐光良没有回答，而是从头到脚打量着李军，"啧啧"笑道："这还是那个多才多艺，好文学、晓音律、通民俗、精书法的文人李军吗？怎么苍老这么多？以前我都没注意。"

李军笑道："人老是自然规律，关键要看为何而老。"

徐光良竖起大拇指："还是李书记境界高，随口一句话就能让我悟一辈子。"

李军乐了，说："徐书记，言归正传，我能猜到你心事。昨天验收的时候，我看到你的表情，就知道你在挂念着后面的事。"

徐光良不甘示弱地回道："我也能猜到你的心思，大过年的，一个人在这儿吹口琴，一定也是想着整治后的打算吧？"

两人相视几秒，哈哈大笑。正笑着，李军的愁绪忽然涌上来，脸色慢慢沉了下去，叹气道："乡亲们过年图喜庆，暂时不会考虑烦心事。但我们得想呀，过完年，大家该怎么办？饭碗没了吃什么？全村近400户人家的生计要怎么保障呢？"

徐光良的声音也跟着低下来:"是呀,我就是一直在考虑这事,全镇3000多户人家,下一步怎么办呢?虽然有了转型的大方向,但向哪些方面转?怎么推动?乡亲们能不能配合?这些都是问题。"

一个话题让两人都不说话了。他们并肩站着,看向沟渠对面空荡荡的田地。

徐光良打破了沉默,轻拍李军后背,劝慰道:"算了,大过年的,不要费神了,难得给自己放个假。何况,环境保卫战能打赢,我相信转型升级战一定也能胜利。走吧,回家过年。"

徐光良回到家,餐桌上已经摆了几道菜,妻子还在厨房忙碌着。望着那个熟悉的背影,他的愧疚与饭菜香味一起散发出来。自从调任耿车镇党委书记后,他的时间就游离在身体之外,失去控制了。任前谈话时裴承前交代的两项任务,他记在笔记本的首页,也记在了心里,每天都能看见。尤其是综合整治工作正式开展以来,他几乎没有在家安安稳稳吃过几顿饭,不仅因为时间紧张,更没有胃口,时常突然响起的电话和处理不完的事务让他的神经不得不保持着高度紧绷。目前,综合整治已经取得了阶段性成果,徐光良原本以为自己会轻松些,可未来各种不确定依然让他倍感忧虑。

半年多来,他几乎将全部精力都投入到耿车镇的蝶变进程中,留给家人最多的,便是早出晚归的身影和短暂的通话记录。相比之下,他对耿车镇的付出在明处,上级领导和全镇百姓都看在眼里,经常听到的"徐书记辛苦了"就是对他工作最直接的肯定。而妻子的付出则在暗处,其中的辛酸不易只有他自己知道。他偶尔也会和妻子说:"耿车以后发展好了,你就是幕后大功臣。"他是认真说出来的,话语中充满郑重与感激,但妻子通常会笑道:"算了,我可担不起。"

遐思间，妻子扭过头，喊他："又发什么呆呢？过来端菜呀。"

望着满桌佳肴，徐光良给自己倒上一杯酒，对妻子和孩子说："辞旧迎新了，国家要有新气象，耿车要有新气象，我们也要有新气象。"三只杯子撞击在一起，发出悦耳的响声。

徐光良已经很久没有看电视了，但家人正兴致勃勃地坐在电视机前，期待着春晚。为了多多少少弥补些内心的亏欠，他也强迫自己坐到沙发上，一边聊天，一边享受着难得的家庭温馨时刻。

很快，晚会正式开始了，几位主持人盛装走入舞台中央，慷慨激昂的开场语深深说进了他的心里：

"2015年，随着'全面建成小康社会，全面改革开放，全面依法治国，全面从严治党'战略布局的协调推进，我国的经济、政治、文化、社会、生态文明建设和党的建设迈上了一个新台阶。"

"新的一年，我们将深入贯彻创新、协调、绿色、开放、共享的发展理念，你我中国梦，全面建小康，这是全体中华儿女共同的心愿。"

寥寥几句话，引起了徐光良的强烈共鸣，他很庆幸，取缔废旧物资回收加工恰逢其时，但与此念头同时浮现的，免不了又是对下一步转型的思索和忧虑。

临近12点，此起彼伏的鞭炮声在窗外争先响起，透过窗户望过去，一束束美丽的烟花冲上天际，炸裂开，满天五彩缤纷，将深夜的耿车镇唤醒。这场持续了半个多小时的烟火盛宴消散后，耿车又慢慢重归宁静。

徐光良躺在床上，望着黑漆漆的夜幕出神，不知多久，才慢慢睡去。

大年初一，新春伊始，按照习俗，这天的人们都会早早起床，以崭新的精神面貌跨入新的一年，为未来日子讨个好彩头。徐光良也很早就醒来，此时的天刚泛着亮光,但他感到的却不是拥抱新春的喜悦,而是心中回荡着"嘀嗒嘀嗒"的响声,填满着倒计时般的紧迫感。

妻子正在厨房准备早饭,徐光良走过去,站在一旁,看起来欲言又止。妻子疑惑地扭过头,转瞬便明白了,简洁地说道:"去吧,没事。"

徐光良驾车向办公室驶去,脑袋也没有闲着。春节每欢度一天,留给他的时间就少了一天,推进全镇转型发展的任务刻不容缓,他实在做不到放空自己去品味佳节,似乎只有沉浸在思考中,才能感到安心。

其实,关于转型究竟向何处走,早在综合整治有动议前,镇党委就讨论过初步的构想,即发展电子商务。

之所以选择电商,除了考虑到大众村的电商事业起步较早,在2008年就开始探索,已有了相对成熟的参考和模本外,另一个现实因素,是宿迁市委市政府对电商事业的大力扶持。前几年,市领导就启动了"中国宿迁电子商务产业园"的规划,旨在建设集电商运营、网络交易、物流配送、定制加工、软件研发、文化创意于一体的多功能、多业态融合的电子商务园区,着力打造电子商务产业集聚中心、区域性物流快递配送中心、现代服务业发展中心、定制经济创新示范中心这"四大中心"。2015年1月初,总规划面积6.4平方公里的产业园举行了隆重的揭牌仪式,目标是力争通过五年左右时间,建成具有宿迁特色、全国一流、世界知名的电子商务产业园,成为带动宿迁经济转型升级的重要引擎。

产业园投入使用后,围绕"电商产业新高地、大众创业新基地、创新发展新典范"的发展定位,展现出了强劲的发展势头,陆续实施重点项目17个,总投入14.8亿元,吸引了京东、当当、网易、百度等108家企业落户。园区尤其注重发挥本土企业京东的辐射效应,同步建设京东"中国特产·宿迁馆"，带动地产优质产品上线，推动实体经济与网络经济相融合。当年，园区就实现了一般公共预算收入3.4亿元，电商交易额103.6亿元，带动就业人口1.16万人，有效地推动了地方经济社会发展，成为宿迁经济新的增长极。

镇党委从大众村的探索和产业园的实践中看到了耿车发展的可能，认为或许这将是一条绝好的出路，便尝试按此方向进行引导，并提出了"一村一品一店"的具体定位。但在推进过程中，却没有预想的顺利，不少村民甚至村书记依然沉浸在废旧塑料的发财梦中，对电商既不关注，也不了解，还认为电商的发展会挤占塑料的发展空间，进而产生了抵触情绪。为做通思想工作，镇党委可谓绞尽脑汁，却收效甚微。

直到机缘巧合中，徐光良偶然读到一篇关于大集镇的文章，眼里顿时有了光。

大集镇被誉为"山东淘宝第一镇"，淘宝事业从2009年起步，以做服饰为主。当地镇党委独具眼光和魄力，在电商发展尚处于萌芽期时，就倾力相助，全力扶持，协助组建了淘宝产业商会、电子商务总支部委员会、淘宝行业协会党支部、大集镇电商资金合作社等机构，还组织会员集资修路，完善电网配套，缓解融资难题。这些措施务实有效，如同给淘宝事业注入了源源不断的营养，繁茂的枝叶很快形成了遮天蔽日之势。到2013年，大集镇就成为全国唯一一家有2个"淘宝村"的乡镇，并在次年被评为"全国淘宝镇"。全镇共注册服饰有限公司138家，拥有8000多个网店，2014年电子商务交易额达5亿元。

徐光良立刻安排工作人员与大集镇党委取得联系，表达了想带队前往观摩学习之意，当即得到了热情回应。2015年9月初，按照沟通好的行程，他带着9位村书记踏入了这片好客的热土。

大集镇党委书记苏永忠陪同徐光良等人实地观摩了本镇丁楼村、张庄村等"淘宝村",淘宝经济的繁荣盛况让观摩组受到了视觉和心理的双重震撼。参观结

▶徐光良带队到大集镇考察电商

束后,苏永忠在会议室向徐光良一行介绍了大集镇的情况,让徐光良颇为诧异。那时,他才了解到,原来大集镇的发展基础并不乐观,城镇既不临国道,也不靠省道,仅有一条县道贯穿其中,毫无区域优势可言。并且,大集镇是传统意义上的农业乡镇,以种植小麦、玉米为主,缺乏工业优势。更令大家惊讶的是,在全镇32个行政村中,就有2个省级贫困村和14个市级贫困村,经济发展的负担很重。

这些基础条件与耿车镇相比,几乎全都落了下风,且淘宝事业的起步也比耿车镇晚一年。但就是在这样的情况下,大集镇自加压力,逆势而上,取得了令外界敬佩和羡慕的成绩。听完介绍,几位村书记面色复杂,不约而同地沉默着,复杂的情绪在各自心头翻涌。

晚饭时,徐光良谢绝了苏永忠的盛情邀请,带着几位村书记单独找了家饭店。他这样安排当然是有考虑的。在包间,他语重心长地向大家说:"我今晚临时决定自掏腰包,请大家吃个饭,就是想找个安静地方,好好聊聊知心话。这趟观摩,我不知各位有什么感受,但我相信至少是震惊。大集镇靠着极其薄弱的条件都能够取得电商事业的成功,充分说明了事在人为,我们还有什么理由推脱?"

可能因为语气过于严肃,徐光良说完话,包间内竟鸦雀无声。为了缓和气氛,徐光良故作轻松道:"当然,也不能着急,工作都是慢慢干出来的。"他举起茶杯,"来,我以茶代酒,敬大家一杯。"

菜肴被陆续端进包间,席间慢慢变得热闹起来。一位村书记在和旁座交头接耳几句后,突然离开了包间。徐光良看在眼中,以为对方上厕所,便没有在意。孰料,几分钟后,这位村书记又回来了,手中多了两个袋子。

在徐光良不明所以的注视中,村书记摸出一瓶酒,又掏出9个大瓷碗一字排开。他解释道:"徐书记,你别介意,今天是周末,而且这瓶酒是我刚刚自己买的。"他麻利地把酒拆开,挨着碗逐一倒过去,边倒边继续说,"耿车人从来不服输,我们几人商量好了,大集镇能做到的,我们同样能做到,而且要做得更好。今天借山东宝地,我们也学一回梁山好汉。这碗算是壮行酒,我们向镇党委立个军令状,回去以后,一定会把每个村都打造成淘宝村。"话音刚落,几位村书记像约定好似的,齐刷刷站起来,每人端起大碗,一饮而尽。喝完后,空碗被重重地放向桌面,发出清脆的响声,将徐光良的眼眶震得发红。

徐光良努力保持着微笑,心里有说不出的感动。他知道,这行为、这声音,既是同昨天告别,更是向未来张开怀抱。

统一了思想,行动就有了磅礴力量。返回后,徐光良即刻召开党委会,围绕发展电商这条出路大做文章,出台了七项配套措施,积极引导村民转型,被百姓戏称为"七巧板",即:营造浓厚氛围,如定期发布网络创业政策,挖掘创业人物典型,宣传网络创业文化,发放创业大礼包,推介网络创业产品,制作创业宣传片,推介创业成功经验,点燃大众创业热情;建设耿车电子商务产业园,园区规划占地1万平方米,设有产品加工区、电商综合区、物流仓储区、居住生活区和配套服务区，可实现淘宝供货、电商交易、物流快递、财务服务、证照办理、设计研发、培训接待等功能一体化；建设耿车电商快递物流园，园区融资启动资金达 1 亿元，建成后将提增家具产业年产值达到 20 亿，新增就业 2000 人，成为宿迁地区规模最大、配套最完善、交通最便捷的现代化电子商务快递园区；打造耿车电商一条街，依托耿车镇负有盛名的商贸和历史人文主要街道德胜街，入驻 20 余家电商企业及电商服务企业，使其成为通往耿车网络创业孵化中心的主要通道，形成推动电子商务连片发展的态势；完善耿车物流一条街，在徐淮路以南，宿迁高速西出口以西大众段，已入驻品牌物流企业 45 家，几乎涵盖了国内所有主流物流品牌，日均收发快递超过 1.1 万件；建设耿车家具及配套产品交易大市场，该市场位于徐淮路以北大众段，交通便利，先后入驻木材加工、木工机械销售、3D 建模、螺丝、铰链、滑道、封边条、打包带、泡沫板、床垫等近 30 种项目，形成了较为完善的配套业态；各村居设置电子商务孵化室，党群服务中心利用现有办公用房，通过出台扶持政策、宣传政策、大户带动、组织培训等形式，鼓励更多村民学网络、用网络，了解电商、投身电商。

在镇党委的大力引导和全力扶持下，耿车的电商事业很快进入了迅速增长期，从业人员、店铺数量、交易额等关键指标稳步增加。看到了真切的数据，徐光良才略微松口气，他知道，转型电商这条路，总算是开了不错的头。

徐光良从回忆中回过神来，嘴角上扬起隐隐的笑意，清晰鲜活的电商之路探索给了他面对未来的底气和自信。不过，对于综合整治中取缔的 3471 户废旧物资回收加工经营户来说，仅凭电商一条路，实在无法消化如此大规模的群体。因此，脚步不能停，道路还要继续探索。

春节期间，徐光良几乎一大半时间都在办公室度过。桌上积攒的材料被一遍遍翻着，网络上的特色产业被一条条看着，笔记本被一页页记着，墙上挂的区域图上也被一块块圈着。他还会时不时打电话或发消息给相关分管领导和村书记，交流灵光一现的想法和念头。

节后上班第一天，迈入机关大院的镇干部们互相拜年、恭贺新春，徐光良却早已进入了紧张的工作状态。他当天便召开中层干部会，分享春节时的思想成果和拟定的下一步计划，要求大家尽快调整状态，投入到后整治时代的新一轮奋斗中。

受大集镇之行的启发，徐光良在会上提出，今后还是要多向其他有产业特色的地区取经学习，开拓思路，寻找商机。他圈定了大致的地区范围，吩咐分管领导和相关部门继续搜罗更详细的信息。

很快，行程确定了，徐光良带队先后前往山东、安徽、河南、上海等周边省市考察调研。幸运的是，在安徽省合肥市肥东县的一处多肉植物种植大棚里，徐光良找到了转型发展的又一份心仪答案，即苗木花卉。

他将想法与班子成员沟通，很快达成一致。为保险起见，徐光良又征求了诸多农业专家的看法，总结梳理出三点可行性：苗木花卉不需要被食用，能最大限度避免土壤、灌溉水污染等带来的影响；苗木花卉可以净化空气、改善环境，从而助力集中整治后耿车环境快速实现变化；最重要的是，耿车镇已有了良好的电商氛围，而在其他省市中，苗木花卉与电商嫁接成功的案例并不在少数。

最终，镇党委确定将苗木花卉产业正式作为耿车镇后整治时代的出路之一。

曾在"彻底禁、禁彻底"综合整治中，受李军感召主动带头拆除废旧塑料加工设备的张先进，是最早转型且尝到市场甜头的人之一。当镇党委刚提出苗木花卉的转型方向时，他就灵敏地嗅到了巨大商机，立即投资千万元，创办了优之雅农业科技有限公司，瞄准年轻人喜欢多肉植物的特点，种植了100多个品种，还通过网络直播的方式吸引了大批粉丝。即使在平时，他每天也能接到全国各地的100多个订单，旺季时每日更可达上千单，产品一度供不应求，公司很快便上了规模。

正如拆除设备产生的带动作用一样，张先进走向苗木花卉的转型之路，同样产生了大范围的示范引领作用，越来越多的村民涌入这个行业。为吸引更多的苗木花卉企业落户耿车，镇党委还创新多种形式，通过举办宣传晚会、多肉展览大力宣传优惠政策，吸引市内外各类群体入园创业，并开办多肉植物栽培技术培训班，帮助群众实现家门口就业。

在探索耿车镇未来出路的尝试中，徐光良并不孤单。综合整治开展的同时，市、区各级党委政府也都在对转型升级进行着同步考虑和规划。徐光良之所以心急如焚，主要源于汇总到他手中的阶段性数据。看着一路下滑的经济指标和零零散散消失的企业，他感到了前所未有的巨大危机，似乎面前是深不见底的断壁悬崖。他希望尽快找到合适的出路，让优质的转型项目尽快落实落地，减少变数，稳住经济发展的方向盘。

冰凉的事实证明，徐光良没有杞人忧天。当一季度的统计报表交到他手中时，尽管先前已做足心理准备，但后背还是惊出一身冷汗。报表显示，耿车镇一般纳税人工业企业从1457个断崖式下跌至23个，规上工业企业从30个锐减至1个，几乎全军覆没，80%以上的耿车人面临着重新创业和就业的严峻挑战。这些透着寒意的数字，成为了悬在镇党委上方的达摩克利斯之剑。

耿车镇的经济社会状况就像定时炸弹，随时可能被引爆。残酷的现实就在眼前，逼迫镇党委必须尽快采取应对措施。

那段时间，徐光良迅疾调整思路，为了尽可能快速、大量地吸纳劳动力，他将主要精力都集中放在解决群众就业问题上。不过，凡事都讲究方式方法，如何在群众和企业间牵线搭桥，这就有门道了。镇领导带领村民们出去找企业，这肯定是不现实的。讨论之后，镇党委决定请企业上门。徐光良安排分管副镇长向附近开发区、高新区等企业密集的园区发出邀请，并许诺给出优惠政策和补贴措施，欢迎企业到耿车镇招工。

这项由镇党委主导的促就业措施似乎取得了不错的效果，加上有政策的吸引，周边企业先后来到耿车镇，以几乎每天1场的频率，连续举办了12场专项招聘会，顺利解决了几百名耿车百姓的生计问题。

这一步棋为徐光良赢得了宝贵的时间，他带领镇领导继续加紧研究全镇产业转型的其他出路。但天总不遂人愿，前进的道路上，坎坷注定是常态，才一个月左右，徐光良就得到反馈，那些出去打工的村民们又陆陆续续回来了。

徐光良满脑子问号，究竟是工作强度大？还是薪资水平低？又或是车间环境差？他想不明白，便暂时放下手头工作，跑到几个村去找村民沟通，了解具体情况。一圈跑下来，他终于弄清了原委。

原来，从20世纪80年代废旧塑料业兴盛以来，耿车居民几乎家家开工厂、户户办作坊，经过30多年的延续，"创业"的基因已经渗透到老百姓的血液中。在他们看来，以之为骄傲的"耿车模式"核心就是创业。创业不仅是他们赚钱的方式，更成为他们生活的方式，打工并不是最优选项。这个原因让徐光良有些意外和感动。他与党委班子商定，一定要呵护好"创业"这份宝贵的传承，认真琢磨市、区两级扶持创业的政策，顺势而行，要相信耿车人民"愿创业"的渴望及"创成业"的能力，以政府的最大努力帮助居民追逐创业梦想。

经历此事后，徐光良反而冷静了下来。他想明白了，与其火急火燎为老百姓寻找岗位，倒不如全心全意支持他们创造岗位，这才是耿车百姓真正所需。

为了打开创业视野，探索更多转型发展出路，徐光良决定汇聚民智，听听老百姓的想法。几日后，镇党委召开了一场以"离开废旧塑料，我们还能做什么？"的大讨论，将镇村干部、原塑料加工户、务工人员代表等各个类别的人群召集在一起，各抒己见。会场十分热闹，你一言我一语，高一声低一句，大棚种植、水产养殖、旅游开发、淘宝电商、家具木刻、非遗手工等大量的金点子、好门路源源不断地闪现出来，甚至还有人因不同意见而争论得面红耳赤。正所谓，话不说不明，理不辩不清，这场大讨论，让耿车转型的方向愈加清晰，转型项目也更加具体。

会议结束后，经过分类梳理和可行性论证，镇党委最终确立了"打造绿色发展示范镇、宜居宜业生态镇、电商集聚特色镇、文化创意智慧镇"的发展定位，为耿车居民列出了"七大"转型出路：

二次创业做电商。依托"支部＋电商"双向带动，把电商发展成党员、把党员培育成电商和电商达人，实施"十百千"电商成长计划，培育十户党员示范企业、发展百名党员电商，让党员带动群众，推动千户农民电商创业，逐步走出一条"基层组织扛大旗，红色电商挑大梁，广大群众跟着干"的二次创业之路。到2016年底，耿车全镇开设网店的创业户数已达2173户，60%的原塑料加工户都转型从事了电商。

提档升级做塑料精深加工。依托宿城区出台的《加快推进耿车片区转型发展实施方案》《宿城区废旧物资回收加工企业转型升级的支持政策》等相关文件，鼓励传统塑料企业提档升级做塑料精深加工，为周边的经济开发区白色家电企业提供配套产品，比如花盆、PC 管等。镇党委还组织有意向的居民前往浙江省考察学习，进企业，下车间，深刻感受塑料精深加工的广阔前景和独特魅力，树立产业转型的信心。

发展物流快递服务。早在 2015 年底，徐宿淮盐高速"宿迁西"出口向西不到 500 米的大众村就已形成"物流一条街"，每日车水马龙、生意火爆。镇党委决定继续发力，鼓励有条件的转型户瞄准耿车驻守宿迁西出口和两条省道穿境而过的区位亮点，抓住物流西进的趋势，转型发展物流快递服务。

发展苗木花卉产业。根据耿车镇城郊型区位特点，结合农业结构调整和发展高效农业的指导思想，着力发展城郊型特色农业，承接中心城市花卉市场转移，全力打造耿车苗木花卉市场。

发展三产服务业。镇党委意识到，随着其他产业建设进程不断深入，耿车镇作为经济开发区腹地的优势越来越明显，人流车流必将不断增加，三产服务业也定会产生巨大需求和市场。

发展文化创意产业。耿车镇历史悠久，民间蕴藏着众多优秀文化资源。镇党委决定借助现有电商平台的优势，引导居民探索文化资源向产品衍生、以文化赋能经济社会发展，致力于将耿车镇打造成为文化产业发展的高地。

如果转型户因年龄层次、知识结构或家庭原因等不适合二次创业，便可以将打工作为备选。镇周边的经济开发区和循环经济产业园内的企业都需要大量工人，镇党委还与区人社局达成了协议，每半个月就在耿车开展一次招聘会。同时，镇、村两级也将结合环境整治和社会管理服务需求，提供大量公益性岗位，重点解决 50 至 60 岁人员的就业难题。

可以说，这"七大"转型出路是在充分调研论证的基础上，结合耿车镇的发展愿景与各村实际，经过深思熟虑制定的，囊括了居民转型的绝大多数方向，成为了科学的行动指南。为加大转型力度，推进进程，不久后，镇党委政府又印发了覆盖面更广、内容更丰富的《加快推进耿车转型发展实施方案》，明确从3月中旬至12月底，以加快耿车片区转型发展为统领，深入开展"双清双转"（清洁家园、清洁田园、产业转型、生态转型）专项行动，完成企业转型升级、从业人员创业就业、困难群体保障机制建立等工作任务，加快实现"生产转型、生活富裕、生态美好"的总目标。

面对产业转型的阵痛期，镇党委层出不穷的举措和及时有效的应对，在很大程度上化解了过程中可能出现的风险和问题，还进一步激发出了耿车人创业的热情和信心，为全镇的未来发展提供了广阔的空间。看到这种变化，上级领导深为赞赏。

宿迁市委在肯定镇党委积极作为的同时，也认识到耿车镇的转型发展对全市经济布局和产业结构将会产生的不可忽视的影响，况且耿车镇要真正实现全面转型，仅凭镇一级的力量恐难彻底实现。因此，市委市政府先期已起草了一系列扶持政策，如考虑以工代赈、标准厂房无偿租赁、联户经营、贷款支持等。不过，扶持政策若想取得最优结果，就不能大水漫灌，而要精准到位，让真正需要的人享受优惠，让有不同需求的人找准政策。基于此，市政府主要领导在半个月内两次到访耿车，深入基层，走家串户，倾听

▶ 市领导调研耿车镇产业转型升级情况

百姓对于前期整治和未来转型的想法和忧虑。

调研后不久，市委市政府便召开了系列会议对调研成果进行专题讨论，随后出台了《引导我市废旧物资回收加工行业转型发展的实施意见》，决定对符合条件的转型升级企业按设备投资额给予一次性补助，对生活困难人员也制定了详尽的托底帮扶，全力稳定群众的正常生活。

在全市各级党委政府的共同重视和全力推动下，转型的理念在耿车镇深深扎根下来，成为了耿车人的奋斗共识。有党委支持，有政府托底，耿车人对于转型之路便无所畏惧。在他们看来，条条转型之路犹如光辉大道，等待着他们纵横驰骋。

心若在，梦就在，只不过是从头再来。不到一年时间，全镇3471户塑料加工经营户就有2523户实现了转型发展，转型占比达73%。更为耀眼的成绩是，据镇创业办公室统计，耿车人民的创业参与率高达70%，创业成功率达53.57%。凭借着这份昂扬的创业激情和亮眼的创业成绩，2017年，耿车镇被评为省级创业型乡镇。

耿车镇产业的转型速度之快、转型面之广，总会令人惊喜。但转型的过程同样也是探索的过程，这辆"刻满历史记忆的老耿车"突然拐入了陌生的路口，不确定因素如影随形，也正是这种种未知，给跨入新赛道的耿车人带来了又一挑战。

春节过后不久，在上级领导和镇党委的综合考虑下，全镇的转型方向已有了清晰的路径，在林林总总的岔路口中，不少耿车人选择了"电商＋家具"的经营模式，相较其他，这种模式在耿车起步最早，且成功率也较高。但大量群体涌入某个行业，往往会产生意想不到的问题，比如最普遍的恶性竞争，或者在耿车发生的那些令人心痛的案例。

2016年2月，一份来自区政府的下达材料引起了徐光良的注意。材料中提到，近一个月来，"12345"热线涉及耿车镇的投诉量直线攀升，且居高不下，内容主要聚焦在家具喷漆和空气污染等方面，要求镇政府高度重视，及时处理。

徐光良若有所思。这件事他有印象，前段时间有位副镇长向他提起过。那天，他赶去区委开会，等电梯时正遇见神色凝重的副镇长。他好奇地询问缘由，对方告诉他，最近接到不少关于家具生产的投诉，正在着手解决。对于经常和村民打交道的徐光良来说，这并不是稀罕事，做事越多越容易被投诉，这是心知肚明的规律，何况还是在综合整治这样的特殊时期，有些摩擦和争议在所难免。他随口嘱咐道："辛苦了，注意方式方法，不要和群众发生矛盾。"

此时再忆这事，徐光良隐隐觉得，这个问题似乎并不简单。他将副镇长喊来，询问来龙去脉，了解到，群众反映强烈的家具喷漆问题其实由来已久。早在七八年前，当大众村邱永信带头转型做家具，并引领了一波热潮后，这种现象就陆续出现了。为操作方便、节约成本，家具生产者们往往采取露天喷漆的方式，喷出的油漆颗粒物随风四散，便污染了空气。但那时家具行业的从业人数有限，且大规模焚烧塑料产生的空气污染更为严重，所以几乎没有人关注户外喷漆问题。如今，形势变了，废旧塑料被彻底取缔，家具的从业者却大幅增加，两种因素叠加之下，群众的投诉内容便从塑料转向了家具。

"是这样。"徐光良听明白了，略做思考道，"解铃还须系铃人，既然发源地在大众村，那我们还是从大众村寻找解决办法。"说完，他给李军拨去电话，请他到镇政府一趟。

李军的声音显得很焦灼，直接拒绝了："徐书记，今天不行，我马上要去趟苏州，回来找你吧。"

"噢，好的，不着急。"徐光良听出了李军的心急，并未再多问。

第二天中午时分，李军出现在徐光良面前，有些蓬乱的头发和红肿如荔枝皮般的眼睛让他吓了一跳。

李军精神低落，看起来有些忧伤。他告诉徐光良，大众村一位村民年仅4岁的儿子查出白血病，正在苏州儿童医院治疗，预计治疗费用将是很大一笔开销。考虑到这位村民是耿车电商物流商会的会员，昨天他就与商会会长张坤分别发动村民和会员捐款，半天时间筹到了6万多元，连夜送到医院去了。

徐光良听后大吃一惊，连忙问："那现在孩子情况怎么样？"

李军摇摇头道："不知道，孩子刚送过去没多久，要等医生确定了方案再说。"

徐光良吩咐道："那还是请你多关注，村民有什么困难，村委要尽全力帮助解决。如果有需要，镇里也可以出面。"

李军代村民表达了感谢，面色却依然沉重，声音有些沙哑道："徐书记，有个情况要向你汇报，这位村民怀疑孩子的病是家具户外喷漆导致的。据他说，他家左右邻居都做这个，每日喷漆的味道从早到晚不散。他向医生咨询，也得到回复，说这两者可能有关联。"

当从李军口中又听到了"户外喷漆"这个关键词，徐光良的心像被重重捶了一拳，表情当场沉了下来。他拿出区政府下发的材料，面色严肃地递给李军，道："你看看这个。"

李军皱着眉头看完，凝重道："说不定这真的不是巧合，如果确实有关联,那后面还会有更多的村民遭罪。"他万分郁闷地叹口气,"唉,去年刚刚因为焚烧塑料引发肺病问题闹得人心惶惶,现在又出了白血病事件,真是祸不单行。"

"虽然是两件事,但根源或许都是因空气污染而起。"徐光良的心情也很沉重,感慨道,"环境问题,真是一刻都不能放松。我昨天找你,就是想与你商量商量。"

与李军进行了近一小时的商讨后,徐光良有了初步的打算。经过党委会讨论,他到区委进行了汇报,提议在多个层面尽早出台相关的指导性规范文件,得到了区领导的认可。

一段时间后,镇党委政府率先出台了《耿车镇家具行业使用规范管理办法》和《耿车镇家具制造油漆污染专项行动方案》,在全镇范围内立刻叫停露天喷漆,明确要求新建项目必须符合相关环保要求,鼓励家具企业进园区生产经营,禁止在居民区内新上露天油漆喷涂喷绘、烤漆等家具生产项目,鼓励企业自建或联合建设专用烤漆房。

此后不久,区委也采取了行动,正如当初召开废旧物资回收加工综合整治动员大会一样,在耿车中学食堂这个同样的地点,召开了规模同样盛大、气势同样恢宏、意义同样深远的又一场会议——耿车片区家居产业转型升级推进会。会议围绕解决家居产业在当前转型过程中遇到的问题,提出了明确的思路和举措,并再次强调,要坚决贯彻习近平总书记"绿水青山就是金山银山"理念要求,全面落实绿色发展理念和生态立市发展战略,推动家具产业提档升级。

会后,区政府成立了专门领导小组,镇政府也设立了对应机构,由徐光良任组长,并安排两名班子成员具体分管。为确保转型升级的理念覆盖到位，镇党委另组建了一支专职巡查队伍，挨家挨户上门宣传，发放家具生产"环保负面清单"和《告全镇家具企业主一封信》。同时，引导经营户成立家具行业协会，加强行业的自我约束和管理。

镇、区两级党委政府这一系列密集的组合拳可谓"拳拳到肉"，既打出了有目共睹的成果，也毫不留情地打在了一些经营户的身上，此起彼伏的苦水一股脑地被倾倒出来："塑料不让干了，现在家具也不给干了？""这不让干，那不让干，到底让干什么？""做家具是政府号召的，怎么能突然变卦呢？"

徐光良听到这些不满，在工作会上交代道："群众有意见或不理解，都很正常，所以才要我们去做工作。大家要把这个观念传达给乡亲们，那就是我们追求绿色发展的目标始终没有变，作为党委政府，我们希望大家既能赚钱，更要有好身体花钱。"

但为了避免"一刀切"，引发经营户大范围的抵触，徐光良还是做了些思考，提出邀请环评公司为上规模的家具生产企业一对一量身定制整改方案，推进家具企业入园规范经营，按照"取缔一批、整治一批、提升一批、入园一批"的发展规划，对园区外的44家喷漆单位全部进行整改，并培育有较大影响力和较强竞争力的规模企业等。

这些措施如一味味去疾良方，经过一个阶段的实行和推动，全镇家具企业污染问题很快得到有效控制，环境质量有了明显改善，最直观的居民投诉数量也呈现断崖式下跌，成为"耿车蝶变"之路上的一段插曲和又一个佐证。

时光流淌，岁月暗香。耿车镇的今昔变化吸引着各级领导的关注的目光，络绎不绝的考察交流团队轮流造访。省领导多次带队到耿车调研，希望耿车镇牢固树立"绿水青山就是金山银山"的理念，立足生态优势，发挥生态效益，并认为"如今的新耿车，生态环境优，人居环境美"，鼓励耿车人民"只要下定决心、找准方向，新路子是定能够走出来的，而且肯定比老路好。"在2017年7月省委召开的庆祝建党96周年座谈会上，徐光良结合耿车镇的精彩实践，作了题为《经济发展靠党建保障，转型升级靠党建破题》的交流发言，自豪地将耿车经验向全省推介。

若回过头看便不难发现，在转型升级之路上，市、区、镇党委政府的准备是充分的，措施是得力的，保障是到位的。针对废旧物资回收加工业的综合整治，各级党委政府并不是简单地"一禁了之"，而是坚持"破立同步"，让新兴绿色产业成为"接力者"，以"换新轮、走新路"保障"彻底禁、禁彻底"，推动全镇重塑产业之"基"。

有着文学追求的李军曾有感而发，挥笔写下《大众赋》，成为了这段时期的生动缩影：

古村大众，水路要冲，东望黄运，西顾徐洪，南瞰洪泽，北瞻骆马。国省二道横贯其中，俨然宿迁西之门户。

史载大众，原名夹河，黄水泛滥，随成东西两沙河，因居其间，故得此名。解放初期，区域重划，将马定划归沙集，便更名为大众，沿用至今。

历史大众，风沙盐碱，庄稼难长，四处讨饭，民不聊生，穷则思变，打渠引水，战沙抗碱，土壤改良，丰收连年。

能工大众，不畏贫穷，一组一品，集聚特征，史庄糖蛋子，蔡庄钱串子，胡庄席垫子，顺张竹篦子，李庄粉面子，杨庄油罐子，朱庄腰带子，手工发展，经济振兴。

创业大众，人杰地灵，开放搞活，彰显神通。走遍全国，各地收旧，

▶ 李军创作的《大众赋》

不惧卑微，钱袋满盈。首辆轿车，接到村中。然长期粗放型生产，垃圾遍野，污水横流，生态失衡，危及生命。两个"彻底"，力挽狂澜，除废立新，群力转型，开电商之先河，踏生态之征程。连家具生产之链，创全国首批淘宝村之名；汇生产加工之集群，建生态美丽之乡情。还原青山，再现绿水，华丽换装，全国闻名。

发生在耿车镇的美丽故事吸引来许多专家学者的倾力研究，他们试图从多个角度分析耿车变化的内在逻辑。对于这个变化过程，徐光良有着自己的见解。他认为，耿车的变迁之路，源于习近平总书记"绿水青山就是金山银山"理念的正确指引，源于省市区各级领导的关心支持，也源于基层党组织的战斗堡垒作用，源于基层党员的率先垂范，源于每位创业者的辛勤付出，源于广大老百姓的理解支持。这幅壮美画卷的背后不是一个人或几个人，而是一组英雄的群像，是一曲高亢的战歌。这些英雄们有着白手起家、从零做起的勇气，有着起早摸黑、吃苦耐劳的精神，也有着蚂蚁搬家、万众一心的韧劲，还有着不怕脏累、不惧卑微的个性，更有着跌倒重来、永不服输的决心。

放眼任何一个地区，转型从来都不是一帆风顺的历程，困难、阻力、汗水、挫折在所难免。令人振奋的是，在这场艰苦的征途中，耿车人没有抱怨，也从未想过放弃，对他们而言，实干是最重要的。他们始终牢记着习近平总书记在2016年全国两会上提出的"生态环境没有替代品，用之不觉，失之难存。在生态环境保护建设上，一定要树立大局观、长远观、整体观"，"我们不能欠子孙债，一定要履行好责任，为千秋万代负责，要有这种责任担当"的殷殷嘱托，发扬着"耿车模式"不怕跌倒、永不服输的精神特质，积极转型、转产、转岗，通过自己的双手和辛劳的努力，为自己的生活按下"重启键"，也为耿车的发展也按下了"快进键"。

第 9 章

荣耀时刻

2016年对耿车镇来说，注定意义非凡，注定影响深远，注定载入史册。这一年，全镇干部群众深入践行"绿水青山就是金山银山"的理念，勠力同心开展综合整治，仅用66天时间，就让存续了近半个世纪的废塑产业画上句号，并顺利开启绿色发展新篇章，创造了全社会都为之惊叹的奇迹。也是在这一年，耿车镇迎来了无上荣耀，鉴于在强力整治和大力转型过程中的突出表现，耿车镇党委被中共中央授予"全国先进基层党组织"称号，更珍贵的是，这是当时江苏省获表彰的唯一一个乡镇党组织。

在面向未来的道路中，光阴从不停步，每天都是崭新的开始。时间转瞬即逝，但历史是有记忆的，这份来自党中央的至高荣誉，已铭刻进每个耿车人的内心深处，成为日后劈波斩浪、再创辉煌的力量源泉。

这份至高荣誉，足以被标记为耿车人民拼搏岁月的里程碑。

时间回到2016年4月初，清明节刚过几日，此时的耿车，已基本完成了大规模的废旧物资回收加工综合整治，往昔垃圾围城的凝重感一去不复返，行走在街巷和村庄的人们，有了焕然一新的体验。气温转暖，草木萌动，天气清澈明朗，万物欣欣向荣，没有了环境污染的束缚，耿车大地上处处呈现着勃勃生机。

镇政府办公楼中，徐光良正与几位班子成员开例会，商讨部署下一步转型工作。有了前期有目共睹的成果，大家对耿车镇的未来有着充足的信心。

就在这时，一通来电打断了徐光良的思路，并且，在几十秒后，他的兴奋之情如日月升起，难以抑制。

宿城区委组织部的工作人员告诉他，刚刚接到市委通知，中央组织部正在开展全国"两优一先"推荐工作，省委要求宿迁市认真把关，做好推选。经过区委领导集体讨论，一致同意推荐耿车镇党委参评"全国先进基层党组织"。最后，工作人员告诉徐光良，请镇党委尽快按要求准备申报材料。

挂断电话后，徐光良依然感觉像在做梦般，有种极不真实的感觉。他从未想过，耿车有一天竟会和如此高规格的荣誉产生关联。在其他人好奇的目光中，会议仓促结束了。徐光良坐在办公桌前，心情还没有平复，他在努力消化这个消息。

好一会儿，徐光良才反应过来，自己应该向区领导表示最起码的感谢。他急忙拨通了裴承前的电话。裴承前"哈哈"笑着，又向他透露了一个重磅消息，全国"两优一先"以前是由中央组织部进行表彰，但今年是建党95周年，中央领导特别重视，决定首次改由中共中央进行表彰，其中分量不言而喻。

徐光良的激动之情溢于言表，他能感觉到自己握住电话的手正在颤抖。

裴承前因还有事，没有再多说，只叮嘱徐光良抓紧准备申报材料，争取斩获这至高荣誉。

徐光良毫不耽搁，略作思索，便将任务细致安排下去。

很快，这个消息就在全镇传开了，振奋与自豪洋溢在每个耿车人心中。

面对耿车干部群众满载骄傲和自豪的精神状态，徐光良虽为之欣喜，但亦不敢大意。他深知，目前只是申报阶段，最终能否花落耿车，他并没有底。况且，即使获此殊荣，也不能自满，耿车下一步的转型工作，依然任重道远。

布置完申报材料的准备工作后，徐光良继续投入到引导全镇产业转型的艰巨工作中。

在分管领导和相关部门人员加班加点的努力下，很快，一套精美细致的申报材料放在了徐光良办公桌上。孰料，他满怀期待地翻了几页，便发觉不对劲，材料中大多数篇幅都是在描述自己到了耿车镇如何开展工作。他急忙将起草人员唤至办公室。

徐光良先是肯定道："在这么短的时间里整理出这样翔实和厚重的申报材料，看得出来，你们确实很用心，但是，主体思想要把握好。"他笑了笑，继续道，"我们申报的是全国先进基层党组织，立足点是党组织。按我的理解，先进的党组织不是某个人，而是一个团队，它的先进性应该体现在'组织'二字上。所以，我认为申报材料应该重点写的不是我，而是耿车镇的党委如何发挥组织优势，将各个村级党组织和全镇党员干部组织起来，共同做好环境整治。这才是我们的亮点，也是我们之所以能做成这件事的关键因素。"

对方听懂了，随即调整思路，重新整理了一套申报材料，并配套制作了一部介绍"耿车蝶变"的视频短片。这次，徐光良满意地点了头。

经过市级、省级组织部门的层层筛选和推荐，耿车镇凭借扎实的工作战绩，被顺利推荐至中央组织部。得知消息后，徐光良平静的内心泛起了一丝涟漪。夜深人静时，他也会遐想连篇，那份亮闪闪的至高荣誉似乎就在不远处招手，说不动心是假的，不论人还是组织，总是会有些荣誉感。但他也深知，除了继续努力做好本职工作，过多纠结于此并无意义。

那些日子，徐光良经常伴着满心期待与忐忑入眠。好在，镇里的工作事务和强度让他无暇多思，每日的时间几乎被各类会议和各件事情填满，他很快调整了心态，决定不论最终结果如何，都要以这次推优评选为契机，继续推进生态文明建设，带领全镇干部群众为实现更高质量的"耿车蝶变"而努力。

一个多月后，当徐光良正在办公室与分管副镇长商量，考虑是否带本地的转型大户到外省调研时，又是一通电话不期而至。

这次是宿迁市委组织部打来的。通话中他得知，耿车镇已通过中组部组织局专家组的评定，组织局领导近期将到耿车镇实地考察，届时省委市委也会有领导陪同，他需要在随后的几天内，抓紧做好迎检准备。

接到通知后，徐光良第一反应是：成败在此一举。他推迟了带队外出调研的计划，立刻召集班子成员开会，进行现场分工，从落地接待到参观线路，从材料准备到现场讲解，无一不精细，无一不慎重。

徐光良之所以将此事作为头等大事，既是因为荣誉感，更是因为看到了奖项背后的意义。他明白如顺利通过评选，那么在获得至高荣誉的同时，耿车镇今后的发展也必将获得更多关注和上级支持，这些都是耿车转型路上迫切需要的宝贵资源。

考察组到来前的日子里，徐光良就连吃饭睡觉都在思考。市委组织部工作人员告诉他，考察组的行程很紧，依照排定计划，在耿车只能停留一小时，请他务必利用好这短暂的时间。可对于涅槃求新生的耿车而言，想要呈现的东西太多了。如何将耿车镇践行"绿水青山就是金山银山"理念的亮点直观地表达出来？如何把镇、村党委的组织优势和动员能力形象地体现出来？如何把人民群众的幸福生活生动地展现出来？徐光良反复琢磨着。

这天，来了。

考察组即将到达时，徐光良提前在门口等候。由于时间紧张，每一秒都极为珍贵。简单寒暄后，他即刻引导考察组前往大众村、刘圩村，用最朴素的画面诠释着镇党委的组织工作。

在干净整洁的村路上，徐光良不失时机地介绍着，既说环境整治，也讲产业转型，既说党委领导，也讲群众配合，力争全方位、立体式将耿车一路走来的经历描绘出来。由于考察组事先均已看过材料和视频，因此对耿车已有了初步了解，特别是那场66天的战斗，令所有人印象深刻。

徐光良正滔滔不绝地说着，一位专家突然打断，若有所思道："当年发生在这一片的淮海战役，好像也是66天。"

专家的话题立刻引起了在场者的兴趣。有人当即拿出手机查询，像发现了新大陆，兴奋地说："嘿，还真是。你们看，从1948年11月6日到1949年1月10日，正好66天。"

那位专家笑着说："同样是66天，同样是一场人民战争，同样以完全胜利告终，这不就是历史与现实的遥相呼应吗？"

另一人道："还要补充一点，这同样是在共产党领导下取得的成功。"

这种提法让徐光良颇觉新鲜，以前他从未想过，原来这份奇迹的发生还有着如此深厚的土壤。他高兴地表示："感谢各位领导和专家帮我们挖出了宝贝。"

众人"哈哈"笑着，这个小插曲也让此次考察增添了一层厚重感。

徐光良继续专心致志地介绍着，心情似乎愈加明朗。考察组边走边听边看，不时停下脚步询问。走到一个路口时，一位专家站住了，指向周边问:"这个地方我有印象,材料里有。这里以前都是垃圾?"徐光良回:"不止是这里,许多人说,以前耿车镇就是个垃圾场,还有人说,耿车镇其实是用垃圾堆出来的。"对方笑道:"我看过照片,确实一点也不夸张,太不可思议了。"

考察组走完大众村和刘圩村,感觉意犹未尽,又提出要到其他村庄再转转,并特意交代说:"不要提前打电话,我们直接去。"

徐光良明白考察组的用意,将耿车镇所属的全部村庄如实告知,征求对方意见。考察组随机挑选了一处,徐光良立刻引导大家前往。

同样地,和以前昏天暗地、四面垃圾的情形相比,这个地方如今令人舒适,白云在蓝色的天空中清晰可见,小鱼在清澈的河水中自由穿梭,绿色的树叶随风舞动,不时有小鸟从头顶飞过,有人情不自禁地掏出了手机,记录下这恬静多彩的田园风光。

考察组原本计划一个小时的实地考察,最后停留了近三个小时。他们对镇党委的工作高度肯定,对各个美丽乡村赞不绝口,对耿车前后的成功转型充分认可。临走前,考察组成员挨个与徐光良握手告别,留下的话语言简意赅:"耿车镇,了不起!"

5月底,中组部公示了全国"两优一先"拟表彰对象,耿车镇赫然名列其中。铺天盖地的祝贺电话和信息向徐光良涌来,他纷纷礼貌地表示感谢。尽管对于这个结果,他早有预料,但当荣誉真的降临时,还是涌起了抑制不住的激动和开心。

宿迁市和宿城区的领导同样对耿车镇的出彩表现振奋不已,在各类大小会议上,领导口中频繁出现耿车镇的身影,言语之中满是喜悦,鼓励全市全区各级党组织向耿车镇学习。确实,在全国440多万个基层党组织中脱颖而出，这份成就足以令人骄傲和自豪。以前那个总是负面新闻缠身的耿车镇，迎来了属于自己的峰回路转。

令人激动的事情还在持续。公示期刚过，徐光良就收到了一份区委转发的中组部文件，通知他6月底到北京参加表彰大会。

又是几个兴奋的无眠之夜后，6月28日，徐光良与宿迁市公安局宿城分局党委委员、府苑派出所所长、被评为全国优秀共产党员的唐明清一起，踏上北上的旅程。由于当时宿迁没有直通北京的高铁，故两人需从徐州乘车。出发当日，因市、区领导有活动无法到场送行，便专程发消息表示关心。徐光良认真回道："感谢领导，请放心。"

出站后，两人跟随接站人员来到京西宾馆，领取了会议资料。进入房间，徐光良迫不及待地打开资料包翻看着，丰富的议程让他对接下来的几日充满期待。

6月29日晚，全体被表彰对象来到人民大会堂大礼堂，集体观看庆祝中国共产党成立95周年音乐会《信念永恒》。徐光良还是第一次进入人民大会堂，好奇地打量着这里。此刻的礼堂内华灯璀璨，气氛喜庆。舞台正中，"信念永恒"四个大字熠熠生辉。舞台两侧，坚实的城墙托起鲜红的党旗，镰刀与锤子组成的党徽高悬其上。

不多时，中共中央总书记、国家主席、中央军委主席习近平等党和国家领导人入场，徐光良与在场人员一道，起身奋力鼓掌，用最质朴的掌声表达着对党和国家的无比热爱。

次日，徐光良跟随队伍登上了天安门城楼，瞻仰了毛主席遗容，参观了国家博物馆《复兴之路》展览。在无限感慨中，他对共产党一路走来的不易和艰辛有了更加深刻的体会，更对作为基层党组织负责人的重任有了更深入的了解。

7月1日上午，最激动人心的时刻到来了。徐光良再次进入人民大会堂大礼堂，顿感氛围与前日音乐会时的热闹有了明显的不同。他看到主席台上方悬挂着"庆祝中国共产党成立95周年大会"会标。帷幕正中，中国共产

▶ 徐光良在人民大会堂

党党徽在十面红旗映衬下端庄威严，"1921—2016"字样格外醒目。大礼堂二层眺台悬挂着横幅：紧密团结在以习近平同志为核心的党中央周围，锐意进取、开拓创新，全面推进党的建设新的伟大工程，为实现"两个一百年"奋斗目标、实现中华民族伟大复兴的中国梦而努力奋斗！

徐光良身处其中，发自内心的敬畏和崇敬感油然而生。

大会由中央政治局常委，国务院总理李克强同志主持。会上，中共中央政治局常委、中央书记处书记刘云山同志宣读了《中共中央关于表彰全国优秀共产党员、优秀党务工作者和先进基层党组织的决定》，并随后进行了颁奖。

颁奖结束后，习近平总书记作了重要讲话。

"历史告诉我们，历史和人民选择中国共产党领导中华民族伟大复兴的事业是正确的，必须长期坚持、永不动摇；中国共产党领导中国人民开辟的中国特色社会主义道路是正确的，必须长期坚持、永不动摇；中国共产党和中国人民扎根中国大地、吸纳人类文明优秀成果、独立自主实现国家发展的战略是正确的，必须长期坚持、永不动摇。"当听到总书记铿锵有力的话语

回荡在礼堂中,徐光良一度热泪盈眶。那个瞬间,他想到了耿车干部不分昼夜奋战在一线的忙碌背影,想到了各位村书记苦口婆心上门沟通的心酸不易,想到了耿车人民含泪清理废塑垃圾和生产设备的艰难抉择,想到了班子成员为探讨耿车今后如何发展的激烈争论,想到了上级领导对耿车变化给予的肯定赞扬……当然,他也想到了那段自己辗转反侧、难以入眠的日日夜夜。

在一曲雄壮的《国际歌》中,大会宣告结束。

当天下午,徐光良参加了"学习习近平总书记在庆祝中国共产党成立95周年大会上的重要讲话座谈会"。轮到徐光良发言时,他向大家介绍了自己此行所受的震撼以及听了习近平总书记讲话所产生的感触,并通过耿车镇践行"绿水青山就是金山银山"理念所取得的来之不易的成绩,分享了基层党组织在面对困难和挑战时,如何更好地发挥组织凝聚力、更紧密地团结干部群众、更有力地发挥社会主义集中力量办大事的制度优势的心得体会。同时,他也对耿车的状况进行了清醒的分析,说道:"我们深知,以耿车镇目前的发展水平,和其他许多经济发达地区的乡镇相比,还有很大差距,不论经济指标,还是人均收入,或是空气质量,等等,都存在大幅提升的空间,我们承认差距,但不妄自菲薄。耿车镇的成绩带有着历史的厚重感,蓝天绿水、鸟语花香,我们的多年所向或许在许多地方早习以为常,但它的现在与过去相比,所发生的改变是完全值得我们骄傲的。就像经历过战争,才知道和平的可贵,耿车人承受过污染,所以更了解绿色的价值,也会更加珍惜。这次表彰,将是耿车镇面向明天的全新起点,有习近平总书记的指引,有党中央的肯定,我们镇党委坚信,耿车的前方一定充满阳光。"

徐光良动情的发言赢得了现场一片掌声。最后,他还真诚地发出邀请:"非常欢迎大家有机会到耿车去看看,相信今天的耿车一定会给人带来惊喜。"

一场荣耀之旅结束了。翌日晨,徐光良与唐明清各自拎着沉甸甸的奖牌,感受着至高荣誉的分量,登上了返乡的高铁。车辆逐渐提速,现代化的建筑在车窗外一闪而过。徐光良靠在座位上,回味着这几日的短暂时光,轻轻挥手,告别了这座令他难忘的城市。

接站的车辆缓缓驶入镇政府大门,干部们早已在停车场等待。徐光良刚下车,大家就围过来,掌声整齐响起,回荡在大院内。他开心地笑着,迫不及待地将奖牌和证书向大家展示,高声道:"这是属于我们共同的荣誉!"

一位干部摩挲着奖牌道:"徐书记,我们大家照个相吧,留个纪念。毕竟耿车镇来了新成员,这是大喜事。"此建议很快得到了附议:"对,欢迎新成员,也期待以后有更多重量级的新成员。"大家喜上眉梢,开怀大笑,只觉得心情无比轻松与惬意。

徐光良也笑眯眯地肯定了提议。他与大家一起,捧着证书和奖牌,在镇政府大楼前留下了一张合影。大家笑容灿烂、意气风发,纪念这项至高荣誉走入耿车。

第二天,镇党委政府班子成员来到"印象耿车"展馆,他们将要完成一项重要仪式。这个展馆是在综合整治初见成效时,由徐光良倡导规划建设的。馆内通过大量的文字和实物,将耿车从得名至今,一路走来的坎坷经历直观展现出来,旨在完成耿车人精神溯源的同时,增强自信和面对未来的底气。

展馆最醒目的位置,是一个预留的空荡荡的展位,虚位以待的空缺曾让许多人对此不解和好奇。但每次徐光良都含混其词,"欲盖弥彰"的神情更

▶ "全国先进基层党组织"证书和奖牌

加令人不禁揣测。其实,并非徐光良卖关子,当时就连他自己也不清楚,这个最核心展位的怀抱中究竟会接纳什么样的荣誉或印迹,他也在隐隐期待着。

此时的他,手捧着那块沉甸甸的奖牌,脸上虽是盈盈笑意,心中却早已热泪盈眶,像是一位完成夙愿的追光者。他走到跟前,将泛着银灰色光亮的奖牌和盖着鲜红的"中国共产党中央委员会"印章的证书依次放入其中,郑重地关上展柜门,目光轻柔地抚摸着展柜。又一阵鼓掌声在此刻响起,"耿车之路"走到了高光时刻。

载誉归来的徐光良自然成为了各级党委政府关注的焦点。市委市政府、区委区政府领导接连前来看望慰问,而徐光良很多时候都选择在纪念馆接待领导,因为这里有耿车最完整的足迹。"耿车之路"的生动展示吸引着各级领导的目光,沿着时间的足迹,"耿车模式""耿车精神""耿车蝶变"等清晰可见。领导们参观后叮嘱最多的,便是希望耿车镇党委立足当下、放眼长远,在巩固现有环境整治成果的基础上,继续做好转型发展的探索尝试,让"耿车之路"越走越宽阔,不辜负党中央的信任。

"耿车之路"一路艰辛,"耿车蝶变"一举成名。各级各界单位或纷纷组织人员前来实地交流学习,或诚意邀请徐光良前去授课,传经送宝。但耿车是个多面体，可说道的内容实在太多，究竟围绕哪个主题来讲才能更好地体现耿车特色、推广耿车经验，这里面大有讲究。

刚开始时，徐光良主要讲整治过程，重点对怎样践行"绿水青山就是金山银山"理念，如何发挥基层党组织的组织作用谈体会、谈心得。客观来说，这确实是出彩的地方。不久后，这段整治经过还被中央党校教授在讲座中作为经典案例引用。教授提出，京津冀周边尤其是河北地区，类似耿车镇过去面临的污染难题依然存在，当地政府也希望从根源解决，但苦无良策，耿车镇的成功实践对全国各地的生态治理都有一定的示范作用。

可在几次讲座后，徐光良的想法变了。他觉得整治只是耿车的过去，发展才是全镇的未来。于是，他专门花费心思重新研究，最终决定将落脚点定位在"支部＋电商"的特色做法上，这既契合了"全国先进基层党组织"的内核，又融合了"绿色生态转型发展"的理念。

在具体交流和讲座中，徐光良不断总结、持续丰富完善，形成了题为《淘宝镇是如何炼成的》这一代表性主题培训课程，主要讲述镇党委如何契合党中央关于建设生态文明的要求，确定"绿色发展新耿车、全国知名电商镇"的发展定位，并将废旧物资回收加工综合整治与产业转型、生态经济示范镇建设、乡村振兴紧密结合，探索富民增收工作法，引导电商向定制家具、高端多肉、网红直播等新领域发展，推动电商产品向电商品牌转变的经过及亮点做法。这被宿迁市委组织部评为十大经典课程。后经市委政策研究室重新提炼梳理后，又推荐至中央党校。

那段时间，徐光良忙得根本停不下来，常常应邀奔走于全国各地，为新疆、贵州、山东、黑龙江等10余个省份的镇村干部授课30余期，他的讲座还被江苏省列为对口扶贫外省的一项重要举措，影响力屡屡攀升。宿迁市委党校在其打造的"党建名师课程"中，把徐光良的讲座列入其中，聘其为名师，让"徐书记"变成了"徐老师"，并将耿车镇作为现场教学点。徐光良很是喜爱"徐老师"这个头衔，讲课热情似火苗般蹿起。令他没有想到的是，不知不觉中，他竟为淘宝在全国许多地区的落地和深化作出了贡献，并意外荣获"淘宝村杰出推动者"称号。

▶ 温铁军在耿车调研

徐光良致力将耿车镇的电商创业经验源源不断"送出去"的同时，全国各地如国务院发展研究中心、中国社科院信息化研究中心、中国知识发展中心、北京大学社会学系、北京大学中国社会与发展研究中心、清华大学华商研究中心、浙江大学农村电商研究中心、南京大学建筑与城市规划学院、阿里研究院、阿里新乡村研究中心等单位的专家学者也在陆陆续续"走进来"，一睹"全国先进基层党组织"的真容，为本地电商发展出谋划策。"三农"问题专家温铁军在到宿迁调研时，就重点选择参观了耿车的城镇建设和乡村振兴举措，并给予积极评价，希望耿车镇今后农业更强，农村更美，农民更富。由于慕名前来的人员数量实在太多，为了满足来自五湖四海的参观团队需求，耿车镇各个村庄还自发组建了讲解员队伍，通过培训出的讲解员之口，将"耿车蝶变"的故事声情并茂地传递给每一位参观者。

耿车的故事同样为乡村振兴的研究提供了鲜活素材，专家学者们不断在重要的年度报告和论文等材料中推介耿车镇电商创业的经验和做法。《宿城耿车镇大众村的转型之路——从"破烂村"到"淘宝村"》入选《中国淘宝村优秀案例精选》。论文《数字经济引领乡村振兴》还入选了外交部《中国落实 2030 年可持续发展议程进展报告（2019）》，文章写道："2015 年以来，耿车镇以落实'绿水青山就是金山银山'的发展理念，抢抓'互联网+'发展机遇，闯出数字经济引领乡村振兴的'耿车新模式'。"这也是首个入选的乡镇案例，意味着耿车镇开始在国际视野中崭露头角。

在岁月穿行中，耿车的发展恰如人的成长，总会面临几个至关重要的路口。幸运的是，几乎面对每一次重要抉择，耿车人都能顺应趋势，借恢宏之势，立时代潮头。不论是昔日靠破烂起家的塑料回收，还是依托"四轮齐转"创造的"耿车模式"，不论是壮士断腕般的环境整治，还是涅槃重生后的绿色发展，耿车人不断地创造奇迹，不断地带来惊喜。在一步步攀山登顶的挑战中，耿车人收获着成绩和认可，各项荣誉接踵而来，其中"全国先进基层党组织"无疑是最令耿车人为之欢呼、为之欣喜、为之骄傲的成绩。

令人敬佩的是，面对这份党中央授予的珍贵荣誉，耿车人并没有躺在功劳簿上，他们选择了继续出征，为人民而战、为未来而战、为荣誉而战。

第 10 章

筑巢以待凤

　　荣获"全国先进基层党组织"这一至高荣誉的耿车镇，自 2016 年初开展废旧物资回收加工综合整治以来，追求蝶变的脚步始终未曾停下。在时任镇党委书记徐光良心中，"耿车蝶变"绝非仅仅是生态环境的提升，它应是全方位、立体式的彻底改变，而产业蝶变，就是其中至关重要的一环。

　　对于助力产业发展，耿车镇在多年前就已有行动，最具代表性的便是建立园区，如最初的耿车镇工业园和随后的耿车循环经济产业园。

　　建设园区可以说是产业发展的结果。放眼世界来看，早在 18 世纪末，由于现代工业的兴起和交通运输的发展，英国、美国等国家兴起了一批以工厂为中心的园区。中国的园区起步相对较晚，直到 20 世纪 80 年代末期，随着改革开放不断深入，国家逐步开放市场，鼓励外商投资，从那时起，各地政府才开始积极推动产业园区建设，如 1988 年成立的中国第一个国家级高新技术产业开发区——深圳高新区，1992 年设立的上海浦东新区，1994 年启动的苏州工业园区等。

　　万殊一辙，变不离法，对仅有 35 平方千米，3 万多人口的耿车镇来说，道理亦是如此。废旧物资回收加工综合整治之后，为了助力当地产业，推动集约管理，镇党委陆续规划建设了多个园区，涉及家具、电商、农业、物流等各个主要产业。园区像是骨骼，支撑起了耿车经济发展的躯体，让各种生产要素能够畅通无阻地流动。如今各个园区各放其彩，已成为耿车产业转型中的又一亮点与特色。

翻开历史的篇章，会发现耿车镇园区都是应时而建、顺势而成，它既有政策要求，又有现实渴求，每一个都烙着时代印记，回应着发展所需。

2016年初，就在耿车人集全员之力向废旧物资产业发起总攻的同时，镇党委便在谋划着更大的发展布局。治理之道，堵不如疏，拿掉了旧饭碗，就要给老百姓新饭碗，这是最浅显易懂的道理。结合当时的发展情况，镇党委清醒地认识到，这个新饭碗的获取之法，就是产业转型。

恰逢当时宿迁市委市政府对全市镇村与城区如何更好地协调和统筹发展作出了新的部署。"建设魅力特色镇村"的目标被列入宿迁"十三五"规划。年初，宿迁市委召开全市乡镇党委书记专题培训班，市委主要领导作出新指示，要持续推进特色镇村建设，通过项目集聚来打造产业特色，用心做出更多诸如西瓜镇、蔬菜镇、螃蟹镇等这样的特色乡镇。这让正在规划产业转型和发展的耿车镇明确了方向。

如何实现项目聚集？如何凸显产业特色？镇党委围绕特色镇村建设动足了脑筋，召开了数不清的村民代表座谈会、党员代表座谈会、企业家代表座谈会、专家研讨会等。根据前期摸底和后期调研，镇党委初步将耿车转型的方向确定为绿色家居、苗木花卉、精深塑料、电商直播、快递物流等方面，在打造特色的同时，努力让每一个耿车百姓都能找到自己心仪的出路。

镇党委的初衷和决心固然宏伟，但那时的他们对许多新兴产业及市场配套，都不十分了解，且不同产业间的差异很大：比如对于发展绿色家居和精深塑料加工，所需要的是配套完善的标准厂房；对于发展苗木花卉、果蔬多肉种植等，所需要的是温室大棚及保温、冲淋设施；对于具有平台载体性质的电商直播和快递物流等，所需要的都是"流量"，不同的是一个看线上，一个重线下。为了弄清楚其中的关联，但凡有空闲，徐光良便带着班子成员和相关产业的经营户到全国各地学习，山东、浙江、广东、安徽等，只要是目标产业有特色的地方，几乎都留下了他们不知疲倦的足迹。

一次次开拓眼界的外部交流，一次次切合实际的内部商讨，打造特色园区、推动产业转型的思路在镇党委逐渐深化的认识中愈加清晰。就在此时，一项与耿车镇发展息息相关的政策指向了这片土地，为耿车园区的建设点燃了助推器。

那是 2016 年 7 月，为牢固树立和贯彻落实创新、协调、绿色、开放、共享的发展理念，确保党中央、国务院决策部署落地生根，中央全面启动了第一批环境保护督察工作，并于当年 11 月底公布了首批 25 个典型案例，其中便涉及江苏省。这让江苏省委省政府意识到，在全省而言，资源环境硬约束尚未根本缓解，生态环境质量仍是全面建成小康社会的突出短板。为了确保在实现"十三五"生态环境保护目标的基础上，更大幅度地改善环境质量，12 月初，江苏省委省政府决定开展"两减六治三提升"（"两减"指减少煤炭消费总量和减少落后化工产能，"六治"指治理太湖及长江流域水环境、生活垃圾、黑臭水体、畜禽养殖污染、挥发性有机物和环境隐患，"三提升"指提升生态保护水平、环境经济政策调控水平和环境执法监管水平）专项行动。12 月底，宿迁市召开全市"两减六治三提升"专项治理工作推进会，市委主要领导在会上提出，要坚持"绿水青山就是金山银山"，大力发展生态经济，重点推进 8 个生态经济示范镇建设，坚持试点先行、以点带面，为面上生态经济示范区建设做好示范。

作为全市8个生态经济示范镇之一的耿车镇，承载了市委市政府的厚望，再次站到聚光灯下，徐光良感受到了沉甸甸的压力。

为使各示范镇的创建更有目标性，市委提出了每个镇的发展定位，其中耿车镇的定位是"绿色创业新耿车，全国知名电商镇，把耿车镇打造成以生态环境优化为基础，以绿色产业发展示范为核心，以打造生态人居典范为目标的全方位生态示范镇"。

徐光良带领班子成员认真学习、反复研究了这个目标定位，很快形成基本共识，即绿色创业和电商都是途径，生态环境优化、绿色产业发展示范、生态人居典范则是三个重要方面，最终落脚点，就是要使耿车镇实现绿色的、可持续的发展。

蓝图有了，接下来便是铺就前行的道路。镇党委随即与中设设计集团（今华设设计集团）达成合作意向，由设计集团围绕"生态经济示范镇"这一核心，根据上级党委政府的相关要求，结合耿车镇实际情况，派出专业的规划师团队，为耿车镇量身定制发展规划。在规划编制过程中，中设设计集团的规划师队伍翻阅了大量资料，经常性前往各个具体点位考察，徐光良也多次与项目负责人沟通，交换意见和想法，并指定专人配合保障规划师工作，确保方案理论的科学性、宏观性与实际的可操作性紧密结合。

很快，这份凝聚着镇党委班子和多位规划师心血的《宿迁耿车生态经济示范镇规划》（以下简称《规划》）盛大出炉了。《规划》分项目解读、发展定位、生态宜居新家园、生态环保创业园、生态农业示范园、生态治理与保护、保障措施等7个部分，对耿车打造生态经济示范镇的路径做了详细拆分与解读。结合市委为耿车打造生态经济示范镇提出的"绿色创业新耿车，全国知名电商镇"定位,《规划》进一步确立示范镇的总体目标是"绿色创梦小镇",并提出了"一主四点、三园六廊"(一主:镇区,四点:大众村、刘圩村、大同村、三义村,三园:生态宜居新家园、生态环保创业园、生态农业示范园)的总体布局结构,对每一块内容又提出了更详细的建议措施。

其中,徐光良最感兴趣的,便是"三园"的规划建设,这与镇党委当前正推进的产业转型思路不谋而合。当理想碰上现实,绚烂的火花注定四处绽放。于是,镇党委沿着这条思路继续谋划推进,在实践中新增了园区数量,拓展了园区规模。在耿车大地,几大园区的建设行动轰轰烈烈开启了。

耿车生态农业示范园是镇党委较早启动规划建设的园区。2016年初,废旧物资回收加工综合整治还未结束,镇党委就于多方调研和思索后,将作为农民立身之本的农业生产视为转型的重要出路,并出台了一系列扶持、补助政策,鼓励农民们在土地上创造未来。同时,为了实现集约化、规模化的农业生产,镇党委自然而然萌生出了初步规划,即将农民的土地集中流转,建设农业园区,吸引周边甚至外地的农业经营户入驻。

在镇党委的计划中,农业园将采取"大户+农户"的模式带动农业发展,重点培育多肉、花卉、彩色苗木、盆景等产业,旨在打造一个集生产、销售、研发、体验为一体的生态农业综合体。

在园区的选址上,徐光良前期已经做了充分思考和调查,并在红卫村发现了意向地块。这块地似乎是冥冥之中给农业园预留的,因果关联中写满了令人感慨的呼应。这几十年随着废旧塑料产业的发展,生活在这片土地上的农民不约而同地将精力投入到废塑生产上,当时这一地块上的居民主要做的是烧鞋底,也是污染最严重的环节之一。正因为污染严重,所以生产场所适当远离了居住的房屋。整治时,设备和原材料被清空,这里成为暂时空置的地块。由于周边土地许多是基本农田，不能擅动，因此这块地成为规划园区的首选。更关键的是，与普通农房相比，这里绝大多数都是为满足生产需要简易搭建的铁皮房，拆迁补偿的成本可以节约一大半。多种因素的权衡下，镇党委决定，农业园就落地在此。

镇党委达成共识后，立刻向宿城区委上报了关于建设耿车镇"农业示范园"的请示。因深感全镇污染之痛，为体现对党中央生态文明建设要求的落实，加强产业未来发展的规划和引导，故在名称前增加了"生态"两字。镇党委的这一思路得到了上级认可，相关部门很快给予回应，批复将S325省道以南、徐宿淮盐高速公路两侧的整块土地设为生态农业示范园用地。

拿到批复后，镇党委马不停蹄，经专家推荐、多方比较和协商洽谈，最终决定邀请位于省会南京的一家农业园区规划设计院对这片土地功能进行整体规划。

但生态农业示范园的建设过程并不如预想的顺畅，规划设计开始之初，虽然大部分的村民都理解并支持，但周边一些村民的不同意见依然传到了徐光良耳中。有人提出，自家的土地是老本和命根，不愿意让出来做农业园。还有的人表态，在自家土地附近建设农业园，会影响到原本生活的清净，等等。对于持异议者，徐光良主动带队上门沟通，大至道理，小至情理，磨破了嘴皮，总算做通了这些农户的思想工作，确保了生态农业示范园建设的顺利推进。

2017年5月4日，耿车生态农业示范园正式动工建设。

▶耿车生态农业示范园俯瞰图

作为市级现代农业园区，示范园规划面积9.5平方千米，规划建设3000亩核心区，拥有42.6万平方米温室大棚，涉及红卫、湖稍、刘圩和大众四个村，地理位置优越，交通优势明显。园区瞄准打造宿迁市城西花卉批发交易市场的目标追求，定位为发展"奇趣多肉、缤纷园艺"的特色产业园，主要目标是招引多肉龙头企业和经营大户，带动周边农户实现转产转型。规划不仅有核心区，还有多肉植物种植区、精品花卉种植区，配套建设雨污水管道、排涝设施等，朝着省级特色农业产业园的目标，分期实施，逐步推进。

园区建起来了，但村民们的决心还没有立起来，几乎所有人都抱着观望的心态。毕竟以前大家种的粮食，是可以实打实吃的东西，能进肚子里的才叫踏实，而多肉和花卉在村民们看来，并不是生活必需品，销售市场非常模糊，这类种植的前景究竟如何？大家心里都犯嘀咕。

往往这种时候，便需要一次破局，正如当初清理废旧物资时选择向周璧"开刀"。徐光良在周边村组搜索，却并未发现合适的人选。村民们或者意愿不高，对种植多肉花卉等心存抵触，或者规模太小，产生不了影响带动作用。在一次向时任区委书记裴承前汇报工作时，他顺口提了这个苦恼。孰料，裴承前认真思索片刻，便回："我想到个人说不定可以，我去试试看。"这令徐光良万分惊喜。

裴承前提到的这个人叫石磊，是宿迁江莱生态农业发展有限公司负责人，总部设在宿迁市沭阳县新河镇，在多肉培植和网络销售方面很有影响力。他还同时经营着宿迁景禾生态农业发展有限公司等其他4家公司，颇具实力。裴承前在一次活动中结识对方，很是看好他的企业发展潜力和个人的创业精神及管理能力，便留下了联系方式，期待着能有更多的合作。如今看起来，时机到了。

裴承前给石磊打电话，将耿车镇设立生态农业示范园一事及区委对园区的重视和期待如实相告，希望他能前来，做出个样子和示范。石磊了解了情况，痛快答应下来，紧接着便来到园区考察。过程很顺利，这一次实地接触给石磊留下深刻的印象，且徐光良也给出了租金补贴、硬件补助等多项实实在在的条件，让石磊很是感动，双方圆满达成合作意向。

经过一系列准备，石磊按计划将宿迁江莱生态农业发展有限公司总部搬到了耿车镇。迁入的当年，镇党委就帮助石磊流转了100亩土地，他的公司也为当地创造了50多个就业岗位，辐射带动1000多人就业，实现了"开门红"。

得益于多肉的培育和生长周期较快，仅三个月左右，石磊的首批多肉便迎来了销售高峰期。那段时间，每日天刚亮，就有货车在路边排队，等着拉货，一直持续到天黑。后经过估算，种植多肉的亩均产出可达1万元以上。

石磊的示范带动作用很快显现出来，周边村民们亲眼看见大棚里种出了可观的真金白银，开始跃跃欲试。且镇党委并不局限于外来引进，徐光良认为，必须要有本地的农业大户参与，这样才更有说服力。在镇党委的鼓励和帮助下，育美森生物科技公司李平、博雅园艺邱雨、优之雅园艺张先进等耿车籍创业大户纷纷涌现，他们身体力行地书写着一个个生动的创业故事，使本镇村民受到触动的同时，带动他们向着新的致富路共同迈进。

参与的人多了，形成了规模，服务自然也要跟上。为了帮助多肉大户推介产品、搭建展销平台，镇政府策划了系列"多肉文化节"，通过高端活动吸引更多关注，让经营户探得更宽阔的发展前景。同时，为延伸产业链条，镇党委又规划建设了一栋4层3000平方米的生态农业示范园综合服务中心，涵盖网络创业孵化、产品线下销售体验、共享餐厅、播客沙龙、人才培训等

▶ 耿车镇"多肉文化节"

功能室，经常邀请合作机构或电商达人前来举办创业讲座，内容涉及多肉生产管理、电商运营、产品设计包装等，帮助园区企业提升竞争力，并与江苏省农科院植物研究所合作建立院士工作站、多肉研发组培基地，为入园企业提供电商创业孵化室，形成一、二、三产业联动发展的现代工农复合型循环经济产业体系，打造"科技农业、循环农业、工农融合"的发展新模式。为了更好地帮助企业发展，园区引导企业成立了耿车镇多肉植物协会，鼓励抱团共进，增强抵御风险能力。此外，还积极与金融部门联系，协调解决资金难题，为企业保驾护航。

近年来，得益于生态农业的蓬勃发展，示范园先后被评为国家级农业创业创新园区、国家级三星级休闲农业和乡村旅游园区、国家级奇趣多肉星创天地空间、省级主题创意农园等，成为耿车镇践行"绿水青山就是金山银山"理念、发展绿色生态产业的一张靓丽名片。而示范园所在地红卫村，也因园区的提质升级赢得了发展的宝贵机遇。2023年，红卫村集体经济收入已超过100万元，被农业农村部授予全国乡村特色产业产值亿元村。

在耿车镇的几大园区中，耿车绿色家居产业园虽然挂名时间晚，但若推算起来，与耿车渊源却最深。它是在2012年筹建的耿车循环经济产业园的基础上提升发展起来的，旨在进一步找准绿色定位、凸显生态底色。

园区位于耿车镇南部，东至科兴路、南至纬十路、西至耿龙路、北至苏州路，规划面积2平方千米，核心区占地约500亩。建成8000平方米研发中心大楼1栋，标准化厂房21万平方米，其中单层标准厂房5.2万平方米，多层标准厂房15.8万平方米，以及配套道路、管网等基础设施。建设有全民创业集聚区、绿色家居集聚区、塑料精深加工集聚区、配套服务区等四个功能区。

相比其他产业园区，耿车绿色家居产业园（循环经济产业园）的建设和发展充满了波折。刚刚建成投用的一段时间内，园区确实承担了"生产向园区集中"的使命任务，吸引了大批企业入驻，厂房一度供不应求。但因废旧物资加工业的强势增长，出于生态压力的考虑，园区管理日益严格。这就导致许多经营户们为了躲避管理，更便捷地获取利润，陆续搬离了园区，耿车镇的生态污染也在那几年内迎来了最严重的阶段，触目惊心的场景随处可见。有些原本在园区内求安稳发展的企业无法忍受周边恶劣的自然环境困扰，干脆搬出园区、逃离了耿车镇。那段时期，园区消散了昔日的繁华，似一座孤城，呈现出前所未有的落魄。市区各级领导看在眼里，忧心忡忡，徐光良更是心急如焚。

庆幸的是，在"绿水青山就是金山银山"理念的指引下，耿车镇全体干部群众深刻认识到了环境污染带来的危害，在市委、区委的安排部署下，齐心协力打赢了环境保卫战，旖旎的田园风光重回耿车镇。得到极大改善的自然环境让绿色家居产业园（循环经济产业园）也重现生机与活力。

为了给入驻单位提供更好的服务，营造一流营商环境，园区管委会除了在常规事项上实行帮办服务外，在厂房的租用上也提供个性化选择。园区内既建有不同面积的标准厂房，也留有大块空地虚位以待。对于小规模的企业而言，租用标准厂房最为便捷，但对于大规模的公司来说，由于需求更为复杂，便可以直接租用土地，自行建设厂房和办公区，或若觉得繁琐，也可提供需求样式，由园区代为建设。

正如在生态农业示范园建成投用时采取的举措一样，镇党委希望这个园区也能够有一位较有影响的本地带头人。按照分工，这项寻找带头人的任务落在了镇宣传委员林焕英身上。

由于工作性质的原因，林焕英平日里经常接触全镇的创业典型，对他们鲜活的打拼事迹烂熟于心。故而接到任务时，她很快就想起一个颇具代表性的人，即被媒体称为演绎着"双城记"的王赞。

王赞是耿车镇湖稍村人，前几年在徐州医科大学求学时，注册创办了竹林风时尚家居馆，刚开始时，因没有生产能力，他便在淘宝上代售电脑桌、角柜、鞋架等简易家具，因他对代售产品的质量把控非常严格，故店铺备受客户好评，市场很快被打开，实现了日均成交200多单，月平均销售额150万元以上。鉴于可喜的发展势头，为了寻找更广阔的创业空间，一年后，王赞有意建设生产线独立生产，并在充分考量后，决定兵分两路，把客服团队继续留在徐州，而将家具生产线设在宿迁。但让他万万没有想到的是，在宿迁的发展并不顺利。由于他采用的是家庭作坊式的家具生产模式，手续并不完备，因此当他计划在附近扩建厂房、扩大生产规模时，城管部门的审批迟迟无法通过，这一度让他甚为苦恼。

林焕英了解到这个情况，便主动找上门，鼓励对方入驻园区。不料王赞听完后无动于衷，仿佛对此事不感兴趣。林焕英以为对方在犹豫，便将镇党委的优惠政策一一告知，提出不仅租赁厂房有补贴，厂房维修也会有管委会帮助安排，甚至可以将他的装修期延长，而装修期内是不收取租金的，算下来相当于免去了几个月的费用。

或许是感受到了林焕英的诚意，缄口不言的王赞终于开口了。原来，他担心入驻园区后，摊子铺得太大，经营的成本和风险都会随之增加，并且园区对于进园企业生产的各个环节都有严格要求，这无形中也增加了管理的压力。

"原来是这样。"林焕英点头表示理解，但并没有放弃，耐心劝说道，"园区厂房有大有小，租赁面积是可以调整的，你完全可以根据自己的需要选择合适的大小。我认为最关键的是，应该放眼长远，你的事业要做大，就不可能固守在村里的那一点土地上，走规范生产是必经之路。再者说，你想想，如果你的合作伙伴来考察，你希望他们看到的是村里的破旧临时厂房？还是规整气派的现代化车间？你觉得哪一种对你更有优势？"

林焕英的劝说成功打消了王赞的顾虑。他闷头想了想，抬起脑袋，眼中浮现出跃跃欲试的期待，答应道："你讲的有道理，我愿意进驻园区。"

正如林焕英所预计的那样，平台的转变给王赞的事业带来了更多机遇和可能。他的生意迅速扩大，很快注册了5个电商品牌，生产模式从"家具+电商"真正变成了"家具工厂+电商"。依托增长的体量规模和科学现代的管理方式，王赞公司的年销售额

▶耿车绿色家居产业园内的企业

突飞猛进，一举突破3600万元，且势头正盛，未来可期。日后每当再回想起那次对话的场景，他都感到庆幸，将这条道路称为"最正确的选择"。

典型的示范带动再次起到了很好的效果，加之管委会系列配套服务做得精细，深得好评，吸引了大批高质量工业项目入驻园区，如致力于高档定制

家装的红宴木业，生产出口国外的食品级塑料包装袋的大富包装，主打电商且拥有京东自营旗舰店的金苹果科技等。在短短两年时间内，园区就入驻了70家企业，包括2个投资10亿元企业和12个规上企业，其中不乏曾因耿车环境问题而放弃投资，如今又慕名而来的公司。根据近几年数据显示，园区厂房的使用率始终保持在90%以上。

为提高园区厂房的实际利用效率，倒逼入园企业更好地规范管理，管委会并不只是一味地引进，而是配以清退机制，对于管理效能和生产效率不达标的企业予以坚决清理，以保证园区的健康和活力。仅2023年，园区就清理了低效企业10家，盘活厂房面积4.9万平方米，为更多有潜质的企业提供了机会。

绿色家居产业园（循环经济产业园）与耿车镇的发展相携而行，在转型的阵痛中历练和成长，最终迎来了华丽新生。园区先后荣获国家级循环经济标准化试点、南京工业大学新材料转化基地等荣誉称号，并将继续为耿车镇推进绿色产业转型发展提供坚强的支撑。

与耿车镇的转型和发展同步并进的，还有耿车电子商务产业园，它的规划是适应发展的必然之举。早在2008年，大众村村民邱永信就开始接触淘宝，成为耿车电商第一人。在他的带动下，众多村民纷纷跟上，大众村的淘宝店铺四面开花，形成了初步的产业规模和基础。

废旧物资回收加工综合整治后，耿车镇的电商发展迎来了历史性机遇。寻求转型突破的镇党委很快锁定了这个方向，积极引导全镇有意愿、有条件的村民向电商发展。为了给创业者提供更好的平台，实现耿车镇电商事业的集聚发展，电子商务产业园应运而生。因考虑电商在大众村起步最早、基础最好，故镇党委决定，将产业园选址在大众村的村域内。

建成投用的电子商务产业园用地1300多亩，总投资5亿元，拥有电商服务中心6000平方米，物流园综合服务中心9000平方米，配套标准化厂房17万平方米，标准化仓储用房2万平方米。敞亮现代的基础设施建设，给全镇电商事业的发展注入了新的动能。

在对电商产业研究摸索的过程中，镇党委的认识愈加深入。徐光良发现，成熟完善的电商行业并不仅仅是点击鼠标卖货，而是有着系列配套的产业链条，比如淘宝店铺的页面设计就像实体店的装修，怎样才能引人关注？出售的产品照片如何进行拍摄修图，从而更加夺人眼球？等等。这些均需要有专门的商家提供服务。但放眼当时镇里的电商产业，由于村民刚开始接触电商，对行业认识相对粗浅，了解并不深刻，绝大部分网店的页面布局和产品呈现还处于相对简单低级的层次，缺少提升展示店铺和产品的意识和能力，致使在浩瀚的淘宝市场中缺乏差异化竞争的核心优势。

为了提高全镇的电商水准，帮助村民走上高标准的电商之路，镇党委依托产业园区，针对上下游的各个环节，分别引进专业机构，如产品设计、宣传图片、市场分析、文创开发等，推行个性服务，实现过程跟踪，使全镇的淘宝事业在短时间内迅速跨上了新台阶。

为了丰富园区的配套，满足入驻企业的多样化需求，在园区主楼的功能设置上，徐光良还与业内专家和商家代表反复沟通，进行了更为精密的划分：一楼主要门面留给配套商，引进淘宝大学培训中心、黑马摄影、中皇花卉等电商服务企业；二楼规划为产品展示功能，考虑到家具是转型电商的最早方向和主力，从业人员多，业态相对最完善，便安排了"耿车家具"展示馆，陈列所有耿车电商自行设计生产的家具制品，形成了"互联网+实体家具"的农村电商新业态；三楼则预留了33个电商工作室，免费提供给经过专家论证的创业项目和创业者，给予拎包入驻的一条龙服务。

从电商的发展模式来看，其实它的本质就是交易平台，为商家和客户的买卖提供更多的便捷和可能。不同的是，与线下各类商贸城相比，这个平台更能海纳百川，包容性也更强，不仅可以囊括各个产业门类，而且对店家数量的接纳更是实体商城所无法比拟的。在电子商务产业园，这种优势被挖掘得尤为明显，园区的平台搭建起来后，很快吸引了600多家网店入驻，产品业务涉及实木家具、板式家具、文创产品、休闲花卉等，其中不乏有销售额过百万的网店。

▶耿车电子商务产业园内企业在打包货品

在镇党委细心呵护下的电子商务产业园，已成为集"电子商务、物流配送、产品研发、示范展示"功能为一体的综合性园区。更重要的是，它充分发挥出了创业集聚和对其他实体产业的辐射促进作用，如带动周边农户发展花木种植基地1000余亩，创办板材、家具等下游产业加工企业137家，解决周边6000多个劳动力实现就业等。凭借有目共睹的成绩，产业园荣获江苏省众创集聚区、江苏省电子商务示范园区、江苏省创业示范基地、宿迁市优秀创客空间等荣誉，成为耿车镇转型发展的又一有力见证。

在电子商务产业园不断迈上新台阶的同时，耿车快递物流产业园也得到了快速发展。对电商发展来说，快递物流是基础性和支撑性产业，它伴着电商的起步而萌动，随着电商的兴旺而壮大。2016年废旧物资回收加工综合整治后，网络电商成为耿车人探索转型的重要方向之一。当时，耿车周边地区的板材家具产品已形成规模优势，另有大批量的花卉、精深塑料制品等产品每日从耿车镇流向全国各地，仅当年全镇的电商营业额就高达20亿元以上。

海量的产品销售对更大规模、更快速度的快递物流产生了迫切需求，原本单一、分散的物流点不仅发货繁琐，而且包裹容纳量有限，已经远不能满足电商从业者特别是经营大户的需要。此外，对于物流公司而言，货物的保管、集中、分拣、运输等环节，亦需要更宽阔的空间和更好的条件。镇党委审时度势，综合考虑，决定建设快递物流产业园。这个动议向市、区领导汇报后，很快得到认同和支持。2017年4月，为了推进园区建设，在市委市政府的协调下，宿迁市交通产业集团有限公司全资控股的宿迁耿车物流产业园有限公司宣告成立，全力为园区建设、运营和发展保驾护航。

同所有园区一样，要落地，选址是首要问题。为了契合快递物流业高效、高速的行业定位，镇党委将快递物流产业园设置在交通最便捷的高速出口旁，位处宿迁、徐州两市交界地，扼守交通要道，是未来本地与邻近地区物流产业发展的必争之地。

园区的规划建设实现了政府、企业、百姓等多方的共赢，因有共同需求，故园区的建设过程极为顺利。2017年8月，占地300余亩，规划建筑面积10万平方米，总投资3亿元的耿车快递物流产业园正式启用。园区内包括厂房、仓库、家具数据中心、综合楼等设施，是以快件分拣作业、快速点对点转运功能为核心，仓储、配送等增值服务为补充的大型快递枢纽转运中心。园区启用后不久，各大快递物流企业便陆续进驻，运输网络日臻完善，不仅缩短了收发货的时间跨度，最关键的是，有了高质量快递物流的保障，全镇乃至更大范围内的电商经营户便多了一项核心竞争优势，发往江苏、浙江、上海、安徽、山东、河南、山西、福建等全国各地的产品均可实现今发明至的目标，在日渐追求速度体验的网络销售领域，这是更加吸引客户的加分项。

▶耿车快递物流产业园车间内景

耿车快递物流产业园就像迸发着遒劲动力的推进器，成为提升电商配送效率、完善产业配套的重要举措，同时也标志着耿车产业转型再上新台阶，生态经济持续发展再开新局面。

2023年春节刚过，耿车镇的快递物流事业再次迎来了新的发展机遇。为了推进乡村全面振兴，镇党委将重心放在"大抓项目、抓大项目"上，并流转了一大块土地用作项目建设。为了尽快产生效益，镇党委便牵头招引项目，并鼓励全镇干部寻找资源，推荐优质合作伙伴。

得知消息的大众村党委书记张坤找到时任镇党委书记李威，并带去消息，告诉他顺丰集团有意打造一座先进的物流产业园，正寻找场所。兴奋的光芒从李威眼中透了出来，他急忙请张坤帮助联系。几日后，顺丰集团负责苏北地区家具仓储分拨业务的负责人应邀来到镇里。为了把握住机会，李威精心准备了PPT，将耿车镇的区位优势、地理条件、产业现状、营商环境、未来规划等各方面情况全面细致地向对方作了介绍和展示。负责人听后连连点头，表现出极大的兴趣。回去后，负责人向集团苏北地区总经理作了汇报，李威又特意安排分管领导一对一与总经理沟通衔接，并表态将专门成立代办帮办服务队伍，全力打通服务项目"最后一公里"。耿车镇固有的优越条件与镇党委炙热的诚意交融在一起，让总经理痛快地下了决心，确定就在耿车镇建设兰博物流产业园，并配套成立江苏兰博物流产业发展有限公司。

经过系列前期筹备工作，2024年3月15日，兰博物流产业园正式开工建设。产业园总投资12.5亿元，主要从事物流仓储、中转、运输以及物流辅助、数字化货运平台等业务。项目设立仓储分拣中转中心、家具供应链储运中心、智慧仓储企业定制化仓、电商云仓中心、生鲜电商定制储运中心、客户总部服务中心等六大功能区，致力打造成国内一流的物流供应链产业平台。待全面建成投产后，预计可实现年开票销售额20亿元，年贡献税收超1.2亿元，对提升全镇物流产业发展，推动省级物流示范基地和省级物流示范园区建设将发挥重要作用。

与前述起步较早的几座园区相比，耿车直播电商创业园最为年轻。该园区缘于镇党委看到网络直播的强大传播力和影响力后萌生出的构想，希望通过建设专门的集聚地，为电商直播提供更好平台，从而带动全镇产品的推广和销售。

但与其他园区不同的是，在位置选择上，镇党委并没有选择另起炉灶，而是在反复考量后，选择了极具创意的做法。那天，镇党委班子在耿车快递物流产业园考察调研时，发现产业园内有一栋仓储楼，里面堆放了林林总总的待发出的货物，还有一些陈列展示的样品。宽敞的空间和精美的物品给了镇领导启发，有人提议，这不就是很理想的直播间吗？

此提议很快得到响应，镇党委沿着这条思路继续拓展，在多个方面丰富直播电商创业园的构想，经过论证后，创业园正式立项。

创业园规划占地1平方公里，规划建设电商综合服务中心，保留了标准化厂房、物流仓储分拣车间等，由大众电子商务产业园有限公司负责整体运营。创业园建有家居展销、板材检测、美工设计、物流调度、信用评估、财

▶ 商家进行电商直播

务结算等六个功能板块，为家居电商创业者提供立体式服务。目前，已入驻直播带货公司3家，网络客服企业6家，物流企业9家，家居设计公司4家。

作为新兴的产业园区，直播电商创业园的发展势头正盛，宛如初升之朝阳，渲染漫天霞光，令人充满对未来的畅想。

同样值得期待的，还有得到省、市领导肯定和支持的宿迁激光产业园。激光产业园并不在耿车镇内，它位于宿城区经济开发区，与耿车镇相邻。产业园总投资45.8亿元，规划面积2.2平方千米，以"华东光谷、智造之芯"为定位，以"百家企业、百亿产值、百名人才"为目标，于2016年初启动建设，先后引进了华工激光、凯普林光电、飞博激光、嘉泰激光、天弘激光等90余家企业，次年就实现了开票销售额3亿元。作为"高精尖"的代表性行业之一，激光领域的产业势头迅猛，前景不可估量。

邻近地区建有如此有潜力的产业园区，善抓机遇的耿车人自然不会错失良机，镇党委书记陈茂辉自上任后就有了构想。他看准了激光是万亿产业，且具有能容纳大量就业群体的行业优势，于是主动出击，积极与上级部门沟通，全力融入产业园整体规划，争取承担部分园区功能。特别是2024年1月以来，陈茂辉将融入激光产业园作为耿车镇贯彻落实习近平总书记关于发展新质生产力指示的重要着力点，并决定以此为契机，全方位培育本镇的发展新动能，赋能耿车的高质量发展。

宏图已绘，来日正长。在如今的耿车大地，各个产业园区仿佛车之轮、鸟之翼，它们互融又互补，彼此契合，共同助力耿车镇昂首挺胸、阔步前行。这些定位不同又别具特色的园区，在各自的领域发挥着无可替代的作用，对全镇推进转型、解决就业、帮民致富，乃至推动乡村全面振兴都发挥着重要效能。

与创造的经济效益相比，这些园区所承载的精神内涵亦不容忽视。从园区的构思、决策，到推进、落实，再到运营、维护等，各个环节都熔铸着耿车人敢想敢干的务实态度，如此真切、如此动人。

聚是一团火，散是满天星。这些园区就如同勇往直前的耿车人，分布、驻守在耿车的土地上，各司其职，共同点亮了耿车镇的发展之路，演绎着"耿车蝶变"的精彩篇章。

第 11 章

第一步探索

在耿车镇,流传着这样一句话:社会发展进程中,总有一些当时看似顺理成章的平凡事,被时间定义为壮举,被后人视为发展进步的标志。正如当年"耿车模式"的迅速兴起,亦如后来耿车人民的探索转型。

那是2008年秋的一个傍晚,华灯初上,万家烟火,朦胧的月光轻柔地投射,接替太阳呵护着这片土地。清凉的月色下,浓烈的"耿车味"一如既往地弥漫在各个村庄,但丝毫没有影响早已习以为常的村民们的兴致。白天与时间赛跑的人们终于能够歇会儿脚,全家人围坐在桌前。告别了一天的劳累,清朗的笑声不时从各户飘出。

耿车镇大众村一户人家的门口,立着一个身影,抬首向月,长吁短叹,指尖夹着根青丝袅袅的香烟。他就是后来被媒体称为"耿车电商第一人"的邱永信。

此时的邱永信心事重重。他刚刚又接到一家公司的电话,金融危机蔓延,外贸订单寥寥,产品出口量大幅削减,企业经营遇到困难……对方说了很多,其实归根结底就一句话:要延期支付货款。

邱永信的眉头拧到了一起,在他从业几十年的经历中,几乎没有遇过欠账的事，可近段时间以来，这类情况却频繁出现。这不正常。

考虑到都是多年的老客户，以后还要合作，邱永信只能大度地让步，但反常的状况让他陷入忧虑。他已经嗅到了危险的气息。"延期"只是表象，一旦延期，则遥遥无期。

忧虑之下，邱永信悄悄翻出另外几家公司的往来账目，结果彻底坐不住了。他发现几家合作商的累计应收款已超过30万元。这可不是一笔小数目。

为了不影响家里人的心情，他决定暂时隐瞒。但这些辛苦钱要如何才能收回，他丝毫没有头绪。心烦意乱中，他听到孙女的呼唤，便用力踩熄烟头，返身回屋。

日升日落，昼夜轮回，生活一如既往地向前推进。次日，邱永信带领全家人继续投入紧张的生产中，熟练地将成堆塑料分拣、清洗、破碎、造粒，手眼不停，似乎只有在忙碌中，他才能缓解焦虑。

也许邱永信自己都没有发觉，惴惴不安的情绪像是疯长的野草，已侵扰了他的理智。在卸装塑料时，他显得心不在焉，沉浸于探寻破解之道的思考中，突然手中一个不稳，一大捆塑料件坠落，击中了他的小腿。钻心的剧痛瞬时袭来，汗珠从额头渗了出来，他慌忙抓住车身防止摔倒。

儿子邱杰急冲过来扶住邱永信，搀扶他坐下，检查后见无大碍，才放下心来。经历这次惊吓，家人心有余悸，坚持要让邱永信歇些日子。可忙碌几十年，邱永信早养成了闲不下来的习惯，一旦无所事事，就浑身难耐。更要命的是，没有了分散精力的渠道，30多万元欠款的心结便无处安藏，时常萦绕在他脑海。既不能与家人说，自己又解决不了，邱永信备受煎熬。百般无奈之下，他想到了时任大众村党支部副书记的李军。

李军是出了名的热心肠，村民遇到困难都乐于向他寻求帮助，而李军也愿意竭尽所能帮助村民，因此颇受尊重。邱永信与李军相差约20岁，平日很聊得来，算是忘年交。

看到邱永信瘸着腿登门，李军满脸惊诧，急忙扶他坐下，不解地询问缘由。邱永信向他作了解释，接着抛出自己的苦恼，叹气道："照这个情况，我估计收不回来的钱会越来越多，生意真是越来越难做了，唉！"

与邱永信的愁眉苦脸形成鲜明对比的是，听了对方的倾诉，李军的脸上始终挂着笑意。待邱永信说完，李军便道："邱叔，不用担心，车到山前必有路。"

邱永信说："道理谁都懂，但只是说说而已，保不准以后还会有欠款，我又能怎么办呢？"话里带着满肚子的惆怅。

李军继续开导道："邱叔，其实这个事也不是没转机。"见邱永信疑惑地看着自己，李军继续道，"你有没有想过转型，做其他产业？"

"转型？"邱永信心念一动，抬起头，眼睛向外看去，似乎想到了什么。

邱永信的回忆有些模糊，隐约记得是2006年，一个来自南京的调研组到耿车考察。调研组的到来并不稀奇，自1986年费孝通提出"耿车模式"后，耿车镇就一夜之间名扬全国，还被誉为中国区域经济发展的样板，从此，到耿车镇学习交流的团队接连不断。作为大众村较早一批从事塑料回收的人，邱永信几乎每次都作为代表向调研组介绍情况。次数之多，邱永信已经记不清了，但那一次，却让他印象深刻。

调研结束，一位专家将他拉到身旁，面色凝重地问："邱先生，听了你们的介绍，也参观了现场，我觉得有个很严肃的问题，你们应该考虑下。"语气愈加低沉，"恕我直言，你们要钱还是要命？"

邱永信瞪大眼睛。他不明白专家的意思，村民们赚的都是起早贪黑的辛苦钱，合理合法，又没有犯罪，怎么会上升到"要钱还是要命"的程度？

车辆已经启动，专家登车前匆匆道："你说你们是从垃圾堆里扒出了黄金，我很认同，但我建议你抽空到处转转，看看除了黄金，还从垃圾堆里扒出了什么。有一点你们应当警惕，当黄金出现的时候，垃圾中的有毒物质早就沾满了全身。"

调研组离开了，专家的话却留了下来，并且触动了邱永信。他真的抽了一天时间到几个村子溜达。有了专家的提醒，他看到的果真和以往不一样了，那些习以为常的画面似乎一夜间变了色彩，让他感到不适。他发现田间地头到处都是废旧的塑料，家家户户都堆成小山一样高，一些高污染物如废弃针管、电池电瓶等随处可见，就连小时候清澈的河水，也变得黑臭浓稠，里面漂浮着数不清的垃圾。再到几位朋友家中，他看到院子里、屋子里，甚至床上都有堆放的垃圾，更不用说那股弥漫不散的塑料味。

这一天转下来，邱永信终于明白专家所指，他也想过转型，但问题是，干了几十年，不做这个行当，又能做什么呢？环境污染是真的，可装进口袋的钞票更是真的。反复思索无果后，邱永信也就逐渐将此事抛在了脑后。

如今，听李军再提转型，邱永信沉寂的心又躁动起来，可如何转型，他依然没有头绪。

李军打断了邱永信的遐思，直奔主题道："邱叔，这次你来得正好，我和你通个气。"

原来前段时间，镇党委领导到大众村，围绕宿迁市委建设"绿色宿迁、生态宿迁"的总要求进行专题调研，再次提出了引导村民产业转型的想法。不过，究竟转向何处？又该如何推进？党委领导暂时还没有清晰的目标或方向。几日后，李军到母亲娘家东凤村喝喜酒，发现许多人家都在淘宝上开网店，卖各类家具，点一点鼠标、敲一敲键盘就能完成销售，既没有重污染也不会有欠款，这种新奇的网络销售模式令他眼前一亮。回来后，他就在村委会会议上提出想法，建议在大众村也试着推广这种模式。李军首先想到的人便是邱永信。他提出："邱永信是老党员，积极性很高，还是我们村废旧塑料第一人。他要是肯做，并且能做成功，带动效果必然好。"李军的话引起了村两委班子的共鸣，经过讨论后，很快形成一致意见，决定近期利用支部活动的契机，组织大家到东风村实地参观调研，直观感受新型的网络销售模式。

邱永信听后来了兴趣，身子靠前，问道："这个我赞同，咱们什么时候去？"李军望着他的腿，面露担忧。邱永信急忙道："我没事，就是走得慢点，不影响。"

从东风村回来后，邱永信的心就飞出废旧塑料行业，再也收不回来了。凭借多年打拼经验，他感到，这确实是一条好出路。但任何改变都与风险并存，放弃几十年的稳当收益，转战完全陌生的领域，家里人能否支持？他不得而知。

晚饭席间，邱永信谈起白日的见闻，提出了自己的思考："现在村子里还没有人做这个，你们感觉怎么样？"

来自东风村的儿媳妇顺嘴接话道："我知道淘宝，我有个朋友叫孙寒，他就专门在网上开店卖鞋架子，生意很好。"

上初中的孙女也插话道："我也知道，现在网上有款宿舍神器，就是放小杂物的那种木头架子，卖得可火了。"

邱杰好奇地问："那网上开店麻烦吗？"

女儿抢着回："不麻烦，我都会弄。"

"两山"石

"向阳"院

田间地头

村庄新貌

循环经济产业园

电商仓库

物流园区

现代农业

智能流水线

科学化生产

"多肉"直播

"非遗"直播

白鹿湖晨曦

城镇水韵

流光溢彩

碧水绕村

小桥绿境

西城家园

幸福生活

"朝""夕"相伴

邱杰提议:"那试试呗,没订单就不开张,有订单我们就从隔壁村拿货,赚个差价。零成本的事,为啥不做呢?"

见家人态度基本一致,邱永信悬着的心放了下来,亮明态度道:"我也是这个意思,做生意讲究抢占先机,我觉得可以试试,何况村委会也很支持。不过这只是尝试,老本行不能丢,我们还是以干塑料为主,淘宝我们顺带着干。"

于是,在孙女的帮助下,邱永信很快在淘宝网注册了"优雅家具店"。

没几天,邱永信开网店的消息就传遍了这个5.6平方千米的村庄,还引来不少闲言碎语。放着真金白银的生意不做,去开一家虚拟店铺,这不是瞎折腾吗?

做生意几十年,起起伏伏的场面见多了,邱永信早练就了沉稳的心态,且对于认准的事情,始终抱持着信心。他并不在意外界的评价,而是一门心思投入到网店的摸索和经营中。当然,那时的邱永信不会想到,他的这次尝试竟引领了新的潮流。

"太好了!"听闻消息后,李军兴奋地喊道。他按捺不住激动,一路小跑到对方家里,拉住邱永信因长期接触塑料废品而变得干裂的手,鼓励道:"邱叔,我相信你能成功。你放心,有任何困难,你尽管说,村委帮你协调。"

邱永信笑道:"谢谢李书记,我是老党员了,一定发挥好带头作用,我相信我能做好。"壮志满满的邱永信哪能料到,现实很快给了他当头一棒。开店一段时间后,竟连一笔订单也没有。

一些看热闹的村民像是发现了佐证,邱永信"开店不开张"的经历很快成为大家茶余饭后的谈资,这让邱永信多少有些挂不住脸。李军听到村民的议论,放心不下,三天两头向邱永信家跑,进门就问:"邱叔,生意怎么样?"得到的却总是邱永信苦涩的干笑。

一天中午,邱永信走进了李军办公室。望着愁容不展的对方,李军瞬间明白了缘由,急忙泡上热茶递过去,故作轻松道:"邱叔,我有几个想法,正好请你帮我参谋参谋。我准备和东风村搞合作,请他们安排有经验的人过来指点……"

"李书记,我不想做了。"邱永信打断道,"实在做不下去。"

李军依然在引导:"邱叔,不要泄气,村委会相信也支持你。开店的人气是要积累的,这总归有个过程。"

邱永信没有接话,只是垂头丧气地坐着。

李军叹口气道:"邱叔,我知道你的困难。没关系,有问题我们一起克服。你看需要村委帮助做什么?你尽管提。"

邱永信的眼神透出罕见的失落,缓缓道:"这不是村委会帮不帮助的事。李书记,你知道干了一个月我赚了多少钱吗?"接着他伸出三根手指。

李军猜测道:"三千?"邱永信摇摇头。李军有点犹豫了,轻声说:"三百?"邱永信依然摇头,苦笑着说:"三块钱,你想不到吧?"

李军愣住了。邱永信像是在自言自语:"干塑料一个月赚三万,开网店一个月赚三块,你看这一天一地。"

李军陷入了沉思。确实,面对落差如此大的惨烈现实,他实在想不到有什么理由再去要求或鼓励对方坚持这条道路。但他也清楚,废旧物资回收加工注定不是长久之计,转型势在必行。

李军看着邱永信,像面对自己的长辈,诚恳地说:"邱叔,我和你说句掏心窝子的话,你不能放弃。往大处说,改变现在的污染模式是上级党委的要求,从中央到省委市委,再到区委、镇党委都明确提过,我们作为党员,要带头遵守。往小处说，你看看现在的村子还像个样吗？钱是赚到了，但村子被毁了呀。你还记得去年送黄豆那事吗？"

邱永信当然记得。那天，家里正在收黄豆，有位客商按约来结账。他听到对方说喜欢吃，便让家人准备了十斤，孰料对方连连摆手说："不要不要，你家的黄豆虽然不是转基因，但这里的土壤、空气和水都有污染，我怕有毒，可不敢吃。"对方是笑着说的，但话里的内容却异常严肃。

黄豆事件击中了邱永信的内心，他不说话了。李军见状趁热打铁道："邱叔，万事开头难，我们一起来想办法，还请你务必坚持住，带好这个头。"

这次，邱永信没有反对，算是默认了。

自从那次谈话后，邱永信的网店销售量就成了李军放不下的牵挂，只要不出差，他每日必定要到邱永信家中，进门就喊："邱叔，今天生意怎么样？有单吗？"为了提高邱永信的实操水平，他专门向镇党委请示，申请安排大学生村官结对帮扶，还利用各种机会陪邱永信四处拜师学艺，可仍收效甚微。

为了不影响邱永信的积极性，李军将焦急都埋在心里。他清楚，邱永信这一步尝试能否成功，对全村甚至全镇今后的产业发展至关重要。

契机往往来自偶然。

那天，李军给邱永信打电话，说有亲戚从东风村过来，晚上要请他们吃饭，且刚刚知道有位日销好几万元的淘宝店主。他兴奋地说："邱叔，晚上你也一起来，我们取取经，讨教点经验。"邱永信欣然前往，为了表示诚意，他还带上了笔记本准备做记录。

但事实不尽如人意，对方听说邱永信也在从事家具买卖，本着"同行相忌"的原则，坚持只聊感情不谈生意，网上销售的"核心技术"被牢牢锁在口中。李军没有办法，选择剑走偏锋，硬着头皮与邱永信向对方频频举杯，努力拉近双方感情。

烟雾缭绕的包间里，气氛被推向高潮，大家天南海北地闲聊着，尽管说话都已不太流利。好在两人的努力得到了回报，对方或许感受到诚意，终于松了口，醉意朦胧地说："其实不难，无非就几个方面。"他掰着手指头，一条条捋过，"第一是店面设计，比如东西的描述、展示的图片要吸引人；第二是定期搞活动，比如打折、限时优惠等，增加人气；第三是客服要跟上，及时回复，解答咨询，不能晾着买家；第四是争取好评，买家收到货后要主动去沟通，哪怕是求着也要把好评拿到，只有好评多了，才能够提高信誉值，排位也会靠前；第五是要多参加淘宝平台办的促销活动，能提高店铺曝光率；第六是可以先找身边人买，把销量和好评率提上去……"谈起生意经，对方滔滔不绝。邱永信如获至宝，立刻抓起本子逐条记录下来。

高人的指点令邱永信茅塞顿开，他随即对网店进行了重新规划和改造升级，很快便见到起色，订单量每日都在增加，舒心的笑容又回到脸上。比他还高兴的自然是李军，邱永信的生意势头正盛，让他坚定了走这条路的信心。李军决定要继续发力，让邱永信的转型更具示范性和引领性。

然而好景不长，一个问题解决，新的挑战又横空出现。由于订单增加，邱永信需要频繁到东风村拿货，这引起了当地一些店家的警惕。于是不久后，邱永信发现了异常，店家的出货速度明显变慢，有时候三四天也拿不到货。要知道，发货速度是淘宝店铺的核心竞争力之一，延误发货，不仅可能流失客户，更可能收到差评。这可急坏了邱永信。

订单像滚雪球似的，越积越多，曾经邱永信梦寐以求的订单，如今却让他神伤。短短半个月，订单已经积压到了几百单。

"不能这样等了，必须要想办法。"严峻的形势逼迫邱永信作出新的选择。他狠吸一口烟，吐出大口雾，向家人说出了自己的思考："现在的情况很明朗，这个行当确实可以做，但受制于人不是长久之计，我们还是要自力更生。"

邱杰的想法与父亲基本一致，当即表态道："我赞同，靠人不如靠己，既然有销量，那不如我们自己生产。"

说干就干，邱永信立即给李军打电话，表达了自己的想法。没想到李军竟乐了，开心道："邱叔，我双手赞成。实不相瞒，其实我早有此意，只是考虑要投不少钱，所以我还没想好怎么和你说。既然你也有这个想法，那你尽管放手去干，有什么困难和我说。"

得到李军的明确支持，邱永信的顾虑又淡了些。

想独立经营，生产设备是首要问题。应选哪个厂家？购买哪些设备？这让以前从没接触过家具行业的邱永信犯了愁。但世上无难事，只要肯登攀，邱永信与家人商量后，便有了妙计。

次日，邱永信与邱杰一起去拿货。对方依然表示，货源很紧，开足马力生产都来不及，所以还是只能先提供一部分。车间里的机器不停发出响亮又密集的操作声，像是在佐证着对方的话。

邱杰道："我们的单子很早就发过来了，能不能先给我们出？"对方摆摆手，显得有些无可奈何道："大家都很急，我也没办法。"

邱永信冲邱杰使个眼色，叹气道："唉，能拉一些是一些，赶紧拿货吧。"说完，便拉着对方去清点货品。邱杰心领神会，趁机打量车间内的机器，并绕到每台机器的旁边，仔细记下机身上标注的生产厂家、设备型号及联系电话。

当天下午，邱永信便和位于山东省临沂市的生产厂家取得了联系。几日后，他又和邱杰赶到现场当面洽谈。

这趟跑下来，邱永信大致有数了。家具加工生产需要开料机、封边机、打孔机等设备，他一一与厂家议价。厂家听说他们是东风村旁边的，主动给了优惠，双方协商后，最终确定总价为 12 万元。

可 12 万元对邱永信来说，并不是小数目。虽然经营废旧物资回收加工确实赚了些钱，但大都用于备货和日常开销，再加上还有许多货款收不回来，因此他的手头并不宽裕。

他算来算去，资金缺口还有 2 万多，想找别人借，脸面上又过意不去。这让他非常郁闷。晚饭后，他坐在门前抽闷烟，儿媳妇正收拾碗筷。他忽然眼前一亮，金灿灿的镯子引起了他的注意。他想起邱杰提过，儿媳妇结婚时，娘家陪嫁了好几万元的首饰。

这不就是现成的钱吗？邱永信刚有些兴奋，情绪又低落下来，这事怎么能开口呢？传出去会让村里人怎么看？

邱永信的情绪变化引起了邱杰的注意，他好奇地问过父亲缘由后，笑着说："嗨，一家人不用见外，晚上我来和她说，行就行，不行再想办法。"

邱永信想想，答应了，随即又叮嘱道："千万不要勉强。"

面对未知状况，大多数人都会心存不安，这是人之常情。邱永信亦是如此，这一夜，他翻来覆去睡不着。清凉的月色照亮了静谧的村庄，机器和村民都歇息下来，劳累了一天的人们都已疲惫地入睡。刺鼻难闻的塑料加工味弥漫在空气中，显得与这幅夜景图格格不入。邱永信的耳边又响起南京专家忧虑的提醒，眼前浮现的是李军诚恳的眼神，他暗暗下定决心，一定要带好这个头，走好这第一步。

上天不会辜负每一个努力的人。第二天，邱杰给他带来好消息，儿媳妇非常支持，当得知还有2万多元的差额时，她就主动提出要变卖首饰填补缺口。邱永信嘴上没有多说，但内心感激不尽。

没多久，崭新的机器就送到了村里，邱永信又购置了一批木板。在李军的协调下，他租了个库房做车间。望着堆放整齐的木板、光亮整洁的设备，邱永信万分感慨，他知道，这场转战家具生产的大幕，算是正式拉开了。

万事俱备，只欠东风。有了设备和材料，只是解决了硬件问题，但软件方面也同样重要。面对崭新的机器，邱永信突然意识到一个关键问题：操作机器的工人从哪里找？自己做塑料是一把好手，但对家具生产却一窍不通，虽然当时看着东风村的工人们生产操作似乎很简单，可当落到自己手上，便发现并不是那么回事。

邱杰提议说："这不难，可以贴招聘启事。"但邱永信抱有顾虑，这样招聘来的工人技术水平能否保证？毕竟家具生产过程是不可逆的，特别是打孔环节，要在一张长2.4米、宽1.2米的木板上打近百个孔，且每个孔的位置、大小、深浅都要精准。有一个孔打偏或打错，整张板就报废了。由此可能造成的损失，他不能不考虑。

为了招到水平高的工人，邱永信决定"走捷径"。通过打听，他选中附近一家家具厂，到厂门口和保安聊天，打听厂内的熟练工。两天下来，他锁定了目标对象。次日，他赶在上班前到厂门口等着，拦住正欲进厂的工人，提出想请他到自己那里工作。

邱永信毫无征兆的热情吓到了工人，对方看了他一眼，远远躲开了，留下邱永信尴尬地站在门口。但这次挫折并没有影响他的决心，当天下班前，他又来到厂门口等候。

当第三天下班看到邱永信,工人可能是被他的诚意打动,也可能是对他的行为感到好奇,总之,工人停下了脚步,向他走去。邱永信急忙迎上前,开口便许诺3倍工资。工人了解情况后,稍作思索,同意去试试。

开出这个工资并不是邱永信头脑发热,他仔细核算过,一块木板成本是70元,人工费算3倍约为40元,加上其他费用,成本在130元左右,而一件成品可以卖到250多元,毛利基本能控制在50%左右。得出这个结论时,他甚至有些意外。

▶ 邱永信(中)与工人交流

东风来了,工人到位了,像是残缺的链条补上了最后一环,机器"轰隆隆"地运转起来了。在这悦耳的声响中,邱永信的探索之路愈加明朗。有前期店铺积累的口碑和人气,有快速出货的能力和服务,他的家具生意很快跨入快车道,淘宝销量屡创新高。不久后,为了适应激增的订单量,他又斥资8万多元购买了全自动封边机,将木板封边的效率提升了两倍多。但这样一来,打孔的工人就跟不上速度了。工人向邱永信提议,自己以前在工厂有不少关系很好的伙伴,手艺都很不错,如果需要,可以试着邀请过来。邱永信高兴地答应了,并许诺一定不会亏待大家。几天后,4名新成员加入了他的团队,结结实实地壮大了生产力量。

商海中人们有这样的普遍认识:市场掘金,找对方向即成功一半。这话放在邱永信身上再合适不过,邱永信用红火的生意,证明了这次睿智的抉择。2009年春节后，短短一个多月时间，邱永信的生意就迎来爆发式增长，每天的营业额从不足1000元突增到超过4000元，年销售额超过百万元，算下来，这已经高于废旧物资回收加工的利润了，且增长势头依然强劲。面对令人振奋的发展局面，邱永信信心十足。他决定将精力全部投进来，进一步注册了宿迁市亿淘家具有限公司。也就是从那时起，他彻底撤离了废旧物资回收加工这个曾让他恋恋不舍的行业。

邱永信的这一步探索让李军喜出望外，这正是他希望看到的结果。李军立刻跑到镇党委，向镇领导当面汇报了这一情况。镇领导在高度认可之余，给出了明确指示：最大限度地利用政策帮助邱永信走好转型路，最大程度地发挥好邱永信转型的引导带动作用，并以此为契机，深入践行"生态为归宿、创业求变迁"的城市精神，积极投身全市打造"生态宿迁"金字招牌和区域品牌的生动实践中。

正如李军所料，邱永信的成功引发了良好的示范效应，见网上卖货如此赚钱，心思浮动的村民们络绎不绝地登门拜访，向邱永信讨教经商之道，甚至不少周边村的村民也慕名前来。

村民们趋之若鹜自然是有现实考虑的，赚钱只是一方面，对于从事塑料回收加工的村民来说，开网店还有一项绝对优势，那就是销售模式。塑料回收业往往是先发货后结算，在经济形势不好的情况下，货款极易收不回来，变成坏账。而淘宝店则是先付款后发货，完美地解决了这个问题，这是做塑料不可比拟的。

面对村民的创业热情，邱永信想到了自己和李军最初转战网店时的艰难探索。他本着一名共产党员的觉悟和胸怀，无私地向来者分享自己的宝贵经验。与此同时，李军也在同步行动着。为了更好发挥邱永信的示范作用，深度推进全村域转型发展,在李军的提议下,村委会专门成立了网络创业指导服务中心,帮助没有基础、没有经验但有意愿的村民开办淘宝网店。一时间,村里掀起了一股"学电脑、开网店、卖家具"的热潮,蔡为伟、邱雨、张先亮等后来成为家具大户的村民纷纷加入进来。当年年底,村里已有20家相对成规模的网店,其中大部分网店还开办了实体家具企业,如易美佳家具、大众家居、福润家具等。不具备开实体店条件的村民,就从其他村民的家具厂拿货销售,形成了"实体工厂+电商销售"相结合的模式。如果将时间的指针向前回拨就会发现,这与20世纪80年代"耿车模式"中的"户办、联户办"情形极为相似。

▶ 邱永信和他的工厂

有模范引领、有村委会支持、有上级关心、有效益激励,大众村的电商自此进入了快速发展时期。到2012年时,村里的网店就已超过100家,从事电商的家庭占全村总户数的10%。再到2013年时,网店数增加到312家,占总户数的32%,销售额近1.5亿元,远远超出了阿里巴巴对于淘宝村要满足"活跃网店数量达到当地家庭户数10%以上、电子商务年交易额达到1000万元以上"的标准。有成绩便有影响力,在2013年12月举行的"首届中国淘宝村高峰论坛"中,大众村被阿里巴巴集团授予"全国首批淘宝村"称号。

对大众村来说,这堪称一件里程碑事件。从此,大众村不仅在全国打响了知名度,也让镇领导看到了电商行业的生机与互联网经济的潜力,更发现了电商独具的"创业门槛低、复制推广易"的优势,经过多次调研考察确认后,为深入贯彻落实党的十八大关于"大力推进生态文明建设"的战略部署,镇党委未雨绸缪,决定将发展电商作为日后替代废旧物资回收加工产业的首要选择。

思路决定出路,趁着大众村创下的热度,镇党委顺势而为,于2015年6月确立了"创建淘宝镇,打造创业城"的发展规划,制订了"一园两中心三淘宝村五个电子商务示范点"的建设格局,将电子商务作为"一把手"工程强势推动,下发《耿车镇"创建电子商务示范乡镇"实施方案》,决定利用一年时间开展千名网商培育工程、红色电商培养工程、电商扶贫春风行动、电商干部成长计划等四大主题活动,并专门成立电子商务办公室落实具体工作,力争在全镇形成发展电商的浓厚氛围。当年底,耿车镇就如愿获评"中国淘宝镇",这也是宿城区第一家获此殊荣的乡镇。

政府策动加上群众参与,再加时代助推,使得耿车镇的电子商务事业呈现集聚式裂变发展。在2016年初那场废旧物资回收加工综合整治行动中,宿城区委和耿车镇党委看准时机、因势利导,引导村民们转投到电商浪潮中。当年底,全镇9个村居就全部创成淘宝村,是全国第三个实现全覆盖的乡镇,全年电子商务交易额一举突破20亿元。到2019年底时,耿车镇家具企业已近1000家,网店近3000个,电子商务交易额突破60亿元。

生命不息,创业不止。就在耿车镇电商事业蓬勃发展之际,一次偶然的机会,让"探路者"邱永信再次受到触动,又开始了新一轮探索。2017年秋,他来到已任村党委书记的李军办公室,向他分享自己的思考:"李书记,向你汇报,我又要转型啦!"

李军放下手头的资料,好奇地问:"邱叔,又有什么好想法?"

原来，随着这几年来大量村民涌入家具行业，市场已逐渐饱和，为了争取客源，各店铺只能搞折扣促销，致使利润降低。当然，这也是市场的一般规律。敏锐的邱永信预测到未来利润可能会持续走低的趋势，一直在思索如何破解这个魔咒。前几天，几位朋友约他到杭州游玩，路过银行取款时，无意间看到了摆放在大厅里的精美报刊架。往往灵感就是这么突如其来，邱永信瞬间被吸引住了，鬼使神差般地走上前仔细端详，发现这种木塑板既防水又环保。他突然有些激动，认定这就是他的破题出路。

回村后，他立刻上网搜寻相关资料，发现生产这种报刊架需要用到雕刻机，操作也很简单，只要设置好造型，将板材放入，一分多钟即可雕刻完成。而雕刻机的主要设备生产商在浙江和山东临沂两地。临沂？邱永信眼前一亮，那家厂商他很熟悉。

李军听完邱永信的讲述，竖起大拇指说："邱叔，好样的，我支持你！"接着笑道，"徐光良书记多次和我提过，说老邱是老党员，也是全镇的老典型，要让他发挥更大的带动作用。他发展上有什么需求，村委要全力帮助。"

邱永信有些不好意思地开口："感谢徐书记的关心。不过，还真有件事要麻烦你，按照我的计划，估计要上十几台雕刻机，但现在的厂房面积不够，可能要新盖，钱是有的，主要是地方……"

李军听了当即表态道："你放心，用地我来协调。"

邱永信没了后顾之忧，立马行动起来。没多久，10台全自动电脑雕刻机就摆进了新厂房。为落实党中央对生态文明建设的部署，响应宿迁市推动绿色发展的号召，提高产品竞争力，在原材料的选择上，邱永信专门选购了环保PVC板材，集中生产报架、鞋架、化妆盒、宠物屋等小物件。

由于抢占先机，邱永信再次创造了辉煌，日营业额急速攀升至5万元。

除此之外，雕刻中产生的废料也可以销售，仅仅这些下脚料，每年大约就能卖出 50 万元。

邱永信的经历得到了社会各界的广泛关注。2018 年 10 月，第六届中国淘宝村高峰论坛上，67 岁的邱永信成为全国 10 名淘宝村优秀带头人之一。在颁奖环节，主持人当众宣读了颁奖词："他是村里最早的致富带头人，带动全村转型，告别污染，创建美丽乡村。"朗朗声音，饱含着对邱永信探索之路的敬佩和肯定。

电商发展节节攀升，邱永信的探索亦无止境。随着木塑雕刻板行业被越来越多的村民了解并涌入，这个行业同样陷入了激烈的市场竞争中。为了脱离这种竞争，2021 年，邱永信又开始了第三次转型。这次他选择了高档的实木餐桌，依然取得了骄人的业绩，当年的年销售额就超过 2000 万元，再次引领了一波转型热潮。

三次转型，三个方向，邱永信像一步步踩上更高的台阶，每一步探索都走得愈加踏实而坚定。

"耿车镇治理好，取消塑料干淘宝，既卫生还环保，赚大钱不得了，名牌小车奔家跑。房屋清洁卫生条件好，永远不和塑料打交道，多亏党委政府好领导。"这是邱永信有感而发的顺口溜，经常出现在他接受媒体采访或作经验交流时。俏皮话中有真理，其中所蕴含的，是以邱永信等人为代表的耿车人响应党委、政府号召，不

▶邱永信（左一）向专家学者作介绍

懈求新求变的探索精神。

昔日"垃圾加工场",今日"创业梦工厂",在电商的带动下,如今的耿车镇活力满满,电商已成为当地名副其实的经济支柱。勤劳善作的耿车人凭借独特的韧劲和闯劲,探出了一条电商发展推动经济转型、促进农民增收的新道路。耿车镇也因发展电商,先后被授予江苏省首批农村电子商务示范镇、江苏省级众创空间集聚区、江苏省电子商务示范基地、中国"淘宝镇"、阿里巴巴电子商务助力乡村振兴调研基地等称号。在耿车镇的影响带动下,宿城区电子商务同步实现了集聚发展,宿城区还荣获全国十大淘宝村集群、全国电子商务促进乡村振兴十佳县区、全国首批返乡创业试点地区、江苏省农村电子商务十强县区、江苏省大众创业万众创新示范基地等荣誉。

这无疑是一场成功的实践,这注定是一次精彩的探索。回望这一路,累累硕果;感慨这一步,天宽地阔。

— 第 12 章 —

回归大地的选择

或许，每一位家乡在村庄的人，都有着不同程度的土地情结。这种感情平日不显山露水，但总会在关键时刻澎湃于心，让人感到振奋和温馨。正如耿车镇的李平，穿梭过一个个事业的分岔路口，最终选择在生长的土地上追逐自己的梦想。

李平出生在宿迁市宿城区支口街道陆刘村（后更名为陆刘社区），如今的她是耿车镇有名的"多肉大户"，是镇党委落实习近平总书记"绿色发展是高质量发展的底色，新质生产力本身就是绿色生产力"重要论述的先进模范，也是耿车人不畏困难、勇往直前精神的典型代表。她有着诸多闪亮的头衔，既是江苏育美森生物科技有限公司总经理、耿车镇电商商会副会长、耿车镇乡贤参事会副会长、宿迁市人大代表，又先后荣获全国巾帼建功标兵、江苏省巾帼建功标兵、江苏省乡土人才"三带"新秀、江苏省百名巾帼新农民乡村

▶ 江苏最美人物李平

振兴护航计划人选、宿迁市三八红旗手、宿城区十佳青年创业明星、宿城区创业之星等。中央电视台、新华社、《新华日报》、江苏卫视、"学习强国"等诸多媒体纷纷报道过她的典型事迹。2023年3月，李平被江苏省委宣传部授予江苏"最美巾帼人物"称号，江苏电视台还为她举办了"江苏最美人物"新闻发布会。

然而，光鲜背后总有风霜，或许只有李平自己清楚，在这一连串成绩的背后，是一次次刻骨铭心的尝试，是一段段艰辛坎坷的经历，也是一串串难以磨灭的足迹。

岁月的指针拨回至世纪之交的2000年，那时，李平在当地的粮食管理所做管理员，生活还算安稳。但好景不长，随着国家经济体制改革逐步深入，声势浩大的下岗浪潮铺天盖地袭来。有关资料显示，在这波下岗潮中，共有近三千万职工受到影响，而李平就是其中之一。

失去了工作的李平正心绪难平，却意外迎来了自己的缘分。2001年，她经人介绍，与同镇的小伙子苗昌云相识，并很快步入婚姻殿堂。那个时候，正是全镇废旧物资回收加工产业红火之时。因此，新婚的小两口并没有太大分歧，跟随潮流一门心思投入塑料回收加工行业中。

算起来，李平的首次创业从2002年春节后正式起步。小两口向亲戚朋友凑了些钱，购入2台塑料造粒机。得益于行业发展的迅猛势头，塑料加工的生意顺风顺水，家庭很快就有了可观的存款。首战告捷，两人决定再接再厉，于次年又追加了4台设备，一天能生产30吨塑料颗粒。生产上了规模，效益也紧跟着提升，那段时间，两人每日的营业额几乎都稳定在一两万元，一跃跻身当地的塑料大户。

十年拼搏，十年沉淀。经过十年蹄疾步稳的发展，到2013年时，李平已攒下了不菲的积蓄。但同时,她对这个行业的认识也愈加深刻。恰逢当时,宿迁市下发了《全市废塑料加工利用污染专项整治联动工作实施方案》,耿车镇紧随其后,也出台了《关于2013年废塑料再生利用行业"取缔类"加工户整治实施方案》,并将2013年定为"耿车镇废塑料再生利用行业整治的攻坚年"。各级党委和政府的一系列动作让李平意识到,废旧物资回收加工行业已经敲响警钟,产业的转型升级如满弦的弓,势在必发。其实不仅李平,镇里许多人都有了预感,因此,许多村民开始转战电商,尝试网上销售家具或其他货品,以谋求出路。

形势当前,李平知道转型在所难免,也明白早转型就早占据主动,但她仍迟迟未动。她有着自己的顾虑。她推测,扎堆式的转型必然带来新的竞争,她不愿意进行无谓的内耗。她与丈夫商量,要避免同质化竞争的最好方式就是错开定位。既然许多人跟风做鞋柜、收纳盒等小家具,那自己就做整装的大家具;既然许多人的客户是一般家庭,那自己就瞄准高档别墅。

遵循这种思路,李平的第二次创业开始了。为了配合高端定位,她在宿迁市宿豫区的红星美凯龙商城看中了一家阔气店面,在一番精心的设计装修后,便正式开张营业了。

客观说,李平的考虑是有道理的,错位竞争的思路不论在何时都可圈可点,但市场是复杂甚至残酷的,并不是每一次运筹帷幄都能载誉而归。正如当年9月,曾经的手机巨头诺基亚召开新闻发布会,总裁落魄地感慨:"我们不知道做错了什么,但是我们输了。"不久后,李平就切身体会到了这种难以言说的痛。就在她以为生意迈入正轨时,销量忽然毫无征兆地断崖式下跌,且从此一蹶不振。瞬息万变的形势让她措手不及,丝毫没有应对之力,她感觉像做了场噩梦,唯一真实的是每日不停累计的高昂房租和其他杂费。

李平苦苦支撑了两个月,但高额的费用最终成为她无法承受的负担。眼看家庭经济濒临崩溃,她只得及时止损,于2014年初忍痛离场。尽管她至今也没有真正搞清楚原因。

第二次创业的失败并没有让李平丧失斗志,她与丈夫继续琢磨出路。这一次,她将目光投向餐饮行业,选择了日本料理。做出这个选择,李平是做过调查的。她发现前不久,也即2013年12月,联合国教科文组织将日本料理列入非物质文化遗产名录,基于此,她相信日本料理行业将会迎来经营黄金期,因此果断入手。在进行前期选址后,夫妻俩在宿迁市水韵城租下一间店铺,简单装修后,开始了第三次创业。

李平的预判是对的,日本料理果然火了起来。统计资料显示,在其后的两年时间里,由于市场反响强烈,中国的日本料理店数量足足翻了一番,但这也同时导致了行业竞争加剧、利润降低。好在李平凭借起步早,积累了一定的口碑和客户,生意倒也说得过去,但这并不能满足她对未来的期待。

那时,李平家里的塑料加工生意仍在继续,依然有着可观的收入。一次偶然机会,她听朋友谈起转型的想法,提出想扭转现有的粗放式发展模式,改为向塑料精深加工方向发展。对于塑料精深加工行业,李平有些了解,知道相较于传统的塑料回收造粒,它的利润更高,也更环保,这与她的想法不谋而合。她当即来了兴趣,表示愿意入股共谋发展。经过协商,李平的第四次创业之路也拉开了帷幕,她与朋友每人出资200万元购买设备和原料,专门生产用于盛装玻璃胶的胶桶。这次创业的前期还算比较顺利,因入行的人不多,所以销售情况还算乐观,李平辛勤的付出都变成了雪花般的钞票,浩浩荡荡飞入家中。

只是,成功路上少坦途,平稳日子没过多久,李平又遭遇了新的挑战。

合作一段时间后，几家收货商开始以资金紧缺为由，先后拖欠货款。很快，应收未收的账款就达到近百万元。李平与合作伙伴坐不住了。多个现实问题逼迫他们不得不做出决定：上门讨债还是静等付款？另谋出路还是坚守当下？考虑转型还是继续主业？等等。一般来说，在企业发展迅猛之时，个中问题会被不同程度地隐藏起来，但当遇到实际困难，这些分歧便极易显露。由于经营理念上的不同，两人各执一端、互不相让，最终不欢而散，只得分道而行。李平按比例拿回投资款后，告别了合作伙伴。

这一段经历对李平来说并非毫无收获，起码她对塑料精深加工已有了相对成熟的认识。她与丈夫商量，决定按照自己的思路，重新进入这个行业。由于人手实在有限，想法确定后，他们便关停了料理店，集中精力，一边做传统的塑料回收造粒，一边做新型的塑料精深加工，两手齐抓，不废一端。李平相信奋斗，更相信未来，在丈夫的支持下，她的第五次创业缓缓起航。

就在李平呕心沥血，生意渐有起色之时，命运又与她开起了玩笑，宿迁市委市政府做出针对全市废旧物资回收加工行业"彻底禁、禁彻底"的部署，一场轰轰烈烈的环境保卫战打响了。

没几天，一辆17.5米长的半挂车停在了家门口，下来几人将废旧塑料清洗加工的机器设备及原材料全数搬走，因体量实在太大，车来了三趟才拉完。李平站在门口，倚靠在丈夫肩膀，微颤的手紧扣住对方。她望着慢慢驶离的车辆，委屈的泪水在眼眶里打转。

李平的损失还不止这些。令她难以释怀的是，就在整治工作开始前，她刚与上海一家公司签订了供应塑料颗粒的协议，但因政策颁布，她无法再造粒供应，致使单方面违约，赔偿了对方200多万元。这对李平是雪上加霜的打击，她有些心灰意冷。诸多因素叠加之下，当年年底，她决定远离与塑料相关的任何产业，包括当时依然在进行的塑料精深加工业。

李平将自己关在家里歇息了几个月。说是歇息，但她却并未真正歇下来。生性思维活跃的她依然在苦寻着未来的出路，但几次创业的失败像魔咒禁锢住她的手脚，让她不得不谨小慎微。想要创业的冲动和害怕失败的忐忑交织在一起，让李平每日备受煎熬。她的丈夫苗昌云看在眼里，急在心中。

2017年2月，春节后刚上班。苗昌云就迫不及待跑到镇政府，敲开了时任镇党委书记徐光良的办公室。苗昌云与徐光良算是老熟人了，以前做塑料时，他就经常与徐光良打交道，并为其务实求真、敢想能干的工作态度所折服。

徐光良此时正看着一份材料，见是苗昌云，随口问道："怎么了？"

苗昌云的愁闷全都刻在眉间，他将家中遭遇如数倾吐出来，心事重重地说："徐书记，我们真的是两眼一抹黑，没办法，才找你请教来了。"

徐光良耐心听完，将资料放在一旁，略作思索道："我倒真有个方向供你们参考。"他从桌面资料中翻出张图片递给苗昌云，"你看，就是做多肉。"

"多肉？"苗昌云有些意外，不知道徐光良提出这个建议有什么具体考量。

徐光良当然不是随意言之，经过班子外出调研和综合研判，当时镇党委已将发展苗木花卉产业作为下一步转型的主要出路。为了尽快发挥出规模效应，镇党委还在加快推进生态农业示范园建设，且项目已进入正式实施阶段。

"噢！"作为耿车人，苗昌云当然知道园区开工建设之事，他认真地听着，显露出兴趣，但没有明确表态。他与李平性格不同，对他来说，这是从来没有接触过的领域，他不敢贸然投入。

徐光良并不着急得到对方的回应，继续介绍着示范园的情况，他说："从动议之初，示范园的建设就坚持高标准、高起点，你别看现在都是荒地，但建成后，不说全部，起码不亚于国内大部分现有的生态园区。而且不瞒你说，为了鼓励大家转型，镇里正在研究扶持政策。"苗昌云听得津津有味，徐光良却突然刹住话头，笑道，"再具体的我就不能多说了，都是意向性的东西，等到镇里研究成熟后，自然会行文下发。"

返家路上，苗昌云满脑子都是徐光良的话。他有些兴奋，感觉这趟跑得很值，有种豁然开朗的顿悟感。回到家里，他迫不及待把谈话内容转述给李平，并表达了自己的看法："我觉得这事能做，一方面，当前做多肉的人不多，我们现在进入应该是有优势的，而且我们都是农民，起码我对土地和植物还是有感情的。另外，我相信徐书记，既然他强烈推荐，我认为错不了。"苗昌云的话说动了李平，小两口商量到很晚，在明亮的灯光下，他们崭新的前途若隐若现。

隔了一天后，苗昌云再次来到徐光良办公室，李平也跟来了。两人向徐光良表达了他们商量一致的结果，愿意响应镇党委的号召，转战多肉行业。"好！"徐光良高兴地站起来说，"我相信你们一定能成功。我们一起努力，争取在多肉行业大展拳脚。"

徐光良办公室内，气氛轻松，欢声笑语不断，几人的话语中洋溢着激情与豪迈，充满着希望与憧憬。待到数年后再回看这一天，便会发现，梦想在此刻已散发灼灼光华。

经过对人工、成本等因素的综合考虑，李平夫妇决定先租50亩地。客观来说，50亩地也是不小规模了，特别是在两人从未接触过多肉行业的情况下。徐光良深知这是李平夫妇对镇党委和自己的信任，深感责任重大，多次向两人表示，不论是宣传推介，或是贷款筹资，抑或产出销售，镇党委一定会成为他们追逐梦想的坚强后盾。

李平的多肉生涯就此开始了。要种植多肉，建大棚是首要工程，这是行业内的普遍共识。种植大棚有诸多优点，如便于控制温度湿度、能够保护植物免遭外界侵害、方便统一施肥浇水、可以防止虫害，等等。但建设厂家很多，质量、价格、风格也各异，请哪里的厂家来做，这是李平要慎重考虑的事。毕竟建大棚属于长久性投资，也是基础性工程，对后续种植有直接影响。

得知此情，徐光良主动当起联络人，通过多方打听比较，筛选出几地厂家，将信息提供给李平。根据徐光良的信息，李平与苗昌云分别多次到山东、安徽、徐州等地考察，最终选定其中一家厂商。

4月，大棚正式开工建设，徐光良专程到场表示祝贺。施工方告诉李平，建设周期大约一个月。为了尽快投入运营，她利用这一个月四处奔波，先后前往山东、云南，甚至韩国等地，继续学习了解多肉养殖知识。在学习中，她有很多收获，也结识了不少志同道合的好友。李平印象最深的，是在山东考察时，认识了当地花卉协会一位王姓的会长。王会长对她的创业经历深感钦佩，态度也很热情，不仅给她介绍身边的资深技术员，还将自己几十年的培育经验和心得毫无保留地分享给她，这对李平来说，是一笔极其珍贵的财富。

经过这段时间的摸索，李平对多肉养殖有了更加全面和深入的了解，知晓了多肉植物在分类上隶属100余科，种类共有万余种。在这样庞大的家族体系中，选择哪几种经营就显得很重要，既要有市场，又不能太雷同，也不能过于挑剔环境。最终，她采纳了技术员的建议，将经营方向定在景天科。景天科多肉植物是一类生长在干旱或半干旱环境下的植物，其特点是叶子肥厚、质地柔软，含有大量的水分和营养物质，能在干旱的环境中存活。推荐景天科，是技术员综合种植成本、难易程度、市场受众以及当地气候环境等多个因素得出的结论。看了实物，李平很认同。不过，她的考虑更感性些，觉得景天科的多肉植物叶子肥厚，萌态毕现，憨态十足，非常讨喜，一定会受到追捧。

一个月后，李平的大棚如期建好了，规整的圆顶像一间间整齐的魔法屋，装载着她的梦想和未来。很快，她考察选定的景天科多肉母本从山东青州发出，朝着她奔来。因采购量大，9.6米的大货车足足拉了三车半才运完。为了扩大品类和规模，她又从云南昆明同期订购了一批母本。这些多肉密密麻麻地铺在地上，激发了李平蛰伏已久的斗志。为了有更好的发展平台，当月底，李平注册了江苏育美森生物科技有限公司。这家公司，一直陪伴她走到今天。

日升日落，季节更替，苏北寒冷的冬季很快给李平带来了严峻的考验。虽然有大棚庇护，但刺骨寒意来势汹汹，特别是入夜后，情况更不容乐观。棵棵多肉被凉气包裹，显得无精打采。值得庆幸的是，在大棚建设之初，李平就预料到这种情况，配套安装了供暖设备，当时从经济角度出发，选择的是锅炉。温度骤降后，李平当即启动了供暖锅炉，但很快便发现一个计划外的严重问题：烧锅炉需要手动添燃料，且因为供暖面积大，几乎每半小时就要添一次。

这让李平夫妇头疼了，供暖主要是在夜晚，从家赶过来再赶回去明显不切实际。无奈之下，李平决定干脆不回家了。她找来几个集装箱，放在大棚门口，将全家人的吃住都置于其中，夜里她和丈夫轮流起来添柴火。每一次，飕飕的冷风像发疯似的钻入身体，让人直打哆嗦。就这样熬过了两个冬季，两人最终下定决心改变。趁着温度适宜的时节，李平请人将供暖设备换成了恒温空调。按理说，李平夫妇已经不再需要住集装箱了，但这个习惯他们却保留了下来，至今还住在里面。集装箱经过几年的风吹日晒，变得锈迹斑斑，而那点点斑痕，已成为李平艰辛打拼的直观见证。

对李平来说，有为之奋斗的目标是幸运的，令她最恐慌的是无所事事地虚度年华，为梦想倾尽全力是她一如既往的风格。仅仅初始进货，李平就花费了200多万元，再加上建设大棚、土地租金等各项费用，李平的投入已达上千万元，这些巨额的投资曾引来身边人的劝阻和家人的不满，她虽有过犹豫，却从未后悔。

李平的倾力投入和对镇党委的信任让徐光良倍感压力。他在感动之余，带领镇领导班子抓紧研讨扶持政策和补助办法，尽己所能为这些逐梦者减轻经济负担。经过充分酝酿，2017年11月，《耿车镇关于进一步激励生态农业示范园入驻项目发展的扶持政策》正式出台了，这是耿车镇在宿城区对相关产业现有扶持政策的基础上，另行追加的镇一级投资。根据文件规定，入驻园区的项目除了享有租金和设备补贴外，还可额外享受基础设施"五通一平"（即外围道路通、电通、水通、宽带通、排水通和土地平整）的服务保障，并且每个项目提供专人帮办服务，旨在尽最大力量解除入驻园区经营户的后顾之忧。

在镇党委的关心支持下，李平夫妇经过几个月的摸索，生意逐渐走上正轨。而此时，因园区建设和配套设施日趋完善，进驻的企业也慢慢增多。为避免同质化竞争，打造特色，凸显专属竞争力，李平决定再从韩国进货采购一批多肉母本。在比较和考察后，她花费300万元，选中了几个品种。这次进货几乎花光了她的积蓄，但她明白，收获总要有付出。看着那些肥嘟嘟的叶片，饱满水嫩，李平的心里充满期待。

母本运到大棚后，李平就着手繁殖，将叶片逐个分出来，进行一周的晾晒，然后种入土中。这一套是种植多肉的标准流程，李平的操作似乎并没有问题。

然而，问题还是来了。

又过了半个月，李平正静待花开，一天早上却突然愣住了。她发现那些韩国多肉的土壤和叶片上有许多白色斑点。她心里一阵紧张，急忙蹲下来查看，发现原来是些密密麻麻、细细软软的白毛。

"这是怎么回事？"李平慌了神，尽管她从未遇到过这种情况，但她知道这不正常。情急之下，她想到了徐光良。

"噢？"徐光良得知情况后不敢大意，立即道，"放心，我马上来协调。"徐光良想了想，拨通了区农委的电话。

两位专家到来时，李平还在大棚里焦急地踱步。她像看到救星般，急忙将专家引到现场，详细描述了事情经过。专家们听了介绍，捧起多肉仔细端详，偶尔互相交流几句。李平心里固然着急，但也只能安静地立在一旁。

没一会儿，专家得出了结论，略显遗憾地说："这种多肉的初始产地和这里有差别，温度、湿度、土壤成分、空气环境都不一样，所以不能按照以前的习惯进行培育。之所以出现问题，主要有两个原因，一是大棚里的空气湿度过大，要调低些，二是不能刚拿到就分叶下土，而要先整棵种下去，等它适应了这里的土壤环境，然后再分叶种植。"

由于不了解习性，这批多肉损失八成，惨痛的经历给李平上了难忘的一课。她意识到，多肉培育并不是看起来那么简单，这其中大有门道。于是，她主动调整思路，在做好经营的同时，将更多的精力投入到培育技术的学习和研究上。时光荏苒，她熟练掌握了400多种多肉的种植技巧，摇身一变成为了多肉领域的熟手。但仅凭自己摸索，李平发现还是不足以应对繁杂的状况，她想到了请外援。

得知她的想法，一位朋友透露消息，告诉她镇江有位老专家，做了一辈子多肉，很有水平。李平听闻兴趣顿起，在朋友的引荐下，她赶到镇江拜访。到了培育区，她知道朋友没有夸大其词，老专家的种植规模虽不大，只有几亩地，但里面的多肉确实棵棵枝肥叶大、饱满肥厚，每一棵都像艺术品。她的敬佩之情油然而起。

她急忙向老专家讨教经验。老专家微点头道："我听说了你的经历，你很有干劲和魄力，我相信你在这方面一定能够做成功。"老专家目光柔和地扫过一排排多肉，语气跟着缓和下来，"要说多肉种植，其实大同小异，具体问题还得具体分析，没什么普遍的经验。但我有一点心得可以分享给你，你要记住，多肉是植物，它是有生命力的，能够感受到来自外界的关心和交流。"

李平有些听懂了，但似乎又没有完全懂，她依然期待着老专家接下来的话。老专家笑着说："有兴趣的话，你回去做个实验。你准备两盆同样的多肉，其中一盆每天去看看它，甚至和它说话都行，另一盆就放在一旁不用管它。两个月后，你再看看这两盆的状况。"

尽管心有疑虑，听着还有些玄乎，可李平依然照做了。结果，还未到两个月，老专家的话就被验证，受到关注的多肉在色泽、饱满度和状态上都明显好过另一盆。这个事实让李平感到惊讶，至今她也没有想通，为什么植物可以和人的关注发生关联，如此神奇和不可思议，但她不得不相信自己看到和经历的。从那时起，李平就养成了习惯，不论多忙，每天都要抽空在大棚里溜达一圈，确保目光掠过每盆多肉。经过这个实验，她对老专家也愈加佩服，通过朋友的联系，她将老专家聘为技术顾问，这让她的多肉事业如虎添翼。

对于多肉种植来说，培育出高质量的品种只是第一步，只有把这些多肉源源不断地销售出去，事业才算成功。如何销售，李平又动起了脑筋。

那时，李平的销售渠道主要是两种，一是通过淘宝的店铺向全国销售，二是拉到附近的交易市场售卖。虽然李平也做了很多尝试，如打折促销、精美包装、推出多肉套餐等，但销量始终没有大幅增长，这让她很苦恼。

2018年的秋天，对李平来说是个值得纪念的时节，她的多肉销售注定要迎来跨越式发展。那天，在与朋友的交流中，她了解到一个新词：直播。听朋友说，这是一种新兴的销售模式，卖家可以通过手机视频向买家实时展示货品，并进行互动交流，与淘宝客服相比，它增加了买家的参与感和体验感。

李平向来是乐于尝鲜的，听完朋友介绍，她敏锐察觉这似乎是一条不错的出路，当天就开通了直播账号。考虑到白天太忙，她便将直播时间定在晚上六点。

直播从第二天开始了，可由于新入驻没有人气，直播间始终没有顾客。李平感觉像面对空房间自言自语，略显尴尬。第一次直播最终以"零观看"收尾。

李平没有气馁，丰富的创业经历锻造了她强大的内心。直播结束后，她与丈夫商量对策，想出了办法：既然没有人气，那就自己增加人气。李平夫妇开始广泛动员身边的亲戚朋友进入直播间。

有了人，那说什么内容呢？李平自认为口才比不上专业主播，便决定另辟蹊径，干脆就介绍多肉小知识，再分享些种植的心得体会。

直播也是有虹吸效应的，坚持一周后，情况终于有了好转，李平的直播间里陆续有顾客进入。由于李平接地气的介绍方式深受顾客喜爱，加上她会热心解答顾客的各类提问，故而人气越来越旺，观看人数攀升并长期稳定在五千人左右。慢慢地，她每天都要直播到深夜十二点，即使这样，顾客们也意犹未尽。人气有了，销量自然不用愁，没多久，她每晚都能卖出上万元。

试水成功让李平备受振奋，她决定铆足干劲乘胜追击。直播两个多月后，李平的生意蒸蒸日上，前景一片光明。

李平的成功让徐光良打心里高兴，这既说明镇党委的决策方向是正确的，也让他对李平当初的信任有了交代。在徐光良的主导下，镇党委继续投入政策和资金，以推动本地多肉业的发展。

2018年底，耿车生态农业示范园基本完工，受扶持政策的吸引，各类企业纷纷涌入园区，全镇的多肉行业迎来了爆发式增长。作为最早一批从事多肉种植的经营户，李平凭借广阔的销路和过硬的专业技术，成为了园区内的明星人物。许多商户慕名前来向她求教，不仅学习种植技术，也学习直播经验。那段时间，每晚李平直播时，现场都会有许多人去观摩。甚至有些商户种植遇到了困难，李平还会赶到现场进行指导。

对于同行的从业者，李平总是知无不言地倾囊相授，这让大家对她由衷竖起大拇指。有朋友曾悄悄提醒她，要小心教会徒弟饿死师父。但李平却并不在意，

▶ 李平（右二）带动村民种植多肉

她有她的道理："多肉的品种成千上万，只要不恶意竞争，其实不会造成太大的干扰。更关键的是，发展多肉产业是镇党委鼓励的事业，我也受到过党委领导的帮助和关心，当然更要听党话、跟党走，尽自己的能力带动更多的人从事多肉产业。"在她看来，这就像小河和大河的关系，只有大家一起做，做出规模，将小河汇聚成大河，才能经久不息地流淌。为了带动大家共同致富，李平还在大棚里建起了"妇女微家"，免费教授多肉知识和直播技巧，先后培养了30多名直播能手和60多名多肉技术员，带动周边200多人实现再就业。

事业的顺利发展充实了李平的生活，但也悄然消耗着她的身体。由于长时间直播，不停地说话，李平的嗓子始终保持着高负荷运转，一天起床后，竟发炎了，喉咙肿胀，说话疼痛难忍。这可怎么办？夫妻俩急忙商量，都认为直播不能停，否则经济损失太大。思来想去，两人决定雇一位形象气质相对较好的人来替李平直播。找人的任务落到了苗昌云头上，他发动朋友帮忙，总算在直播前物色到了合适人选。

可是，直播开始没一会儿，李平就发现了致命问题。这位主播口才很好，但却没有专业知识，无法解答顾客提出的种植问题。这下，顾客们不满意了，纷纷喊话，要求李平回来直播。无奈之下，她只得硬着头皮回到直播间。

突如其来的抱怨让李平意识到这种直播方式的缺陷，如何去克服就成了摆在她面前亟待解决的新问题。得益于朋友的建议，她想到了办法。她与丈夫决定聘请专业的直播团队。团队不仅具有丰富的直播经验，而且有很多创意策划，李平则负责向主播们培训专业知识。在大家的共同努力下，李平的年销售额稳步增加，一跃突破4000万元，规模也不断扩大，从最初的50亩增扩到160多亩，光种植大棚就已建起19间。空间充足了，发展的可能也被拓宽，李平种植的多肉品类愈加丰富，达到了 300 余种近 800 万株，被外界称赞为"多肉王国"。凭借多肉李平先后获得江苏省巾帼示范基地、江苏省盆栽花卉十大品牌产品等多项荣誉，还曾在 2019 年北京世界园艺博览会获得大奖。

李平的多肉事业成功了，意味着耿车镇的绿色发展探索见效了。耿车镇今昔主要产业的转变引起了社会各界的广泛关注，各级各类媒体连篇累牍地报道。曾靠"垃圾"发家的耿车镇实现华丽逆转，成为了践行"绿水青山就是金山银山"理念的典型代表。

然而，就在事业发展辉煌处，不安于现状的李平又开始了下一步谋划。

这次的契机来自于她的丈夫苗昌云。2019 年下半年，苗昌云到泰国出差，偶然发现当地的椰砖很便宜。因从事苗木花卉行业，经常和椰砖打交道，所以立刻引起了苗昌云的注意。椰砖是由椰子外壳加工而成的产品，广泛用于植物栽培、土壤改良等，号称百搭品。他们之前用到的椰砖，几乎全都是从国外进口，然后由经销商分售。回国后，他与李平算了笔账，购买一块椰砖需要 9 元左右，而从泰国进口的成本不到 2 元，如果自己投资生产，成本还可以再降一些。这是个绝好的商机。

两人商定后，便从多肉种植中分出一部分精力，转攻椰砖市场。苗昌云随即再次前往泰国，与 7 个厂家签订了供货合同，又购买了设备，准备大干一场。可天不遂人愿，2020 年初，突如其来的新冠疫情击碎了他们的理想。物流、市场、购买力等因素发生剧烈变化，致使椰砖严重滞销。即使现在，仓库里的椰砖还剩 2000 多吨。李平的热情像被浇了冷水，承受着又一次失败的打击。

俗话说，福无双至祸不单行，李平面对的挫折还不止于此。很快她发现，多肉的销量竟开始失控下滑。不论团队如何卖力地策划，不管她采取多少打折促销手段，销售量就像秋后的气温，一路走低。双重打击之下，李平有些慌神，她陷入了前所未有的迷茫，无助、失落、心酸齐齐涌上心头。苗昌云发现了妻子的异常，自己将生意全数揽下，让李平安心在家休养调整。但在现实的残酷冲击下，李平又怎么能静得下来。她在家里走来走去，对未来充满了忧虑。

李平的困境引起了镇党委的关注，徐光良多次与苗昌云共商对策，并登门鼓励李平，推心置腹地分析原因、探讨办法。镇党委的关怀让李平重新振作起来，她强迫自己放平心态，冷静下来寻找出路。经过一周的沉思，李平理出些头绪了，并再次做出决定，还是要转型。

相较于以前，李平对这一次的转型做了更多的前期功课和调研。她首先反思了多肉销售下滑的原因，认为其中重要的一点，是多肉属于精神层面的需求，几乎只具备单一的观赏价值，因此当经济环境波动时，才会首当其冲受到影响。下一步，应该要瞄

▶李平（左一）接受央视记者的采访

准多用途的产品，才能增强抗风险能力。其次，她将转型目标依然放在农业上。她是大地的女儿，对土地有着深厚的情感，且种植大棚已建好，如荒废实属可惜。更重要的是，每年的中央一号文件都落脚在"三农"问题上，这让她对农业发展保持着充分的信心。

最终，她将未来的选择锁定在蓝莓上。她向镇领导汇报时，说出了自己

的看法:"蓝莓可以直接食用,还可以延伸加工,制作蓝莓干、蓝莓酱,甚至用在医学上。但目前国内蓝莓 50% 以上都依靠进口,所以市场广阔、需求旺盛、潜力巨大。"她的想法得到了镇领导的肯定和支持。

为尽快掌握蓝莓种植的关键技术,李平在网上四处搜寻资料,广东深圳一家作物科学公司引起了她的注意。这家公司有专门的种植实验基地,重点培育盆栽蓝莓、基质蓝莓等畅销品种,且市场反映很好。她当即和公司取得联系,提出愿意免费到基地打工实习。就这样,李平在深圳待了两个多月,白天到基地帮忙,晚上回宾馆睡觉。这段经历给李平带来非常大的收获,她不仅快速掌握了蓝莓种植的要点,还结识了基地顾问——来自华南农业大学的教授,两人成为了事业上的好友。李平邀请他到耿车生态农业示范园考察指点,教授欣然应允。

让李平颇感欣慰的是,教授到耿车看了她的大棚,给予了肯定。根据教授的预估,她如果种植蓝莓,每亩地可以产出约 2000 斤,完全可以打造成宿迁市的蓝莓品牌,继而再向全国推销。教授的规划坚定了李平的信心,她的创业热情再次被点燃,眼里闪现出昂扬的斗志。

"向前的道路也许会坑坑洼洼,但坚持下去就一定能到达远方。"这是李平经常说的一句话。如今,她又踏上了新的创业征程,像一位战士,勇往直前。按照教授的建议,她缩小了多肉种植的规模,转向精细化培育,并分出 50 亩土地,打造水培一体化灌溉系统,为种植蓝莓做准备。下一步,她计划将蓝莓种植扩大到 500 亩,努力做成全市蓝莓产业的领军企业。李平有信心,曾经在多肉行业打造的辉煌,一定能够在蓝莓产业重现。因为这之中,有自己的奋斗,有家人的支持,更有镇党委的大力支持。

前进路上,各显神通。在耿车镇党委的引导和支持下,在综合整治后全镇探索转型之路的征途中，随处可见以梦为马的创业者和不负韶华的创业故事，如绚烂的烟花绽放在耿车上空，闪耀着缤纷的色彩。李平便是其中之一。

在这片充满生机与活力的耿车大地上，李平之外，同样有着许多追逐梦想的人致力于创造无限可能，如博雅园艺的邱雨、优之雅园艺的张先进等，均是当地转型苗木花卉的创业代表，还有以种植火龙果、凤梨、砂糖橘等热带水果为探索方向的南果梦园培育基地的李知林，他们依靠各自的努力，拓宽了耿车镇的发展空间，丰富了"耿车蝶变"的内涵。这些奋斗者如同一颗颗闪亮的星，各自璀璨。但远远望去便会发现，那点点星光连成的，正是一片浩瀚天空。

第 13 章

老本行焕发新风貌

作为耿车人，对塑料往往有着别样的情感，从20世纪80年代"耿车模式"驰名全国起，塑料就扎根进了他们的生活。小朋友打小与塑料为伴，中青年因赚钱与塑料结缘，特别是有几十年经验的老人，只需嗅一下塑料的味道，就能准确说出这种塑料的成分以及能卖出的价码。对耿车人来说，塑料是他们摆脱贫困的钥匙，也是他们发家致富的密码。然而，他们在享受着塑料加工带来的巨大利润的同时，也长期饱受低端经营造成的环境污染之苦。

2016年初，一场"彻底禁、禁彻底"废旧物资回收加工综合整治行动，让耿车人来到了新的转折点。告别了几十年的老本行，未来要何去何从？成为摆在耿车人面前的现实难题。

面对转型的阵痛期，耿车人没有抱怨，而是延续"敢想敢干、勇闯勇试"的耿车精神，进行多种探索，电商、家具、多肉、餐饮、非遗等产业全面开花，在潜心实践的过程中，书写着一份份生动答卷。这其中，也有一些耿车人坚守老本行，尝试在塑料行业中谋求出路，投身塑料精深加工产业，开拓出了耿车塑料业的发展新空间。被媒体称为"企业父子兵"的苗春和苗宗仁，便是这条道路的坚定践行者。

那还是 1980 年，吹拂着改革开放的春风，中国的市场经济正日渐活跃起来，废旧物资回收已在耿车地区掀起了阵阵波澜，正酝酿着声势更为浩大的浪潮。

当时，苗春正在上初中，家里在种田之外，还做着回收旧布和废棉花的生意。一日放学途中，他发现有两个操外地口音的人在村里吆喝着"回收塑料废品"。

苗春知道本村有人在做这个行当，但还是第一次见到外地人参与进来，觉得十分新鲜。好奇心让他停下脚步，凑过去一探究竟，问："你们是从哪来的呀？"

两人见对方是个学生，便没有多想。他们笑着对苗春说，自己是从浙江来的，离这里很远。苗春更加疑惑了："既然很远，那为什么还要跑这里来收塑料？"

其中一人回道："我们全国各地都跑，更远的都去过呢。听说这边塑料生意好，就顺路过来转转。"

苗春想了想，认真地问："这个真的能赚钱吗？"面对这个朴实的问题，两人相视一笑，并未作答，但头脑灵活的苗春从他们的笑声中已经得到了答案。回到家，他便将这个信息告诉了父亲。

村里虽然已经有人在收塑料，但父亲对是否要加入却始终拿不定主意。听了苗春的描述，父亲觉得这里面有门道，便特意抽出几天时间，到周边村镇打听塑料废品的销路。一趟跑下来，父亲确认了，这是门好生意。

没多久，父亲就在耿车街摆了塑料回收点。苗春在上课之余，拉着平板车帮助父亲收货，几乎每天都可以赚到几十元。要知道，在那个时期，全国平均月工资也只有几十元。

苗春家庭的经济状况迅速有了起色，可观的利润让他们对未来生活充满了期盼。身边许多人看到苗春家庭的真切变化，也纷纷加入塑料回收行列。几年的时间里，塑料回收的队伍愈加壮大。

实干最能锻炼人。在帮助父亲经营的丰富历练中，苗春很快成长起来，最重要的体现便是他的思想渐渐独立。父亲原本希望他有一份安稳工作，因此等他中学毕业后，就将他安排到当地的工厂做维修工。但骨子里不安分的苗春对现状并不满足，他梦想能闯出自己的事业。

滚烫的理想感染了家人，也给了苗春宝贵的自信，1985年，苗春就付诸行动，设立起自己的废品收购站。凭借多年的经验和肯吃苦的精神，苗春的生意发展势头强劲，很快他便购买了自行车和摩托车，年收入达几万元，是耿车镇首批购买电视机的家庭，也是镇里的首批"万元户"。

事业的成功让苗春备受鼓舞，他意气风发地沿着这条路奋勇前进。1993年，为了让自己的生意更加正规，以便再上一层楼，苗春到工商局注册成立了东升废旧物资回收站，此事也意味着苗春的事业开始走上规范化的道路。

苗春的发展走上快车道，覆盖范围不断拓展，生意规模不断扩大。为了提高效率，他在山东、河南、陕西、安徽、浙江等地区均设立了回收点。后根据市场需求，他新增加了收购聚氯乙烯薄膜纸的业务，集中处理后再发往张家港、江阴、无锡、浙江等地的厂家。

其实，到这个阶段为止，苗春对塑料的认识还仅仅停留在回收阶段。至于回收后怎么处理，他有些了解，但并未真正去思考。

转折来自于2005年的一次偶然交流。那年，苗春的业务又有了扩展，开始收购高压聚乙烯颗粒，主要供应对象在苏南地区。在一次送货到华西村时，老书记吴仁宝热情招待了他，还带他参观村里的企业，讲解华西村的发展。这次经历给了苗春很大的启发,他意识到,原来废旧塑料回收做的是最苦最累却利润最低的事,到了下一步塑料造粒,利润就更加丰厚了。关键是,造粒并不难,只要有造粒机即可。

"既然这样,我为什么不能自己造粒呢?"苗春的思绪像巨石投水,激起千层浪,再也无法平静了。他立刻将想法化为行动,购入造粒机,开始了事业的新阶段。身边人见苗春有了新动作,也纷纷效法,很快,废旧塑料回收加工产业在全村乃至全镇声势浩大地发展起来。

随着经济社会的快速发展,到2011年时,苗春的产量已经无法满足市场的需求,亟需扩大生产规模。苗春在与家人商量后,又购入4台造粒机,并在家后方空置的地方建了1000平方米的厂房。这种在当地较为普遍的建厂模式被称为"前家后厂"。有场地,也有市场,苗春信心满满。为了探寻更大的发展空间,他于当年注册了宿迁长河塑料制品有限公司,主要从事废旧燃气管道、排水管道、供水管道收购、清洗、破碎、造粒,年销售额超过1000万元。

如果说,清洗废旧塑料主要造成的是水和土壤污染,那么造粒机启动后,就连空气也在劫难逃。"海陆空"式的污染将耿车镇紧紧包裹其中,弥漫着刺鼻难闻的"耿车味"。

生态环境的持续恶化引起了各级领导的高度重视,转型升级迫在眉睫。经过深入调研后,宿迁市委作出明确部署,在耿车镇设立了循环经济产业园,开启了绿色转型的新尝试。紧跟形势、善于思考的苗春自然不会错过这次发展机遇。

其实早在几年前,随着废旧塑料回收加工业的入行人数越来越多,"村村点火、户户冒烟"的情形愈演愈烈,苗春就已意识到潜在的问题,认定这种情况不会长久，再加上这些年由于盲目生产造成的生态欠账令自己心存愧疚，因此，他也在思考探索转型之路。而循环经济产业园的建成投用，让他真切感受到新的机遇已经来临，他当即决定，就从此刻开始，开启转型之路。

为了彰显转型发展的决心，苗春新注册了宿迁市优正塑料制品有限公司，并花费 220 万元，在园区租下 4 间厂房共计 2000 多平方米，迈入了事业发展的新阶段。至于转型的发展方向，苗春也早已有了规划，得益于长期浸润在塑料行业的经历，他对塑料精深加工制品的品种有相对深入的研究和了解，预测做简易塑料花盆是一条不错的出路。这种花盆工艺简单、造价低廉、利润可观，和造粒相比，对环境的污染大大减少，且当时的生产厂家主要集中在南方，身处苏北的他有独特的区位优势。基于这样的考虑，他引入 4 条生产线，转型的脚步正式迈了出去。

转型的同时，苗春并没有完全放弃传统的废旧塑料回收加工产业，他在村里仍保留了 3000 平方米的厂房。这是他多重考虑后的选择：其一，转型是需要投资的，做废旧塑料的利润可以填补这部分的支出；其二，转型是有风险的，最终能否成功他并没有十足的把握，他必须有稳定的经济来源保障家庭的日常消费；其三，当时各级党委政府对废旧塑料加工还没有明令禁止，许多村民依然在做，他实在无法下定决心放弃这诱人的收入。

2015 年应该是苗春事业转型的转折点。这一年，有个人返乡加入了他的转型之路，两人并肩作战，很快将事业发展推入了快车道。

这个人就是他的儿子——苗宗仁。

在回耿车之前，大学毕业的苗宗仁在连云港市做填海生意，但因种种现实原因，做得并不顺利。生意接连受挫，苗宗仁有些心乱，便想着趁节假日回老家散散心,孰料这一趟回来,便改变了他的人生轨迹。

苗宗仁听父亲苗春提起过转型的事,也知道父亲投了资金、租了厂房、上了设备,但只是言语上的简单陈述,他并没有直观的感受。回到家后,父亲将他带到了园区,火热的生产场景让苗宗仁愣在原地。在那个瞬间,苗宗仁就下定了决心,要留在家乡与父亲一起,干一番事业,闯出一片天地。

苗春非常支持儿子的决定,也十分相信他的能力。为了给儿子充分展示的舞台,苗春将园区的厂房全部交由苗宗仁管理,给予了他最宝贵的信任。

苗宗仁没有辜负父亲的期待,接手厂房后,他继续沿着塑料精深加工的思路,投入简易花盆的生产中,并充分利用互联网经济的优势,迅速打开了销售市场。

2016年,全市开始废旧物资回收加工综合整治,苗春知道,传统的塑料回收加工行业已经走到尽头,改变势在必行。秉持着"早转变、早受益"的思路,苗春与儿子商量后,认为理应响应政府号召,便主动把家里的5条造粒生产线以原价30%处理掉,将精力全部转投至精深加工上,这项举措带来直接经济损失达500余万元。鉴于父子俩在综合整治行动中的积极表现,镇党委授予他们转型升级奖,并给予了40多万元的转型帮扶资金。

失去了塑料造粒的重要收入,苗春和苗宗仁压力陡增,他们必须保证精深加工事业能顺利发展。为了尽快做大做强,父子俩破釜沉舟,将手头现有资金全部投入塑料简易花盆的扩大生产中,并从长远发展考虑,斥资购入了相应的环保设备。情况还算乐观,当年宿迁市优正塑料制品有限公司的产值达到近千万元。这次转变也让苗春体会到了他经常面对媒体说的"三个下降"和"三个提升",即污染排放下降,安全风险下降,利润短暂下降;生产效益提升,生产环境提升,技术含量提升。

马克思主义哲学认为,事物的发展是螺旋式上升或波浪式前进,即方向是前进上升的,道路是迂回曲折的,发展是前进性与曲折性的统一。这对苗春与苗宗仁的塑料精深加工事业来说,再贴切不过。

就在迎来开门红,两人畅想着美好未来之际,发展形势却悄然发生了变化。陶瓷花盆依然牢牢占据着市场,而顾客对塑料花盆的评价也出现逆转,款式单一、透气性差、强度弱、容易变形和老化等问题影响了市场份额,次年的销售额竟断崖式下跌至 200 多万元。

销售额的惨淡使公司发展出现亏空,为了稳住刚刚起步的企业,父子俩做出了艰难的决定,将家里的两套房子和两间厂房都卖掉,筹资 2000 万元,全部注入到企业的发展中。

但仅仅靠注资解决不了根本问题,苗宗仁与父亲开始苦苦探寻破解之道。查询大量资料后,苗宗仁总算有了些思路,决定从丰富款式入手。但对于花盆而言,大体形状几乎是固定的,要变化只能聚焦在盆体的细微设计上,因此想做出别具一格的花盆相当困难。在一次上网时,苗宗仁偶然发现一款畅销花盆,样式设计非常新颖。他立刻下单购买了一个。拿到后,苗宗仁按照这种花盆的样式进行仿制生产,果然销量一路高涨。

这次意外的收获让苗宗仁大受启发,他继续在网上寻找爆款花盆进行仿制。就在他为找到出路而得意之时,一纸传票将他的心情打入谷底。原来,那款花盆的原厂家发现后,以侵犯知识产权为由,将他告上法庭并要求赔偿。结果,苗宗仁不仅赔了一大笔钱,代理商也纷纷退货,令他损失惨重。这件事对苗宗仁的触动很大,他那时才了解到,原来花盆设计是有知识产权的。可以说,日后他的公司之所以有意识地发明并申请许多专利,正是从此刻发端。

经此挫折，苗宗仁感受到前所未有的压力，甚至对自己的能力产生了怀疑。如何解决眼下的种种难题？公司未来还能否继续走下去？他感到眼前一片迷茫。

苗宗仁心里难过，一路支持和关心他的家人同样不好受。苗宗仁的母亲信奉基督教，为人谦和。自始至终，她对儿子都抱着最朴实的信任，从来不过问生意上的事。但眼见儿子正遭受坎坷，那段时期，母亲神色憔悴，每晚都要听着《圣经》才能入睡，对苗宗仁的忧虑和担心全都写在了脸上。

苗春虽然也没想到好办法，但他还是与儿子进行了一次促膝长谈，鼓励道："做生意本来就有起有落，你如果现在放弃，那就彻底翻不了身了。"苗宗仁的话音低沉，失落地说："我不知道该怎么办。"父亲开导道："不知道做什么，就干脆什么也别做，去多看多思考，提升自己。"苗宗仁犹豫地看向父亲："要不，还是你来管理吧。"苗春笑道："你不在困难面前站起来，又怎么能打败它呢？"

父亲的话多少宽慰了苗宗仁的心，他开始振作起来，认真地思索出路。苗宗仁考虑是否应该转向其他行业，但很快就自己推翻了：一方面，前期在塑料花盆上已投入几千万元，转型的沉没成本太大；另一方面，尽管当下形势不好，但他在行业中积累了很多经验，如换其他行业又要从零开始，间接成本也不小。思来想去，还是要在这个行业里求发展。

苗宗仁决定，既然款式设计对花盆的销量有明显提升，那么还是应该以此为切入点。于是，他投入大量精力在花盆设计上。

这是一条艰难的攻坚之路。要在激烈的市场中脱颖而出，花盆外观的设计除了需要创新，还要美观、实用，更关键的是，设计出的花盆要得到绝大多数消费者的认可。根据苗宗仁多年的经验，设计花盆的成功率只有20%，也就是说，绞尽脑汁设计5款产品，也许只有1款能引起市场反响。而且花盆的设计空间有限，即使成功，也很容易与其他生产商想法雷同，从而发生侵权事故。可虽然成功率低，投入却不能少。按一般流程来说，研发花盆需要成套的模具，每套模具又由四五个数量不等的小模具组成，单单每个小模具就需要5万至8万元，如果稍大些的则要超过10万元。且因为花盆款式的更新换代很快，即使研发成功，模具也要频繁更换。如果研发失败，那模具的归宿只能是低价处理。苗宗仁曾经就处理过一批类似模具，400万元的模具只收回11万元，损失惨淡，这段经历让他记忆犹新。

时间在流逝，苗宗仁也在成长，面对困难勇往直前，内心逐渐成熟的他开始变得云淡风轻。他不愿杞人忧天，而是每日心无杂念地与技术人员一起，潜心琢磨，并将研究出的产品及时申请专利，还专门成立了研发部门。成果很显著，一年多的时间，公司就收获了8项外观设计专利。在钻研中，苗宗仁对产品款式的设计越来越胸有成竹，甚至一款产品在设计之初，他就基本可以预测到市场反响。代理商曾向他戏言："你的产品不好卖，不是质量不好，而是设计太超前了，起码领先行业3年。"

虽为戏言，可事实也确实如此，虽然苗宗仁不断推出新产品，销量却平平。但这并没有扰乱苗宗仁的思绪，此时的他早不是初出茅庐的懵懂小子，而是静心修炼，等待着绝地反击的机会。

2017年，转机来了。当年6月19日，中国社会科学院财经战略研究院、央视财经频道联合发布了2017年中国电子商务半年报，其核心内容可用一句话概括：我国电商市场已成为全球第一。因苗宗仁早已进驻电商平台，因此看到新闻时，他没有过多留意，更不会想到此事与他的事业将要发生的密切关联。

这其实是一种连锁式的反应，里面的逻辑简单通俗，即电商数据激增意味着网络购物的迅猛崛起，而网购最重要的环节便是快递或物流。相较于塑料花盆，陶瓷花盆的运输费用更高、更易破损，这是注定无法改变的现实。

经历漫长的煎熬和固守，苗宗仁终于看到了曙光。次年初，公司的塑料花盆销量迎来爆发式增长。即使厂房的机器24小时不间断轰鸣，产品依然供不应求。那时，经常上演着这样一幕幕令人热血沸腾的场景，出厂的花盆运到代理商仓库时，现场早有许多分销商在焦急等候，看到货车便一窝蜂涌上去，一番你争我夺之后，不少分销商只得垂头丧气空手而归。海量的需求带来了巨大的市场，当年公司的销量竟一跃超过3000万元，这让苗宗仁始料未及。

眼看做塑料花盆如此赚钱，许多村民纷纷加入进来，向苗宗仁取经。苗宗仁毫不吝啬地传授经验，带领大家共同发家致富。不到一年时间，他所在的村子就多了7辆宝马轿车。

抓住这次机会，搭上了时代的列车，苗宗仁的事业不断发展壮大。2019年时，他的生产再上规模，厂房面积扩展到6000平方米，注塑机扩展到23台，操作工人超过20人。

2020年初，电商界发生了一件影响深远的事，淘宝开启了"麦哲伦计划"，提出用3年左右时间再造一个"淘宝全球购"。"全球购"是淘宝网于2007年开创的海外购物平台，其初衷是致力帮助境外中小品牌进入中国内地市场。但事物往往

▶ 苗宗仁的生产车间

是一体两面的,在"引进来"的同时,苗宗仁看到了"走出去"的机会。

乘着跨境电商的东风,苗宗仁立刻注册了天猫网店,尝试将销售引向国际,并先期锚定了日本和韩国的市场。苗宗仁制定的发展战略有着现实的考量。根据当时园艺界的统计数据,近十几年来,全球园艺用品需求市场长期基本呈现稳定增长态势,而在2019年,亚太地区已超越美国成为全球第二大园艺用品市场。

要出口日韩,必须要满足当地的标准和需求,环保就是其中一项重要标准。为了打开国外市场,苗宗仁带领团队在提高花盆的环保性上做足了功课。其实几年前,为配合镇党委关于绿色发展的要求,苗宗仁曾经尝试过可降解的环保材质,并投入生产了一部分,但因为成本增加导致售价提高,且国内顾客尚未形成为环保买单的消费习惯,所以可降解花盆几乎少有销路,此事也就告一段落。如今机缘巧合再次重启,让苗宗仁也颇为感慨。

外观新颖、材料环保、价格实惠,苗宗仁推出的可降解花盆很快在日韩地区打开了局面。随着生意越做越大,他又将目光瞄准了更大的欧美市场,并在国际客户中广受追捧。

在竞逐海外市场的过程中,苗宗仁更加坚定了做环保产品的决心。为了凸显核心优势,在国际和国内市场中更有竞争力,苗宗仁于2023年8月注册成立了江苏汇胜新材料有限公司,入驻耿车循环经济产业园,共拿下三层厂房,面积共1.5万平方米。公司设立外贸部、直播部、电商部、包装部等

▶ 苗宗仁生产的可降解花盆

部门，分工明确，定位明晰，还新购置了吹塑机等设备25台套，组建了设计团队。同时，公司继续发挥互联网优势，入驻抖音、亚马逊平台，设置了展厅、直播间等，从事网络直播和跨境电商，进入了高质量发展阶段。

由于没有国际贸易的资质，苗宗仁前期进军海外市场都是依靠代理，不仅利润打折扣，更关键的是公司的经营思路不能很好地在实践中体现出来。为了在全球市场占据更多的主动权，苗宗仁成立了扬航进出口贸易有限公司，作为江苏汇胜新材料有限公司的补充。至此，苗宗仁的事业布局基本形成，打通了国内外的通道，实现了产销一条龙。完善的布局进一步助推了公司的发展，如今，苗宗仁的出口产品销售额占比已超过30%，成为公司收入的重要支柱。

在布局海外市场的同时，苗宗仁始终没有停止思考。他吸收以往单一经营的风险教训，为了增强抗风险能力、实现多头并进，特意组织了核心力量，在短时间内就研发出许多新产品，如水壶、喷壶、小铲子、拼接地板、塑料栅栏等，仅模具投入就高达300多万元。

苗宗仁的环保发展思路和卓有成效的实践得到了各级党委政府的关注和认可，当地领导将他的企业作为塑料精深加工行业的典型，尽可能地帮助其发展，努力将其打造为全市全镇的代表性企业。宿迁市科学技术局领导在武汉招商时，与武汉大学的教授沟通交流，无意间提到苗宗仁在可降解环保塑料方面的探索。孰料对方竟接话说："噢，我知道那家公司。"接着饶有兴致道，"如果他们有兴趣，我给你们推荐个人，青岛大学材料科学与工程学院有位张爱堂教授，在研究这种材料方面很有建树，他或许对这家公司的发展能有帮助。"苗宗仁听到科技局领导提供的信息，激动万分，当即通过武汉大学教授提供的联系方式，与张爱堂教授取得了联系，并约定时间登门拜访。

苗宗仁与张爱堂的沟通非常顺利，共同的着眼点使两人很轻松就聊到一起，像是多年不见的好友。在聊天中，苗宗仁还了解到，张爱堂教授同时在进行纳米涂层的研究。纳米涂层是一种特殊的薄膜技术，可以在物体表面形成极细微的纳米级涂层，减少表面的摩擦阻力和摩擦损失，提高材料的抗腐蚀、耐磨和防污染能力。如果使用在产品上，那市场前景必定不可限量。

畅聊许久，两人达成了共识，江苏汇胜新材料有限公司将张爱堂作为高层次人才引进，聘为特聘专家，张爱堂则帮助公司进行纳米涂层及可降解新材料的研发应用。

俗话说，打铁还需自身硬。聘请外援的同时，苗宗仁也没有忘记自身的努力。近些年来，即便工作再繁忙，他每年也会花费数万元，到北京、杭州等地参加集中培训，学习营销策略、管理技术等，以自我水平的提升助力公司发展的升级。

一路艰辛，一路精彩，苗宗仁的事业迎来了新的气象。随着生产规模的扩大和品类的不断丰富，标准化厂房已经无法满足他的发展需求，基于此，他正计划入手一块地，建设自己需要的专属厂房。面对未来，苗宗仁亦有着明晰的规划和目标，即2024年年产值超6000万元，2025年年产值破1亿元，并逐步打开俄罗斯市场，海外销售额突破500万美元。同时，加大研发投入，争取2025年企业专利达到20项以上，早日成为国家高新技术企业，建成在产值、技术含量等方面均领先同行的标杆示范单位。

时光向回追溯，历史的轨迹便愈加清晰。饱受贫穷困扰的耿车起步于塑料，发家于塑料，因此耿车人对于塑料的情感伴随着耿车的发展愈加浓厚。即使在市委开展废旧物资回收加工综合整治之际，镇党委也没有彻底放弃塑料产业，而是边整治边探索，最终将塑料的出路锁定在精深加工上，既延续了做塑料的传统，又跟上了社会发展步伐。对耿车人来说，相较于向家具、花卉、非遗、餐饮等行业转型，选择塑料精深加工方向有着更深层的意义。从这一角度看，苗春和苗宗仁的精彩历程也是耿车人的时代缩影。

这样的缩影绝不止一家，如宿迁市建宏塑业有限公司，其主要生产加工外卖用一次性餐具，凭借不懈的创新与探索，近两年已先后被认定为科技型中小企业和高新技术企业。同样出彩的还有以生产电动车配件为主的宿迁市宇淇塑业有限公司、以生产宠物玩具为主的江苏卡尔诺宠物用品有限公司、以生产橡胶和塑料制品为主的宿迁市瑞安塑胶有限公司等。

在这条路上，镇党委与耿车人民始终携手探索，共创新程。当初，镇党委了解到，耿车镇80%以上的塑料颗粒都销往浙江、广东等地，本地深加工转化率不足20%，真正是把利润让给了他人，把污染留给了自己，这个情况引起了镇领导的深思。因此在整治刚开始，不少人对未来倍感迷茫时，镇领导就安排工作人员分头深入各村，引导村民考虑向塑料精深加工业转型。宿迁市领导更是想在前做在前，在开展综合整治的前几年就建设了耿车循环经济产业园，为耿车人继续在塑料行业逐梦提供了平台和可能。

实践证明，耿车人做塑料是响当当的好手，不论是以前固执抱守低端产业链营生的粗加工，还是当下契合发展新质生产力趋势的精生产，有各级党委政府领导的关心和支持，耿车人都充分发扬敢想敢干、求新求变的精神特质，在塑料精深加工领域大展拳脚，先后涌现出建宏塑业、金嘉利塑业、宇琪塑业、优正塑业等17家提档升级示范企业，高质量发展蹄疾步稳，精深加工业前景光明可期。

沿着沧桑古朴的时间线，耿车老百姓们从历史中昂首走来，又向未来阔步而去。塑料精深加工对于耿车人来说，已不仅仅是行业的选择，更是一种内心的坚守。整治前，他们小心探索；整治中，他们壮士断腕；整治后，他们涅槃重生。

第 14 章

快人一步

谈起创业，人们的共识往往是风险与回报并存，而其中不确定的风险，足以让很多怀揣创业梦想的人望而却步。但在耿车镇，情况似乎不太一样。在这里，创业像是一股潮流，更像一种根植于内心的自觉，从老年到青年，从党委政府到农民群众，对创业都有着深切的向往。例如宿城区有专属的全民创业领导小组办公室，耿车镇党委有"打造创业城"的梦想，各村委会还有网络创业指导服务中心，以及备受欢迎的大众创业园、镇东创业园、湖稍创业园、五一路创业街等，创业的氛围像万家烟火味，萦绕在每个耿车人的身边。

为了推广创业的经验，镇党委甚至还提炼出了当地企业家的创业六问，即有没有市场？懂不懂技术？是不是环保？能不能长远？够不够安全？算不算特色？在这种环境熏陶下，宿迁市废旧物资回收加工综合整治后，耿车人纷纷转型创业也就顺理成章了。依托电商的迅猛发展，耿车人在家具板材、苗木花卉、宠物用具、娱乐餐饮、非遗手工等行业中，很快找到各自目标。又一波创业热潮拍向了耿车镇。

在这股创业浪潮下，有一个行业注定会随之兴起并兴盛，那就是电商发展的依托和基础——快递物流。而谈起耿车镇的这个行业，就不得不提到一个人，那就是大众村党委书记张坤，他也是耿车镇的物流第一人。

1989年，张坤初中毕业后进入大众村村部工作，期间在村里入党，先后担任过团支部书记、助理会计、村委会副主任等职，由于工作表现突出，一直做到村党支部副书记。尽管村部事务繁忙，但繁忙并没有黯淡他的理想，正如大部分耿车人一样，他心中也燃烧着创业梦。终于，在2002年，张坤勇敢地迈出了这一步，凭借着满腔热情，他决定辞职下海创业。

商海之大，四处茫茫，创业究竟做什么？张坤思考后，先开了一家板材厂，赚了人生第一桶金，后来又开始跑货物运输，走南闯北也算见过不少世面，积累了许多经验。生意虽然做起来了，但利润并不可观，反观身边做废旧塑料加工的邻居伙伴们，每一个都比自个儿赚得多。自己成日东奔西跑，却只获些微薄小利，这让他觉得无法向自己和家人交代。最终，在家人的劝说下，他放弃了原先的生意，也投入到废旧塑料加工中来。

2005年，张坤注册了宿迁市鑫峰塑料有限公司，生产铝塑板颗粒，主要供应安徽和浙江等地。凭借广阔的人脉和灵活的头脑，他经营得有声有色，很快积累了丰厚的存款。然而好景不长，没几年，全球金融危机爆发，他的生意受到了直接的冲击。抱着熬一熬总能熬过去的想法，张坤咬牙坚持着，期待着柳暗花明的转变。但残酷的现实终究打破了美好的幻想，他的生意每况愈下，到2013年上半年，公司的欠账和坏账已累积高达百万元按照这种趋势发展下去，即使不破产，也注定经营不下去了。他万分头疼却又不见出路。

奇迹往往在绝境中产生，张坤深切体会到了这句话的真谛。那年七一前夕，村党支部组织开展党员活动日。活动结束后，张坤忧心忡忡地正准备回公司再盘盘账，身后一个熟悉的声音叫住了他。他回过头，发现是被誉为耿车电商第一人的邱永信。

邱永信热情地向他打招呼："最近怎么了？老是闷闷不乐，有什么情况？"

张坤本不想将经营陷入困境的事外传，但邱永信的关怀还是让他放下了顾虑，直言道："唉，生意上的事，钱收不回来，还有不少收货商跑路了，不知怎么办。"

邱永信笑道："不瞒你说，你这个问题我五年前就遇到了，所以后来我才做电商卖家具，塑料生意做大了，早晚都会碰到这种事，没办法。"

张坤说出自己的想法："我也想转型，但说实话我不想做家具，现在做的人太多了。"

邱永信提出建议："我给你指条路。我们现在发快递都要跑到沙集镇，虽然不远，但还是不方便。你之前跑过运输，不如想想在这边做快递生意怎么样？"

张坤真的想了想，但很快摇摇头道："估计做不起来，一没人、二没场地、三没车辆、四没经验，太困难了。"

邱永信拍拍他的肩膀说："困难再大，能有现在大吗？也不着急这一会儿，你再好好想想。"

张坤回到公司，望着面前的账本陷入沉思。邱永信的话回响在耳边，荡漾开去，带着他的思绪越飘越远。他对快递行业的印象始于2008年，在邱永信的带动下，周边已有不少人开始转行做电商。那时，他住在马路边，经常能见到村民骑着三轮车，拉着满满货物到隔壁沙集镇去发快递。若天气晴朗尚可，但凡遇上寒潮或雨雪天气，这一公里的距离就成了艰难的考验。见得多了，他也时常向家人感慨："你们看看，想赚点钱真不容易。"如今，村里做电商的农户越来越多，发快递的队伍越发浩荡，这些他都清楚地看在眼里。或许，这真是一个朝阳行业。想到此，他的心思动了。

尽管有了想法，但心里还是没底，张坤决定去找李军指点迷津。此时的李军刚刚担任大众村党委书记，正在潜心规划着村庄未来的发展。不过，虽然刚当"一把手"，但他已在村里工作多年，和村民彼此非常熟络。

李军热情地招呼张坤坐下，询问事由。张坤将转型做快递的想法告诉李军，征求他的建议。李军听完兴奋道："真巧，邱叔前几天也和我提过这事，我觉得可以，是条好门路。现在正物色人选呢，你就来了。太好了。"

李军的明确表态让张坤安心不少，但他仍有顾虑，将没人没钱没场地没经验的现实困难告诉李军。李军思忖片刻道："最好先从周边做起，现在村里已经有12个家具厂，再加上卖其他物品的人家，货源应该不成问题。有货源，其他都好办，只要你愿意干，困难我来想办法解决。"见李军这般热情和主动，张坤被感动了，眼神变得坚定，当即爽快道："李书记，我愿意试试。"

为了尽快熟悉市场，张坤次日便骑着电瓶车到沙集镇的快递收发点一探究竟。虽然只有一公里的距离，但他还从没来过这里。这一次，算是让他长了见识。

还未到地方，张坤远远就看到一列排了很长的三轮车队伍，正歪歪扭扭地向前蠕动，车里都是满满当当的货物。他来到快递点边，见每个车主都在自己卸货，旁边则有人高声吆喝指挥，时不时催促车主抓紧速度。一人坐在旁边，嘴中叼着烟，手指哗哗哗地清点着现金。

张坤在队伍中发现了一张熟悉的面孔，是本村一位家具大户，便凑上前问："这个货往哪儿发呀？"对方告诉他，这批货是发到浙江的，快递点会统一送到淮安分拨中心，然后再从那里发往各地。

张坤继续好奇地打听："看这个情况，排队也要排半天。怎么不雇个人，还要自己跑呢？"

对方瞪他一眼，回道："雇人不要钱吗？你没看到这边卸货都没雇人，还要我们自己卸。"张坤赔着笑，赶紧离开了。

看了现场，张坤大致了解了快递行业的形势，更加确信这确实是门好生意。他打定主意，走到那位收钱的人面前："请问，你是这个点的负责人？"

对方瞥向他："什么事？要发货去排队。"

张坤表明来意："我是旁边大众村的。我看我们村有好多人在你这儿发快递，有时确实不太方便。不如我给你做代理，在大众村设个点，帮你收货，你看怎么样？"

对方摆摆手："不用。"张坤还想继续劝说，对方却下了逐客令："不要挡路，没看到现在很忙吗？"

出师不利让张坤有些郁闷，但他没有放弃，条条大道通罗马，总有一条道能走得通。他开始在网上搜索，想找点有用的信息，结果真的查到了申通公司宿迁分公司负责人的联系方式，急忙将电话拨过去，并表达了在大众村设快递点的想法，孰料同样被回绝了。对方以没有市场为由，断了他的希望。

张坤垂头丧气地将情况告诉了李军。李军安慰道："好事多磨，你想想，如果办快递点很容易的话，那么大家不早就一窝蜂上了。"这话宽解了张坤的忧虑，他想想确实也是，正因为有难度，才更有价值。

皇天不负有心人，张坤终于有了意外收获。那是2014年1月27日，距离春节还有3天，宿迁市内已到处张灯结彩，市民们沉浸在喜庆的节日氛围中。当时，张坤是宿迁市阳光志愿者协会的一名志愿者，按照协会春节前的活动安排，他将与其他三位志愿者共同前往宿豫区曹集乡慰问生活贫困的儿童。因距离较远，张坤选择自己开车，顺带捎上三人一起。这本是无心的举动，却意外成了张坤快递事业的起点。

开车途中，因几人互不相识，张坤便起了头，逐个作自我介绍。其中一人介绍道："我叫纪兆伟，是圆通公司宿迁分公司经理，欢迎大家多用圆通寄件。"纪兆伟的介绍让大家会心一笑，更令张坤眼前一亮。待慰问活动结束，张坤找准空档，满怀期待地向纪兆伟谈起设立快递点的想法，不料，依然碰了壁。纪兆伟向他解释道："沙集镇的快递业占了先机，已经做起来了，而且辐射面也够大。要想在附近设立新的点，必须保证每天都要有足够的件数，但目前据我了解，那边市场基础还差了一点。"

张坤努力想说服对方："我就是大众村的，对村里情况最了解。那边每天发快递的数量很多，应该是足够的，主要是没有渠道。"

纪兆伟摇摇头，婉拒道："再等等吧，也许以后再干会更合适。"

一而再再而三的挫折，反而使张坤的心态发生了微妙的变化，再也没有了刚开始的忐忑不安，变得更加坚韧笃定。送走纪兆伟，他突然笑了，这个笑有自嘲的意味，但更多的，是对过去的告别，以及对未来的信心。

经过春节期间的思考和沉淀，上班后，张坤再次找到李军，坦诚道："李书记，根据我得到的反馈信息，想在大众设快递点形势不太乐观。许多快递公司都不看好，目前唯一能谈的只有圆通。"他将与纪兆伟的沟通情况告诉李军，接着道，"他虽然拒绝，但我感觉还可以谈。他唯一的顾虑是怕件数不能保证。"

李军听后，埋头思考着。不一会儿，他抬起头，问："你能不能想办法把他约到村里来一趟？"张坤虽不知李军有什么计划，但仍答应道："我试试。"

张坤的方法就是发挥三顾茅庐的精神，三番五次给纪兆伟打电话，邀请他到村里实地考察，并郑重表态，如果现场看后依旧认为不合适，那他就彻底放弃，再也不为此事叨扰。纪兆伟碍于情面，只得应承下来。

几日后，纪兆伟来到大众村。李军热情地站在村口迎接，亲自做讲解员，引导着纪兆伟参观村里的生产状况，详细讲解电商在大众村的普及和发展情况，甚至把一些厂的发货清单也拿给他看。

纪兆伟转了一圈，点头道："确实，大众村的电商比我想象中做得更好。"话中有了认可，但没有李军希望的表态。李军只得继续说："所以我们很希望圆通公司能够在村里设个点，这应该是件双赢的事情。"

纪兆伟终于抛出了他的顾虑："李书记，实话和你说，最主要还是客源的问题，顾客都是有消费惯性的，乡亲们习惯了在沙集镇发货，能不能认可大众村的点，这要打个问号。"

李军认真想了想，坦诚回道："你的顾虑有可能，但并不绝对。沙集镇的那个点已经接近饱和，每次去都要排很久的队，乡亲们其实都很苦恼。如果在村里设个点，大家一定会选择在家门口发货。退一步说，如果到时真的件数不足，我向你保证，哪怕自掏腰包，我也一定会想办法凑齐营业额，不会影响你们的经营。"

纪兆伟沉默了，表情变幻不定，像是在进行着激烈的斗争。李军和张坤并不催促，只是安静地站在旁边，一言不发地等候着。

对市场可能性的重新研判和李军真挚热情的表态，让纪兆伟看到了大众村物流产业的良好前景。好一会儿，他握住李军的手，郑重地说："李书记，那就这么定了,圆通公司入驻大众村,愿我们合作顺利。"

在一旁的张坤见事情终于尘埃落定,兴奋之情溢于言表。他看向李军,眼神中充满了感激。

没几天,张坤就接到了纪兆伟的电话,让他到公司办手续,同时准备好30万元的押金。张坤懵住了,失声道:"30万?"纪兆伟确认说:"是的,新设点需要交押金,这是公司规定。"张坤犹豫着说:"可我实在没有这么多现金,大部分钱都投到塑料生产上了,你看能不能少交点?或者我给你打个欠条也行,等以后赚够了我再补上。"纪兆伟为难道:"可这是公司规定,那我们再商量一下。"

或许是张坤的执着打动了纪兆伟,也可能是李军的承诺让他印象深刻,或者是对大众村的快递发展产生了信心,总之几日后,纪兆伟回复,张坤交10万元押金即可。

峰回路转,金石终开,张坤总算等到了这一天。激动之余,他做出了令众人都讶异的举动,立刻找来收废铁的经营户,将自家废旧塑料加工的所有设备和材料全部拉走,并随之注销了鑫峰塑料有限公司。亲戚朋友说他太鲁莽,做事不考虑后果,就连家人也带有抵触情绪。张坤笑着和身边人解释:"破釜沉舟,才能没有挂念。如果不这样,我怕自己随时会反悔。"

2014年3月1日,对张坤来说,是有纪念意义的日子。这一天,他梦寐已久的快递点正式开张了,挂牌"圆通公司宿迁分公司大众分部",在当时,这是全市唯一一家设在村里的快递收

▶ 快递收发站开业现场

发站。开业当天,纪兆伟派来了12位员工对新成立的收发站进行培训,涉及财务、客服、技术等各个条线,还安排了5辆印有"圆通速递"标志的快递车停在张坤的店门口,帮助他吸引客源。张坤发动家人和亲戚朋友共同参与,了解掌握收发快递的业务知识,并在纪兆伟的协调下,安排了4人到圆通公司总部学习经验。张坤站在路边,不停与前来道贺的朋友打招呼,笑容里充满了对未来的憧憬。

然而,更大的考验很快来临。不论是张坤还是李军,任谁也不会想到,纪兆伟当初的担忧竟成为血淋淋的现实。尽管开业时热热闹闹,前来捧场祝贺的人也不少,但一直到营业第12天,快递的收发量依然为零。

心急如焚的张坤顾不了太多,直接闯进李军办公室。李军听说后很惊讶,脱口而出:"怎么可能?"愁眉苦脸的张坤一言不发地坐着,让李军意识到了问题的严重性。李军想了想,对张坤说:"这样吧,明天上午十点我召集开个座谈会,你也过来。"

第二天,张坤准时来到会议室,看到了面色凝重的李军,还有一些他熟悉的面孔。那些人全都是村里的家具大户。

人到齐后,李军直接切入正题:"今天喊大家来,目的就一个,关于张坤新成立的圆通快递点的发展问题。我不知道各位是出于什么样的考虑,但不怕大家笑话,开业十几天了,没有一个人到这个点发快递。我还是那个观点,涉及我们村里的事情,大家都要多多支持。"他用罕见的严肃语气说,"投入一个新行业不容易,我希望大家给我个面子,也给张坤一个机会,今后快递全部都到这个点来发。"

略带行政性质的命令让大家缄口不言,不知该如何表态。这种沉默让张坤察觉到不对劲,急忙补充道:"我理解大家的心情。今天当着李书记的面,我给大家几个承诺。第一，请大家放心，我这里是圆通公司正规的下设网点，快递安全保障、运送时效等方面与其他地方一样，绝对有保证。第二，以后大家到我这里寄快递，不需要你们自己动手卸货，我花钱雇人来做。第三，其他快递点要求现付现结，但在我这里寄件，大家可以月结，不用每次都带大把现金。最后，如果大家在我这儿寄件后不满意，随时可以更换，我会尊重各位的选择，绝不勉强。"

眼见张坤说得如此透彻和诚恳，在座人员用眼神达成一致，陆续点了头。

这次会议的成效显著，当天下午就有许多商家前来发货，张坤凭借热情真诚的特色服务带给了大家非同寻常的体验。有了第一印象的良好基础，收件量也随着日子的推移逐渐增多。半个多月后，便稳定在每天3000件左右。收件量与日俱增，致使写地址单和装卸货的人力明显不足，张坤的工人规模也随之扩大，很快便达到30多人，甚是壮观。宿迁市委书记在一次调研时专程来到张坤家里，听了情况介绍后很是认可，指出这是绿色发展的新出路，鼓励张坤继续努力，争取带动更多的人从事快递，将产业发展起来。

对于做电商和喜欢网购的人来说，"双十一购物狂欢节"必定不会陌生。这个"节"源于淘宝网2009年11月11日举办的网络促销活动，因当天营业额远超预期，此后便作为促销日固定下来。"双十一"期间不论是成交量还是销售额，都能达到当年的顶点。

然而就是这样一个令店家们跃跃欲试的促销日，却差点让张坤崩溃。在此之前，他从没有经历过"双十一"，无法想象其规模的壮观。当天早上开门，当他看到群山连绵似的快递堆积在门口时，着实大吃一惊。更使他惊讶的是，还有源源不断的大批量快递正运送过来，像是大江奔涌，要将他淹没其中。

"这样不行,要爆仓出事故了。"张坤当机立断,一边请工人抓紧卸货,一边赶紧拨通李军的电话,"李书记,十万火急,快递马上堆不下了。"

了解情况后,李军不敢大意,这事处理不好,势必会影响这个快递点好不容易攒下的声誉和口碑。情急之下,他想到一个办法,立刻打电话部署,将村委大院腾出来,供张坤堆放快递。

▶ 工人们在打包快递

一直忙到傍晚,排山倒海般的快递终于平息了,张坤的后背早已被汗水浸湿。处理完最后一件货,他给李军发去消息:"李书记,多说无益,万分感谢。"

"双十一"过后,张坤终于领教了电商的厉害,觉得有必要提前规划。经过思考,他将后院瓦房拆除,扩建成了400平方米的仓库,专门用以堆放快递。而这次"双十一"的经历,也成为张坤快递生涯里一段难以忘却的宝贵记忆。

决定从事快递行业后,张坤便将其作为自己的事业追求,精心呵护它的发展,不断探寻前进之路。他从在沙集镇考察时的切身经历中总结经验,为增强自身竞争力,坚持以客户为中心的原则,不仅履行着"绝对不让客户自己动手卸货"的承诺,而且还在收发点准备了茶水点心,在工人卸货时供客户食用。利用卸货的间隙,他还经常与客户聊天,了解他们的需求和市场动态。久而久之,他的口碑和认可度愈加稳固。

一天，张坤接到一通电话，是村里一位老客户，说要晚点来发货。张坤没有多想，爽快回道："没关系，我等你。"结果那晚，张坤等到九点多，才见到对方气喘吁吁地骑着车过来。

客户不停道歉道："实在不好意思，耽误你时间了，厂里有事，一直走不开。"张坤迎上前帮助卸货，不解地问："明天也可以呀，这个点也不可能发货出去了。"对方边卸货，边解释道："明天一早我要到外地谈事情，怕耽误了发货，其他人来我也不放心，所以晚上先送过来。"很快卸完货，对方再三感谢后，又骑车匆匆走了。

张坤站在门口，望着消失在转角处的昏暗背影，若有所思。

没几日，张坤就有了新动作。为了节省大家的时间和精力，方便寄件，张坤推出了上门收件服务，由他安排车辆逐家去拉货。这个如今早被人习以为常的做法，在当时可谓开创性的举措，最起码在耿车镇和周边乡镇中还是头一家。

张坤的此项举措深受赞赏。当他在群里发出消息时，立刻引来大伙的欢呼雀跃，"发快递，找张坤"成为当时各个厂家的流行语。张坤的快递点在大众村乃至耿车镇都牢牢站稳了脚跟。

络绎不绝的快递业务意味着源源不断的利润，开业3个月后，为了便于装货，张坤换了辆空间更大的越野车。阔气的车辆吸引了许多村民的目光，不少人看着心动了，纷纷找上门，委婉地提出想法，也想跟着张坤做快递。

本是占人财路的事，村民们还有些难以启齿，但没想到张坤竟毫不犹豫地答应了，并充分利用自己的资源，积极协助开设快递点。他和村民们说："欢迎大家一起做，只有我们共同做大了，才会有成熟的市场和充沛的货源。"

在张坤的带动和协调下，申通、中通、韵达等国内大牌快递公司先后在附近设点，不到一年时间，大众村村民经营的快递点就达48家。正如张坤预料的那样，做的人多了，规模也就上去了，辐射面和影响力随之扩展。后来，甚至有不少沙集镇的店家专程赶到大众村来发快递。

村里的快递生意规模不断壮大，不仅令村党委欣喜，就连镇党委也看到了快递业的潜力。为了更好地放大行业优势，吸引更多依旧在从事废旧物资回收加工的村民尽早转型，同时推进规范化发展，镇党委决定依托大众村现有良好的产业基础，在大众村的土地上建一座电子商务产业园。

李军第一时间将这个消息告诉了张坤，并表达自己的看法："这个产业园除了建有电商服务中心，还有9000平方米的物流园综合服务中心，主要就是镇党委为快递物流行业规划的，我觉得我们村上规模的经营户都应该入园，走良性轨道，实现长远发展。你是快递大户，希望你能带个头。"

张坤笑道："李书记，你开口了，我肯定坚决执行。"

经过更为详细的磋商后，张坤最终以每亩25万元的价格买下2亩地。为了配合新的发展气象，让快递生意再上台阶，张坤注册成立了宿迁市众通物流有限公司，又投资130万元建设了1500平方米的双层厂房。充满朝气的公司、规整气派的厂房，无不显示着张坤的快递事业蒸蒸日上。

其实，张坤选在这个时间段注册公司和新建厂房，有着更深远的考虑和布局。

事情还要追溯到2015年2月25日，农历正月初七，按照圆通公司春节前发的通知，正月初八开始正常收件。但就在这天晚上，出现了意外状况。张坤接到圆通公司宿迁市代理负责人的电话，对方告诉他，由于前段时间这个点的收件量有所减少，所以在和徐州市代理负责人协商后，决定从沙集镇安排人来经营这个快递点。

张坤一时没有反应过来，问："什么意思？"对方回："就是你不用做了，我们另外找人来做。"张坤有些生气，质问道："凭什么？这个网点是我投资的。"对方态度也很坚决："那没办法，这是公司的决定。至于你投资的钱，后面会按照提成补给你。"

张坤直觉到其中一定有问题，但既然对方铁了心，继续争辩也毫无意义，便没有再说话。他决定先按兵不动，静观其变。可那一夜对张坤来说，似乎每秒都在停顿，无比漫长。

次日清晨，还没有到营业时间，张坤就突然听到门外传来"噼里啪啦"的鞭炮声。他有些莫名其妙，打开门向外看，发现有几辆圆通的快递车停在门口，还有几人正在忙碌地布置现场。他顿时明白，这是要接替他开张了。

自己辛苦经营的快递点莫名其妙被抢走，又遭人堵在门口放炮仗，让张坤感觉既失了脸面，也心中窝火，但他仍克制着没有发作，依然在观察和沉思。

近中午时，快递群里有人发消息问张坤，为什么今天收件的都是生面孔？张坤含蓄地将情况告诉大家，立马引起共愤，许多人怒不可遏地回道："这也太欺负人了，以后再也不去寄了。"很快，村里越来越多的人知道了此事，均替张坤抱不平。有几位大客户甚至直接打电话，请张坤帮助联系其他快递点。张坤对大家的热心支持很感动，主动将自己闲置的运输车和雇来的工人调配给其他从事快递行业的村民使用。

失去了快递点的经营权，加上之前断掉了做塑料的后路，导致在长达半年多的时间里，张坤无事可做。每日看着身边人忙碌不停，而自己仿佛是被快速疾驶的时代列车遗落的乘客，这对一心要强的他来说，无疑是种煎熬。

那段至暗时光中，记不清多少次，张坤和家人说出门办事，实则躲在车中偷偷抹眼泪。他不愿让别人看到自己的脆弱，即使是最亲近的家人。有的时候，他也会借酒消愁，招呼朋友们不醉不休。朋友们知道他的心思，却只能默默陪着他，看他一杯杯用酒精麻痹自己，获得短暂的解脱。

考虑到以后还希望继续从事快递行业，故张坤在表面上并没有与对方闹得鱼死网破，但他在心里从未真正妥协，火热的胸腔里始终燃烧着对胜利的渴望。注册公司和新建厂房正是在此期间，他要用实际行动向对方证明，对于做好快递行业，他既有十足信心，也有绝对实力。

张坤的冷静为他赢得了转机，事情很快发生逆转。由于货源被其他村民的经营点分流，这个快递点的收件量呈断崖式下跌，到当年"十一"长假前，已经没有发货量了。空荡荡的门面像被抛弃的仓库，显得荒凉又无助。而放眼村里的其他快递点，缘于张坤在货源、车辆、人力等方面的慷慨奉献，生意蒸蒸日上。同在一个村，对比更加明显。

代理人终于坐不住了，主动联系张坤，提出将经营权还给他。张坤笑了，并没有急着表态。他与对方算了一笔账，粗估了这大半年来的损失，提出从之前欠圆通的100多万元货款中抵扣。对方起初不同意，但鉴于当下残败的形势，最终只得妥协。

"十一"刚过，又是一个喜庆的日子，张坤的店门口彩带飞舞、欢声笑语，一排排红色拱门整齐列队。门上一条硕大的横幅写着"热烈祝贺圆通公司二次开业"，尤为引人注目。许多村民、同行、客户纷纷前来祝贺，现场热闹非凡。

经过口口相传，张坤的这些经历很快传到时任镇党委书记徐光良耳中。徐光良听闻喜形于色，一锤定音："好，就是他了！"原来，鉴于耿车镇日

▶ 张坤（右一）向专家学者作介绍

益繁荣的电商事业，为了加强服务和引导，区工商联要求耿车镇成立电商商会。成立商会不难，但谁来任会长，这让徐光良颇费思量。他调侃道："真是踏破铁鞋无觅处，得来全不费功夫。"

徐光良当即委派宣传委员林焕英与张坤沟通，顺利促成了此事，众通物流公司也被推选为耿车镇首届电商商会会长单位。随后几年的事实证明，徐光良的选择是正确的，在张坤的带领下，耿车镇电商商会大放光彩，凭借扎实的工作和成绩，连续三年被评为全国"四好商会"，并先后荣获江苏省"苏网先锋"、宿迁市"十佳商会"等各项荣誉。

因亲眼见证了张坤的能力和影响力，2018年1月，李军意外去世后，徐光良便有意安排张坤接过接力棒，但被张坤以事业耗神、分身乏术为由推脱了。2020年10月，接任李军的村党委书记王加银到龄退休，徐光良再次找到张坤商谈此事，张坤见委实不好拒绝，方才应承下来。随后，在村党委换届时，张坤不负众望，全票当选村党委书记，带领大众村开创了村庄建设的新局面。张坤还被推举为耿车镇乡贤参事会会长、第五届宿城区政协委员、宿城区工商联总商会副会长、宿城区第六届人大代表、宿迁市互联网行业党委委员等。

当然，这是后话了。

在当时，取回圆通快递点的经营权后，张坤对下一段征程充满了信心。随着电子商务产业园建设的不断完善，越来越多的物流公司看中了这块市场，百世快运、顺心捷达、京东物流等知名企业纷纷入驻，准备在这片热土上大显身手。

快递物流行业前途光明，充满着生机和活力。除了镇党委高度重视，上级领导同样投来了肯定的目光，并下决心为这个新兴产业的繁荣搭建更广阔的平台。为推动快递物流业的健康规范发展，引导更多从事废旧物资回收加工的居民早日转型，同时也为支撑本地电商的发展，宿迁市又规划建设了耿车快递物流产业园。

产业园位于徐淮路以北、250省道以西的宿迁西高速出口位置，一期用地400亩，核心区95亩。园区内建设了"三纵两横"路网系统，分为5个区域，分别是：综合配套区，包含同城配送中心、线下交易中心、信息中心、结算中心、规划展示区和酒店宾馆服务区等；快递集中区，设有2家分拨中心和8家小型中转中心；综合物流区，委托卡行天下作为平台公司，管理中小物流企业入驻运营；仓储配送区，包含物流仓储中心、烤漆房集中区和小企业仓储中转区；示范企业集中区，引进易美家、竹林风2家家具企业，按照统一标准自行建设3层标准厂房，作为产品加工和电商交易的示范性企业。该园区成为宿迁地区规模最大、配套最完善、交通最便捷的现代化电子商务快递园区，先后获批省创业孵化示范基地、省众创空间集聚区、省电子商务示范基地、省级示范物流园区、省重点物流基地等荣誉称号。

园区建成后不久，就陆续招引了顺合心快运和宇诺物流等30多家物流企业入驻，开通国内直达线路12条，打造出宿迁西部地区最大的以快件分拣作业、快速转运功能为核心，仓储、配送等增值服务为补充的大型快递枢纽转运中心。物流市场的打通，为耿车镇乃至宿迁市电商产业的信息化、网络化发展提供了有利平台。

2021年，耿车镇物流行业又迎来新的转变，开始探索并进入冷链快运业，投资3.3亿元建成苏冠冷链项目，涵盖商业零售、物流配送、速冻冷藏、净菜加工、中央厨房等经营业务，纳入宿迁市市级冷链生产仓进行监管。该项目不仅为全镇冷链快运产业奠定了基础，还补齐了中心城区在冷链物流方面的短板。待规划的二期工程建成投用后，还将有效填补苏北地区餐饮市场在中央厨房、预制菜加工等方面的空白。2022年，镇党委结合当地物流行业发展的良好态势，还设立了物流行业党支部，坚持以党的引领助力物流行业更好更健康地发展。

新时代的列车向前疾驰，新行业的发展日新月异，经过时间的沉淀，随着耿车镇快递物流企业规模不断壮大，市场需求日渐旺盛，快递物流产业园已日渐无法满足各个企业发展的实际需要。基于此，镇党委出面与快递巨头顺丰公司达成共识，由顺丰投资，征地260亩，新建兰博物流产业园。目前，园区正在快马加鞭建设中。

可以说，快递物流业在耿车镇的兴起和繁盛，有着多重因素，离不开党中央推动绿色发展的政策指引，离不开各级党委政府的关心扶持，离不开耿车镇四通八达的便利交通，更离不开欣欣向荣的电商事业，最重要的，是离不开耿车人民追求绿水青山的观念转变和敢想敢干的优良传统。耿车镇内上演的无数鲜活事例足以证明，在将梦想变为现实的行动上，耿车人始终"快人一步"。

— 第 15 章 —

美食背后

俗话说，民以食为天。任何时候，吃饭都是不可回避的头等大事。可对耿车来说，简单的"吃饭"二字，却蕴含着一段难以启齿的过往。耿车人不会忘记，在污染严重的时候，到这里的许多人都自带水杯，哪怕连泡好的茶水都不愿品尝一口，通常是摆摆手，客气道："谢谢，我不渴。"尴尬的场景中，耿车人的热情和冒着腾腾热气的茶水一起，慢慢变凉。礼貌拒绝的背后，是人们对耿车食品安全的深度担忧。水源都如此，更不必说在这片土地上长出的粮食了。那种条件下，耿车人若想进军餐饮业，无异于痴人说梦。

但当时谁也不会料到，这个梦，真的实现了。

2022年，距离耿车镇开展废旧物资回收加工综合整治已过去6年。这些年来，在习近平生态文明思想特别是"绿水青山就是金山银山"理念的指引下，耿车镇的生态环境、乡村面貌、产业发展、百姓生活等各个方面都发生了翻天覆地的变化，曾经垃圾环绕的村庄，如今变身美丽乡村，吸引着全国各地慕名而来的游客。

红卫村就是其中一个典型。说起红卫村，来头可不小，村子以此地有人在朝廷做官而得名，新中国成立后，这里还走出了两位将军，一时间令红卫村声名大噪。彼时的红卫村可谓人杰地灵、底蕴深厚,村落中至今还完整保留着清代的古民居。在走过几十年的生态弯路后,红卫村重现了往日风采,村庄内白墙黛瓦,曲径通幽,春夏秋冬,各自成景。每逢春意盎然的季节,油菜花都遍地盛开,到了周末或节假日,许多游客专程从外地赶来,在花海里赏景,拍照玩乐。即使冬雪纷飞之日,这里也是蜡梅含笑、银装素裹,别有一番风味。红卫村还有顶着国家级三星级休闲农业和乡村旅游园区头衔的耿车镇生态农业示范园,以及全国乡村特色产业亿元村、江苏省休闲农业精品村等荣誉称号。

按理说,红卫村既有历史底蕴,又有自然风景,还有特色产业,发展旅游应当有独特优势。可事实是,和周边乡村相比,红卫村旅游收入排名并不算靠前。这个悖论曾让村书记王鹏百思不得其解。

一次偶然的机会,王鹏与邻近村的书记吃饭。席间聊起此事,王鹏说出了困扰自己许久的疑惑。孰料,对方一句话便令他醍醐灌顶:"你们村没有特色饭店,留不住游客,人家看完就走了。"

一语惊醒梦中人,拨云见日的王鹏瞬间找到了方向,一个身影立刻出现在他脑海里,仿佛一把开启新通道的钥匙。他激动地端起茶杯,以茶代酒表达感激之情。

王鹏脑海里的人,名叫唐光灿。

1989年,唐光灿出生在耿车镇红卫村,家中有4个姐姐,父母对他寄予厚望,希望他的未来光鲜灿烂,故为他取名光灿。

唐光灿从小就很争气,属于"别人家的孩子",学习成绩始终名列班级前三,这令父母很是欣慰。2005年,16岁的唐光灿以优异的成绩考入当地有名的宿豫高中,父母望着前途一片光明的儿子,眼中满是慈爱与欣慰。但常言道，造化弄人，命运有时像个不计后果的孩子，喜欢不分场合地做些戏谑捉弄人的游戏，让人看不清方向。

也许父母都没有留意到，正值青春期的唐光灿，心态已然发生了细小的变化。虽然他遵章守纪，但内心极度向往自由，厌恶学校里条条框框的约束。他渴望有朝一日挣脱束缚，展翅翱翔，驰骋于自己的那片蓝天。青春荷尔蒙的作用下，他对自己能够成就一番事业有着理所当然的自信。正是这份自信，让他做出了事关人生之路的重大决定，也让他阴差阳错地从此与餐饮业结缘。

高中开学一周后，有人到学校找他，是关系很好的初中同学。这位同学告诉他，自己哥哥在本地大学里承包了一家餐厅，生意很好，急缺人手，问他有没有兴趣去打工。唐光灿有些恍惚，自己明明还在上学，为什么突然要去打工呢？对方有些不乐意了，撇嘴道："不是你自己说上学没劲，想出去打工赚钱吗？"这让唐光灿一时语塞。

青春懵懂的唐光灿很快陷入了两难境地。从最真实的想法出发，他的确想尽早赚钱，那时父母种地和姐姐们摆摊的收入，每月不过一千元，家庭生活十分拮据。他希望自己能成为家里的"英雄"，帮助分担经济压力。但是就在一周前，父亲刚刚为他一次性交了高中三年的学费，总计5000元，这是笔不小的支出。即使不上学，钱也肯定是退不掉的。更关键的是，他不知该如何向父母交代。

同学的一句话让他觉得很有道理，尽管现在看来，这话多少有些幼稚，但在那个叛逆的青春期，它却成功让唐光灿下定了决心。同学反问道："为什么要告诉他们？赚了钱再说呗。"

就这样，唐光灿满怀憧憬地离开学校，开启了自己的餐饮之旅。

由于没有任何经验，唐光灿到了餐厅就被安排做切菜工，报酬为每月50元，任务是每天切两百斤土豆和近百斤青椒。每次切完青椒，他的双手都泛着火辣辣的疼，但初出茅庐的他依然干劲十足。他尝到了赚钱的滋味，这是他实现经济独立的第一步。况且，切菜是餐饮从业者的基本功，他迫切需要通过这种实操性的锻炼，打牢自己的专业基础。

当时的高中是寄宿制学校，唐光灿不需每天回家，这为他辍学打工提供了有利掩护，直到一学期结束，父母也没有发现端倪。事情暴露在放寒假之后，由于大学餐厅还在营业，唐光灿没办法按时回去，父母这才起了疑心。感觉再也隐瞒不住的唐光灿只得跑到电话亭给母亲打电话，如实告知了现状。母亲沉默半响，才缓缓开口道："你自己决定吧，只要想好了就行。"

唐光灿直到大年初一才结束工作，疲倦地向家赶。站在熟悉的门口，他有些胆怯，好一会儿才鼓足勇气推开大门。令他颇为意外的是，迎接他的并不是父母的责骂，而是满桌丰盛的香喷喷的团圆饭。那个瞬间，他对家的意义的认识有了感性的升华。

近半年的锻炼让唐光灿的切菜手艺快速提升，对做菜的兴趣也更加浓厚。但他明白，在小餐厅切菜不是长久之计，想要得到全方位提升，就必须站在更高更大的平台上。于是，刚过了正月十五，唐光灿就往市里各大饭店跑，寻找机会，最终在一家酒店门口看到了贴出的招聘信息。

在这家酒店，唐光灿主要负责杀鱼，由于客流密集，他平均每天要杀约四百条鱼，比其他人的活都多，工作量非常大，从早到晚几乎没有空闲。但他任劳任怨，从无怨言。高强度的工作使他整日腰酸背痛，可他心中有一股执念，支撑着自己坚定地走下去。

唐光灿日复一日的努力引起了酒店主厨的注意。主厨很是喜爱这个能吃苦的孩子，便将唐光灿收为徒弟，抽空便传授给他一些做菜的经验和技法。唐光灿如饥似渴地学习，并加以反复练习。一段时间后，他也能炒几道像样的特色菜了。

过了半年左右，主厨跳槽到另一家酒店，邀唐光灿一并前往。感念于师父的关照，唐光灿欣然答应。在这家酒店，他找到了新的方向，担任凉菜副手，主要工作内容是协助做好凉菜的制作和拼盘等。他对这个岗位十分感兴趣，在他看来，制作凉菜就如艺术创作，每一次成功的摆盘都是一件艺术品的创作。那些凉菜食材在他手中，如同丰富的创作元素，他在学习的同时，暗自构思着更多的搭配和可能，期待未来在凉菜领域施展抱负。

唐光灿的美好梦想很快又遇到波折。一天，酒店负责人告诉他和师父，这个地段的经营不太理想，自己准备换个地方重起炉灶，希望他们也能跟过去，并许诺提高薪资。但由于新的地址离家实在太远，唐光灿无奈地放弃了这次邀请。

此时的唐光灿在做凉菜方面已积累了不少经验，凭借潜心钻研和大胆创新，他做出的菜品别具特色，总能令人眼前一亮。有了扎实的功底，他很快应聘到一个山庄，依然任凉菜副手，但此时的月薪已有 1000 元。

为寻找更多的灵感，唐光灿不断向身边人请教，还通过网络搜索，加入了专做凉菜的 QQ 交流群，里面有全国各地的凉菜厨师每日上传精美菜品图片，让他大开眼界，获益匪浅。正是在那时，他对网络传播的强大力量有了直观的感受，也为他日后探索"餐饮 + 网络"之路播下了种子。可仅观摩图片还不够，备菜和摆盘中的一些关键技巧他无法掌握，这让他产生了现场求学的想法。

通过 QQ 群，唐光灿了解到，扬州有家酒店在做凉菜方面有着极高的水准，他随即升起了向往之心。怀揣着理想，他只身前往扬州，打听到那家酒店，跑去应聘，并顺利通过了试菜。酒店开出的工资只有700元，可唐光灿并不在意，他是抱着学技术的目的去的。厨师长给他的工作做了定额，每日准备100份牛肉和100份盐水鹅。为了有更多的时间学习，唐光灿每天总是第一个到岗，用半天时间将整日任务全部完成，剩余时间就跑去帮忙，接触更多的凉菜菜品和制作方法。

星空不问赶路者，功夫不负有心人。半年的时光忽闪而过，唐光灿几乎掌握了酒店所有的凉菜精髓，意气风发地踏上返乡旅程。再次回到熟悉的山庄，唐光灿自信满满，用几道造型独特、口感奇妙的凉菜征服了负责人，当即被任命为凉菜主管，工资涨至1500元。

唐光灿在这里工作了三年，出手的许多凉菜被山庄当作秘制菜、招牌菜对外宣传。他在当地餐饮界也渐渐有了名气。后来，因配合城市建设，山庄被征地拆迁，许多酒店得知消息，慕名前来向他抛出橄榄枝。综合比较后，他最终选择了宿豫区的一家酒店，依然担任凉菜主管。

数年磨一技，经过时间的沉淀，唐光灿的手艺愈加精湛，积累了更高的口碑和人气，以至于有时点菜时，客人们会提出要求，必须吃唐光灿做的凉菜。家人们见他终于闯出些名堂，心里抹去了失落，取而代之的是满满的欣慰。

日子平稳地流淌了六年，到2014年时，随着年龄和存款的增长，唐光灿的心境也逐渐改变。他不再满足于日复一日地打工，刻在耿车人骨子里的"创业"基因躁动不安。他做出又一个重大决定：创业。

这一次，告别年少轻狂的他，事先征求了家人的意见。庆幸的是，父母和姐姐们都非常支持，鼓励并相信他一定能开启属于自己的辉煌事业。

亲情的温暖流淌过唐光灿的身体，他的眼中闪烁着憧憬和信心。

面对创业，摆在唐光灿面前的首要问题就是选址。作为土生土长的耿车镇红卫村人，他冒出的第一念头便是回归乡里，在故土追逐理想。但在当时，这个理想注定是不切实际的幻想，漫天的烟尘、遍地的垃圾、浑浊的水源，恶劣的生态环境杜绝了他回去做餐饮的所有可能性。他只得遗憾地将想法封存，另行选址。

一次偶然路过，他看到富康路有家门店贴着醒目的转租信息，心念一动，来了兴趣。他当即打电话与对方联系，经过几次讨价还价，最终双方谈妥以8万元的租金承包下剩余半年的使用权。然而，唐光灿的积蓄远远不够，关键时刻，家人们义无反顾地站了出来，为他凑齐了这笔费用。

经过一番装修，唐光灿人生中的首家店"金牌私房菜"正式开业了。他已经做好了准备，摩拳擦掌，等待迎接蜂拥而至的消费群体。可冰冷的现实常常与满腔热血背道而驰，每日只有寥若晨星的顾客进门。绝大多数时间里，他都望着空荡荡的饭店发呆。惨淡的经营捶打着焦灼的内心，他不停给自己打气，宽慰着"也许熬过这几天就好了"，可微薄的希望一次次被残酷的现实击碎。他意识到，原来这条路并不好走，对自我能力也产生了悲观的怀疑。

撑了半年多，每日不菲的固定支出似一只猛兽，吞噬着唐光灿的坚持。次年春节后，入不敷出的境况让他再也顶不住了。他将设备桌椅低价转卖，沮丧地关停了饭馆。这次试水失利，唐光灿几乎血本无归，长时间挥之不去的阴影笼罩着他，桎梏了创业的念头。

为了谋生，唐光灿又开始了打工生涯。好在，他有技能傍身，找工作并不困难，很快就被一家大型连锁饭庄聘为凉菜主管，工资也开到了近万元。

有了创业失败的血淋淋教训，加之当前薪水也算满意，唐光灿便安安分分地做着本职工作，闲暇之余继续钻研新的凉菜款式。

海阔凭鱼跃，天高任鸟飞。或许对唐光灿来说，稳定的生活并不适合他，打工只是暂时的。当他从失败的泥淖中走出来，命运之手就会再次悄然而动，将他推向更广阔的天地。而机会来临的时刻，往往就在不经意间。

2020年春节前夕，一场来势汹汹的疫情肆虐中国，西楚大地自然也被裹挟其中。按往年情况，春节期间是旺季，忙碌一年、分别一年的亲戚家人们难得有空聚到一起，享受亲情的温暖。而饭店也会利用这段时间，广迎八方客，赚些辛苦钱，为新年的生意打响开门红。

大年初一的晚上，陪家人聊了会儿天，唐光灿早早就准备休息了。第二天一早，他还要赶去饭庄，参加开工仪式。这时，一条微信生硬地闯进来，打破了卧室的宁静。负责人在群里说，刚刚接到有关部门通知，明天不能开业，具体时间待定，请大家等消息。

唐光灿从床上爬起来，继续回客厅与家人聊天。他并没有在意，本来在饭店工作休息时间就少，正好可以趁此机会，光明正大地多歇息些时日。

孰料，这一等就在家待了一个月，也正是这段真空期，让唐光灿开启了新天地。

那些日子是严管时期，没事几乎不能出门，唐光灿无聊时，就靠刷抖音打发时间。2月4日那天，他像往常那样躺在沙发上看手机，无意间跳出的一则消息让他突然坐了起来。他被标题中的"万元月薪计划"吸引住了。

这项计划是2019年7月，西瓜视频宣布针对vlog（全称是video blog或video log，相当于视频记录、视频博客、视频网络日志等，源于blog的变体）推出的项目。项目设立了百万创作基金、亿元现金池，投入了百亿流量，以帮助 vlog 作者实现月薪过万，达到激励长期优质内容创作的目的。

唐光灿眼前一亮，想到了以前在 QQ 群里看到的精美凉菜图片，心思瞬时活络了起来。他琢磨着，是否可以拍摄些做凉菜的教学视频，说不定能小赚一笔。最关键的是，做这个不需要本钱。说干就干，他立刻到厨房备齐材料，并请姐姐帮助录像，自己边做边讲解做法。经过手机上简单的编辑后，他上传了首条视频。

可直到第二天，这条视频依然只有个位数的播放量，更不用提光秃秃的点赞数和评论数了。而根据规则，平台正是要综合这三项数据，与创作者结算费用。不过，对于这个情况，唐光灿并不气馁。他早有心理准备，知道自己是新人，只有通过不断发作品，才有可能获得平台的流量倾斜，进而被更多的人看到。因此，唐光灿给自己定下硬任务，每天必须更新一条，不论多晚。

得益于前期学习的丰厚积累，即使每日推出一道凉菜，唐光灿也并不觉得吃力。相反，他在温习旧菜式的过程中，经常会激发灵感，进行调整，构思出新的菜式。就这样，唐光灿坚持了一个月，视频的播放量迎来可喜的变化，从几十到几百再到上千，收益从一毛钱到几元再到十几元钱，一步步实现着跨越。他的信心也随着不断攀升的收益，日益高涨。

但对柴米油盐的生活来说，每日十几元的收益是远远不够的，而且家中材料有限，不可能做出太多的花样。综合考虑后，待管控措施刚放松些，唐光灿就

▶ 唐光灿上传的做菜视频

主动联系了饭庄，询问复工时间。不料一打听，才知道饭庄已彻底关门了。

此时的唐光灿已经不愁找不到工作，他的名字在当地餐饮界广泛流传。得知他有意向，又一家酒店主动找上门，开出了一万三千元的工资，工作内容还是老本行，做凉菜主管。

这时，唐光灿做出了一个让所有人都想不到的举动。他每月从工资中拿出五千元，又雇了一位厨师帮助做菜，自己则负责在旁指导和拍视频。这一举动很快引来了争议，厨房的其他员工偷偷向经理告状。没想到，经理却不以为然，回复道："我不管他找谁做，只要做出的菜对得起一万三的工资就可以。"

听了经理的表态，唐光灿意外之余，对经理的信任深为感谢。他自加压力，主动在菜品精细度和味道口感上提高标准，或许也正因为这细微的改变，竟意外成就了视频事业的新局面。

4月，唐光灿上传了一条做鹌鹑蛋的视频，播放量短时间内突破了20万，收获了5000点赞和留言，还涨了3万粉丝。有了人气，其他方面自然水到渠成。从那时起，他每天的视频收益几乎稳定在五十元以上。

意外之喜令唐光灿信心大增，他再接再厉，孜孜不倦地进行视频创作。到了7月，一条关于盐水鹅的视频再次爆火，播放量达到了惊人的千万级别，次日他发现，一夜之间竟增长了16万粉丝，差点惊掉了下巴。单单那一条视频，就有4万多元收益被他收入囊中。

又过了一个月后，唐光灿的粉丝量已经突破70万。直线跃升的关注人数在产生经济效益的同时，也给他的创作带去了极大的压力。既要负责好线下的菜品，又要制作好线上的视频，他时常感到筋疲力尽、分身乏术。与其两项都不能保证，倒不如集中精力专攻一项。细细考量后，他决定辞去酒店的工作，租间房子专门做视频。

辉煌的成功往往都萌生于一个瞬间，其实从那刻起，唐光灿的餐饮事业才算正式起步。

唐光灿似乎又回到了几年前，选址成了需要解决的首要问题。上次创业失败的经历还让唐光灿心中隐隐作痛，因此对于即将开始的再一次创业，他前期花了不少时间克服心理的障碍。好在相对于线下，线上创业有着不可替代的优势，对门店位置并没有特别的要求。

几番打探后，唐光灿在一个几无人气的广场寻到一处偏僻的房间，60多平方米的空间，年租金只需1万多元，相当便宜。按照拍摄需求，他自己动手进行设计和装修，将房间改造成精致厨房的模样。也是在此期间，他注册了"唐光灿工作室"，将业务范围拓展至视频带货、广告推广等，又购置了专业的拍摄设备，准备在网络视频领域大干一场。

有了高标准的硬件条件，再加上自身过硬的技术水平，唐光灿的视频表现非常优秀，屡受好评。鉴于火热的受众反响，几个月后，西瓜视频的业务部门主动同他联系，希望能够深化合作，并开出了极具吸引力的条件。惊喜之中，唐光灿毫不犹豫地应了下来，与对方签订了为期一年的独家协议。根据协议内容，在合约期内，唐光灿每天需要上传一段超过5分钟的原创视频，而西瓜视频每天会给予他2000元的保底收益，且播放、点赞、评论达到一定数量后，再支付相应的提成。唐光灿粗略估算，发现此项业务的年收入可达百万元。

高收益的背后，通常伴着高强度的付出。为保证完成协议内容，唐光灿经常吃住在工作室，每日绞尽脑汁、变着花样拍摄教学视频，往往一拍就是两三个小时。拍完之后，制作同样是体力活。他需要将素材分解，再一段段截取、合成、配音、配字幕等，短短5分钟的视频至少要消耗三四个小时的时间。

就如当初切菜、杀鱼、配菜的经历一样，高压下的工作让唐光灿得到快速成长。熟能生巧，熬过最艰难的阶段，他总结出一套行之有效的经验流程，拍摄和制作的效率明显提升，休息时间也逐渐有了保证。

获得了空闲，习惯忙碌的唐光灿却不愿荒废。他还有一个心结横亘在心头，多少年来都未曾释怀，即首次开私房菜馆落败的经历。彼时的他就已暗下决心，一定要找时机重新启动，用辉煌的业绩洗刷战败的屈辱。

这一次，他调整了思路，参照在酒店学到的管理思路，改走高端精品路线。得知他的计划，一位朋友很支持，主动提出自己有套闲置的店面，可以提供给他用。至于租金，朋友并不在意，只道："不着急，等你赚了钱随便给点。"这份友情令唐光灿非常感动。

为了把精品做到极致，唐光灿严格控制饭店的规模，只设计了4个包间，又投入100多万元进行了豪华装修。在网络浸润许久的他，也意识到了自己首段创业失利的重要根源，那就是被动地等顾客上门，宣传并没有跟上。这一次，他充分利用了网络平台的优势，借助现有的粉丝量基础，不仅自己上传视频进行推广，还在各大网站和餐饮类APP上同时发力。实践证明，唐光灿的思路是正确的，尽管容客量很少，但饭店依然保持着健康经营的状态。两年不到，他就实现了盈利，又付给了朋友一大笔租金以示感谢。

忙碌充实的时光匆匆而过，走过困难、越过坎坷的唐光灿已有了宽阔的眼界和珍贵的经历。那时的他经常满载着收获眺望未来，感慨过往的点滴，畅想下一步的目标。

2021年底，在与西瓜视频的一年协议即将到期之际，唐光灿接到了优桥新媒体科技（北京）有限公司工作人员的电话。他之前并未听闻过这家公司，但通过对方的介绍，他了解到该公司的主要业务是向海外输出中国文化，致力于将中国优秀原创内容带到国际舞台。

"走向国际？"这让唐光灿始料未及。他从未想过，自己拍摄的凉菜教学视频竟有朝一日能够走出国门，拥抱世界。

对方笑着向他解释："饮食文化也是中华传统文化的重要组成部分呀。"

唐光灿也笑了。那一刻，他突然涌起了前所未有的使命感。

商谈后，唐光灿与优桥公司一次性签订了三年合同。这几年里，优桥公司将唐光灿精心制作的几百条视频源源不断地推广到国外，鲜美诱人的食材和独具匠心的造型受到了许多外国友人的追捧。唐光灿用自己的双手，为弘扬传统文化做出了力所能及的贡献。

就在这期间，又一件令唐光灿心潮澎湃的事情悄然来临了。

苦思破解旅游困境不得而受到指点的红卫村党支部书记王鹏找到唐光灿，委婉地提出了想法，希望唐光灿能够在村里也开家饭店，用舌尖上的美味留住游客，助力乡村旅游业的发展。

了解情况后，唐光灿有些犹豫，并不是他不愿为家乡做贡献，而是每日视频拍摄任务本就很重，且还有一家精品菜馆需要打理，实在分身乏术。他向王鹏提出变通方案，另请人去开饭店，他可以去指导。王鹏摇摇头："如今的'唐光灿'是个品牌，在餐饮界的辨识度别人替代不了。"

唐光灿对这份肯定表达了感谢，但仍旧没有松口，回道："王书记，你让我再想想吧。"王鹏不愿轻易放弃，好不容易找到了突破点，为了实现红卫村乡村振兴的目标，他已打定主意，要全力说服唐光灿。

眼见初步沟通效果并不如意，王鹏立刻转变策略："光灿，我听你父母说，刚开始创业时你就想回来开店，但那时村里环境确实不好。这几年，镇党委带着乡亲们治理污染，齐心协力创造耿车蝶变，眼看着环境好起来了，怎么你又犹豫了呢？"

这番话触动了唐光灿柔软的内心，他闷头想着心思。

王鹏给了唐光灿思考的时间，又叹口气，继续道："不瞒你说，之前村委也找过人，可是开不下去。路边那 8 个蒙古包，就是当时搭起来的，到现在还闲置着。如果你愿意回来，可以免费转给你用。"最后，王鹏语重心长地说："光灿，现在红卫村的发展遇到瓶颈，正是需要你的时候，我代表全村的乡亲们真诚地希望你回来。"

唐光灿被王鹏的言语打动了，徘徊不决的念头逐渐坚定下来。他抬头望着王鹏的眼睛道："王书记，我可以回来。我确实也想为村子做点事。"

王鹏激动地一把拉住他，兴奋地说："太好了。"

唐光灿虽然口头答应了，但精力不足的实际困难依然存在。他算来算去，发现这注定是个无法调和的矛盾。既然已经许下承诺答应了王鹏，并且确实也想回报村庄，他只得忍痛割爱，将凝聚了大量心血的精品菜馆转让出去，将心思放在回村开店上。

关门的那天，唐光灿站在菜馆门口，望着漆黑一片的厅堂，心里涌动着万般不舍。但他明白，前方有更重要的任务等着他，这是不得不做出的抉择。

唐光灿来到新的地点，这里紧挨着九支渠路，是镇里比较重要的一条要道。交通条件还算便利，但致命的问题是车流量很大，人流量却几乎没有，川流不息的汽车通常在道路上呼啸而过，带着人们的注意力一并远离。除了本地人，疾速过往的人员几乎不会注意到，这地方竟然还藏着一家饭店。没有足够的关注度，落寞的 8 个蒙古包和衰败的几间简陋房屋便显得格外凄凉。唐光灿给自己定下目标，一定要让这里获得新生，起码成为全镇的特色餐厅。对于这一点，他信心十足。

参照开办私房菜馆和精品菜馆的经验，唐光灿明白饭店的经营定位很重要，它往往直接决定着受众群体的层次和规模。考虑到地址在村庄，一个灵感刹那间袭向了他，他将饭店名称定为"耿车大席菜"。

看似平凡不过的招牌，其实内含乾坤。唐光灿最初的构思是冠名"红卫"，意为在本村首屈一指，但总感觉似乎圈囿了饭店的发展，后考虑改为"宿城"，却又没有十足的把握，于是他发挥中庸之道，采取两者之间最合适的范围，定名为"耿车"。他希冀这次事业能从耿车镇出发，走向更宽广的世界。

至于"大席菜"，则来源于他的童年记忆。他记得小时候，只有在特定的节日或庆典中才能吃到大席菜，平日里很难享用到。初中毕业后，他外出闯荡，吃到大席菜的机会更是寥寥无几，但那种亲朋相聚、谈笑风生的热闹场景，时常在回忆中出现。况且，在当地乃至周边地区，经济实惠的共享大席菜更多被视为社交活动，它不仅是食物，更承载着中国农村传统文化的深厚内涵。

找准定位、明确思路后，他制作了硕大的"耿车大席菜"招牌，悬挂在门口正上方。这样一来，饭店就成了无法忽视的存在。醒目的大字搭配上颇具特色的蒙古包，构成了一道别样的风景，吸引着过往人群的目光。

唐光灿亟需解决的另一件事就是硬件建设。要想通过餐饮产生足以助力红卫村发展的影响，甚至把饭店做成耿车镇的饮食招牌，仅靠现有的8个蒙古包显然是不够的。他进行整体规划后，又在旁边租下1亩多地，翻新了厨房，新建了十几个包间，增加了几十个停车位，购置了桌椅板凳等。经过这一系列大刀阔斧的建设，饭店初具规模，最多可容纳 30 桌人同时用餐。饭店焕然一新，看起来甚是气派。

万事俱备只欠东风，"耿车大席菜"开业在即。

此时的唐光灿在网络上已小有名气，他利用抖音平台不遗余力地推介新饭馆。除了完成每日做视频的必要任务，他把所有时间都花在新店宣传上。但令他诧异的是，尽管坐拥 110 多万粉丝，但引流效果并不明显，生意并没有呈现预期的盛况。

直到迷茫很久，唐光灿才在某天猛然意识到问题所在，原来他的粉丝绝大多数都是外地人，几乎不可能专程到耿车用餐，他推广的目标群体应该是耿车本地人。于是，他尝试改变，最直观的变化就是语言，从普通话转为当地方言。这一招很有效果，亲切的土话轻松拉近了他与顾客的距离。让他意想不到的是，还随之产生了附加效应。

▶ 唐光灿直播做菜

《社会科学报》2023 年 5 月曾刊登过一篇文章，通过贵州"村 BA"由一个乡村赛事而成为世界瞩目的体育活动的案例，解释了一种当代文化的传播规律：越是地方的，就越是世界的。唐光灿不经意的行动正与此规律高度吻合，"土话"成了他的特色标识。网络有句流行语："土到极致就是洋。"随着不断发布新的视频，竟真的有不少粉丝专程驱车赶到这里品尝佳肴。耿车这个正在蝶变之中的苏北乡镇，也被更多的人了解并记住了。

"耿车大席菜"火起来了。春节期间，唐光灿一天最多要接待 90 多桌客人，还有不少顾客因等不到空位，遗憾离开。仅 7 天时间，饭店就创下了 40 多万元的营业额。

"无人扶我青云志，我自踏雪至山巅。"唐光灿依靠自己的双手，历经摸爬滚打，一步步走来，使餐饮事业驶上了发展的快车道，2023 年实现营业额 700 多万元，贡献税收 10 余万元。不久后，唐光灿新添了家门店"唐家小院"，生意同样火热，还将个体户性质的工作室改成了宿迁光灿食品商贸有限公司，探索现制现售散装食品的销售之路。

唐光灿在事业快速推进中，并没有忘记回报家乡，他的故乡情怀不论在何时都闪闪发光。他大量雇用本地村民，帮助解决劳动力就业这个老大难问题。做饭菜所需的食材，只要附近有，全部从当地采购，带动农产品销售，以至曾经有些滞销的果蔬如今供不应求。考虑到乡亲们的消费能力，只要是周边村民前来用餐，他都会给予最大程度的优惠。另外，他还资助了 2 名贫困学生，上门帮助孤寡老人做饭，实行对 80 岁以上老人用餐免费，如此等等。善心和暖意让唐光灿受到更多的推崇，省市各级媒体多次对他的励志经历进行报道。

王鹏看在眼里，喜在心里。他很庆幸当初的坚持，但他的喜悦与创业者唐光灿的心境不同。王鹏深知，对红卫村乃至耿车镇来说，餐饮的兴旺固然可以留住游客，但更深远的意义，在于见证了外地人对耿车走绿色环保之路的认可，对全镇现时生态环境的信任。从原来一口水都不愿喝，到如今大批外地顾客主动前来用餐，络绎不绝的人潮中，闪耀的不仅是唐光灿的成功逆袭，更是在习近平生态文明思想指引下那鼓舞人心的"耿车蝶变"。

第16章

花香引蝶来

得益于市、区党委和政府对耿车全镇产业布局的关心重视，得益于镇党委对自身产业条件的了解掌握，在废旧物资回收加工综合整治结束后的很短时间内，耿车镇的产业转型就有了比较明确的规划，各项配套鼓励政策陆续出台，各个定位清晰的产业园区先后建立，为耿车推进乡村振兴中的产业振兴奠定了优良的基础，也为耿车蝶变之路铺就了宽阔的道路。

这一程，拼搏如旧；这一路，精彩如画。

回顾这几年，耿车镇的招商引资事业风生水起，来日耿车的面貌也愈加清晰。极富激励性质的营商环境，宽松活跃的政策条件，加之生态环境的彻底转变，让耿车镇在与外地企业洽谈过程中的优势不断提升。接连有行业龙头企业落地耿车，不断有重大项目入驻园区，林林总总的企业和项目，为耿车的产业转型和经济发展注入了强劲的动能，也为耿车的未来发展提供了更多的可能。

2014年，对于耿车镇的招商引资工作来说，有一次失之交臂的机遇。那年3月，经过前期多轮洽谈，总部位于佛山的海天调味食品有限公司作为宿迁市招商引资项目，顺利落户宿迁经济技术开发区，并于两年后正式投产，主要生产蚝油、醋、料酒等调味品。

作为调味业的龙头企业，海天公司在上游产业拥有诸多合作单位。因此，海天入驻宿迁，本身就有着极强的产业带动作用，许多供应企业为维系合作，纷纷跟随进入宿迁或附近地区。如今已在耿车镇循环经济产业园扎根的宿迁市唯恒包装科技有限公司，就是其中较为典型的代表，只是个中过程并不是那么顺畅。

唯恒公司的董事长叫姚晓明，这是他在落户耿车后新注册成立的公司。原先他与海天公司合作的企业是苏州市唯动包装科技有限公司，经营业务主要是为海天提供产品包装服务。因此，在得知海天公司与宿迁市达成合作意向后，姚晓明便考虑在宿迁也配套成立一个新公司，继续深化与海天的合作。但找了很多地方，都没有满意的地址。

时任耿车镇党委书记张再先了解信息后，亲自带着负责招商引资的分管领导和相关部门负责人到苏州拜访姚晓明，许诺给予多项服务和扶持政策，希望新公司落户循环经济产业园。姚晓明听了介绍，感受到镇党委的满腔诚意，便答应到实地考察。可没想到的是，到现场转了一圈后，姚晓明便再无动静了。

张再先有些疑惑，数次发消息询问，对方总是含糊其辞。眼看着日子一天天溜走，张再先坐不住了，对产业园来说，姚晓明的新公司算是不小的项目，如果顺利落地，就能产生连锁带动作用。每拖一天，入驻的概率就减少一分。万般焦急之下，张再先拨通了姚晓明的电话。

姚晓明既显得意外，又似乎早有准备，他始终回避着关键问题。张再先见状，只好直言道："姚董，我知道你一定有什么顾虑，如果对我们的工作有不满意的地方，还希望你能够坦率地说，没有关系，也便于我们改进。"

姚晓明沉默片刻，像是在进行思考，慢慢开了口："张书记，实不相瞒，对于你们的政策和服务，我十分期待。但你也知道，我们主要是给海天味业做配套，因为是食品行业，所以对产品的品质要求很高。上次现场看了以后，说实话，周边的环境不太乐观，而且空气中还有刺鼻的味道，这恐怕会对我们的生产有不好的影响。"

张再先终于明白了，他无言以对。这是个真实却又扎心的答案，他想不出理由反驳。结束通话前，姚晓明说道："以后有机会我们再合作。"张再先沉重地放下电话，他知道对方只是客气话，只要耿车的环境面貌不改变，合作的机会就永远不会有。

这一轮招商引资的大好时机，张再先眼睁睁地看着它从面前溜走，却又无能为力，令人痛惜，让人揪心。

好在，耿车人从不认输。他们往往会认准目标，用十年磨一剑的精神，砺得梅花香。在他们看来，向困难挑战，把不可能变成可能，是最有成就感的事。

2016年，废旧物资回收加工综合整治后，耿车镇如获新生，如同挣脱束缚的蝴蝶，轻快地飞向绚烂的远方。取缔了污染源，再加上镇党委改善环境的系列组合拳，镇容镇貌发生了巨大变化，像是两张对比鲜明的照片，虽是同样的地方，却有着令人震撼的天壤之别。天蓝地绿水美的耿车新貌，让外界见证了耿车认定目标必能实现的魄力和能力，也使耿车人重拾了对外交流的信心。

就在这个时刻，曾令耿车为之惭愧的机会再次降临。

2018年夏季，在一次全区会议的间隙，时任镇党委书记徐光良与区司法局领导聊天，谈到招商引资并调侃以前遇到的尴尬情况后，对方却突然告诉他，姚晓明这两年在周边地区进行了很多对比和考察，最终决定还是要在宿迁落地，目前依然在选址中。

徐光良愣了一会儿，眼睛闪出光，当即打电话给循环经济产业园管委会主任倪前宝，简要说了事情经过，吩咐道："倪主任，这件事交给你了，一定要尽全力让姚董的新公司落户产业园。这既是为了经济发展，也是为了起到示范。更重要的，这是一场荣耀之战。"

领命的倪前宝立刻做足准备，与姚晓明取得联系，转达了徐光良对此事的关心和重视，诚邀他再次到耿车考察。姚晓明爽朗的声音从电话中传来："我前段时间就在宿迁，顺路去产业园那边看了，治理很到位，环境很美，真是今非昔比。"倪前宝趁机再次提出邀请，希望能与他达成合作。这一次，姚晓明痛快道："一回生二回熟，算起来，我和耿车也算老朋友了。我当然是愿意的，不瞒你说，最近我还在想这事呢。找个时间我们当面聊聊。"倪前宝大喜过望，立马回道："没问题，我这两天就过去拜访。"

倪前宝立刻将初步沟通情况向徐光良汇报，徐光良开心的声音从电话中传出："太好了！"

抱着夜长梦多的顾虑，倪前宝次日便动身前往苏州，并随身携带了详实的资料。姚晓明在办公室接待了他，递过一支烟，泡了一杯茶，接过厚厚的资料放在一旁，道："资料就不看了，现场的感受比任何资料都有说服力。"

倪前宝会心笑道："贵公司如能到耿车发展，那对我们来说，意义是不一样的。"姚晓明明白倪前宝的话中之意，哈哈笑着，房间内洋溢着轻松愉悦的氛围。

鉴于对"耿车蝶变"的充分肯定，倪前宝与姚晓明的首次面谈非常顺利。两人似多年未见的好友，在欢声笑语中，一起憧憬着下一步的发展大计。

临近中午，姚晓明热情邀请倪前宝共用午餐，但被婉拒了。此时的倪前宝完全没有吃饭的心思，满满的喜悦填饱了他的肚子，丝毫没有饥饿的感觉。他向姚晓明告别："感谢好意，这顿饭留着下次再吃，我要抓紧时间回去向徐书记汇报。"

徐光良了解情况后很是振奋，立刻安排细化合同。倪前宝带着相关部门的人员逐条梳理，对照现有的政策，在遵循标准和规范的前提下，尽可能多地融入优惠和鼓励措施，并按照徐光良看后提出的意见再进行修改完善，方才将合同发给姚晓明。姚晓明很快回复，并无异议。

没多久，倪前宝便带着合同再次前往苏州。熟悉的地点，熟悉的对象，唯一不同的是此行的目的。上一次是经过，这一次则是结果。

经过简短的寒暄和个别问题的进一步详谈，仅半个多小时，这份合同就正式落定了。倪前宝看着对方手中鲜红的印章郑重地盖下，神情肃穆，内心感慨，像是在举行隆重的仪式。鲜艳的红色赋予了这些纸张更深沉的意义，倪前宝接过合同，微微颤抖的手紧紧攥住。他感觉到，自己手中握着的是耿车镇对未来发展的信心。

合同尘埃落定，后续的工作便顺水推舟。姚晓明按照发展思路，秉持着"唯精恒求，不负所托"的理念，于当年8月以4000万元的注册资本，在耿车镇循环经济产业园内新成立了宿迁市唯恒包装科技有限公司。经过一段时间迅速有序的建设后，到2019年1月，总投资1.3亿元，占地1.2万平

▶ 宿迁市唯恒包装科技有限公司厂房

方米的唯恒公司标准厂房正式投入使用，主要从事食品塑料包装袋、包装瓶生产与销售，并带动了周边 40 余人就业。姚晓明的包装事业掀开了新的篇章，与海天公司的深度合作也跨入了新的阶段，当年的销售额就超过 2000 万元，跻身规模以上企业行列，还得到了园区的房租减半优惠和一次性奖补 10 万元。2023 年，唯恒公司的销售额已突破 6000 万元，近两年有望突破亿元，可谓前途漫漫亦灿灿。

党的十八大以来，宿迁市委市政府以推进经济高质量发展为主题主线，以改革创新为根本动力，使全市的综合实力有了明显提高，经济发展呈现新的气象，经济总量稳步提升，十多年的时间，GDP 总量翻了一番多。光鲜亮丽的经济数据背后，体现着历任市领导在打造全市优渥营商环境上的接续努力。

自入驻宿迁经济技术开发区后，海天公司的发展就迈上了新台阶，各项营业数据稳步提升，前景向好。市场规模的扩大，对上游配套企业的供应能力同步提出了更高的要求，生产订单如雪花般飞入唯恒公司。在鼓足干劲准备大干一场时，姚晓明发现了问题：根据测算，目前海天公司的产品需求已大幅超出了唯恒的生产能力，且订单依然保持着增长的趋势。

这引起了姚晓明的重视。对于正常经营的公司来说，任务量就如同人的饭量，总是有上限的，超量必然导致无法消化，从而引发一系列问题。如完不成生产任务，不仅会影响海天公司的销售，而且往往还要面临巨额的违约赔偿。

再三思索后，姚晓明决定分流业务。他想到自己的一位好友，广东汇伟塑胶股份有限公司董事长李清意。汇伟公司是新三板上市企业，也是国内最早进入塑胶制品行业的企业之一。打定主意后，姚晓明便邀请李清意到耿车镇考察,并帮助他分别与产业园管委会和海天公司取得联系,商谈合作事宜。李清意是香港人,对耿车镇并不熟悉,姚晓明便主动充当讲解员,向他介绍了耿车的区位优势和扶持政策,讲述了耿车镇今昔对比的变迁。姚晓明特别强调,虽然如今废塑回收已经取缔,但塑料行业几十年发展积累下来的产业基础,对于生产塑料制品的企业来说,具有得天独厚的条件。

企业家最理解企业家,姚晓明描述的每个场景都是李清意最为关注的要点。在姚晓明的力荐下,李清意的顾虑被一个个消融,对耿车镇的第一印象十分良好,对入驻后的发展也有相当乐观的预期。考虑到公司近期确实正谋划全国区域的产业布局,李清意便同意入驻循环经济产业园。

就这样,2019年底,又一重磅项目从遥远的广东省中山市翩翩飞来,落脚在循环经济产业园。经济实力雄厚的汇伟公司一口气买下125亩土地,并根据先期规划,建设了70多亩厂房。紧接着,李清意又于2020年9月,以1.2亿元的注册资本,成立了江苏汇伟包装科技有限公司。

▶ 江苏汇伟包装科技有限公司

新的起点上,汇伟公司的发展迅速驶入了快车道,不仅承接了海天公司的大量订单,同时与蒙牛乳业、伊利集团、李锦记等公司也达成了合作关系。尤其是与李锦记的合作,令人期盼。李锦记选址在宿迁市的洋河新区,鉴于良好的形势和前景,正酝酿扩建计划。待项目落地,作为配套企业的汇伟公司发展将更上一层楼。

就在汇伟公司蓄力前进的同时,善借外力的姚晓明也没有忽视自身品牌的培育。短短几年,企业的发展趋势已超出他的预期,他对耿车这片土地充满了期待。为了实现更快同时也更稳妥的拓展,在唯恒公司主攻调味品包装的基础上,姚晓明瞄准乳制品包装行业,于2021年12月新注册了江苏唯耀包装科技有限公司,注册资金5000万元。随后,他在循环经济产业园二期购入1.2万平方米土地,建起了崭新的厂房和办公房,又带动了当地30多人就业,产品主要供应河南、山东、安徽等周边省份。唯耀公司自诞生起,发展势头就显得颇为强劲,正式运营第一年的销售额便突破3000万元,实现了开门红,发展前景十分广阔。

其实,不论哪个园区,只要规模足够,公司之间互相吸引和引进的情况都会存在,比如跟随海天公司扎根于此的唯恒公司和汇伟公司,同样也有自己的上游企业。这些上游企业为了保持和加强与唯恒、汇伟等供货单位的联系,往往便会脚前脚后在园区或者附近地块入驻,这是产业链的特性,牵一环而动全身。也正因为此,管委会对引入上规模公司尤为重视,他们十分了解后续将会发生的连锁反应。但管委会也清楚,只有自身条件过硬,才有商谈话语权。

时任镇党委书记、循环经济产业园党工委书记徐光良对于园区建设始终戒骄戒躁,保持着谨慎的心态。尽管招商引资工作有了明显成绩,但在各类会议上,他依然不厌其烦地叮嘱:"不论何时,我们都不能自满,要明白骄兵必败、哀兵必胜的道理。对于园区来说,招来商是能力,留住商才是本事。"

倪前宝听出了徐光良的用意,对方是希望园区在服务上继续出特色、下功夫。这一点,管委会一直在做,对于所有入驻园区的企业,他们都提供了一条龙的帮办服务,各种手续、对接、沟通等,只要企业发展有需求,管委会的干部职工一定努力推动解决。这在管委会内部已形成惯例，不论周末或是晚间，为企业提供帮助的电话随时待命。

对于管委会的表态，姚晓明尤为信任，在他记忆里，有许多鲜活的案例予以佐证。他还记得，唯耀公司刚入驻时，准备对毛坯厂房进行改建，首先要调整的是变压器。标准厂房提供的变压器电容不足以支持他们的设备运转，至少需要扩容一倍。然而，就在他们进行改造时，头疼的问题来了。由于当时路面是水泥路，凹凸不平，且有的地方已出现了破裂，导致外置设备放不平稳，一运行就会产生倾斜。他们想尽了办法，尝试多种途径都没有彻底解决。无奈之下，他们突然想到管委会曾许下的承诺，便将电话拨了过去。管委会副主任侯范宁了解情况后，二话不说，带着技术人员赶过去，商定解决方案后，又现场调来设备。直到打了很深的地基，设备运行才稳固下来。那天忙完，已是深夜了，可侯范宁并没有觉得疲乏，相反，问题解决了，他感到无与伦比的充实和轻松。

有感于镇党委和管委会对公司发展的关心和关注，更是出于规模企业的社会责任和担当，2022年8月，姚晓明找到镇领导，提出如果镇里有今年考上大学，但是家境较为贫困的学子，他愿意资助对方，提供读书期间的所有学费和每月一千元的生活费，帮助莘莘学子梦圆大学。在镇党委的协调下，姚晓明如愿与一名学生结对。目前该名学生已读大三，正在充满书香的高校校园里为熠熠生辉的理想努力。

企业家们尤其是外地企业家眼中的耿车镇就是这样，它似乎有一股独特的魅力，不论来自哪里，都能够让身处其中的人感受到家乡般的温暖。他们可以毫无后顾之忧地专心致志谋发展，全力搏击商海，并取得丰厚的经济效益。园区的招引成效似深巷中的美酒，散发着浓郁的香气，引起了周边地区的关注，甚至有的村镇专门跑到产业园，向入驻企业发出邀约，希望能易地发展，但都被婉拒了。在园区完善的硬件配套的有力支撑下，在管委会的热忱服务下，企业与园区之间已经形成默契，像有一根坚固的绳索维系在彼此之间，携手迈步，追梦共赢。

江苏迁旅智能科技有限公司在循环经济产业园上规模的企业中，是最新入驻，也是最年轻的一家。当"年轻"与"科技"相遇，这些充满浪漫情怀的词语中蕴含的，自然是创新的活力。迁旅公司选择与耿车镇牵手，可以说是偶然和必然的交融，也可以称作现在和未来的互动，还可以算是"耿车蝶变"的生动见证。

缘分往往都来自于偶然，它发生在 2023 年 8 月。近几年来，耿车镇党委找准乡村振兴中的产业振兴这个抓手，围绕高质量发展的要求，锚定产业转型发展的目标，充分发挥现有园区的平台作用，大力推动招商引资工作。招商引资不分部门、不分岗位，干部职工中不论谁有渠道都可以洽谈。为了激发积极性，镇党委还采取了系列措施，其中一项便是将任务指标分摊至每个具体的人。

根据镇领导班子分工，党委委员王彬权主要负责招商引资工作。作为分内的重头任务，招商引资的压力自不用多说。王彬权抓住一切可利用的机会打探消息、开拓渠道，既是向自己的工作交差，也仿佛在履行着与耿车未来的一种约定。

时光不负有心人，那天，在一次活动中，王彬权遇到国鸿智能制造江苏有限公司总经理、执行董事章贤举。两人平日里也有交往，故彼此比较熟悉。国鸿公司是 2021 年招引至宿城区的，因发展形势还不错，王彬权便调侃道："章董，现在生意越做越大了，下一步有没有扩大规模的打算？"章贤举苦笑道："现在经济压力大，能稳住就是首要任务，哪里还敢想扩地盘呢？"王彬权叹口气道："坚持去总会好的，以后如果有意向的话，记得一定要来循环经济产业园，我们有很多优惠条件等着你。"

章贤举盯着王彬权，好一会儿笑了出来，说："我知道你的心思，现在招引压力确实大。正好最近听到个消息，我给你指条路吧。"章贤举告诉他，在浙江省嘉兴市有个宏冠箱包有限公司，董事长叫张水华，和他曾经有过不少愉快的合作。前阵子闲聊中，张水华提出现在的场地受限，想另外再找一块地方扩大生产。

王彬权觉得这是条很有价值的信息，便向镇党委书记陈茂辉汇报。陈茂辉也认为这是个机会，但他同时很谨慎，叮嘱王彬权要了解清楚，如果确实可行，就把此事当成项目，务必跟紧，全力落实。

得到回复的王彬权请章贤举帮助牵线，顺利与张水华取得了联系，并表达了意愿。张水华爽快地回道："我知道，章董已经和我说啦，随时欢迎你们来嘉兴参观指导。"

事不宜迟，王彬权怀揣着激动的心情，第二天就登上了前往嘉兴的高铁。张水华热情地接待了他，向他介绍公司的发展情况、未来规划，并引他实地参观了生产车间和办公区等地方。这一趟转下来，王彬权更加确定了目标，心里打定主意，一定要全力推动张水华的公司落地循环经济产业园。

参观完厂区，王彬权便顺势向张水华介绍了耿车的相关情况以及产业园的规划建设状况。最后，他诚恳地说："陈茂辉书记对贵公司到耿车发展抱着极大的期待和热情，我也替他发出邀请，欢迎你到耿车，亲自感受那里的环境。我有信心，耿车一定会给贵公司的发展提供优越的平台，也定会给你不一样的惊喜。"

初次面谈，两人都给对方留下了较好的第一印象，为后续事情的推进打下了良好基础。半个月后，张水华应邀来到耿车，踏入这个让他充满好奇的地方。在陈茂辉和王彬权的陪同下，他细致地参观了产业园，还饶有兴致地咨询了许多关于入园企业发展的相关政策问题，并逐条得到了详细的回复。

张水华的到访与王彬权的去访有着同样的效果，在眼见为实后，两人的心里都更踏实了。临走前，张水华向陈茂辉发出邀请，期待对方到嘉兴，再商发展大计。通过这次交流，陈茂辉对项目已有了几分把握。几日后，他欣然前往嘉兴，进行更加深入的了解。

陈茂辉的嘉兴之行相当顺利。返回耿车后不久，在全镇招商引资会议上，他就正式向大家介绍了这个项目，说道："我和王彬权都到现场实地考察过了，宏冠箱包公司主要做箱包、帐篷、服装、服饰、鞋帽的设计、制造、加工、销售等，同时还有进出口的业务。总的来说，这家公司非常符合耿车镇当前的产业发展定位。它是具有科技含量的塑料精深加工企业，也是具有香港公司投资背景的外贸型企业，更是能够直接带动居民就业的劳动密集型企业。入驻产业园后，还可以有效盘活一些老旧厂房。所以，对于这个项目，王彬权要牵好头，尽早签约。各个部门要全力配合，做好后续的帮办，提供优质服务。"

接到明确指示后，王彬权将所有精力都投入到宏冠箱包公司的引进上。他再次与张水华取得联系，商定签约时间。没过几天，两人便第四次见面了，在这一次沟通后，双方签订了意向合同。

整个过程看似繁琐漫长，其实，这一切都发生在短短的一个月内。

确定目标，便只管风雨兼程。达成共识后，循环经济产业园管委会与张水华围绕相同的愿景，各自付诸实际行动。

张水华于 2023 年 11 月新注册了江苏迁旅智能科技有限公司，注册资本 1000 万美元，并租下 2.4 万平方米的土地，其中厂房面积 1.2 万平方米。基于对耿车的信心，他首次便签了 10 年的租约。而管委会考虑到迁旅公司科技化内涵、无害化发展与耿车镇追求绿色持续健康之路理念的深度契合，也在租金上给予了充足优惠，以期发挥出示范和带动作用，吸引更多的现代科技企业入驻园区。

根据对市场的研判，张水华在保持主业的基础上进行了突破和探索，将新公司的发展方向定位于箱包的生产和研发。鉴于箱包与旅游业息息相关，经过考察，新成立的公司确定产品主要供应美国、印度、意大利等国，成为耿车镇走向国际的又一代表性企业。

不过，由于厂房是毛坯交付，因此张水华面临的首要任务是装修，但他与核心团队长期在嘉兴，一时没有合适人员可以驻扎在耿车负责此事，这让他不免费了思量。

了解情况的王彬权主动找上门，他记得陈茂辉经常叮嘱，要求全镇干部及管委会人员要发扬主动服务、靠前服务的意识。他向张水华宽慰道："张董不必费心，你们提供想法，我们来帮助落实。"

意外之余，张水华体会更多的是感动。他当即邀请设计团队根据生产、使用的实际需求，绘制出厂房的设计方案和效果图，将 1.2 万平方米的厂房分隔为 12 套独立房间，办公区、会客区、展示区、接待区等一应俱全。在装修风格上，则匹配公司的科技路线，以

▶ 江苏迁旅智能科技有限公司展示区

充满现代感的简约线条风格为主，外部是整齐排列的大扇透亮落地窗，能让阳光更好地与厂房内部的场景相融。

在两三个月的装修期内，张水华只到现场看过几次，凭着宝贵的信任将装修事宜全部托付给了管委会。当然，耿车人决不会辜负所有诚挚的期待。张水华每次到现场，都有着不一样的感受和体验，看着厂房从毛坯向理想的效果图慢慢靠拢，就仿佛看到迁旅公司的多彩未来逐渐成形。

2024 年 2 月，装修工作全部结束，迁旅公司的厂房就如耿车镇这几年的发展，书写着华丽的蝶变篇章。新环境，新气象，张水华挑选了吉利的日子，将挤出机、吹塑机、注塑机、封箱机等共计 686 台（套）生产设备隆重地搬进厂房，宣告着迁旅公司面对下一步跨越，已经做好了准备。

开工在即，迁旅公司便筹备招兵买马。按照岗位设置，公司共需要 110 名员工。其中，少部分的技术人员从嘉兴直接引进，而大部分的工人则计划从本地直招。陈茂辉对此事非常重视，毕竟，拉动周边劳动力的就业，也是镇党委迫切引入企业的重要初衷。

按照陈茂辉的指示，王彬权找到张水华，进一步沟通招工的具体需求。张水华不是本地人，招工渠道还在摸索中，对他来说，管委会主动送上门的帮助招工服务无疑又是一项雪中送炭的举措。

为了尽快完成招工，帮助迁旅公司及早开工，管委会充分发挥了中国特色的组织优势，以镇党委名义向各个村委分别摊派了 10 名工人的指标，要求每个村庄做好宣传动员，鼓励待业者积极报名。

仅一周不到，迁旅公司的工人缺口就已填满，且尚有富余。于是，公司在计划外又临时组织了一次筛选，最终才确定录用名单。对于招录的工人，迁旅公司组织了集中培训，帮助他们快速掌握操作技能，并采取保底工资和计件工资相结合的模式，确保每位工人都能拿到较为满意的薪资。

厂房建好了，设备进厂了，工人就位了，充满着朝气与活力的迁旅公司蓄势待发。在一个多月的设备调试后，2024年4月，总投资6亿元的迁旅公司项目正式进入了试生产阶段。张水华在箱包界沉浸多年，有较高的口碑和声誉，且当下新开拓的智能箱包市场拥有极大的消费潜能，故迁旅公司在起步时就占据相当高的起点，仅在试运行阶段，就接到7万多只箱包的生产订单，待正式投入运营后，预计智能箱包年产量将突破100万只。

迁旅箱包的落地对本地企业的发展同样起到了积极的辐射带动作用。因与镇党委的合作甚为愉快，故按照张水华的构想，箱包的配件要尽可能从本地企业中采购，他明白，这一定是镇党委和管委会没有明确提出却心有所盼的想法。打定主意后，他便对产业园甚至整个耿车镇相关的配套企业进行梳理，并调取生产样品进行分析，最终确定，箱包的托盘、钢结构架等产品全部从耿车采购，镇里企业暂时没有的产品，则依然由浙江嘉兴原先的供应商供货。

尽管是最新落户产业园的引进公司，但迁旅箱包的发展潜能已经隐隐透射出光华，就如一颗明日之星，在耿车镇灼灼闪耀。坐拥优质的经营氛围和广阔的市场需求，张水华对公司的光明前景胸有成竹，而作为镇党委书记和产业园党工委书记的陈茂辉，同样对未来充满着期待。

在耿车镇的园区内，缘于软硬件建设多管齐下的努力，令人振奋的事情从不会缺乏。以生产木质家具和木质工艺品为主营业务的江苏红宴木业有限公司原本在南通市发展，主要是为大型的装修公司提供专门的配套服务，后因看中了耿车镇产业工人充足、循环经济产业园内配套企业相对聚集和全镇家具电商事业蓬勃发展的优势，故在考虑产业区域布局时，果断选择走入耿车。

原位于浙江省的卡尔诺宠物用品有限公司在招商引资会议上听了循环经济产业园管委会的情况介绍后，公司负责人专程带队赶到耿车镇实地考察，颇觉惊喜。他们发现，园区内不仅硬件配套设施完善，而且还有先期入驻的部分上下游企业，且交通方便，物流也已形成完整的产业链，加上镇党委和管委会的关怀政策，几乎解决了所有的潜在困难。因此不久后，总投资2亿元、占地2万平方米标准厂房的江苏省卡尔诺宠物用品有限公司拔地而起。卡尔诺公司具备行业优质生产资源及全球渠道分销体系，主要从事各类宠物用品、宠物玩具的设计研发、生产及销售，拥有专利产品10余种，凭借质量过硬、外观漂亮、创意性强等优势，产品远销海外，年产值超过2.2亿元。

2023年8月5日，总投资12.5亿元的江苏莱柯睿博电子科技有限公司在循环经济产业园举行了开工仪式。该项目由上海正先电子科技有限公司投资建设，占地110亩，总建筑面积约9.7万平方米，全面投产后，可实现年产数字化城市公共服务设施6000台，年销售额超5亿元，年纳税2000万元。这个大项目不仅能够增强产业园的发展后劲，提升产业强镇发展水平，更将支撑耿车高质量发展扎实推进。

类似这样的情况时常发生，越来越多的外来企业看中了耿车镇的各类优质资源，将耿车镇作为扩大规模、谋划企业产业布局的首要选项。耿车镇也将外来企业的选择转化为下一步发展的不竭动力。近年来，镇党委持续当好入驻企业高质量发展的守护人，在全球和全国经济形势总体不容乐观的情况下，想企业之所想、急企业之所急，按照陈茂辉"主动服务、靠前服务"的工作部署，积极主动调研，掌握现实难题，并对应出台多项助企纾困政策，优化营商环境。

海深方得百川聚，花香自有蝶飞来。不论是大江大河的浩荡，还是鸟语花香的恬静，都是多彩耿车的重要组成部分。耿车镇如同一个包容又好客的家庭，敞开着大门，欢迎来自五湖四海的志同道合的朋友。当年那个人人避之不及的耿车已不复存在，取而代之的，是蝶变之后的全新耿车，正落落大方、娴静端庄地向人们诉说着过往历史，勾勒着美好蓝图，散发着自信的光彩与芳香。

第 17 章

城镇面孔

如果笼统划分，自新中国成立以来，耿车镇的发展大致可分为三段时期：第一段是从1949年到1968年，这段时期，苦守着盐碱地的耿车人生活相当贫困，饥肠辘辘，四处逃荒，甚至沿街乞讨，贫瘠的土地给耿车人民带来了巨大的生存挑战，也正是因为迫切的现实需要，受尽苦难、穷则思变的耿车人开始探索新的出路；第二阶段是从1968年到2016年，自关德亮、曹其洲等人将致富目光投向废旧物资回收加工行业起，耿车的发展就换了篇章，并在一个全新的领域大展拳脚，在近半世纪的时间里，不怕吃苦、敢想敢闯的耿车人用自己勤劳的双手，创造了蜚声全国的"耿车模式"；第三阶段是2016年至今，饱受环境污染之痛的耿车人顿悟前非，在市、区党委政府的直接关心下，在镇领导的带领下，坚持以习近平生态文明思想为指导，坚定践行"绿水青山就是金山银山"理念，坚决走好生态优先、绿色发展的转型之路，书写了精彩华丽的"耿车蝶变"。

在三个不同阶段，耿车镇呈现着各异的面孔，从贫困缠身的沧桑面庞，到走向富裕的慷慨激扬，再到绿色发展的自信模样，每一副面孔的背后，都蕴含着耿车人对当前认识和未来规划的不断深化。

2016年，废旧物资回收加工综合整治后，与过往告别的耿车拥有了更多的发展可能，镇党委在推进产业转型时，也在同步思索着城镇的更新和建设。经历了几十年塑料垃圾的侵扰，耿车城镇面貌已"憔悴不堪"。当时耿车的基础设施建设明显滞后于时代发展，不少地方存在道路失修、管网混接、水患常存、电力不足等现实状况，只是因为大多数居民都沉浸在垃圾堆里淘金的喜悦中，故而对这些问题并没有过多计较，真金白银的诱惑足以抵消任何负面的影响。但整治以后，情况有了变化，取缔了废旧塑料，全镇生态环境得以明显改善，对美好生活的追求令居民们对城镇建设重新燃起了期待。

习近平总书记曾坚定有力地指出："人民对美好生活的向往，就是我们的奋斗目标。"当群众的实际需求与镇党委的规划思路汇合为澎湃的河流时，镇领导便鼓足了十二分的干事劲头。新起点要有新气象，从那时起，镇党委便下定决心，要以现有的"绿水青山"为基础，全面推进和完善城镇基础设施建设，全力解决困扰居民生活的痛点问题，令蝶变的内涵更加丰富，使耿车的面孔愈加美丽，让人民的生活更加幸福。

治理的第一步从下水管网开始，这是镇党委横亘多年的心头之痛。

新世纪以来，特别是党的十八大以后，随着城镇化建设的深入推进，耿车镇的各项市政配套工程也随之完善。最直观的变化，便是城镇的道路全面硬化，崭新规整的路面逐渐代替了破旧坑洼的土路，一条条硬化后的大街小巷如同纵横交错的脉络，使耿车镇的精气神有了实质性的提升。

但谁也没想到，修道铺路这项造福民众的工程，对彼时的耿车镇来说，竟会带来巨大的困扰。

起因仍旧是塑料。废旧物资产业带来的高额利润，让耿车镇的塑料经营户规模始终保持着野蛮增长态势，越来越多的家庭参与到塑料回收、清洗、造粒等环节中，拥抱迎面而来的财富。但普遍简陋的"屋前院后"家庭作坊式经营模式和缺乏污染治理观念的生产习惯，使得产生的垃圾源源不断侵蚀自然，每年制造的垃圾总量远远超出了生态环境的承载和消化能力。于是，遍地可见的塑料垃圾、浑浊恶臭的河流小溪、刺鼻难闻的味道成为了耿车人生活的日常。

对于不堪重荷的耿车来说，这些只是看得见的地面污染；看不到的地下问题，同样让镇领导时刻绷紧着心弦。以前在修整道路时，各级施工规范要求并不严格，因此某些地段的雨水管网和污水管网便共用一根管道，一同被埋入地下，俗称雨污混流。正常情况下，问题并不大，但鉴于耿车的特殊情况，本应发挥疏导水流作用的雨污通道，在异常环境中却无法施展身手，反而成为了令人头疼的"堵点"。

原来，许多经营户为了图取便利，将清洗塑料后的废水直接排入下水道中。这些废水除了有毒物质超标，会对地下水产生污染外，还往往携带着冲洗下来的废料，这些废料顺着管道流淌，极容易在转弯或起伏段时沉积下来，日积月累、聚少成多，形成堵塞便只是早晚的问题。

为此，镇党委每隔段时间就需安排专业人员进行下水管道检查。但由于全镇塑料从业户实在太多，发现问题疏通后，很快又会被大量的塑料垃圾堵上，检修的频率始终跟不上滞塞的周期。所以，在耿车镇会经常出现这样的情景：一遇到暴雨天气，镇政府工作人员便会带队到地势低洼的路段，观察水情，及时排水。如果雨量再大些，12345政府热线便会被大量居民投诉围攻，濒临沦陷，甚至会有商户和住户干脆跑到镇政府，以强烈的情绪表达严重的不满。周期性的水涝迫使居民们也形成了防患意识，居住在低洼区的居民，许多家中都常备沙袋等防汛物资，有的家中还配备了小型抽水机。

2016年夏季，最令人担忧的事还是来了，宿迁市气象台发布了暴雨黄色预警，提示可能出现6小时50毫米以上的强降水，并伴有强雷电、8到10级的雷暴大风、冰雹等强对流天气。镇领导不敢大意，立刻组建了应急队伍，安排人员到各个低洼处提醒商户和住户做好防范。

果然，半天后，突如其来的瓢泼大雨倒灌一般泻入耿车镇，透亮的天空转眼间变得昏黄，潮湿气息包裹着每一位身处其中的人。此时，镇政府分派的各个应急小组正紧锣密鼓地按计划到各处巡逻，排查水情，留守在办公室值班的工作人员则焦急地望着窗外，手机和电话轮流响着，不停传送着突如其来的水患信息。

又一阵铃声骤然响起，是德胜街的一位商户，火急火燎地说自己店里被淹，家具都泡在水里了。留守的工作人员当即打电话帮助安排巡查队员上门解决。还有处于低洼区菜市场的一位商户向镇政府求助，当工作人员到达时，对方浑身湿漉漉地站在漫过膝盖的水中，正四处寻找可以堵住水流渗向屋内的物件。

这类情况在每年的夏季雷雨时节经常发生，雨大则漫，雨急则涝，像是魔咒，无情地笼罩在耿车大地上。

镇领导每每看到此景，心里总感觉比下水道还要淤堵。

废旧物资回收加工综合整治结束后，拥堵的根源被消除，管网治理、推进雨污分流终于迎来了契机，镇领导摩拳擦掌，准备一举将管道易堵问题彻底根治。时任镇党委书记徐光良在布置任务时说："这个问题算是顽疾了，如今到了不得不治的地步。我们的最终工作目标，就是要满足人民群众对美好生活的向往。所以我们既要面子，还得要里子，看得见的要治理好，看不见的更要治理好，这才是对老百姓负责。治理管网，就是我们为民服务的一项重要举措，务必认真负责，务必见实见效。"

围绕这个问题，镇党委召开多次协调会专题商讨部署，决定

▶ 改造后的街道

对镇域内的管道进行雨污分流提升改造。由于这项工程需要剖开路面，对交通出行会造成一定的影响，故必须提前做好规划，分段分批进行。每年年底，城建部门都会结合道路状况、居民密度、出行需求等现实因素，根据现有财政资金容量，确定管道修整区域。同时，考虑到市政工程投资大，镇党委又同步向区委专程作了汇报，申请区级财政的支持。区委对镇党委的工作思路非常认可，很快便安排国有市政公司前往耿车镇对接项目需求，镇党委财政紧张，就垫资施工，旨在尽快解决管道堵塞、污水反灌等问题，让居民既能看见正逐步优化的自然生态环境，又可以真切感受到生活环境的日益提升。

雨污分流工作启动不久，一则消息引起了徐光良的关注。在党委工作会议上，他向班子成员介绍了自己刚学习到的新词——韧性城市。

"韧性城市"是国际社会在防灾减灾领域使用频率很高的概念，它首次出现在2017年6月中国地震局提出的实施《国家地震科技创新工程》四大计划之"韧性城乡"计划中，这也是我国第一个国家层面的韧性城市建设规划。所谓"韧性城市"，就是当灾害发生的时候，能承受冲击，且快速应对、恢复，从而保持城市功能正常运行，并凭借自身的能力来更好地应对未来的灾害风险的城市。

徐光良解释道："从塑料致富到产业转型，这显示了耿车人的韧性。从

承受垃圾污染到孕育绿水青山，这呈现了耿车镇的韧性。在我看来，韧性就是抗压能力和发展潜力，所以我们要以国家推进韧性城市建设为契机，打造韧性耿车，彻底告别水涝，确保下水通畅。关于这一点，我有充分信心。"

作为韧性耿车最重要组成部分的雨污分流管网建设，在区委的关注和镇党委的推动下，有条不紊地推进着。

到2021年，全镇的雨污分流工作已经取得了明显的效果，时任镇党委书记李威欣慰地望着管网改造后的路段，仿佛看到了耿车人民踏上幸福生活的阶梯，眼里充满期待。他要求城建部门再接再厉，争取早日实现全镇的"地下网络"焕然一新。

正当李威稍微松了口气时，一件意外之事又突然袭来。那年秋季，天高气爽，环境整治后的耿车已有了诗画田园般的醉人风景，一家电视台的两位记者趁着气候凉爽，到耿车采访产业转型的经验和做法。他们一路走一路看，正沉浸在旖旎风光中，却无意间发现通向河塘的雨水管网正在哗啦啦地向外流着水。记者的敏感性让他们停住了脚步。要知道，在正常情况下，晴天的雨水管道里是不应该有水的，出现这种情况的原因，最可能是污水管被堵塞，导致水流不通，外溢至雨水管。在他们看来，这是城镇基础设施建设不到位的现象。于是没多久，一篇关于"地下工程堪忧"的报道就出现在大众面前。

李威看到新闻后，极为重视，立刻安排分管副镇长和下水管网的维修员前去排查情况。因白天街上吵闹，不易判断事故点，待夜深人静后，两人就沿着管道向上游走去。每到一个井盖处，维修员都要将井盖打开，仔细排查，并倾听内部是否有水流声。找了很久，两人终于发现了症结。做好准备工作，维修员便戴着矿工帽钻入下水道中。

"当心点。"副镇长叮嘱道。

维修员点点头，慢慢向下到达管道口，熟练地将封堵气囊放入管道中增压，以堵住上游来的水流。孰料正准备清理淤泥时，也许是因为管道内有尖锐物体，气囊突然破裂，只听"砰"一声巨响，巨大的冲击力将维修员的帽子都掀了起来。

副镇长吓一跳，忙问道："怎么了？你没事吧？"

受惊的维修员慢慢平复心情，检查了管道内，说："没事，有个塑料废片。"随即清理干净，又换了新的封堵气囊，重新投入到紧张的施工中。经过一阵忙碌，总算完成了管道清理。

维修员爬出路面时，脏兮兮的脸上露出开心的笑容："搞定了。"副镇长心有余悸地说："辛苦了。"维修员则轻描淡写地回道："小事一桩。"

积小为方成大业。正是耿车人口中的一桩桩小事，正是一件件看似平凡却又跌宕起伏的经历，也正是耿车人不怕苦累、甘于奉献的精神，成就了耿车镇的大精彩。

从2022年开始，镇党委用了一年多的时间，先后完成耿龙路、西小街等12条道路"十必接"改造工程。所谓"十必接"，就是对机关、学校、医院、浴室、宾馆、饭店、农贸市场、垃圾中转站、居住区和工业区等10类场所的管网必须接入或改造。一套工程做下来，共铺设雨水管网近1.3万米，污水管网近1.6万米，建设智能截流井12座。在管网铺设过程中，一些

▶ 道路铺设

原先破旧的水泥路也被顺势统一换成了气派平整的沥青路，现代化的道路让城镇形象有了显著的提升。

依托提档升级后的管道网络和雨污分流体系，如今在耿车镇，水涝已彻底消失，甚至路面积水都很难看见。那些曾令人焦灼的场景，在时光变迁后更改了色彩，伴随着耿车前进的历史，成为当地人茶余饭后追忆的谈资。

水患消除，被其困扰的地段也得到喘息，重现了生机。

耿车镇有个农贸市场位于低洼路段，但却曾是许多老耿车人的繁华记忆。多少年以前，每日清晨，熙熙攘攘的人群涌向市场，吆喝声、还价声、打闹声及孩童啼哭声交相辉映，演绎着耿车人朴素却又安逸的幸福生活。

但随着时光流逝，老百姓的生活日益富裕，对生活质量的要求也逐渐提高。农贸市场经过多年风雨的洗礼，越发显出与现实格格不入的沧桑。生锈的铁架子、卷曲的铁皮棚子、布满黄色污渍印迹的台面、破败的道路以及时常堵塞的下水管道等，无不令老百姓避而远之。愈加稀少的人愿意踏进菜场，直接导致菜场里的生意惨淡。最少的时候，偌大的市场里只有两个摊位在勉强营业。为了生存，卖菜的商户们只得自发行动起来，将摊位移至菜场外部，这在方便了买菜老百姓的同时，又难免对镇容镇貌和道路交通产生影响。

为解决这个问题，镇党委决定将农贸市场托给第三方机构管理运营，让往昔的场景重现。一番调查后，镇党委注意到一家公司——宿迁南菜市农副产品批发市场管理有限公司。镇党委选中这家公司是经过充分考虑的，这家公司在宿迁市颇具知名度，它成功运营着全市最大的南菜市农副产品批发市场，口碑甚佳。然而，在商谈时，却遇到了意外难题，这家公司对农贸市场的前景并不看好，不愿意接手，几次协商也没有结果。无奈之下，镇党委只得与其反复沟通，把政策给足、道理讲透。眼见镇党委如此执着，南菜市公司最终松了口，商定镇党委和公司按空间各出资一半，即地面以上部分的建设由南菜市公司投资，地面以下部分则由镇政府投资。考虑到南市场公司总计投入100多万元，且农贸市场带有公益性质，回报率有限，镇党委便与其签订了20年的承包合同，以略作补偿。

经过一番由内而外的全面改造，农贸市场以全新的面貌回归到大众面前。曾经那些浓郁的烟火气，也随着新建成的农贸市场，返回耿车百姓身边，如此亲切和熟悉。一度落寞的农贸市场，又开始慢慢有了动听的吆喝声。

镇党委对城镇面貌的改造可谓不遗余力，在解决下水管道这个里子问题的进程中，对其他关乎百姓生计的项目也同步推进着。徐光良有个形象的比喻："城镇和人一样，都是有机的组合体。道路好比骨骼，构成城镇的基本脉络，骨头断了，人就倒了；地下管道好比血管，必须畅通无阻，血管堵了，人就病了；水电气等系统好比人的精气神，一旦出问题了，人就萎靡了。"

为了守护城镇的精气神，不让其萎靡，镇党委煞费苦心，其中电力设施的改造最为紧迫。原因在于，废旧物资回收加工的高峰时期，家家点火、户户冒烟，代表着财富的清洗机、破碎机、造粒机等生产设备在家家户户轰鸣着，庞大规模数量的机器同时运转蔚为壮观，给电力系统也带去了不可避免的巨大负荷。由于用电量太大，导致时常出现跳闸、断电现象，且供电线路因长期高压传输，损耗极大，频繁出现线路老化等问题，给居民的正常用电造成了安全隐患。街边有些区域的路灯由于电压不稳，变得若隐若现。在宁静的夜晚，灯泡发出微弱的亮光，似乎只是为了配合星星点缀夜幕，却无法照亮耿车人回家的路。

城镇有了新面貌，电力系统也要有新气象。镇党委商定后，便向市区电力公司提出申请，并在上级领导的协调和帮助下，争取到了省供电公司当年的电力改造项目。根据项目规划，耿车全镇的电力系统都可以换新，得知消息后的徐光良兴奋地拍响桌子，喜不自禁道："太好了！"

更新电力系统的任务落在了时任副镇长王振雷的身上。那段时期，王振雷将主要精力都扑在这项为民造福的工程上，跟着供电公司安排的工程人员，规划新设立电线杆的点位和更换线路的推进步骤。

虽然工作很苦，熬到半夜是家常便饭，但王振雷乐在其中，丝毫不觉得疲倦，一心想着保质保量地把任务完成。他向家人解释，自己做的工作其实很宏伟也很浪漫，这既是为耿车镇未来发展奠基的工作，更是点亮万家灯火的事业。

但凡事业，都不可能一帆风顺，大大小小的波浪是扬帆远航的必要见证。一天傍晚，王振雷在办公室忙着研究美丽乡村建设的事项，一通电话打断了他的思路。电力工程人员告诉他，现在正在架设电线杆，但是有一户人家阻拦，说电线杆正对着他家，影响了风水，沟通了半天还是态度坚决，不同意施工。

王振雷有些疑惑："不应该呀，我们前期布点的时候，已经考虑到这个因素，避开了所有人家的正门，怎么可能对着他家呢？"

电话那头是火急火燎的声音："王镇长，你看怎么办呀，搅拌车转了快一天了，水泥再不倒出来，车子都要废了。"

王振雷立刻回："知道了，我来处理。"他望着满桌子的材料，略作思考，给城管部门负责人打电话，请他安排人员到场协助处理。

忙于具体事务的王振雷渐渐将此事抛在了脑后。忙完手头工作已经九点多了，他饥肠辘辘地回到家，正准备吃点东西，来电声蛮横地冲了进来。隔着手机，他似乎都能看到对方急得直跺脚："王镇长，这家人还是不同意，再拖下去，要出事故了。"

王振雷顾不上吃饭了，放下筷子就赶去。他还是想不通。

到了现场，他了解了情况。电线杆的杆位对着一家商户的窗户，商户的户主是一位妇女，此时正抱着孩子坐在已打好的电杆基坑旁边。基坑已经挖了8米深，下一步等着将电线杆放入其中，然后浇筑混凝土稳固。施工人员望着转个不停的混凝土搅拌车，愁得唉声叹气，双手直搓。

王振雷蹲在户主前劝说，架设电线杆是好事，以后大家用电都会有保障，再也不用担心停电了，而且各个电线杆之间的距离是有规范的，不能随意调整。但户主坚守着她的观点，冲着窗户就是不行。王振雷反问道："那你希望怎么办？"户主几乎没有思考便道："把杆子挪开，人在店里不能看到电线杆。"

眼看软沟通无效，王振雷只得改变了方式。他站起身，表情严肃起来："大姐，如果这是你家的土地，那你说了算。请你把土地证拿出来，我们立刻换地方。"对方"哼"了声，将头扭过去。王振雷继续道："如果不是你家的土地，那你就没有权利阻碍施工。你已经耽误了很久。你要知道，如果混凝土在车里凝固，车子就报废了。到时候几十万的损失全要你承担，请你想清楚。"

户主惊愕地张开嘴巴，很快又闭上了，嘴里嘟囔道："我又没说不让施工。"听到这话，王振雷心里松了口气，他知道对方已经动摇了。但他依然板着面孔，吩咐村干部将户主带到一旁，对施工人员交代道："把基坑围起来，现在施工。"又转头看向户主道，"大姐你再考虑考虑，如果有什么想法，我们再沟通。"

户主看了眼已经忙碌起来的工人，回身进了屋。此时已经十一点多了，黄色的光晕将月亮笼罩得朦胧可见，清凉的夜风吹拂而过，王振雷感到一阵惬意。眼见事情顺利解决，他顿感肚子咕咕直叫，向施工人员叮嘱注意安全后，又向家奔去。

一点点推进、一步步迈进，耿车镇就这样经历着从量变到质变的巨大转变。在镇政府和电力公司的协同推进下，耿车全镇的供电系统实现了大提升，整齐排列的电线高悬在城镇上空，像是通向未来的一条条通道，将充沛的电能精准地送入各家各户，耿车人从此再也不必遭受断电的困扰。有了电路布局打下的基础，残破的路灯也在不久后进行了全面换新。一年的时间，全镇就架设了各类路灯千余盏。每当夜晚来临，这些路灯齐刷刷被点亮，明亮的光线下，一条条大道清晰可见，夜晚的耿车散发出别样的韵味。

▶ 耿车镇夜景

在大力更新电力系统的同时，对于打造城镇面貌、提升城市形象这项系统性工程，镇党委同样不愿意放弃每一个环节。不论是宏观的土地规划、村域统筹，还是细节的建筑装修、道路铺设，不论是看得见的房屋改造、乡村建设，还是看不见的道路维修、政务服务等，历届镇党委班子都始终如一，全力以赴。

在此过程里，有许多值得铭记的时刻；在这脚步中，有镇党委甘于为之奋斗的决心。

随着城镇建设的不断推进，耿车微笑的面孔中透出更多的自信。宏阔的现代气息、传统的文化韵味在这里交汇，前沿的工业智慧、淳朴的田园风光于此处融合，耿车发展的步伐显得愈加坚实和有力。前进的道路上，心怀未来的耿车始终坚持与时代同频共振，以更高、更好的追求，积极融入省市区发展大局，努力在更宽广的空间内实现突破。

很快，耿车镇的发展便迎来了新的时代机遇。这个机遇，来自于西侧毗邻的徐州市。

2019年5月，中共中央、国务院印发了《关于建立国土空间规划体系并监督实施的若干意见》（以下简称《意见》），其中明确列出了"在市县及以下编制详细规划"的要求。《意见》指出，详细规划是对具体地块用途和开发建设强度等作出的实施性安排，是开展国土空间开发保护活动、实施国土空间用途管制、核发城乡建设项目规划许可、进行各项建设等的法定依据。

根据《意见》精神，江苏省委省政府制定了《江苏省国土空间规划（2021—2035年）》（以下简称《规划》），为全省更高质量、更有效率、更为公平、更可持续、更为安全地发展提供支撑。《规划》经国务院批复后已正式实施。其中，《规划》提出了全省建设三大都市圈的概念，即南部是苏锡常都市圈，中部是南京都市圈，北部则是与耿车镇密切相关的徐州都市圈。

徐州都市圈的构想其实早有酝酿，最早在2000年7月，江苏省委省政府召开的全省城市工作会议就要求通过强化南京、苏锡常、徐州三大都市圈的功能，更好地带动全省城镇的快速发展。不久后，《徐州都市圈规划（2001—2020）》正式出台。经过十几年的推动建设，都市圈逐渐成形，并在积极发展经济、带动资源共享、实现区域提升等方面发挥出重要作用。2015年11月，省住建厅主持编修了《徐州都市圈规划（2015—2030）》，标志着徐州都市圈的发展跨入了新的阶段。

在徐州都市圈蓬勃发展的同时，宿迁市委市政府也迅速行动起来，启动分析研究，编制了《江苏宿迁市国土空间总体规划（2021—2035）》，提出至2035年，将宿迁建设成为江苏省生态大公园的标杆城市，长三角区域发展共同体的联盟城市，高效协同的先进制造基地，朝气蓬勃、幸福宜居的创业城市。全市经济总量力争达到1万亿元。

有了明晰的国土空间规划，城市未来的发展便有了明晰的方向。

与耿车镇西部接壤的是徐州市睢宁县沙集镇，这自然就成为宿迁市融入徐州都市圈的关键切入点。2021年3月，时任宿城区委副书记、区长陈伟在耿车镇调研推进耿车社会经济高质量发展工作时，就对耿车镇提出了"高质量建好宿迁西大门"的要求。2023年11月，已任宿城区委书记的陈伟再次到耿车调研，充分肯定了耿车镇的各项发展成果，指出近年来，耿车镇紧盯"西部新城"定位，传承改革创新基因，主动融入中心城市向西发展战略机遇，"耿车模式"影响力进一步放大。这也是对耿车镇党委在服务中心工作上所做出的努力给予的充分肯定。

在如何融入徐州都市圈的做法上，宿迁市委先期制定了"共建宿—睢组群，提升宿迁辐射带动能力"的规划，其中提出共建"耿车—沙集"跨界城镇群，具体内容是在两镇临界地区共建沙集电商功能区，共同发展特色花卉、智能家居、电商物流等产业，形成田园镶嵌、两镇互动的发展模式。

发展经济，道路先行。交通是经济的"大动脉"、发展的"先手棋"，这个已被验证多次的道理，再次在耿车和周边地界生动上演。为了连接交通线，全面加强相邻地区的区域合作，方便商业互动和居民往来，2021年9月，睢宁县交通运输局领导带队前往宿城区，与区交通运输局就325省道徐淮路改线工程等事宜，进行了深入细致协商，迈出了组群建设的重要步伐。

对于耿车镇来说，徐淮路是有着特殊意义的路段，它见证了宿迁道路发展的起始。新中国成立初期，睢宁人民在中共睢宁县委和县人民政府的领导下，对县内因战争时期受到破坏的公路和乡村大道进行了大规模修复，同

▶ 西湖西路（原徐淮路）

时还兴建了许多新的道路，以大力恢复睢宁的交通运输事业。1956年，县委县政府对海郑公路进行了重点整修，对路基进行裁直，并增宽至8.5米，行车路面宽度也达到了3.5米。这条海郑公路，就是后来的徐淮路。直至2021年，为了将各段不同名称的道路统一起来，宿迁市政府决定，将徐淮路更名为西湖西路。

如今的西湖西路已成为耿车乃至宿迁市的主干道，与其他道路一样，它们是耿车镇成长的亲历者。每日，在这些道路上，繁忙的大小车辆来来往往，有的载人，有的装货，川流不息地奔波在通向前方的路途中。快速旋转的车轮上，闪耀着五彩缤纷的梦想。

城镇建设就如写作文，增删修改中蕴含着时间的延展性和过程的持续性，不可能一蹴而就。时代发展的新要求和人民群众对美好生活的新期待，最终都会化为厚重的任务单，交付到镇党委手中。心怀大局的镇党委对城镇建设始终保持着高度热情，每年会固定从财政经费中挤出几千万元，用以支撑耿车的市政配套建设。特别是近年来，镇党委围绕"一下高速就见新城"的建设目标，始终坚持"镇当城建"的理念，深入实施"六个一"工程，即编好一个镇区"控规"、拆除新建一条街、改造提升一条街、改造新建一个

片区、新建一个公园、集聚一个产业，让老百姓真实感受到绿色发展下的现代生活。

耿车人一定都还记得，2016年以前，全镇几乎成日灰天暗地，那些污浊的空气好比人的漫天愁绪，包裹着每一个身处其中的耿车百姓。在被垃圾填满的生存空间里，为梦想拼搏的老百姓充满了对健康的担忧和对未来的迷茫。而如今，放眼当下之耿车，蓝天永驻，绿水长流，草木葳蕤，花香四溢，耿车人的精气神随着生态环境的改变共同向好，之前的愁容已消弭不见，取而代之的，是闪耀的青春与活力。

身处作为全国文明城市的宿迁市西隅，耿车的城镇建设永远在路上。镇党委书记陈茂辉经常在各类场合发出铿锵有力的声音："我们有决心和信心，守护好西大门，积极融入宿迁市'1129城镇体系'（1个市域中心城市，1个市域副中心城市，2个县域中心城市，9个小城市），将承载着几万人期待的耿车镇打造成为城市治理现代化的'宿迁样板'，让耿车镇以新的面貌出现在世人面前。"

2024年3月，新阶段再次启幕，习近平总书记在参加十四届全国人大二次会议江苏代表团审议时，对江苏的发展作出重要指示，要求加强同其他区域发展战略和区域重大战略的对接，在更大范围内联动构建创新链、产业链、供应链，更好发挥经济大省对区域乃至全国发展的辐射带动力。

镇党委第一时间组织学习了习近平总书记的讲话精神。陈茂辉自信道："从一度垃圾围城变成全省闻名的生态镇、电商镇，事实已经证明了耿车人敢想能干的气质特性。下一步，我们要以习近平总书记的重要指示为方向，继续坚定高质量发展信心，投身区域发展大局，抢抓服务构建新发展格局带来的开放创新机遇，结合耿车塑造的产业优势，持续打造跨境出海的电商业务集群,不断提升经济发展能级。我们有信心,耿车镇的明天一定更加灿烂。"

陈茂辉的豪迈之语勾勒出了新耿车的新模样。这模样安然且平和,目光坚毅又自信,脚步稳健而笃定,心里有梦,眼里有光,正面向未来昂首走去。

第18章

寻回乡愁

多少年来，在从垃圾堆里淘宝的同时，为了躲避恶劣的生态环境，许多耿车人选择搬到市区居住，在生活上逃离了故土。尽管废旧物资回收加工综合整治后，不少人重返故地，古老的村庄再现生机和活力，但恶劣的生态环境所带来的创伤成为所有人无法忽略的过往。

在这段并不轻松的往事里，有一个现象引起了镇党委的关注，即搬离的往往是年轻人，而大多数老年人依然选择抱守乡村，哪怕空中飘浮的废气会侵入他们的肺部，哪怕遍布的有毒物质会蚕食他们的身体。

通过简单询问，缘由很快浮现出来。原来，即使乡村面目全非，但它依然承载着老年人的珍贵回忆和美好岁月，使得他们对乡村产生难以割舍的浓烈情感，如陈年佳酿，存之愈久，芳香愈浓。

这种情感，俗称乡愁。

受此启发，"望得见山、看得见水、记得住乡愁"就成为镇党委矢志不渝的奋斗目标。经过一场场艰苦的攻坚战，全镇的自然环境有了极大改善，焕然一新的耿车镇宛若一幅优美的风景画，令人心驰神往。坚守着阶段性的成果，脚不停步的镇党委将目光投向了乡愁，全力守护耿车人心中最柔软的地方。各界和镇领导有着普遍共识，只有留住乡愁，才是对家乡最真切的认同。

怎样使城镇留住乡愁？如何让居民记住乡愁？抱持着深厚的文化情怀，镇党委进行了全镇乡愁文化资源普查，并很快从中找到了方向——非物质文化遗产。

作为世界唯一未曾中断的文明，中华文明在五千多年的历史长河里，创造了无数辉煌灿烂的历史文化成就，而非遗就是中华优秀传统文化的重要组成部分。它作为中华民族创造力的体现，如同一部民族智慧史诗，跨越时空，贯穿古今，凝结着几千年的岁月沧桑，已然成为中华民族独有的文化标识。

党的十八大以来，以习近平同志为核心的党中央高度重视非遗的传承和保护。习近平总书记曾强调："要扎实做好非物质文化遗产的系统性保护，更好满足人民日益增长的精神文化需求，推进文化自信自强。"

依托深厚的历史积淀，耿车镇的非遗有着浓郁底蕴。在耿车，古代的民间文娱活动颇为兴盛，特别是耿车香会历史悠久，明朝时就有正式记载。香会类似于当下的集市、赶集，每年春节期间，耿车周边的乡镇居民都互相拜会，从正月初二直到正月十五，进行很多民俗和纪念活动，如耿车集的舞龙、花船、莲香、落子舞，五星村、大同村一带的舞狮、踩高跷等。到清朝后期，耿车域内还兴起了淮红戏、柳琴戏。

除了各类民俗活动，凭借吃苦耐劳、精明强干的性格特质，历史上的耿车人善于钻研手工，还出现过许多能工巧匠。如颇具代表性的清末木匠蔡振兴，学得家传木工手艺，善做各式竹木家具，工艺尤为精巧，所制的木器，形式美观，纵角榫眼都接合得看不到线痕。他雕刻的人物、花草、鸟兽、虫鱼等，形态逼真，栩栩如生，如同生活中实物一般，闻名于县内外。商贾富户起楼造屋，少不了请他雕梁画栋，普通百姓送亲嫁女，也要请他打制嫁妆。蔡振兴逐渐成为声名远播的手艺人。除此之外，蔡振兴还能够因材施艺，给孩子们雕刻一些木头小玩意，非常受欢迎。每年正月十五、端午节等节日，这些满载着地方民俗文化的木制工艺品，往往刚摆上地摊，就引来人们争相玩赏、购买。

同样具有代表性的还有耿车村的贾庆邦，他的铁匠工艺非常娴熟。冶炼、打制、铸造的器物不但坚固耐用，且美观大方，精致秀气。他会根据不同年龄阶段、体质、性别打制不同规格、型号的铁器，男女老少均可适用。除了打制农用器具如钩、耙、锨、叉、锄、镰、铲外，他还能铸造大小不一的锅、盆、罐、壶、瓮等家用器皿。贾铁匠不单技术精湛，而且为人厚道，讲求信誉，不但方圆几十里的百姓喜欢买他家的铁器，皖北、徐州一带的商贩也经常赶着大车前来批货物，以致常常供不应求。民间有传说，他冶铁烧掉的废弃煤渣摊在宅基上，足有六亩多地，三米多高，远远望去似一座小山，俨然成了耿车集的标志物。

总体来看，耿车镇的不少村庄都有传统手工艺，至今依然被传承和保留着，如大众村的篓子，五星村、三义村的木工，大同村的水粉加工，集镇街头的食品加工、冶铁等，还有糖画、虎头鞋、梳篦、腊编、大鼓书，这些非遗手艺如同繁星点点，闪耀在耿车的天空，并在历史长河中与耿车人的火热生活相交相融，慢慢渗透进他们的基因，成为挥之不去的浓浓乡愁。

耿车地区有一门老手艺——吹糖人，这门手艺据传是明初开国功臣刘伯温所创，如今在人头攒动的各大景点依然可见。工艺独特、造型各异、味道甜美的糖人尤其深受孩子们的追捧。

但对耿车镇大众村村民夏义玲来说，这门手艺并不是茶余饭后的消遣，而是镌刻着过往时光的印迹，更是社会发展的见证和记录。

1949年，夏义玲呱呱坠地。刚出生没多久，父亲就去世了。从此，母子二人相依为命。由于家里缺少劳动力，日子过得相当清苦，吃的食物全靠政府和邻里救济，常常食不果腹。

在这样艰难的条件下，夏义玲很快到了上小学的年纪。学校距家有三里地，就是这看似不起眼的距离，却成为因时常饿肚子而体力不足的他每日都要面临的严峻挑战。好多时候，他由于过度饥饿甚至走不动路，致使无法上学。

就这样熬到十八岁，由于长期营养不良，夏义玲长得又瘦又小，几乎做不了劳力。为了填饱肚子，他迫切改变现状，四处打听出路，偶然间得到消息，听说有位叫朱宜清的村民在安徽省蚌埠市的三号码头抹糖稀卖，生意很好，便萌生出去投靠的想法。

母亲得知后非常赞同，鼓励道："男子汉就是要四处闯荡。"但在此之前，夏义玲从未出过远门，就连附近的县城都没有去过。面对这一次的跨省奔波，他心中属实没有底。

幸运的是，母亲始终给予他宝贵的信任和期待，并告诉他，几百年前，正是因为先人的勇敢闯荡，才有了耿车这个地方，希望他能发扬先人不惧苦难、直面困难的精神，去迎接一切挑战。

夏义玲从母亲的话中受到鼓舞。自此，他开启了与糖结缘的漫漫人生路。

经过一路颠簸，几番打听，夏义玲终于在三号码头找到了朱宜清，并顺利跟他开始了新的生活。朱宜清很快教会了夏义玲如何熬糖稀，并在不久后将这项任务完全交付给他，待他熬好后，再挑出去卖。

平凡的日子因沾染了糖稀，似乎也变得甜起来。和以前的生活相比，夏义玲感到非常知足，因此干活十分卖力，每天都能卖好几块钱，算是不菲的收入了。他也凭借勤勤恳恳、任劳任怨的性格，深受朱宜清的喜爱。时光就这样转过一年后，朱宜清将夏义玲唤至身边，坦诚告诉他："你在我这儿已经学不到什么了，我建议你去学吹糖人，那个虽然难些，但赚的钱能翻一倍。"

▶ 吹糖人雕塑

在朱宜清的推荐下，夏义玲找到了当时号称"吹糖人第一人"的史一斗。当时，史一斗身边已经有了四个慕名而来的学徒，但听说是朱宜清介绍的，还是将夏义玲收了下来。

然而，怀揣着满腔热情的夏义玲很快遭遇了一盆冷水。他发现，吹糖人最重要的就是熬制原材料糖稀，而这里面是大有讲究的，熬制的火候、配方、比例都有严格要求，稍有差池，煮出来的糖稀不是太硬吹不动，就是太软不定型。可是，史一斗与朱宜清观念不同，他担心"教会徒弟饿死师傅"，因此，在熬制糖稀时，从来不让学徒们在场，将秘方牢牢锁在自己手里。夏义玲有些气馁，但又不甘心放弃，于是他寸步不离地跟着对方走南闯北，先后去了天津、河北、山东、安徽等地方，边认真做史一斗吩咐的工作，边偷偷观察，暗中学习。一段时间后，他终于发现了端倪。他了解了熬制火候的诀窍，还看到每次熬糖稀，史一斗都会从橱柜里拿出一个茶杯，从里面摸出一些白色的块状物体撒向锅内。他相信这就是关键奥秘，可令他苦恼的是，他并不知那是何物。

一天，机会来了。史一斗刚打开橱柜拿出茶杯，突然腹部翻江倒海，眼见四下无人，便顾不得再锁回原处，匆忙捂着肚子跑开了。在外观望的夏义玲瞅准时机，当机立断，快步冲进屋里，抓起一颗白块放入嘴中，瞬间一股喜悦涌上心头。他一下就尝出来，原来这关键的东西，竟然是随处可见的明矾。

窥得窍门后，夏义玲便在歇息时自己买来糖和明矾偷偷练习，不断调整配比，终有一天调制成功了。他兴奋地跳起来，眼眶里充满了激动的泪水。有了这个手艺，他和家人就可以过上好日子了。

夏义玲跟着史一斗又奔波了小半年，直到酷夏来临。对于吹糖人来说，夏季不是个友好的季节，因天气过于炎热，糖不易凝固，也就无法保持住造型。因此往往这个时候，手艺人都选择回家乡，趁机避暑。夏义玲借此正式辞别了史一斗，临行前，向对方深深鞠躬以示尊敬和感激，带着手艺绝技回到了家乡。

熬过了难耐的炎热，夏义玲便待不住了。他原想着在家发展，顺道陪伴老母亲，未曾料到因故乡普遍贫困，吹糖人的生意鲜有人问津，商品卖不出去，一切都是白搭。无奈之下，他只得再次外出谋生。不同的是，这一次他对未来充满了憧憬和信心。

考虑到苏南地区相对富裕，夏义玲便一路向南奔走，到了扬州，他暂时安顿下来。在瘦西湖旁，他结识了又一位吹糖人高手。此人姓耿，年纪较长，附近人们都称呼他为耿师傅。他发现耿师傅的糖人口味不同，还能制作出许多复杂的造型，这与他之前所接触的并不一样，对知识的渴求抑制不住地冒了出来。

夏义玲虚心向耿师傅讨教，耿师傅似乎也很中意这位踏实肯学的小伙子，便将自己的心得经验倾囊相授。当看到耿师傅将大米稀加入熬煮的白糖中，夏义玲仿佛打开了新世界的大门，感觉思路顿时被拓宽了。耿师傅告诉他，吹糖人的原材料不能仅限于糖本身，还可以加入山芋稀等，主要目的都是为了改变浓度和成分，延长糖稀的硬化速度，以便有更宽裕的时间制作造型。此外，还可以加一些食用红、食用蓝、食用绿等食用色素，调制不同的颜色，让糖人种类更加多样。

在耿师傅的指点下，夏义玲的吹糖人手艺越发精进。不久后，他就可以熟练制作出十二生肖、西游记人物等各类常见的糖人造型。那段时间，是夏义玲进步最快、成长最迅速的时期。他很庆幸自己遇到了耿师傅，更庆幸对方毫不藏私地将毕生所学传授给自己，感激之余，他心无旁骛地加紧练习和钻研。一次机缘巧合下，他还意外发现加入柠檬酸同样可以达到延迟硬化的效果，且成本更低，这让他兴奋不已。

眼见夏义玲学有所成，耿师傅却突然向他提出个想法，令其措手不及。原来，耿师傅有个女儿尚未出嫁，他十分看好和喜欢夏义玲，故希望他能与自己女儿喜结连理。夏义玲本来在犹豫中，但耿师傅的随后一句话让他打了退堂鼓。耿师傅说："我没有儿子，所以希望你能入赘到我们家。"这下，他没有再犹豫，向耿师傅表达了对自己的认可的感谢，并以母亲在老家为由，婉拒了对方的好意。不久后，他便告别耿师傅，飘然远去。

夏义玲先后到过徐州、唐山、温州等地，在谋生活的同时，也将吹糖人的手艺展示给更多的人。与以往闯荡不同的是，这次他并非独自一人。他的身边，也有了徒弟。想到自己的过往，他对徒弟投注了很深的感情，既在手艺上倾囊相授，又在生活上无微不至地关心，希望能通过自己的努力，让徒弟们拥有更美好的求学经历。

遗憾的是，生活往往不会一帆风顺，变数或许就隐藏在某个角落，觊觎着朴实的生活。就在夏义玲带领徒弟们四处售卖的时候，吹糖人的生意突然急转直下，从每到一处人们蜂拥而上，到巡街串巷依然无人问津，尽管他不清楚原因，但现实不会照顾他的感受，事情就如此真实地发生了。冷静下来后，他不得不面对残酷的现实。

再三思虑后，夏义玲不舍地解散了徒弟们，让他们另谋出路，自己则回到老家，随之沉寂了两年。可是，社会对吹糖人的需求降低了，他吃饭的需求却不会减少，为了赚钱生活，他又学了瓦匠的手艺，到工地去打工。但即使是与水泥砖石打交道的时光，他依然怀念着四处游走吹糖人的潇洒人生。

不久后，他所在的施工队承接了安徽省滁州市的一项工程，他便跟着队伍前去现场。在那里，他遇到了后来白头偕老的妻子，两人很快互许终身。结婚后，他携妻子搬回耿车镇大众村定居至今。如今的夏义玲，已有三个孩子，自己在本地打工，全家幸福美满，共同经营着美好的未来。曾让他引以为傲的吹糖人手艺，亦在琐碎的时光中，被封存在记忆里。

夏义玲没有想到，时隔二十年，"吹糖人手艺人"竟又重新成为了自己最鲜明的身份标识。

事情缘于废旧物资回收加工综合整治后，全镇面貌有了明显改变，清澈的河流波光粼粼，道路两旁缀满花草，人们在优美的环境中感慨，似乎以前那个未经污染的故乡披着新装回来了。为继续增强村民与村庄的情感纽带，镇党委选择将乡愁注入村庄，鼓励各村庄打造独特的乡情馆，通过老物件和老手艺的现场展示，激起本村人对美好时光的回忆。

夏义玲作为吹糖人这门老手艺的传承人，被村委邀请至乡情馆驻点展示,为了能够随时以及更好的操作,时任村委书记李军还在馆里专门安排了糖锅。每次有领导视察、团队参观或重要节日活动,夏义玲就会坐在锅前,精心地煮上一锅糖稀,接着舀出一勺倒在手掌上,搓成球状,卷成中空的管子。随着他用力吹气,造型各异的糖人便逐个出现,阵阵鼓掌喝彩声也跟着响起。

2020年以前,镇里的小学还曾专门开设过非遗相关的课程,夏义玲常常受邀前往,教孩子们吹糖人。每当他展示出一个成品,孩子们的惊叹声、欢呼声高涨时,夏义玲心里淌过的澎湃暖流都会从眼角泛出。时过境迁,今日生活和以往已不可同日而语,但对他来说,有一点是相通的,即能够让吹糖人这个手艺得到更多人的认可,从而一代代传下去,绵延不息,便是他此生最大的夙愿。而他对故乡的感情,或许在那一刻,也在孩子们惊喜的目光中得到了共鸣。

对每一个眷恋故土的人来说,乡愁中不仅有真实可见的物品,还有敲打记忆的旋律。在这一点上,国家级非物质文化遗产代表性项目"苏北大鼓"担起了重任,成为耿车人品味乡愁的精神大餐。

宿迁市级非遗传人胡博,就有着与苏北大鼓紧密相连的跌宕人生。已过花甲之年的他,将苏北大鼓作为毕生追求,在用艺术抚慰乡愁的道路上始终如一。

1963年,胡博出生在耿车公社。因是家中长子,无形的责任压在肩上,他很早便主动帮助父母种地,并照料弟弟妹妹。踏上学业之路后,他的生活愈加紧迫,每日在分担农活、照顾家庭的同时,还要抓紧学习。那几年的时光对他来说,充实却略显枯燥,身体在日复一日的乏味劳作中,亦倍觉疲倦。

直到一日晚上,他突然发现了生活的色彩,清澈的目光充盈着对未来的畅想。而这个契机的赋予者，正是苏北大鼓。苏北大鼓原名打鼓说书，俗称"唱书"或"唱大鼓"，它是苏北地区的传统曲艺形式。

那时，苏北大鼓在耿车已相当流行。说书先生通常白天在集上说书，有些生产队的队长听了意犹未尽，便会将说书先生请到队里继续说晚场。那一次，胡博听说生产队请了位说书先生，好奇之余便放下手中农具，跑到广场，从围聚的人群中挤了进去。在听了《三探无底洞》《日月乾坤镜》两段后，他完全痴迷其中了，一口气听到散场也觉得不过瘾。

从那以后，胡博的生活有了盼头。只要时间允许，他都会打听附近哪里有说书，然后兴冲冲地前往，有时甚至连饭也顾不上吃。常言道，兴趣是最好的老师，在听了一段时间后，他竟也能有模有样地跟着说几句了。很快，同学们发现了他这项技能，纷纷称他为"小说书的"。

随着时光流逝，高中毕业的胡博来到了人生的分岔口。那次，父亲与他聊天，计划送他去学木匠，掌握一门手艺，起码可以解决吃饭问题。但他的回复却让父亲着实吃了一惊。倒并不是因为他表示想学说书，而是他回复的方式。

胡博想也未想便顺口说道："做生意不如学手艺，学手艺不如练口艺。我想学说书，千里不带柴、万里不带米，比其他行当都强。"父亲诧异地瞪着眼，好一会儿才回过神，有些忧虑地问："你靠说书能吃饱饭吗？"他再次脱口而出："一张鼓好似一顷地，一副板好比两头牛。你说我能饿着吗？做了这一行，不栽水稻吃大米，不种芝麻吃香油。"

胡博的回答逗乐了父亲，也让父亲相信，儿子或许真有说书的天赋。于是，父亲找来两叶镰刀片代替说书铜板，又从生产队宣传员手里借了一个黑鼓，郑重地交给胡博，叮嘱道："儿子，相信你能做好。"

胡博接过黑鼓放下，又拿起镰刀片，兴奋的表情中隐隐透着期待，像是手握着光明的未来。

只是，胡博不知道，从艺的坎坷路才刚刚开始。

依照当地行规，新人想正式入行，必须先唱一年的门头。所谓"唱门头"，就是要挨家挨户上门去唱，本意是敦促入行者通过在生人面前不停地练习，减少登台时的紧张情绪，顺便也可讨些奖赏，用以生计。

可美好的初衷往往融不进现实，胡博刚开始唱，就遭受了很多异样的目光。不少人将他当成乞丐，扔出些米面或大饼便轰他走，还有人满脸嫌弃，指责道："年纪轻轻不去干活，成天不务正业。"而且由于唱门头不能重复，因此胡博必须一路向前，最远的时候，跑到家乡外四五十公里的地方。这个距离自然无法回家休息，胡博就常常在路边席地而睡。遇到寒天雨季，他只能硬着头皮向陌生人家求宿，柴房、牛屋、马棚等地方，都容纳过他瘦小的身躯。

尽管唱门头的进展并不顺利，但客观上说，枪林弹雨般的言语冲击及身体磨炼，确实在短时间内让胡博克服了胆怯的恐惧，有时路过一些生产队，他也尝试着唱晚场。但那时他才知道，这个行当讲门道、重师承，没有师父的人是不允许摆摊说书的，如果被发现可能就会被其他说书先生没收吃饭的"家伙"。遭遇了两次驱赶，胡博只能老老实实地唱门头。

当然，并不是所有人都不理解和排斥，也有人欣赏唱门头的胡博肯吃苦，打赏些美食，或者几毛钱，这些微不足道的赠予，却足以保住他微弱的希望之光。

为期一年的考验，带给胡博更强壮的身体，还有更坚定的意志，他终于可以拜师了。此时的胡博对说书的兴趣愈加浓厚，且更有信心。当时，耿车唱苏北大鼓的先生最多,约占全市的三分之一,但庞大的群体中,胡博却始终没有遇到他的师徒缘分。他焦急迫切地等待着。

直到夏季的一天傍晚,天近黄昏,白日的燥热还在空中残存,但也有徐徐凉风吹拂过,令人心情舒爽。生产队广场再次聚满了人,大家看向正在摆弄道具的说书先生,熙熙攘攘的人群充满着期待。

这次生产队队长请来的是安徽省泗县的说书先生周文义。周先生的说书让胡博眼前一亮,拜师的念头在那刻从寥寥火星瞬间蹿成冲天火焰。他激动地拉着身边的父亲说:"我要拜这位师父。"

父亲对他的决定并不意外,说书结束后,便将周文义请至家中吃饭。胡博趁此机会,表达了拜师的意愿,并现场展示了几段。周文义认真听完,笑着点了点头,算是同意了。胡博喜出望外,笑容像花朵一般绽放在脸上。

拜师后,胡博跟随师父回家住了几天,此后每隔两三个月,他都要去住段时日。在周文义的倾囊相授下,胡博的说书技艺提升很快。没多久,他甚至可以独自到集市上演出了,每场基本都可以赚到十元钱左右。再往后,

▶胡博在表演苏北大鼓

他的知名度越来越大,经常受邀到山东、河南、安徽等邻近省份说书,家中生活水平也随着他的名气水涨船高。后来,他还在当地收了徒弟,摇身一变,也成了师父。

1987年,24岁的胡博再次来到了关键路口。昼夜不停地说书导致他的嗓子失声,这可急坏了他,赶紧四处看医生,但都没有快速恢复的办法。大

夫只是开些药，叮嘱他少说话多休息。

病症击碎了继续说书的理想，也无情推翻了他的努力和尝试。胡博的心情低落到了极点，整日躺在家中，望着结了蜘蛛网的天花板偷偷流眼泪。

经过一段时间的调整，胡博总算平静了些。尽管失去说书的可能，但生活还要继续。那时耿车的塑料行当已慢慢兴起，他便随着潮流投身回收废旧塑料的行当中，到淮阴收废品拿回耿车卖，权当作为过渡。

让胡博没料到的是，废旧塑料比苏北大鼓赚钱快得多，仅仅一年，他就在家里盖了三间屋子。家人见状，便劝他干脆专心做这行。现实和理想的斗争在心里时常上演，几番权衡后，他终是不忍割舍对苏北大鼓的喜爱，在嗓子痊愈后，便又急不可耐地跑出去说书了。总体来说，虽然赚钱不如做塑料多，但放眼当地平均水平，收入还是可观的。

时代大潮浩浩荡荡，风云变幻都在其中。胡博过了几年平稳日子，生活又开始向另一个方向倾斜。

20世纪90年代正是计划经济转向市场经济的关键阶段，为了打破国有企业的发展困境，在各地党委政府的鼓励下，国内出现了一波"下海潮"。善谋先机的耿车人自然不会落下，大批人转战商海，一时间，耿车人像是被上紧了发条，时间宝贵得如同黄金，每日都奔波在谈生意和签合同的路上。

胡博感受到时代的变化，仍全身心沉浸在自己的艺术世界里，心无二意。但他明显感觉到，听书的人变越少了，从最初乌压压的人群变得门可罗雀。似乎面对遍地的黄金，乡亲们疲于奔命，被金钱吸引的心再也无法安静下来，哪怕抽出半小时听他说几句书也变得非常困难。而且，为了追逐更多的利益，就连不少说书人也跨入了商海。

面对每况愈下的说书收入，胡博坚持不住了。为了生计，他跑到附近的工地上做瓦匠。不过，他始终没有舍弃对于苏北大鼓的热爱。工闲时，他依旧会说书给工友们听，若有灵感也会写上几段。或许是缘于对社会发展的体会和感触，他的唱词不再仅以传统内容为主，开始向时代靠近，社会热点常常会出现在他的唱词中，这也让他的艺术之路有了不一样的意义。

庆幸的是，党的十八大以来，以习近平同志为核心的党中央对中华优秀传统文化给予高度重视，各地也纷纷出台相关政策，苏北大鼓迎来了新的发展机遇。为了深入挖掘本地传统文化资源，当地党委政府扶持和鼓励苏北大鼓的创作发展，多次邀请胡博前往政府部门和各类学校讲课，宣传推广传统文化。在一次高校的展示中，有个学生表现出了浓厚的兴趣，课后便提出想要跟着学习。胡博在学生身上，仿佛看到了当年的自己，心中充满着对传统艺术的热爱，欣慰的暖意荡漾全身。在学校系主任的见证下，他痛快又欣慰地收下了这个徒弟。

2016年，耿车镇废旧物资回收加工综合整治工作开始后，胡博主动投入其中，创作了多部作品，以群众喜闻乐见的曲艺形式，助力整治宣传和清理工作的顺利开展。

随着年龄增长，跨入花甲之年的胡博再不能像年轻时那样，从白昼唱到黑夜了，曾经充沛十足的精力随着时间的流逝，渐渐离他远去。如今的他，虽然偶尔也会唱几段，但已将更多的精力投入到唱词创作中。这几年来，他陆陆续续创作了200多篇作品，内容包括传统文化、时代热点、政策宣讲、邻里趣事等。

身处新时代的车道上，最让胡博自豪和开心的事，莫过于耿车镇很多中小学生都听过他说的书，这对他来说至关重要。毕竟，多年以后，当现在的年轻一代回首往事，或许，这就是他们的乡愁。

作为全国淘宝镇的耿车，在电商道路上始终保持着极大的探索热情。乡愁如何与时代接轨，非遗怎样和网络搭线，怎样让传统手艺乘上网络销售的快车，这些都是镇党委最为关心和潜心探索的方向和课题。

在耿车电子商务产业园的展览厅，有一间传统手艺工作室，里面最为醒目的，是色彩鲜艳的虎头鞋和虎头枕。它们整整齐齐地摆在桌子上供人观赏，甚是可爱。虎头鞋是中国传统手工艺品之一，主要款式是童鞋，人们往往赋予它驱鬼辟邪的功能，因鞋头呈虎头模样，故称虎头鞋。虎头鞋既有实用价值，也有观赏价值，还是一种民间的吉祥物，制作技艺已被列入中国非物质文化遗产。而这里，便是镇党委打造的传统手艺与电商平台的结合点，制作这些精美的手工艺品的人，叫于金凤。

在耿车镇，虎头鞋是于金凤的身份标识，也是一张靓丽的非遗名片。对于金凤来说，虎头鞋就是她的乡愁。

于金凤从小就看着母亲做虎头鞋，在她还蜷缩在母亲怀抱中的时候，眼前就是母亲整日不得闲的双手。懂事起，她便成天跟在母亲身边，看着一针一线交织而过，可爱的虎头鞋和虎头枕就悄然成形。耳濡目染中，她对虎头鞋的制作过程烂熟于心。

在于金凤12岁时，因母亲去世，哥哥便请她帮忙给自己儿子做虎头鞋，那是她第一次尝试独立缝制。她拿出老虎头纸花——一种类似于模板的道具——脑袋里不停搜索记忆的画面，努力回忆母亲做鞋时的细节，用心去模仿。按照老虎的图案剪纸花纹路，将纸花贴在鞋脸上一针一针地绣，她通过不懈尝试，很快就绣出了一只虎头鞋。那也成为了她手艺之路的起点。

这一辈子，于金凤只认准了一件事，即缝制虎头鞋，耿车人对事业的执着坚守在她身上体现得淋漓尽致。尽管制作的虎头鞋很畅销，但对她来说，有一个心结始终无法解开，那就是没有传承人。毕竟，想学会学精这门手艺，既耗时又耗神，且还需长期的练习。要面对针线，静下心来坐一整天，这对年轻人来说，几乎是不可能的事。

随着党中央和各级党委政府

▶ 于金凤与虎头鞋

对非遗手艺愈加重视，困扰于金凤几十年的问题迎来了转机。从市区记者到省级媒体再到国家级平台，一辈子只专注一件事的于金凤连同她的虎头鞋吸引了越来越多的目光，在铺天盖地的宣传推广下，不少当地的年轻人对虎头鞋产生了浓厚兴趣，纷纷前来拜师学艺。于金凤也不吝赐教，耐心细致地手把手教，一点点讲，把一辈子积累的经验无私传授给这些充满朝气的年轻人。非遗中这些宝贵的手工艺财富，也在这手口相传间，开始向未来交班。

同样在历史长河中游弋至今的还有大众村的篦子，在致力弘扬中华优秀传统文化的时代背景下，这份宝贵的非遗手工艺重新获得社会关注似乎也只是时间问题。

谈起篦子，全国各地上了一定岁数的人们大多不会陌生。我国制篦手艺起源于春秋战国时期，上为宫廷御用，下为普通百姓家中每日梳头洁发的必需品，当时的主要功能是刮头皮屑和去除藏在头发里的虱子，在20世纪90年代以前尤为风靡。随着生产力水平的提高，人们生活环境和卫生条件不断改善，篦子的实用功能逐渐丧失了，从家家必备的实用品演变成为旅游纪念的工艺品。但时光穿梭间，它精密的制作工艺和精致的外观造型，始终

▶ 村民制作篦子

勾动着人们特别是老年人的怀旧情愫。

早在清康熙年间，大众村一个自然村落（现为大众村四组）中，有户张姓人家就开始制作篦子。制篦的工艺细致复杂，工序繁多，共经过大大小小108道工序，每一步都需要注入制篦者的心血和技艺。正因为张姓人家高超的制篦技艺，使得村庄的篦子成了金字招牌，声名远扬，时常供不应求，村内人家纷纷前来讨教入行。到最高峰时，村里四五十户人家全都做篦子，村落也因此得名"张篦房"，且这个称呼一直延续至今。村庄制篦的代表人物张成烈，也成为这项传统手工技艺的非物质文化遗产代表性传承人。

废旧物资回收加工综合整治后，为保护弘扬非遗手艺，镇、村党委在耿车镇和大众村的乡情馆，都分别陈列了篦子这件古老的物品，供人们观赏。安安静静的篦子躺在展柜中，它的实体存在于今日，功能留在了昨天。如今的篦子，更像是连接时空的纽带，随着岁月的流逝，从独特的视角，向人们讲述着村庄的前世今生。

非遗愈盛，乡愁愈浓，在耿车镇内各有千秋、各有渊源的非物质文化遗产犹如一朵朵艳丽花朵，齐刷刷在满园春色中绽放。这些蕴含着中华优秀传统文化的非遗手艺，曾经在环境污染、生态破坏的土壤中，在陶醉于垃圾堆寻宝的人群里，落寞地离场，也带走了年轻一代的乡愁和根基。

但今日，徜徉于焕然一新的耿车大地，在"绿水青山就是金山银山"理念的指引下，在镇党委政府的大力推动下，在满怀深情的老一辈艺人倾力实践中，精彩多样的非遗回来了，并方兴未艾地传承和弘扬着。馥郁恬美的乡愁也回来了，且成为耿车乡村振兴的重要内容，亦成为耿车蝶变之路的历史见证。

第 19 章

美丽乡村美丽情

对于长期饱受环境污染之痛的耿车人民来说，要真正告别过去，转型必须是全面且彻底的，除了保障经济发展的产业转型外，更直观的需求便是生存环境要同步改善，这事关每个耿车人的生活质量。习近平总书记曾指出："良好生态环境是最公平的公共产品，是最普惠的民生福祉。"镇党委始终牢记这份叮嘱，自从下定决心进行集中整治以来，就将重塑环境作为必须克服的难题。但污染超标20倍的空气、劣V类水质的河流、铺满废旧塑料的大地，像一堵堵墙，横亘在耿车人通向光明大道的路上，亟待破解。

勇者无畏，行者无疆。在习近平生态文明思想特别是"绿水青山就是金山银山"理念的指引下，镇党委很快厘清思路，找准方向，以打造"美丽乡村"为切入点，掀开了耿车镇生态发展的新篇章。

2016年3月20日，就在宿城区召开耿车片区转型发展动员大会，豪迈书写66天奇迹后的第二天，耿车镇便继续向前迈进，印发了《"美丽乡村建设百日攻坚"活动实施方案》（以下简称《方案》），决定在废旧物资回收加工综合整治的基础上，通过"百日攻坚"活动的开展，使全镇环境面貌得到全面提升，高质量达到全省村庄环境整治和全区美丽乡村建设的考核标准。

《方案》列出了"建立健全垃圾收运体系、实施改厕改圈、清理乱堆乱放、疏浚河道沟塘、实施道路硬质化"等五个方面的具体整治内容，成为了全镇各地推进环境整治的具体指导，意味着在打赢环境保卫战之后，又一场环境整治战吹响了号角。

在这场轰轰烈烈的战役中，耿车镇下辖的行政村各显神通，围绕建成"美丽乡村"的共同目标，打响了一场场卓有成效的攻坚战。7个村庄宛若缤纷多彩的不同颜色，构成了耿车镇"美丽乡村"建设的绚丽彩虹。

拥有"全国乡村旅游重点村""江苏省水美乡村""江苏省传统村落""江苏省特色田园乡村""江苏省乡村旅游重点村"等诸多头衔的刘圩村，便是其中一抹靓丽的色彩。

刘圩村位于耿车镇南部，西接徐州市，东接三棵树乡，北接湖稍村与红卫村，距离镇区4.5公里，辖5个自然村，10个村民小组，户籍户数913户，户籍人口3973人。

谈及刘圩村，厚重的历史感便扑面而来。据传说，历史上有刘氏、王氏两大地主家族，分别居住在村庄南北，他们以水为

▶刘圩村俯瞰图

界，看家护院，形成了南北两个循环的"8"字形水圩，刘圩村故此得名。村里还留下了刘氏家族的抗战轶事和王氏家族书香世家、桃李满天下的故事，保留了深厚的人文历史积淀。

令人扼腕的是，历史的辉煌出现了断档。随着废旧物资回收加工行业的盛行，刘圩村竟以另一副截然相反的面孔呈现在世人面前。忆往昔，村内垃

圾四处遍野，塑料味随风远扬，即使在当时周边各村生态破坏都很严重的情况下，刘圩村的程度也明显更甚，经常被各级领导视为反面典型。那时，村内甚至没有一条像样的道路，纵横交错着的几乎全是原始土路，只有4户相对富裕的家庭，自费修建了从村口到家门口的水泥路。

让人庆幸的是，难堪的过往已成历史，望今朝，水美刘圩，田园风貌。进入村庄，水流潺潺、草木丰茂、农房齐整、笑容洋溢……但凡到过刘圩村的人，一定会有这样的感受：像走进了江南水乡，如诗如画的场景柔软了每个参观者的心肠。

俗话说，不经其中事，不解其中苦，风光只在险处有。在亲身经历了全过程的村党委书记丁义录看来，从"垃圾村"到"省级特色田园乡村"的转变，刘圩村走得并不轻松。

丁义录原先在镇里工作，凭借风风火火的性格和勇往直前的干劲，深受镇领导欣赏。后因刘圩村原书记身体欠佳，无法正常处理村务，镇领导便准备任命他为刘圩村主持工作的副书记。丁义录在得知调动意向后，起先颇为吃惊，但很快变成了期待，准备摩拳擦掌大干一场。正式文件下发后，丁义录欣然履新，从那时起，他与这个村庄就牢牢地绑在了一起。

到刘圩村上任后，丁义录兢兢业业地做好各项村务，靠着耿直的性格，很快与村民们融成一片，工作氛围融洽又温馨。

对丁义录来说，真正的挑战发轫于2016年废旧物资回收加工综合整治行动之后。

按照整治行动的统一部署和要求，刘圩村与其他村一样，所有废旧塑料加工户全部停工停产，迅速处理加工设备，整治取得了阶段性成果。但对丁义录来说，工作并没有结束，他理想中的村庄应该有着小时候的清新模样。

虽然目前"耿车味"有所消散,但废旧塑料仍随处可见,地上、树上、河道里、门前、屋后,甚至有些家庭卧室内都散落着零星的塑料,这与"天蓝水清"的记忆间依然隔着道天堑。

为尽快改变面貌,让乡村"美丽"起来,丁义录先是租来三台挖掘机,将村域内各处的垃圾集中收集,统一堆放在村垃圾回收站。那场面着实"壮观",2000多平方米的回收站内,堆满了10米多高的垃圾。在像小山一样垃圾堆的映衬下,连天空都显得压抑。丁义录站在院门口仰起脖子,脸上凝重如墨,心里暗自惊叹:"这笔生态欠账,不知要什么时候才能还清。"

丁义录沉思半晌,将村两委班子成员都喊到现场,眼前的景象让所有人感到震惊。此刻,毋须多言,大家都沉默着,空气中弥漫着心痛的味道。

回到办公室,丁义录马不停蹄地联系垃圾清理事宜。按照镇里的清运方案,由各村自行安排车辆,将所有的垃圾统一运送到附近的新华垃圾转运站,镇里再集中安排清运。村垃圾站的那些废旧塑料仿佛压在了丁义录的心上,他决定要尽快运走,早日实现村庄面貌的改变。于是,他联系了300辆自卸货车,昼夜不停地往返拉。川流不息的车队形成了一道独特的景观,特别是夜晚,红灿灿的尾灯一字形排开,蔚为壮观。浩荡的车队所展现出的,是丁义录为实现村庄华丽转身而痛下的决心。

在清运过程中,丁义录与其他村也保持着联系。他了解到,各村面临的形势大同小异,严峻的现实足以让每位村书记都倒吸一口凉气。

白天拉完晚上拉,大车拉完小车拉,经过几天接连不息的清运,堆放的垃圾终于清理完毕,宽阔的场地让丁义录的心情都开阔许多。刘圩村像是卸下重负的行者,正积蓄力量向光明奔跑。

这个时期,丁义录也迎来了自己职业生涯的新阶段。8月,经镇党委任命和村委会选举，他成为刘圩村党委书记、村委会主任。新的身份赋予了他更充沛的动力，他铆足了劲，决意一定要将刘圩村建设好，恢复往昔的自信和风采，让村民放心，让镇党委满意。

在丁义录的统筹下，到2016年年底时，刘圩村的废旧垃圾已基本不见踪迹。解决了"面"的问题，他便将重心移向了更具体的"点"。

由于长期受到污染和垃圾乱扔的影响，村内许多河道已经淤堵，停滞的水流死气沉沉，看不到一点生气。中华民族自远古就有逐水而居的传统，因此对于水流，有着源自基因里的亲切感。丁义录考虑后，决定从清理淤泥入手，调来挖掘机清理汪塘河流。随着机械臂的收缩，发黑发臭的粘稠物源源不断从河里捞起，四周的工人都捂住了口鼻。

淤泥处理完，接着又疏通水道，当沉寂许久的河水再次流动起来，在场村民们的眼泪也不禁滚落。让河流重新活起来，这只是第一步，要让它"活"得更好，这才是丁义录的追求。于是，他网上查询并请教专家后，在河道内栽入了许多水生植物，既可以净化水质，又可以作为河流的点缀。

河道整治的过程中，丁义录只要没有其他事情，都会出现在现场。他并不是去监工，而是想亲眼看着这个让他满心牵挂的村庄慢慢变好。

有了水，村庄就有了灵动的魂，刘圩村的"美丽"也以肉眼可见的速度逐渐展示出来。在此基础上，村委会还建设了污水处理站，配套污水管网5000米，采用CWT一体化污水处理工艺，日处理能力100吨，出水标准为一级A。

为了形成常态化清理，村委会专门聘请物业公司长效管护，负责及时清淤疏浚、管护花木、清运垃圾、道路修补等，并建立村级垃圾转运和分类回收体系，配备垃圾分拣员和垃圾转运车、洒水车辆等，逐户投放分类垃圾桶，每年补助专项资金达 5 万元。

这个传统至今一直保留着，近年来，刘圩村以"沟渠河塘见清水、村庄环境大改变"为目标，深入推进村庄人居环境整治工作，累计投入已达 800 余万元。

时光似箭，日月如梭，对于干事创业的人来说，时间不容半点荒废。彼时的丁义录偶尔在忙碌瞬间会恍然意识到，距离那场惊心动魄的废旧物资回收加工综合整治完成已有一年时间。在这一年中，耿车镇下辖的各个行政村以打造"美丽村庄"为共同导向，坚决践行"绿水青山就是金山银山"理念，加快修复生态环境，每个村庄都有独到的经验，每个角落都是美丽的亮点。

耿车的镇容镇貌在短时间内发生的显著变化得到了各级媒体和上级领导的高度关注和认可，时任镇党委书记徐光良在欣慰之余，又开启了新的思考。他在党委会上提出："耿车一年来的变化有目共睹，这是全体耿车人共同努力的结果。但我明白，有些乡亲们是真正意识到了生态改变带来的好处，能够将改善环境转为自觉行动，可还是有些人存在不理解甚至抵触情绪，只是迫于行政命令，不得已而为之。毕竟和以往相比，每年损失的真金白银让他们难以释怀。所以，我一直在考虑，在已经有了阶段性成果的基础上，我们应该怎么进一步凝聚共识？继续做好引导和强化生态理念的工作？这对确保今后污染不反弹，实现绿色发展常态化至关重要。"徐光良的话引起了党委班子的一致共鸣和深入思考。

经过讨论，大家达成了共识，即寻找代言人，树立精神标杆，增强居民荣誉感，强化潜移默化的引领作用。随后，围绕代言人的选择，班子再次进行了系统的讨论，结合群体接受度、经济成本、推广难易度等多方面因素，决定采用卡通人物形象。

在人物的具体设计上，班子与设计团队数易其稿，既要能体现耿车的追求和方向，还要好听易记，更要让成年人包括孩子们都看得懂、能理解。最终，镇党委确定以耿车镇的"耿"为姓，以红、绿、蓝三原色为名，打造出三个卡通形象，并分别为它们赋予姓名和内涵定位："我叫耿小红，创业路上我争先！""我叫耿小绿，绿色发展勇向前！""我叫耿小蓝，碧水蓝天我喜欢！"

其实，在"代言人"的考虑上，镇党委还以两个典型人物为参考，设计过"耿小黑"和"耿小云"。"耿小黑"的原型是时任耿车镇副镇长、大众村党委书记的李军。徐光良解释道："李书记原本是腹有诗书的文化人，但为了村务整日操劳，硬生生被晒得黝黑。这种黑正是耿车干部们兢兢业业、一心为民的最直接体现。""耿小云"的原型是时任宿迁团市委书记的耿晓云，取她名字的谐音，且绵绵白云亦是生态文明的标志。在耿车镇转型发展的过程中，耿晓云常常带领各行业的青年人深入各个乡村，帮助指导创业就业，解决实际困难，深得村民们的认可和好评。"耿小黑"和"耿小云"同样是耿车精神的生动呈现，但考虑到有对应的具体人物，镇党委便没有将其做成卡通形象，只保留了"耿小红""耿小绿"和"耿小蓝"。

拿到"代言人"的样品，徐光良很是满意，在会上当即宣布："从今日起，它们就是我们耿车镇的形象大使，三原色代表了我们推进乡村振兴过程中发展理念和精神底色的三色梦。"

2017年8月，3个富有青春气息、时尚动感、俏皮可爱的卡通人物形象正式向社会发布。"微聚耿车"公众号推送了一则消息："昔日刺鼻塑料味，今朝清新耿车蓝，耿车人把自己的精神底色做成了这样！"

"耿小红"采用火炬造型和国旗红底色，双手伸出大拇指合拢点赞。红色是国旗和党旗的颜色,是凝聚民族向心力和国家情感的颜色,更是鼓舞广大党员敢于争先、实干担当、不负使命的颜色。在耿车,红色已被定格。尤其在废旧物资回收加工综合整治中,不论任何阶段,党员始终发挥着带头作用。寓意是,耿车人要做不忘初心的"耿小红",持续推进基层党组织建设,以创业为引领,深入实施党建富民工程,转型发展当先锋,为民服务我争先。

"耿小绿"采用绿叶造型设计,手持绿色发展勇向前横幅,代表着耿车人高擎绿色生态和可持续发展理念,不走老路,探索新路,努力走出一条经济发展与环境改善相结合的生态富民之路。寓意是,耿车人要做埋头苦干的"耿小绿",围绕"三园""三村"建设和生态治理,始终坚持绿色发展,全力建成生态经济示范乡镇。

"耿小蓝"采用蓝天的颜色,敞开双臂,拥抱未来。不论耿小绿代表的绿色发展,还是耿小红象征的创先争优,都是为了耿小蓝追求的碧水蓝天,这也体现着镇党委为满足耿车人民群众对美好生活向往的不懈努力。一路走来,"耿车蓝"渐入佳境,镇党委坚定生态优先、绿色发展步伐,紧密围绕"让群众深呼吸、看绿化、见清水"目标,深入推进产业转型升级、生态农业发展、沟渠河塘整治、美丽乡村建设等,孜孜以求,拥抱碧水蓝天。

"三色梦"的形象设计,充分体现了耿车镇生产、生活、生态的有机融合,一经推出便得到全镇干群点赞。如今,三位"代言人"已然成为本地的明星,经常出现在各个隆重场合,被人们广泛熟知和了解,各自的宣传口号也被耿车人口口相传,成为全镇绿色发展

▶ 左起:耿小蓝、耿小绿、耿小红

实践中重要的精神标识。

在镇党委精心设计和推出"代言人"的过程中，7个村庄的建设并未停步，他们都在埋头苦干，按照习近平总书记"像保护眼睛一样保护生态环境，像对待生命一样对待生态环境"的重要指示，以改善生态环境为关键抓手，深入做好清理淤泥、疏通河道、补植绿化，以及日常的垃圾清运等事务。各个村书记带头奋战，每日忙得忘记了时间。丁义录亦如此，电话始终保持24小时待机，规律的饮食作息已遥不可及，但他毫不在意。他感觉到自己越努力，离心中的梦想就越近，这令他整日斗志昂扬。

丁义录的努力没有白费，村庄的面貌每日都在发生着真切的变化，这种变化体现在村民们的言语中，也融入他们的心坎里。在当年镇里举行的环境整治评比中，凭借扎实的整治成果，刘圩村取得了第一名的优异成绩，得到了领导专家们和兄弟村庄的一致认可。

但很快，丁义录就遇到了几乎所有村庄都曾遇到的问题——没钱。也难怪，在打造美丽乡村的过程中，钱就像河水一样不停流走，租赁机器设备要钱，雇工人要钱，购买绿化植物要钱，道路修整要钱，房屋改造要钱……村干部们苦笑着调侃道："钱不是问题，问题是没钱。"

作为村庄第一责任人，解决钱的事自然压到了丁义录身上。召开村委会讨论后，他便拿着预算单和明细表闷在办公室，用笔一条条划过，哪些项目可以调整，哪些项目可以压缩，哪些项目不能动，哪些项目可以申请经费，等等。他安静地思考着。

就在丁义录凝思之际，意外消息突如其来，大大缓解了他的焦虑。一名村干部闯进他的办公室，兴冲冲地告诉他一个信息，区镇两级正在进行道路拓宽和街区改造，施工现场有很多替换下的树木、地砖等材料。

"我刚刚路过时下车看了,东西都还不错,不用的话太可惜了。不如我们全部拉过来,这样还能省下一大笔材料费。"村干部兴奋地建议着。

丁义录两眼放出亮光,当即拉着他向外走去:"走,快带我去看看。"

现场情况正如村干部描述的一样,丁义录看了非常满意,令人头疼的难题可算有了眉目。他立马掏出手机给徐光良打电话,汇报了他的想法。徐光良听后也十分赞成。

在徐光良的协调下,丁义录带着几十辆货车到现场,将完整的旧地砖和旧瓦片统统装上车,又从路边一排排树木中精心挑选了契合刘圩村风貌的品种,一并拉回来。经过考量,这些树木被移植到交通干路沿线,进行绿化补植,而原人行道的地砖、原民房的旧瓦片则转运到滨水步道,进行道路修补。

弄到了一部分原材料,紧张的资金得到了些许缓解。丁义录稍松口气,继续投入紧张的村庄建设中。

2018年2月,一份对耿车镇推进生态文明建设具有重要指导意义的文件正式发布。中共中央办公厅、国务院办公厅印发了《农村人居环境整治三年行动方案》,明确指出"到2020年,实现农村人居环境明显改善,村庄环境基本干净整洁有序,村民环境与健康意识普遍增强",并提出了推进农村生活垃圾治理、开展厕所粪污治理、梯次推进农村生活污水治理、提升村容村貌、加强村庄规划管理、完善建设和管护机制等六项重点任务。这份文件让市、区、镇各级党委有了更加明确的方向和参考,也进一步坚定了党委政府做好农村人居环境整治的决心。

文件发布后不久,市委主要领导便前往耿车镇专题调研人居环境整治工作。

领导沿调研路线一路走过,边走边看边想,不时向各村书记了解情况。

到达刘圩村时，看到工人们正在铺设路面，干净整洁的道路让村庄也增加了色彩，他似乎很感兴趣，停下脚步专心致志地观看工人施工。

丁义录见状，趁机向领导介绍了刘圩村进行人居环境整治、打造"美丽乡村"的规划和做法，包括对农房进行改建、翻建、插建，并建设党群服务中心、村民活动广场、生活污水处理站、绿化景观等配套设施。领导目不转睛，只是以点头作为回应。见领导不说话，身边人也都知趣地闭上了嘴巴，在旁安静地站立着。

谁也没想到，领导竟然就这样站了近40分钟。铺砖的工人们发现领导一直盯着，感觉有些不自在，便默契地调整方向，将身子全都背了过去。

领导终于扭过头，问丁义录："像这样进行环境整治的话，投入经费多吗？"

丁义录没有明白对方的意思，只能尝试着回答："还可以，不算多。"

领导点头道："在上一个村庄，听村书记介绍，他们每拆迁一户就要补贴50万元，那算下来二十户就要上千万元了。所以刚刚我一直在想，如果把这笔钱投入到人居环境改善上，那会是什么样。"

丁义录在心里快速算了笔账，回道："那环境会大大改善了。"

领导继续问："这个村庄的改造，预计工期是多长？"

丁义录想了想说："三个月。"

领导笑了："好，就三个月。"他对身边的工作人员说，"你把行程记下来，三个月后，我要来看成果。"

领导的态度给了丁义录极大的鼓舞和信心，他当天紧急召集村两委开会，向班子传达了市委主要领导的指示，动员大家"大干三个月，拼搏一百天，决不辜负市委的信任和期待"。

然而,到4月,还不满三个月之约时,领导就因工作调动,即将赴省人大常委会履新。令丁义录感动的是,领导并没有忘记这个约定,在离开宿迁前,他又一次来到刘圩村。

那天的刘圩村春风拂面,和煦怡人,虽然建设还没有完全结束,但美丽乡村的整体面貌已经基本成型,小桥、流水、花草、树木等,处处呈现着生机与活力。在各方面的共同努力下,刘圩村曾经的鸟语花香、生意盎然,鲜活地重现出来。

领导对刘圩村近两个月的变化非常满意,语重心长地对丁义录道:"改善农村人居环境,建设美丽乡村,是党中央实施乡村振兴战略的重要任务,意义重大。既事关全面建成小康社会,也事关广大村民的根本福祉,又事关农村社会的文明和谐。希望你再接再厉,我相信你能做好。"

丁义录没有辜负领导的期待,经过对村庄各处细节不遗余力地精心打磨,刘圩村被省水利厅评为当年度"江苏省水美乡村"。"水美乡村"是考核组按照"河畅、水清、岸绿、景美"的要求进行综合评价的,而这些,正是丁义录持之以恒的目标追求。

人居环境的改善涉及村庄方方面面,是一项系统性工程,除了公共地区的建设提升外,最核心也是最重要的因素,就是农房改造。村民们是否能够住得安全、住得舒适、住得满意,是建设美丽乡村的最终落脚点。

▶水美刘圩

随着乡村建设的不断推进,刘圩村的农房改造也进入了关键时期。丁义录还记得市委主要领导在调研时对于拆迁费用的感慨,因此尽量避免大规模拆迁,而以改建、翻建、插建等方式进行。仅这一项举措,便省下了大笔拆迁补偿的费用。

可作为没有财政来源的村一级经济,仅仅节流是不够的,缺钱是难免的事。没多久,村里资金紧缺的问题就暴露出来,成为制约丁义录大展拳脚难以突破的瓶颈。每日里除了工作,他剩余的时间几乎都在绞尽脑汁想办法,考虑如何去筹集改造资金。

2019年初,根据耿车镇党委安排,副镇长王振雷驻点刘圩村,主要任务是帮助村里推进农房改造项目。王振雷刚到村子,丁义录就迫不及待地向他汇报了改造资金匮乏的难题,并将自己的筹资设想一并汇报。

王振雷认真听完介绍,疑惑地问:"为什么不申请专项资金呢?"

丁义录知道王振雷说的是宿城区的农房改造专项资金,每年由各地申报,区里相关部门讨论通过后,列为资助项目,并安排财政专项资金予以保障。但他也知道,申报是有门槛的,便回答道:"那个太难啦,我们村子的体量小,其他地方都是改造几十栋楼房,而我们只有几十户农房。"

王振雷想了想说:"既然有这个政策,那还是要尽量去争取。这样吧,你先准备申报资料,后面我去沟通试试。"

"这样能行吗?"丁义录心里犯嘀咕了,但他还是按照王振雷的要求,立刻向镇党委打请示,请求申请农房改造专项资金。王振雷拿着请示向徐光良作了汇报,得到徐光良的认可后,便立刻上报给区里。

准备工作很充分,但情况并不乐观。不多久,区里反馈意见,基于对全区农房改造项目的通盘考虑,刘圩村不列入资助范围。王振雷得到消息后并不甘心,赶紧找到徐光良汇报:"徐书记,刘圩村这个项目还是要请你争取一下。去年市委书记都来看过，而且表达了认可，我觉得完全可以打造成全区全市的典型。而且换个角度说，同样是建设美丽乡村，哪个镇能有我们耿车镇的难度大？我们几乎是在废旧塑料的基础上重建了村庄，难道不更具有典型性和引领性吗？"

徐光良回了一句话："其实，我也是这样考虑的。"

遭遇的曲折大大激发了徐光良的斗志。他次日便跑到宿城区委，向时任区委书记裴承前汇报了刘圩村推进农房改造的意义，以及建设美丽乡村的规划、举措和已经取得的成绩。

徐光良的话打动了区领导。很快，区里批复，同意将刘圩村作为农房改造资助项目。当消息传到丁义录耳中时，他双手紧握，因激动而发红的眼眶中滚动着晶莹的热泪。

资金的问题有了落实，意味着最大的障碍得以突破。村委会立刻加快进度，经过多方比较，与江苏省城镇与乡村规划设计院达成合作协议，由规划院做出设计方案，以打造刘圩村新型农村社区为追求，制定详细规划。

2019年8月，经过镇党委政府和设计院多轮修改的《耿车镇刘圩村新型农村社区规划》（以下简称《规划》）正式推出了。《规划》提出将刘圩村建设成为"三位一体"魅力乡村的目标，即：产业转型的示范村庄、水清圩美的生态宜居村庄、具有深厚历史文化的苏北农民集中居住区。《规划》还分析了刘圩村的三大优势（有区位、有遗存、有特色）及三大劣势（少产业、少支撑、少彰显），针对性地提出了"产业升级、生态修复、特色再现"的发展策略。

有了这份规划，刘圩村的发展前景便更加清晰了。

放眼历史，那些重要的事件总是充满了各种因素的叠加，也正是这种种因素，使得它们在时代长河中体现出熠熠生辉的价值。农房改造，或许就是值得被珍藏的记忆。2019年7月22日至23日，江苏省委召开十三届六次全会，在这次会议上，时任江苏省省委书记娄勤俭围绕决胜高水平全面小康强调了三件事，其中之一便是"改善苏北农民住房条件"。随后，市委主要领导召开会议，提出要求："要抓住农房改善这一龙头工程，高质量建设农房项目，大力度整治人居环境，全方位补齐配套服务短板，做到房子、院子、村子面貌同步改善，生态、生产、生活质量同步提升。"有资金扶持，有政策指引，还有完善的《规划》，丁义录的信心更足、热情更高，将精力毫无保留地投入到农房改造事业中，用踏踏实实的每一件事，践行着共产党员对人民的承诺。

按照建设步骤，村委会根据房屋主体质量评估，并结合村民个人意愿，对现有农房分别进行改建、翻建或插建，其中翻建需要将原建筑拆除，并重新建设。这时，到了房屋施工阶段，村民的去处就成了问题。为防患于未然，村委会主动将工作做在前，未开工时就分别与各农户沟通，从安全、美观、协调等方面，讲明房屋翻建的必要性，并提出过渡方案，如寄宿亲戚家或暂居宾馆等，所涉及的费用均由村委承担。村委的务实态度赢得了村民们的认可，有关的村民几乎都十分配合，翻建过程也相对比较顺利。在改建和插建中，村委会最大程度地尊重村民个人意愿，在保证外观整体统一的前提下，提供多种设计方案，村民可以自行选择，村委也会按标准进行补贴。

当然，建设周期不可能一帆风顺，特别是涉及土地、住房等时，往往都是问题的集中区。在村庄建设征地拆迁时，丁义录的电话甚至不敢离手，随时会有突发情况需要处理。

一位村民的家因在拆迁区内，似乎嗅到了发财的机会，便抱着一棵小树到村委会找丁义录，开门见山道："丁书记，我们积极配合村庄建设，但家庭的实际困难也要请村委考虑。比如把我家的树都推了，你看我要150块钱一棵不过分吧？"

丁义录是懂行的，看出来那棵树也就值30元左右，瞬时明白了他的来意，心平气和道："你放心，该你的一分钱都不会少。"

对方的目的立刻露了出来，问："那征了我家两亩地，你看给多少？"

丁义录平静地说："按标准，每亩补偿29600元。"

对方不乐意了，提高嗓门道："这点钱怎么行，不能欺负人嘛。丁书记，我们都是实在人，我就直说了，一共15万。你看行，我立马搬走。"

丁义录笑了，问："村里的钱一共就这些，多给你了，其他人怎么办？"

村民嘟嘟囔囔道："那我不管。"

丁义录表情严肃起来了，板着脸直言道："这个没什么好谈的，补偿款都有标准，村委绝对不会克扣，更不会多付，你对村委有意见可以向上级投诉。而且村庄环境整治，你也是受益者，怎么净想着从中捞好处呢？如果你不满意，坚决不搬，那我们也不勉强，可以改规划，绕开你的土地。但你要考虑清楚，如果等村庄建好了，你家就是一道另类的风景。到时，就算你反悔也没机会了。"

村民瞪着眼，却因理亏而想不出反驳的话，满心不甘地走了。好在后来，他还是签了协议，自觉搬离，也算是为村庄发展大局作出了贡献。

此外，在房屋翻建时，也会遇到个别态度极为强硬的，村委便干脆先跳过，待周边建好后，让对方看到实实在在的成果。事实胜于雄辩，等对方亲眼见到了实在的变化，自然会主动联系村委，表示配合。

在农房改造中，总有许多意想不到的困难等着镇村干部去攻克，有时为了解决问题，干部们不得不剑走偏锋。尽管知道有风险，但为了耿车镇更好的明天，他们不得不做此选择。

项目正式启动后，省里有一项配套的帮扶政策，即各地统计上报纳入改造范围的农房数量，省住建厅审核后，按每户2万元至3万元的标准拨付改造补贴，这本是利村利民的好事情，但实际执行起来，村干部却发现了难以平衡的地方。比如同样是纳入改造范围的农房，有的家庭经济条件好，甚至无需补贴也负担得起，而有的家庭包括"五保户"，即使足额按3万元给，同样有不小的缺口；再如有的农房改造区域小，几千元即可完成，而有的农房改造面积大，补贴就显得捉襟见肘了。可每户的补贴标准，上级是有明文规定的，不能混用，这可愁坏了丁义录。

他闷头苦想了许多天，仍没有找到好的解决办法，实在没辙，只得再向王振雷吐露了困难。王振雷反复研究相关文件，确认丁义录的顾虑是对的，但客观困难摆在面前，也迫切地等待解决。况且，不仅刘圩村，其他村同样存在类似问题。苦思之下，王振雷提出了设想，干脆将省里拨付的资金不按每户平摊使用，而由镇一级统筹使用，镇政府组织力量对各改造户进行认真审核和论证，在保证总盘的前提下，制定出差异化的方案，确保涵盖所有需改造的农房。

但这种决定，王振雷并不能做主，他向徐光良做了汇报。徐光良听了以后，闷不吭声，一时间也有些犹豫。他很清楚这样做的风险，但他对耿车的情况十分了解，知道王振雷的提议是有道理的，不失为一个好办法。再三考虑下，他做出了决定，并将此项提议放在镇党委会上讨论，汇聚其他人的意见。会议的结果让徐光良颇为意外，几乎所有人都赞同王振雷的提议。于是，一场具有耿车特色的农房改造项目大刀阔斧地开始了，并经过热火朝天的建设,最终圆满完成了规定任务。

可惜,徐光良担心的事情还是发生了。项目完成后,省住建厅安排专家到实地验收,很快发现了耿车镇未按规定分账到户而是按统筹资金的办法操作,便要求镇党委作出说明。王振雷也早有预料,将相关资料准备好,坦然地向验收组作了解释。专家们审阅了资料后,又进行了多轮商讨,在切切实实的过硬成果佐证下,验收组默认了他们的做法。

验收组离开后,徐光良和王振雷相视而笑,轻松地吐了口气,丁义录悬着的心也彻底放了下来。

与农房改造相配套的,还有厕所革命"旱改厕"任务。

小康不小康,厕所算一桩。"旱改厕"可以补上农民群众生活品质的短板,提升卫生水平,倡导文明风尚,改善农村人居环境。党的十八大以来,习近平总书记对"厕所革命"高度关注并作出重要指示,在吉林延边考察调研时,就明确要求将"厕所革命"推广到广大农村地区。

经过上级党委政府的层层部署,耿车镇也开始了"旱改厕"的进程。尽管这项工作的出发点是好的,但在具体改造中,村干部遇到的困难和挑战并不比其他任务少。刚开始时,"旱改厕"遵循自愿原则,村委只帮助有意向的农户进行改造,但随着中央和省委对此项工作愈加重视,区政府便调整了目标,要求做到"应改尽改",并给每个镇下达了具体指标。这项任务的具体执行落在了各村的村干部肩上,他们反复上门,说政策、摆道理、讲优势,但推进得依然很艰难。特别是有些老人习惯了旱厕,死活不同意整改。

可工作不能停摆,有的村干部便向王振雷提出建议,干脆实行激励制,对主动愿意"旱改厕"的家庭,给予一定的补贴,从而做出示范,调动起其他村民的积极性。不过,这看似合理有效的措施被王振雷毫不留情地否决了，他提出自己的看法："改造厕所本来就是免费的，如果还要村委贴钱，那今后工作还怎么干？"他透出一股不容置疑的威严，吩咐道，"统计一下，把不愿意改造的家庭名单报给我。"

两天后，王振雷在村委办公楼召开了一场座谈会，从村干部统计的名单中勾选出一些家庭参会。他首先客气地向村民们介绍了相关政策，接着道："改造厕所也是为了改善大家的生活环境，不知道大家为什么不愿意呢？"回答自然是五花八门的，有的说已经习惯旱厕，有的说刚刚才建好，还有的说旱厕不在家中，比较自由，甚至有的说不出什么困难，但就是不松口。对于这些解释，王振雷均不予评论，而是笑道："各位一定见过粪池里成堆的苍蝇，但不知大家有没有想过，这些苍蝇可能会飞到客厅里，飞到厨房里，甚至飞到你们面前的菜桌上，飞到你们端着的碗里。"看到许多人嫌弃的表情，眉头拧得像铁链，王振雷的话戛然而止。

令村干部们佩服的是，就这一句话后，座谈会的氛围顿时变了，村民的意向开始向另一侧倒去。会后，原先抵触的村民态度有了大转变，全村的"旱改厕"进度也实现了大幅提升，以至于区政府下达给耿车镇的"旱改厕"改造指标很快告罄。由于村民的需求依然旺盛，镇政府不得不申请更多的指标，成了全区完成此项工作的遥遥领先者。

当然，凡事都不能绝对化，在想尽办法推进"旱改厕"的同时，王振雷也在普遍性之外考虑到了特殊性。他对村干部说："凡事不能一刀切，有些情况我们自己要掌握。比如有的家庭几代人，改造后只有一个厕所，可能不够用；还有的家庭是公婆与儿子媳妇住一起，也确实不太方便。后面遇到这些特殊情况，都要报给我审批，确实没条件的，可以采取粪池封盖的方式，起码能够让村民居住干净些。"

俗话说，百姓心中有杆秤，当村委的工作做到了大家心坎里，那么所有的矛盾都会迎刃而解。在这场覆盖全村的"厕所革命"中，刘圩村共改厕900余户，做到了"改一户，合格一户，使用一户，编号登记一户，旧厕拆除一户"，实现了"新厕建成使用100%，编号登记100%，旧厕拆除100%"，让"厕所革命"见到了喜人的果实。

在这一轮农房改造中，刘圩村共规划建设了3.8万平方米的项目，涉及310个农户，其中改建265户、翻建插建45户，总投资2500多万元。同时，还严格执行宿迁市《关于加快改善农民群众住房条件，推进城乡融合发展的实施意见》《宿迁市加快改善农民群众住房条件推进城乡融合发展三年行动计划（2018—2020年）》《宿迁市农民集中居住项目规划建设导则》等文件要求，同步建设党群服务中心、村民活动广场、公厕、停车场、生活污水处理站、小学幼儿园、超市、路灯、绿化景观、公交站点、居家养老等配套设施，将刘圩村真正建成了新型农村社区，使村民在美丽乡村里居住得更加舒心愉悦。

如今的刘圩村已经彻底与过去告别，面貌焕然一新。特别引人注目的是，村委紧紧抓住复原古老水圩、保留乡土元素这一核心要义，将原有自然水圩堵塞地段进行开挖、疏通，使之南北贯通并与区域水系九支渠连接，达到活水连通的目的，便于保持水质和水量。

在这过程中，王振雷敏锐发现，水系多是刘圩村的一大特点，完全可以大做文章。因此在进行村庄规划设计时，他就向设计方提出："有水就要有桥，但不能千篇一律。中国的桥种类丰富，我觉得起码在桥的样式上，可以做出些刘圩村独属的亮点，确保每一座都是独一无二的。"王振雷与丁义录和设计方反复研究打磨方案，力争借水搭桥传递别样风情。费尽心血建成后，效果令人赞叹。走在刘圩村落，各式各样散发着古色古香气息的桥涵共有21座，有的浅浅浸在水中，让人们体验亲水的乐趣；有的呈拱桥形状，上来下去颇有水乡气息；还有的构成一组组梅花桩造型，踩在上面像在走高跷，给人别样体验，形成刘圩村独有的风景。

除了水，还要有树。小桥流水，林木葳蕤，树在水中长，水在树间流，在中华传统的审美意趣中，水与树是天然的风景搭配，就像一幅古画，刻在中国人的基因里。

巧合的是，对于树，王振雷颇有研究。在调任耿车镇之前，他在埠子镇就分管绿化，几十年的工作积累，让他有了丰富的知识储备，对树木产生了浓厚的兴趣。刚到刘圩村，他便饶有兴致地围着村子转，挖掘本地的树木资源。走到村子南边时，他意外发现一棵杜仲树。杜仲树是我国特有的珍稀濒危植物，被列为国家二级保护野生植物，也是优良的绿化观赏和经济树种，仅存活于我国中部地区。这棵树干有大腿粗，王振雷粗略估计，可能有一两百年。但令他心痛的是，这棵树原本可以作为保护树种挂牌养护，但由于缺乏应有的照料，已经枯死了。在村子的另一角，他又发现了一片杨树林，同样已没有了生机。他的遗憾从眼神中显露出来，甚至有些懊恼，没有早些发现它们。

让他略觉欣慰的是，他在一口古井旁又看到一株树，疑似柘木树。柘木是一种名贵木料，与檀木齐名，民间有着"南檀北柘"的说法。王振雷见这株树有手腕大小粗，一时间不敢确认，便邀请专家到现场考察，最终确定是柘木。

意外发现的这些珍贵树种对王振雷触动很大，他隐隐觉得，刘圩村或许有着超出他想象的树木资源。于是，他立刻安排人对村内树木进行地毯式摸排，结果让他惊喜，在苏北常见的 64 种乡土树木中，刘圩村就有 52 种。那个瞬间，他萌生出一个想法，要保护好这些树木，打造"乡村植物园"，让村里的孩子从小就能接触和了解到树木的多样性。他的设想得到了徐光良的大力支持，植物园也成为了刘圩村打造美丽乡村的一大亮点。

刘圩村的转变引起了各级媒体的广泛关注。2022 年 2 月，中央广播电视总台中文国际频道《记住乡愁》栏目专题播出了反映"乡村之美、乡村之富、乡村之强"的纪录片《刘圩村——"可爱经济"敲开幸福门》。2024 年

▶ 中央电视台《记住乡愁》报道刘圩村

4 月，刘圩村被省农业农村厅评定为全省第一批宜居宜业和美乡村，同时获评的，还有大众村和红卫村。

窥一斑而知全豹，处一隅而观全局，在镇党委的统一领导下，刘圩村生动精彩的鲜活事例，也同样在耿车镇其他行政村内上演。五星村、三义村、大众村、大同村、红卫村等各个村的两委班子各显神通，村庄建设亮点纷呈。

从过去"垃圾靠风刮，污水靠蒸发，家里现代化，屋外脏乱差"，到如今"污水有了家，垃圾有人拉"，"住进别墅，满目清新"，耿车镇的生态环境状况彻底翻开了新篇章。各村居自 2017 年开始，就扎实推进美丽乡村建设，对照镇党委政府联合印发的《"两减六治三提升"专项行动实施方案》，结合人居环境改善、苏北农房改造等行动契机，深入推动"三生（生产、生活、生态）融合"理念的生动实践，打造出大同村、红卫村、刘圩村、大众村等多个美丽乡村，耿车镇也先后荣获省级卫生镇、省级生态乡镇、省级生

态文明建设示范乡镇等称号。

值得一提的是,在各项工作中,镇党委还尤其注重发挥党组织的建设和引领作用,在美丽乡村建设、镇村环境整治等项目推进中,均成立了临时党支部,形成"临时支部+重点工作"的推进模式,既有效统一了思想认识,又汇聚了强大的精神合力。

2023年6月,江苏省委书记信长星到刘圩村调研。他表示,耿车的精彩蝶变充分彰显了"两山"理念的实践伟力,要一以贯之、久久为功,建设宜居宜业和美乡村,让广大群众既富口袋也富生态,有更多获得感、幸福感、安全感。2024年2月,江苏省委副书记、省长许昆林也来到刘圩村,在察看产业转型、村容村貌、人居环境整治等情况后说"耿车蝶变"是践行"两山"理念的生动典型,要学习运用"千万工程"经验,有力有效推进乡村全面振兴,加快展现农业农村现代化新图景。

经历过坎坷,才会成长,人是这样,社会、地区也是如此。生态建设,永远在路上,对前几十年生态环境的欠账,耿车人正用实际行动去全力弥补。对于遭受过重度污染的耿车人来说,习近平总书记提出的"绿水青山就是金山银山",已成为他们最真切的感悟和面向未来的长久追求。

第20章

最是文化能致远

党的十八大以来，以习近平同志为核心的党中央高度重视文化工作。在2014年10月召开的文艺工作座谈会上，习近平总书记作了有关"文化是民族生存和发展的重要力量"的重要论述，为全国各地的文化工作指明了方向。

对于历史深厚的耿车镇来说，坐拥丰富的文化资源，在文化建设上亦有着独特的优势。放眼漫长的历史，文化始终是耿车发展的靓丽风景。特别是2016年以来，这道风景在耿车转型发展过程中，更如一道长虹，显得愈加光彩夺目。正如著名建筑师沙里宁的一句话："让我看看你的城市面孔，我就能说出这个城市在追求什么文化。"

时间回溯到2016年1月11日，宿迁市下发了《宿迁市人民政府关于开展废旧物资回收加工综合整治的通告》，标志着一场艰难的环境保卫战正式打响。

从业人数最多、污染程度最深的耿车镇首当其冲。3天后，宿城区召开动员大会，吹响了冲锋号。时任镇党委书记徐光良在党委班子会上通报了动员大会的内容和要求，并表明了自己的看法："相信大家都能看出上级党委政府的决心，废旧塑料行业非整不可。我们要做的，就是坚决落实区委区政府的指示要求；我们能做的，就是要考虑怎么样去推动整治的进展。"

徐光良的话是从现实土壤中生长出来的。毕竟，废旧塑料加工是绝大多数乡亲们的主要收入来源，取缔等于断了财路，禁止就是灭了希望，尽管全镇居民对塑料加工带来的环境污染深表痛心，但让他们彻底放弃这个镶满了金疙瘩的行当，那也不是容易的事。如何做通他们的思想工作，顺利引导大家向绿色生态发展转型，这是需要策略的。

对文化情有独钟的徐光良很快找到了法宝，即发挥文化的力量，以文化人，润心启智。他向班子成员解释，可以通过文化宣传来渲染氛围，对乡亲们进行熏陶，使他们能够在春风化雨的洗礼中，逐步发生思想的转变，从而自觉主动地投身转型。

会议很快达成一致。几天后，耿车镇的大街小巷、各类广告牌和其他可能的地方，随处可见醒目的宣传条幅："绿水青山就是金山银山"，"保护环境就是保护我们自己"，"治理环境污染，重现丽日蓝天"，等等，简单的措施往往最有效果。这些通俗易懂的语言、指向明确的内容很快渗透到耿车百姓的日常生活中，融入在他们的思维习惯里，许多人聊天中不时都会蹦出几句，印证着宣传的魅力。

同时，镇党委在公众号中也不遗余力地推送宣传文章，为整治工作造势。谈起宣传工作，徐光良是有前瞻性的。镇一级政府没有自己的报刊网络等宣传阵地，但宣传工作必不可少，徐光良对这一点看得很清楚。因此，在2015年6月到任耿车镇党委书记后，他就布置了任务，耿车镇要借助新媒体的平台，创办自己的微信公众号。经过前期筹备，7月，"微聚耿车"公众号推出了第一篇文章，在随后的几年中，公众号根据耿车发展的不同阶段和不同定位,陆续更名为"耿车新模式"和"耿车蝶变",如今已有粉丝5万余人,成为了耿车镇党委政府为民服务的重要窗口。

而在当时,那些鲜红的条幅和一条条及时的推文成了耿车镇专属的靓丽风景。它们背后蕴含的,是镇党委推行废旧物资回收加工综合整治的决心。

在文化氛围的感染和助力下,绝大多数耿车人都已将市委关于废旧物资回收加工综合整治的工作部署作为自觉要求,积极主动地配合,即使仍有少部分人不理解或有抵触心理,但通过耳濡目染,思想的种子已在他们脑海中扎下根,静待发芽开花。

自整治工作开展以来,绝大多数耿车人民都保持着可贵的大局观,共同努力打好环境整治攻坚战,到春节前,耿车镇的废旧物资回收加工综合整治已经有了阶段性成果,还通过了市级验收,而镇党委对文化工作的思考也因此有了新的变化。有一句很久以前看过的话,反复在徐光良耳边响起:一个国家没有科技,一打就垮;一个国家没有文化,不打自垮。国家如此,推及至耿车镇,亦是如此。

那段时间,徐光良只要没事,就经常向各个村组跑,查看整治进展,了解问题困难,协调一些村组负责人无法处理的事情,鼓舞动员士气。其实,对他来说,频繁的调研还有更关键的作用,即及时了解掌握乡亲们的思想动态。谁都知道,废旧物资加工回收综合整治是一场硬仗,而对作战队伍来说,军心最重要。

让徐光良庆幸的是,走访中他真的发现了苗头性问题。百姓们虽然都在认真配合整改,但难免会有些情绪,这些情绪如果渗入到整改中,必将影响整改大局。他印象最深的是来到一个村,发现路面垃圾已基本清理干净,心情正放松间,忽听到两位老人在聊天,其中一句话又让他把心提了起来:"塑料不让干,那我们这把年纪只能混吃等死了。"这句话像炮弹一样在徐光良心里炸开,他脸上的笑意霎时消散无踪。略做思考后,他便加快脚步,心事重重地离开了。

在党委会上,徐光良严肃地提出了这个问题。他将昨日听到的情况告诉大家,接着道:"这段时间来,我们的工作重心一直放在推进整改上,仅以看得见的整改效果论成败,却忽视了乡亲们的精神文化需求。我们经常提加强文化建设,却忽视了怎么样让文化发展成果惠及每位乡亲。如果他们享受不到环境改善带来的获得感,那又怎么可能长期坚持呢?说严重些,最后废旧物资回收加工行业卷土重来也不是没有可能。"

这番话让班子成员集体陷入了沉思。随后,众人围绕如何加强文化供给、丰富人民群众的精神生活展开了讨论,并达成一致意见,即搭建一个公共文化服务的平台,让老百姓身有所往、心有所属。经充分研究后,镇党委形成了决议,建设一座文化体育公园,作为耿车镇环境提升的标杆,解决老百姓"去哪里"的问题。

按照构想,这座文体公园要面积宽阔,既要有休闲步道、室外篮球场、健身休闲区、文化大舞台、文化长廊以及亭台廊架等文体活动功能分区,还要配以室内篮球场、乒乓球场、羽毛球场等,旨在打造一个集文化、娱乐、体育、休闲为一体的区域,且能彰显耿车镇的文化元素,更能满足老百姓对于文化体育活动的需求,还要确保在未来5—10年内不能落伍。

至于地点的选择,镇党委同样煞费苦心,如何才能最大程度地彰显出文体公园的意义,大家集思广益后决定就选址在耿车镇机关大院对面,位于集镇中心和循环经济产业园核心区重合的位置。这里有一大片废弃汪塘,占地约有13亩,且靠近产业园和居民区。待公园落成后,不仅能满足周边群众的精神文化需求,又能服务园区内企业员工的业余生活需要。

为尽快让文体公园投入使用,用文化的软实力配合整治行动的硬手段,镇党委毫不耽搁,即刻进行项目的公开招标,并指派镇文化站具体负责文体公园的建设事宜,力争在最短时间内,为耿车人民奉献一件丰厚的精神文化礼品。

经过一系列招投标程序,镇党委很快选定了一家施工单位,文体公园的蓝图离耿车居民又近了一步。然而,施工刚开始没多久,却出现了状况。

由于选址处是废弃汪塘,塘内最深处足足有9米,并且填满了尼龙网、渔网粉碎后的下脚料等废品,因此清淤是首要任务。于是,施工单位调来许多挖掘机、抓木机和运输车,昼夜不停地进行清理。可尽管如此,汪塘像是个魔法池,4天过去了,依然有源源不断的废弃物从塘中被捞起。

施工负责人意识到不对劲,汪塘的清理难度远远超出预期。他急忙找到文化站站长反映情况:"这样下去我们可吃不消,哪里能想到有这么多垃圾,不仅清理成本要增加,后面加固地基的费用也不是小数目,这趟干下来要赔本了。"最后,他提出了诉求,希望镇里能够追加预算。

站长显得有些为难:"镇里的每一笔钱都有固定用处,追加不太现实。况且都签了施工合同,工作内容写得很清楚了呀。"

"可谁料到体量这么大?"负责人有些不乐意了,赌气道,"那合同终止吧,大不了我们赔违约金。"

▶建设中的文体公园

站长叹口气,请对方先坐下来,泡上一杯茶。他理解对方的难处,双方只是立场不同,但有共同的目标。他委婉道:"我看贵公司曾做过不少公益,这个也是公益项目,所以我们的追求应该是一致的。而且,项目中途离场,这对贵公司的形象也不利,相反,如果做好了,那不又是贵公司的一张名片吗?"接着,他又向对方介绍文体公园建设的初衷及规划。

几句掏心窝子的话聊过,负责人的情绪总算稳定了些,他当然也了解合同单方面违约的后果,语气缓和下来,道:"那还是继续吧,争取早点完工。"

工程车辆又动起来了,最终足足运了7天多,才将塘里的废弃物清理完毕。紧接着,又快马加鞭地进行主体建设。

施工单位的有序组织加快了工程的进度,6月底,总投资500万元的耿车镇文化体育公园提前建成并投入使用。这片过去布满垃圾的臭汪塘,如今绿树环抱、风景优美,文化回廊、乡村舞台相映成趣,同时配备有健身器材等,成了附近居民休闲娱乐的好去处。

公园北侧,还竖着一面颇具特色的墙,上题"耿车诗画",写着"一个实现梦想的地方……"墙的中间是镂空的木窗,旁边印着硕大的发展理念和宣传语,使耿车居民远远就能感受到精神的鼓舞和号召。

公园建成后,如预期那样受到了人们的热烈追捧。附近年长的居民们兴奋道:"终于有地方跳广场舞了。"每逢炎炎夏夜,到此乘凉的群众都有近千人,大家欢声笑语,与扑面而来的浓郁文化气息拥抱,品味着环境改善带来的切

▶耿车镇文体公园

实成果,"绿水青山就是金山银山"理念的真谛也在看得见、摸得着的实景中,被全镇老百姓们铭记于心。

建成文化体育公园,耿车镇的文化活动便有了根据地。徐光良接着提出:"文体公园既要建好,更要用好,一定要发挥出公园的阵地作用,结合当前转型发展的需求,用丰富多彩的文艺活动来装扮好这个公园。"依照这条思路,在镇党委的组织策划下,一场场精彩纷呈的演出先后落地文体公园,为当地人民献上了丰富的精神文化盛宴,在春风化雨的滋润中宣传着绿色发展的生态理念。

2016年7月,耿车镇废旧物资回收加工综合整治已告一段落,经历了半年多的转型摸索,耿车镇在电子商务、网络创业领域涌现出一大批从零做起、敢试敢闯的先进典型。如何宣传好这些典型,从而引导更多村民向新兴行业转型,成为镇党委面临的重点任务。此时,每晚人满为患的文体公园给了徐光良灵感和启发。

经过精心筹备,8月5日晚,一场名为"爱在家乡·共创未来"耿车镇转型发展暨全民创业先进典型表彰晚会的专场演出在公园文化大舞台举行。演出中不仅安排了与转型发展和生态整治有关的舞蹈《鼓舞耿车》、快板《喜看村庄环境整治好》、独唱《希望田野》、沙画《筑梦耿车》等老百姓喜闻乐见的文艺节目,还现场公布了耿车电商"四大英雄"和"耿车首届网络创业明星奖"评选结果。70平方米的文化大舞台上,承载的不只是歌舞,更是耿车人创业的精神和转型发展的决心。演出现场气氛热烈,掌声雷动,令人回味无穷。

文化建设不能断,文化活动不能停。表彰晚会结束后不久,又一个策划方案在徐光良脑中酝酿成形。一个多月后,一场同样别开生面的活动亮相文化大舞台。这场活动紧密结合弘扬社会主义核心价值观的主题，发挥群智群力，创新地动员各村各组群众围绕这个主题，自编自演文艺节目，并安排历年获评"中国好人""江苏好人"的先进人物与大家面对面，以身边人讲述身边事，用身边事影响身边人，在让百姓们喜笑颜开的同时，感受到向好向善的浓郁文化氛围。

栽下梧桐树，引得凤凰来。全镇多项活动、演出的主承办单位均将目光投向这里，仅一年多的时间，文化大舞台就举办见面会、民俗文艺展演、各类表彰晚会等30余场次，耿车镇也因此被授予江苏省群众体育先进单位，市、区两级群众文化工作先进单位。耿车镇的文化味愈加浓厚，文体公园在群众心中的影响力和认可度也逐日提升。

六月里来暖风轻，在绿树青草的点缀下，耿车文体公园更显得生意盎然，充满活力。徐光良正站在办公室窗前眺望，一阵敲门声打断了他的沉思。

来人热情地做了自我介绍，并表明来意。原来，他是一家体育培训机构的负责人，准备进驻耿车镇，看中了耿车文体公园的篮球馆，想趁着即将到来的暑期承包下来，举办篮球培训班。

徐光良摇摇头道："篮球馆是公益性质的，怎么能个人承包呢？"

对方说："我给钱呀，而且只承包七、八两个月。"

徐光良依旧摆摆手："这肯定不行。"

对方摸出一个鼓囊囊的信封，身体凑过来，笑道："徐书记，这是互利互赢的好事，还望你多帮帮忙。"

徐光良脸色瞬间拉下来，声调提高道："我最后说一遍，不行。"接着毫不客气地下了逐客令，"我还有事，请回吧。"

这件事给徐光良提了醒。他在各次会议上都严肃提出了这个问题，明确说道:"耿车镇所有的公共文化设施必须将公益属性贯彻到底,绝对不允许有任何人以此牟利,如有发现,严惩不贷。"

这条规定,一直延续到现在,成为了耿车镇推进文化建设的坚定原则。

受到火热追捧的文体公园让镇党委切实体会到了耿车人民旺盛的精神文化需求。镇党委决定继续加大力度,依托持续向好的各项生态指标,为百姓提供更多更优质的公共文化空间,使他们真正能够看得见水、记得住乡愁。目标有了,抓手在哪儿?镇党委开始了新一轮思考。

巧合的是,偶然的对话带来了宝贵的灵感。在一次活动中,徐光良遇到了张辉。张辉时任宿城区委副书记、区长,因曾一起在宿城区工作多年,故两人比较熟悉。闲聊中,张辉打趣道:"你们生态保卫战的目标是天蓝地绿水清,蓝天已经出现了,绿地我也看到了,那么清水在哪儿呢?总不能是村里的几条小沟渠吧?"这句带有调侃性质的话却被徐光良记在心里了,细想起来确实如此。他向张辉表态:"我们回去马上研究。"

徐光良回到镇里,立即召开党委会商讨,集思广益后,认为全镇的水系虽然繁多,也较为发达,但缺乏汇聚成片的上规模的大型水域,无法产生视觉震撼,因此无法成为耿车镇的标志性水景。众人经几番商讨,决定干脆挖一座大水塘,建个人工湖,让所有耿车百姓都能看到清澈的湖水。至于地点,徐光良提议,要发挥好宿迁西大门的区位优势,在"宿迁西"高速口附近,让来往的车辆一进入宿迁就能看到天蓝地绿,清水荡漾。于是,镇党委将眼光聚焦在原先的废旧物资集中加工区。自综合整治后,这片区域便弃置不用了。加工区见证了耿车镇塑料行业的发展兴旺,是本镇重要的历史记忆,镇党委决定就在原地新建一座以水为主题的生态公园,让这片土地继续成为新时代、新耿车的见证者。

计划定下后，徐光良兴冲冲地打电话向张辉汇报，张辉听了很感兴趣，随口问道："想法很好，这个生态公园叫什么名字？"徐光良胸有成竹地说："我们党委班子商量过啦，要凸显西大门的区位优势，这个湖就叫小西湖。"

"小西湖？"张辉疑惑的声音响起，接着道，"小西湖和杭州西湖有什么关联？如果没关联，那岂不是削弱了自身定位？"徐光良想了想，觉得有道理，便道："那我们再考虑下。"张辉提醒道："名称也是地区文化底蕴的体现，最好要有耿车本地的元素。"

徐光良凑到耿车镇行政区域图前，在选定建公园的区域四周仔细查看，希望从中挖掘出一点线索。当目光落到湖稍村时，思维顿时活了，他想起有次调研，当地村民和他提起过，湖稍在以前就是湖嘴的意思，既然是湖嘴，那说不定这地方曾经和湖有关。

这个发现让他兴奋无比。为了还原历史，考证真实情况，镇党委委托宿迁市西楚文化研究会对此处是否曾经有湖泊以及湖泊的名称进行考察。研究会接到任务后，成立了考察组先后赴山东、安徽、省内其他城市进行田野调查和史料翻查，最终在上海的史料馆中，考察组的辛劳有了收获。

根据考察组查阅的《宿迁县志》史料显示，证实了该位置在宋元年间确实有一处湖泊，名为白鹿湖。由于黄河水数次改道，使湖面淤积为平地，逐渐消逝在人们的视野中。后来，仅剩的一处水塘也被居民圈占起来盖上房子了。耿车的湖稍村应该就是白鹿湖的湖嘴所在地，而白鹿湖和连接诸湖的湖嘴，还被视为明清时期宿迁县和南泗州的地理分界线。这项发现同样让研究会的专家学者们激动不已。

历史还原了，情况明晰了。有了岁月的积累，这片厚重的土地也便有了沉淀。古老的"白鹿湖"，在沉寂数百年后被轻柔地唤醒，并即将从历史海洋中浮起身影,以崭新面貌重现在世人面前。镇党委讨论后,决定延续历史,将其命名为"白鹿湖生态公园"。张辉听了经过后,对这个名字连连称赞,明确要求要将公园建设好,真正让人民群众感受到"水清"带来的巨大转变。

南风吹白鹿,湖水绿于海。2017年上半年,白鹿湖生态公园建设项目正式启动,并于次年初建成投用。公园占地300亩,位于耿车镇镇区西部,东至九支渠、南至苏州路、西至开发区大道、北至徐淮路。生态公园围绕"白鹿渔歌"的历史题材,建设成为集生态绿化、滨水游乐、休闲购物、文化健身等多功能于一体的综合服务区。

▶ 白鹿湖公园

怀揣着对历史文化的深厚感情,徐光良继续向深处思考。喜爱古文的他脑中常常浮现出这样的场景:几位文人墨客、三五好友在湖边凉亭对坐饮茶、吟诗作赋,亭外水面如镜,暖阳和煦,长袖逐风,茗香四溢。畅想间,他觉得在湖边应该有个供人休憩的场所,能够让人静下来体味这今非昔比的生态变迁。

不久后,镇党委便在白鹿湖畔同步规划建设了白鹿书院。书院建筑面积1800平方米,为庭院式仿古建筑。其中,一层为耿车乡情馆,从乡愁记忆、历史印记、名家名人、转型发展等不同主题,展现耿车从古至今发展的巨大变化,歌颂耿车人民不畏艰辛、艰苦奋斗的壮志豪情,激发广大耿车人民群众忆古思今,坚定走生态优先、绿色发展道路的信心;二层为功能区,共分为会客厅、聚贤厅、国学馆、图书馆等四个区域,分别提供茶艺展示、乡贤

▶ 白鹿书院

议事、传授书画技艺、图书阅读等文化服务。身处二楼，白鹿湖的全景可尽收眼底，成了耿车人热衷前往的打卡点。

除了耿车文体公园、白鹿湖生态公园、白鹿书院等文化场所，镇党委还引导各村与美丽乡村建设的举措相融合，先后建设了凹地健身广场、乡村大舞台及多处健身广场，党群服务中心内也设有文化礼堂、儿童游戏室、图书角等，可满足农民文体活动需求，并结合公共空间治理，打造道路菜园，厘清公私空间，公厕、停车场、垃圾分类处理点、生活污水处理站等配套设施一应俱全，环境优美、舒适便捷成了耿车人现代文明生活的真实写照。

依托这些扎实的文化基础设施，耿车镇的文化建设全面铺开，文化发展迅速迈上新台阶。镇党委摩拳擦掌，坚持教育引导、实践养成、常态长效三管齐下，统筹起各村新时代文明实践所（站）的资源，持续开展了一系列文明新风创建活动。例如：

发挥党建引领作用，探索引导各个产业门类建立行业商会或协会，并于其中建立党支部，不断扩大党建带动社团建设的影响力。抓好每月的"党员统一活动日"，把党支部建到项目一线，通过党员宣誓、创建先锋模范岗、成立党员突击队等形式集中攻坚破解难题。做实党员冬训、"三会一课"、民主生活会、组织生活会、民主评议党员等基本工作，特别是在冬训工作中，连续多年召开千名党员冬训大会，宣传党的思想、传递党委政府工作思路，发动党员积极参与。

率先成立乡贤参事会，由村内德高望重、有一定威望的社会贤德人员组成，协助村党委做好矛盾纠纷化解、强农惠民政策宣传、精准脱贫、社会治理等方面工作，切实发挥乡贤参事会"社会稳定器"作用。

试点推进"家家爱整洁"活动，由乡贤参事会牵头，抓住家庭主妇这一群体，促进美丽乡村建设，引导村民养成良好卫生习惯，转变生活理念，树立新家庭、新生活、新农村的良好形象。

组织"五老"人士参与矛盾纠纷调解，各村居坚持"四必到、四必访"，即群众有不满情绪必到、有突发事件必到、有矛盾纠纷必到、有丧事难事必到；村里的困难家庭必访、危重病人家庭必访、空巢老人及留守儿童家庭必访、信访户必访，让关心关爱润泽每位耿车人。

率先探索"为民协商试点"工作，实践总结了"协商365耿车工作法"。"民主协商，协商为民"，聚焦基层百姓生活痛点、难点和堵点，让"群众出题、乡贤荐题、组织定题"，通过现场协商、评议协商等六种协商方式，全力打造市、县、镇、村四级联动的为民协商平台，极大提高了村民的获得感和幸福感。

引导志愿团体参与社会公益事业，由镇文明办牵头，成立了以镇党委主要领导为队长的志愿服务队，辖镇级7个志愿服务队和9个村居18个志愿服务分队，坚持以群众需求为导向，兼具思想政治引领、传播党的声音、传承优秀传统文化、培育文明风尚、提供惠民服务等多种功能，致力于打通宣传群众、教育群众、关心群众、服务群众的"最后一公里"。每逢传统节日，志愿者们都会从四面八方赶来，到敬老院、孤寡老人、孤残儿童和贫困户家中开展慰问活动，传递社会正能量，让社会更加和谐友爱。同时，紧紧围绕"讲、评、助、乐、庆、创"六字方针，采取群众喜闻乐见的形式，不断增强志愿服务的实效性和感染力。目前已形成耿车镇"e+亲"网络创业志愿服务队、星火志愿服务队等4个优秀志愿服务组织,"二丫三留守"留守人员关爱、"玫瑰暖人心"邻里互助等5个志愿服务特色项目。

……

近些年来,耿车镇始终注重文明新风培育,积极开展文明户创建活动,每年评选党员文明示范户、五好文明家庭户、文明经营户;积极提倡移风易俗,厉行节俭;定期开展法律宣讲、政策解读等法律文化活动,举行关爱孤残儿童、保护村庄环境等各类服务活动;丰富村民文化生活,广泛组织文艺演出等文化惠民活动。先后涌现了"中国好人"李军、"宿迁好人"杨伟、"最美宿城人"张坤等一批先进典型,以大众村为原型的时代报告剧《石头开花》的《信任》单元还顺利登陆各大卫视,引发观众热情追捧。大众村也凭借在文明建设方面取得的突出成绩,于2020年荣获"全国文明村镇"。

江苏省广播电视总台曾出品制作过一部纪录片,名为《大众村的故事》。有趣的是,拍摄组原计划是前往耿车镇附近的乡村取点,本意是拍摄乡村电商的发展历程。徐光良得知后,觉得这是个难得的机会,便主动联系拍摄组,向他们极力推荐大众村,重点介绍了时任村党委书记李军。他说:"大众村不仅电商事业红火,而且村书记李军很有特点,会吹口琴会写书法,还会做农村工作,这样的村庄和人物拍出来,一定更能吸引眼球。"拍摄组经过实地考察,接受了徐光良的提

▶ 大众村获评"全国文明村镇"

议，专门安排一个摄制小组入住大众村，准备进行为期一年的跟踪拍摄。孰料不久后，宿迁市废旧物资回收加工综合整治行动开始，艰难的抉择、震撼的场景、动人的故事，让摄制组感觉挖到了宝藏，每日除了睡觉时间，全程跟随李军拍摄。因事件发展太过精彩，摄制组足足拍摄一年半才圆满收工，最终，这部纪录片凭借引人入胜的内容入选了《2019年第四季度优秀国产纪录片推荐目录》。

文化之风润人心，文明之花结硕果，耿车镇的文明建设成果在日积月累的文化浸染中得到不断巩固和提升，并最终融入每个人的言谈举止，体现为生活中的点点滴滴。对耿车人来说，善意是一种凝练的力量，当它释放出来，便足以产生震动人心的影响。曾任镇党委书记的李威对此深有体会，他始终记得那个令全国瞩目的"只送不卖"的感人故事。

2021年11月4日下午，耿车镇大众村居民杨伟坐在电脑前，手随眼动，敲击不停。杨伟是宿迁市琪川家居有限公司负责人，他自2014年开始经营家具生意，至当时已有7年多。那天，由于客服休息，他便主动充当临时客服，解答顾客的咨询。

不一会儿，一条消息弹出来，有人向他询问有没有小规格的床，并告知了尺寸。杨伟解释，小规格的床要定制，因而推荐常规型号。然而，对方的一句话让杨伟来了精神。对方说父亲是名抗美援朝的老兵，也是烈士遗属，行动不方便，所以希望能够定制小一号的床。从小拥有"军人梦"的杨伟眼前一亮，请对方提供相关证明，待看到对方发来的"中国人民志愿军抗美援朝出国作战70周年纪念章"后，杨伟肃然起敬，几乎没有多想，当即决定赠送，并同对方表示："向老兵致敬"。对方感谢之余仍坚持付钱，杨伟回绝了，信手打下："山河无恙，盛世如老兵所愿，祝老兵健康长寿。"这份真诚

▶《人民日报》等媒体报道杨伟的事迹

感染了对方,便接受了这份心意。

货物发出后,杨伟本以为此事告一段落,岂料当老兵王世简从儿子王放口中得知此事后,深受感动,一心希望当面致谢。可杨伟不愿透露过多信息,王放只能从淘宝店铺入手,查到杨伟店铺的注册地在宿迁市。于是,老兵王世简饱含热情给宿迁市委宣传部和市文明办写了一份感谢信。最终,在市委宣传部的帮助下,王世简与杨伟取得了联系,并表达了由衷的谢意。此事一经报道,迅速在全国范围内引起了关注,被《人民日报》、中央电视台、新华网、光明网等数十家媒体关注,还一跃冲上全国热搜榜前十。

一举一动聚人心,一枝一叶总关情。在李威看来,这就是耿车镇文明建设成果的生动缩影,也是全镇大力推进文化事业发展的生动回响。

在一系列文明新风创建活动之外,全镇的文艺演出、琴鼓村村行、移风易俗、"文明之夜"等文化活动同样丰富多彩,群众文化生活越来越充实。耿车人还自发建起了舞蹈队,办起了广场舞比赛。文明乡风、良好家风、淳朴民风在耿车大地蔚然成风。温馨祥和的文化氛围给社会治理也带去了便利,通过发挥党员先锋模范作用和充分调动社会力量,一些攻坚克难的工作有人担当,一些矛盾纠纷得到化解,一些"悬而未决"的工作圆满落地。干群关系更加融洽,基层组织的凝聚力、号召力得到明显增强,促进了耿车镇的经济社会向着更高水平发展。

2017年10月，党的十九大在北京胜利召开，习近平总书记代表党中央对文化建设提出了新的任务和要求。为了深入贯彻落实党的十九大精神，培育文化发展的沃土，镇党委于2018年初启动了耿车历史文化的挖掘和研究工作，旨在使耿车人更加深入地了解自己的历史文化，增进文化自信，彰显地方文化底蕴特色，从而更好地凝聚发展共识。

镇党委经过讨论研究，决定此项工作由宣传文化部门牵头，并特意邀请了宿迁市西楚文化研究会的有关专家及耿车本土学者，共同组成专项工作组。工作组成员历时3个月的考察和5个月的编创，终于在当年8月，编撰出《印象耿车》一书，由江苏人民出版社出版发行。全书分5个篇章共21万字，从史海钩沉、峥嵘岁月、乡愁记忆、乡贤璀璨、乡韵如诗等角度，图文并茂地记录了耿车的历史文化和风土人情，称得上是研究耿车历史文化的一本百科全书。

而在此之前，关于耿车镇历史文化的研究并不多，全镇几乎找不到像样的遗存古建筑，甚至看不到一条青石铺就的古街道。究其主要原因，是清代初年黄河水肆虐，改道夺淮入海，水患频发，致使耿车许多村庄皆遭冲毁，现有房屋建筑均为近两百年以来新建物。当然还有更重要的因素，便是20世纪80年代以来，耿车人倾尽精力在垃圾堆里淘金，文化则成了孤冷的边缘地。

垃圾围城的土壤里种不下文化的种子，这是镇党委对耿车过往的认识定位，也是对粗放式发展的深刻总结。再看整治后的耿车，旧貌换新颜，文化的种子不仅在耿车大地深深扎根，而且受到关怀和滋养，结出了硕果，正四处飘香。

2022年3月，耿车镇的文化建设和展示迎来了新的窗口，江苏省政府办公厅下发《关于实施镇村志编纂文化工程的通知》，要求对"十四五"期间江苏镇村志编纂工作进行全面部署，以期发挥地方志在留存地方历史记忆、丰富人民精神生活、提升中华文化影响力等方面的重要作用，更好地服务乡村振兴和新型城镇化建设。宿迁市委市政府热切响应，并于次年初将"镇村志编纂工程"纳入年度市政府民生实事项目，蝶变已见成效的耿车镇倾力编纂的镇志，顺利入列全市首批编撰计划之中。

盛世修志，志载盛世。《耿车镇志》是耿车历史上首部志书，具有承前启后的开创意义。书中用 16 万字、226 幅照片、66 个视听二维码，全方位记述了耿车政治、经济、社会、文化的发展历程和巨大成就，反映了耿车的探索经验，书写了耿车人民的奋斗精神，展示了"耿车模式"的前世今生，为推进乡村振兴厚植人文关怀，为助力城镇化建设提供历史智慧。

最是文化能致远。正如习近平总书记指出的，"文化兴则国家兴，文化强则民族强"。有了文化的浸润，耿车人的精神状态焕然一新，迈向未来的脚步也更加坚定和自信。最重要的是，通过文化建设，镇党委凝聚起了全镇人民奋进新时代的内生力量，这也是文化的独特优势。

文化拂城镇，文明润耿车。谈起未来，镇党委书记陈茂辉满目憧憬："今后发展中，镇党委将继续深入贯彻习近平文化思想，坚守文化的根和魂，汇聚文化赋能的发展动力，掀开全镇高质量发展的新篇章。"

第 21 章

生态耿车新模式

曾几何时，耿车人在向着"金山银山"的肆意狂奔中失去了"绿水青山"，如今，他们从"富了口袋、毁了生态"的切肤之痛中彻底清醒过来。自 2016 年年初起，在全市各级党委政府的关心指导下，被塑料垃圾困扰多年的耿车人痛定思痛，切身体悟到习近平总书记提出"推动形成绿色发展方式和生活方式，是发展观的一场深刻革命"的深邃内涵，重新思索发展路径，探寻"绿色"基因。从此，他们坚定了信念，意识到绿色发展不仅是生态文明建设的必然要求，也是解决污染问题的根本之策，更是永续发展的必要条件和美好生活的重要体现。

自那时起，耿车人的思想扭转了，行动改变了，在镇党委的坚强领导下，耿车人重新找到了生态文明建设的新方向，确立了绿色和谐发展的新定位。

2018 年，一场会议对阔步前行中的耿车产生了深远的影响。5 月，全国生态环境保护大会在北京胜利召开，其中最重要的成果便是正式提出了"习近平生态文明思想"。"习近平生态文明思想"是习近平新时代中国特色社会主义思想的重要组成部分，是马克思主义基本原理同中国生态文明建设实践相结合、同中华优秀传统生态文化相结合的重大成果，为建设人与自然和谐共生的现代化提供了根本遵循和行动指南。

耿车镇党委从中看到了笃行的方向，收获了前进的信心，决意以习近平生态文明思想为指引，大力践行"绿水青山就是金山银山"的理念，坚定不移走生产发展、生活富裕、生态良好的文明发展道路，坚决落实市委、市政府"生态优先、绿色发展"的工作要求，始终坚持把推动人居环境和自然生态和谐共生、产业发展和群众增收协同共进作为实现乡村振兴的新支点，不断厚植高质量发展的生态底色，大力推进生态经济化、经济生态化，努力打通"绿水青山"和"金山银山"之间的转换通道，让失而复得的"绿水青山"真正成为耿车实现高质量发展的"金山银山"，成为群众追求高品质生活的"幸福靠山"，从而实现绿色转型的精彩蝶变，并凭借过硬的发展实绩，赢得了上级领导、社会各界及人民群众的一致认可。

2023年9月13日，在全省生态环境保护大会上，江苏省委书记信长星出席并讲话，指出要深入学习贯彻习近平生态文明思想和习近平总书记对江苏工作重要讲话精神，全面贯彻全国生态环境保护大会精神，牢牢把握"走在前、做示范"的重大要求，以美丽江苏建设全面推进人与自然和谐共生的现代化，充分彰显自然生态之美、绿色发展之美、城乡宜居之美、水韵人文之美、区域善治之美，为谱写"强富美高"新江苏现代化建设新篇章夯实生态根基、作出更大贡献。在这次会议上，信长星书记围绕经济转型、生态发展，共点了五个故事，其中之一便是"耿车蝶变"的故事。

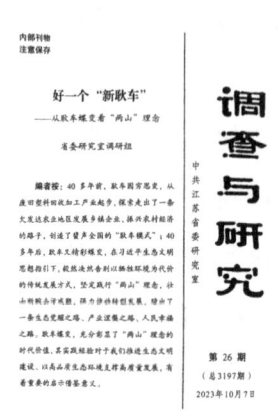

▶江苏省委研究室调研文章

随后，10 月 7 日，由江苏省委研究室编印的《调查与研究》刊载了调研报告《好一个"新耿车"——从耿车蝶变看"两山"理念》。文章指出，耿车蝶变之路，是耿车人民在习近平生态文明思想引领下走出的一条生态觉醒之路、产业涅槃之路、人民幸福之路；耿车蝶变，根本是发展理念、发展路径、发展方式之变。纵观耿车蝶变，这是一个思想破冰、理念转变的艰巨过程，也是一项科学谋划、统筹推进的系统工程，更是一段耿车人自我革命、勇创新业的奋进历程。

敢闯敢试的精神，造就了"耿车模式"的辉煌曾经；敢为人先的勇气，促成了今日耿车的华丽转型。

近年来，耿车镇坚定不移贯彻新发展理念，特别是在"绿水青山就是金山银山"理念的科学指引下，坚决弃老路走新路，实现了涅槃重生。耿车的转型应大势、顺民意、循规律，是叠加自然资源优势、潜在比较优势和诸多政策优势的成功实践。2023 年 9 月，新华社江苏分社副社长凌军辉带队，对耿车减塑治污情况进行专题调研，并形成调研报告，信长星书记阅后作出重要批示。2024 年 4 月，新华社江苏分社分党组书记、社长刘亢一行到耿车镇调研采访，新华社《瞭望》新闻周刊于 5 月 4 日刊登了题为《耿车变身记》的调研文章，梳理提炼了耿车镇的发展变化和启示。江苏省生态环境厅多位领导先后赴宿迁市调研，实地考察了耿车镇刘圩村，对村庄因地制宜开展农村人居环境整治，深化农村公共空间治理，打造"水美刘圩"的做法表示肯定，希望继续谱写好"生态优先、绿色发展"的文章。得益于各级领导和媒体的关注和认可，宿迁市在《2024 年政府工作报告》中自豪指出："耿车蝶变"成为全省践行"绿水青山就是金山银山"理念的典型案例。

2023 年 11 月，宿迁市委按照第二批主题教育工作安排和大兴调查研究的要求，深入学习贯彻习近平生态文明思想，到耿车镇开展典型案例解剖式调研，认真总结"耿车蝶变"经验做法。市委主要领导对"耿车蝶变"进行了高度的凝练，指出："耿车蝶变，变的不仅仅是生态环境、产业结构、镇区面貌，更是发展理念、发展路径、发展方式的全方位、深层次变革，根本在于有习近平生态文明思想的科学指引；耿车蝶变，用环境治理守住了绿水青山，用绿色发展换来金山银山，实现了产业生态化、生态产业化的良性互动；耿车蝶变，成功打赢了综合整治、产业转型等多场硬仗，走出了一条生态觉醒、产业涅槃、人民幸福之路，具有重要的启示借鉴意义；耿车蝶变，是全市生态文明建设的生动缩影，是实现生态保护与经济发展双赢的典型案例。"围绕"耿车蝶变"取得的有目共睹的成绩，市委对全市下一阶段生态文明建设部署了三项任务，即：学深悟透习近平生态文明思想，坚决扛起生态文明建设政治责任、历史责任；正确把握生态保护与经济发展的关系，努力实现高水平保护和高质量发展协同共进；深入践行"绿水青山就是金山银山"理念，坚定不移走好生态优先绿色发展之路。

市委的布局绘出了宿迁生态文明发展的壮美蓝图，也昭示着全市人民将继续坚定地沿着生态文明之路努力前行、久久为功。

凝望过去，翻天覆地；放眼未来，壮志豪情。"耿车蝶变"还在进行中，凭借不畏苦难、求新求变的奋斗精神，耿车人团结一心、众志成城，认真贯彻党的二十大围绕乡村振兴战略提出的"生态振兴"明确要求和二十届三中全会提出的"必须完善生态文明制度体系，协同推进降碳、减污、扩绿、增长，积极应对气候变化，加快完善落实绿水青山就是金山银山理念的体制机制"目标任务，把握发展新局面，潜心进行新探索，继续写好生态文明新篇章。曾闻名全国的"耿车模式"，正逐渐恢复昔日的风采，以更加科学、合理的内涵和自信昂扬的面貌，重新走到世人面前。

如今的耿车镇，平均每天会用掉500多吨聚乙烯原料、生产3000多张高低子母床、销售10000多盆多肉花卉、接到20000多件网络订单，发出80多辆物流车次⋯⋯这些数据的背后，承载着耿车转型后的新产业、人民群众的新生活。耿车镇还先后获得"全国先进基层党组织""全国淘宝镇""国家卫生乡镇""江苏省生态乡镇""江苏省农村电子商务示范镇""江苏省生态文明乡镇""江苏省级众创空间集聚区"等多项省级以上荣誉，打造出多个"国家级美丽田园示范村"和"全国乡村旅游示范村"。

"耿车蝶变"并非朝夕之功，"耿车模式"更需持之以恒。2021年2月，宿迁市政府印发的《宿迁市国民经济和社会发展第十四个五年规划和二〇三五年远景目标纲要》中，明确提出要牢固树立"绿水青山就是金山银山"理念，坚持尊重自然、顺应自然、保护自然，坚持节约优先、保护优先、自然恢复为主，全域构建"水韵、花香、景美"的魅力空间，系统推进生态环境综合治理，构建现代化环境监管体系，推进绿色低碳循环发展，强化生态文明制度保障，处理好生态、生产、生活三者的关系，促进经济社会发展全面绿色转型，建设人与自然和谐共生的现代化。同年8月，围绕江苏省委赋予宿迁"江苏生态大公园"的发展定位，基于"耿车蝶变"的成功实践，市委市政府下发了《关于建设江苏生态大公园的实施意见》，并启动编制了《江苏生态大公园总体规划》。市委主要领导自信地提出："我们要打造的江苏生态大公园，应该是一个河湖清秀的生态公园，一个田园风情的特色公园，一个创新发展的活力公园，一个包容共济的开放公园，一个民生富足的幸福公园。"

宿城区在"十四五"规划中也提出，要坚持以"绿水青山就是金山银山"

的理念为指引,坚定不移地推进生态优先、绿色发展,有效解决突出环境问题,切实加强生态系统保护,加快建设江苏生态大公园,努力形成美丽宿城标志性成果。在这项工作中,耿车镇是关键的一环,2024 年初,宿城区政府专门下发《关于全面加快耿车镇绿色发展的实施意见》,旨在全面提升耿车镇绿色发展水平,深入学习运用"千万工程"经验,奋力谱写"耿车蝶变"崭新篇章。

根据上级部门"十四五"规划的指引指向,耿车镇在一以贯之抓好生态文明建设的同时,将坚决落实区委对耿车要"高举改革创新大旗,以中心城市的站位谋划布局,抢抓工业西拓战略机遇,高质量建好宿迁的'西大门',续写新时代'耿车模式'新传奇"的使命任务和区政府关于耿车要"突破'乡镇格局'的思维定式,镇当市建"的指示要求,牢牢抓住纳入中心城市规划和工业西拓的时代机遇,努力把耿车建设成为宿迁富有活力的"西部新城",打造成为"四化"同步集成改革示范镇,实现耿车"十四五"跨越发展,力争在 2025 年底、"十四五"末时,实现三个前列("绿水青山就是金山银山"理念实践全省前列、高质量发展全市前列、"四化"同步集成改革全市前列),打造三个示范(全国"绿水青山就是金山银山"理念实践基地、全国生态宜居示范镇、全国综合实力千强镇),做到三个翻番(工业总产值突破 50 亿元、10 亿元企业数量达到 10 个、规上工业数量突破 50 家),达到三个显著提升(全镇 GDP 超过 50 亿元、财政收入突破 2 亿元、居民人均可支配收入突破 5 万元)。

对于耿车镇的未来发展,镇党委书记陈茂辉充满了信心。

在任现职前,陈茂辉在宿城区埠子镇当了 5 年党委书记,有着丰富的村镇治理经验。在调任耿车镇时,区委书记陈伟对他提出了 4 项具体要求:一是要坚决防止废旧塑料回收加工业的反弹，二是要坚持发扬好耿车内在的创新创业基因，三是坚守住宿迁"西大门"的地理优势，四是坚定抓好高质量发展。这些具体又细致的要求成为陈茂辉开展实际工作的总遵循。

在一次会议上，陈伟还告诉陈茂辉，上级领导一直关注着综合整治后耿车镇的发展，对"耿车蝶变"寄予了厚望，希望耿车一定要把生态文明底线守住，对得起中央和省委的宝贵信任，对得起耿车人民群众当初的大义付出。这份厚重的期待让陈茂辉压力陡增。

为尽快掌握状况，理清适合耿车镇的前进思路，陈茂辉坚持"一届接着一届干，一件接着一件干"的务实思想，多次与前几任镇党委书记沟通，围绕耿车今后发展制定了"三个结合"的具体原则：耿车发展必须与全国和省市的发展大局相结合，适应新形势，面对新挑战，对标新要求；经济发展必须与政治建设相结合，保持耿车的良性发展态势，这不仅是社会经济发展的要求，更是各级党委赋予耿车的光荣使命；拉长板必须与补短板相结合，发挥出生态文明实践者的强项，补齐产业发展的短板。

在具体做法上，陈茂辉梳理出三条主线，第一条是耿车镇的所有工作都要紧密围绕习近平生态文明思想进行，不能偏离，更不能背道而驰；第二条是依托"千万工程"，耿车镇要凸显生态底色，全力以赴抓好乡村人居环境建设，打造宜居宜业的新乡村；第三条是在当前发展大背景下，作为江苏省的一分子，耿车镇要勇挑大梁，多做贡献，丰富产业类别，提高产业规模，推进健康发展。

按照这些思路和做法，陈茂辉带领耿车镇领导班子认真贯彻"创新、协调、绿色、开放、共享"的五大发展理念，大力实施乡村振兴战略，经济社会发展取得长足进步。在促进产业发展的同时，全镇始终坚持生态优先、绿

▶ 江苏省领导到耿车镇考察调研

色发展，持续推进产业转型升级，着力构建"舒心、暖心、安心"的幸福共同体，打造高质量发展、高品质生活、高效能治理和高标准服务的幸福美好家园，践行"绿水青山就是金山银山"理念，令耿车变为"绿海新村"的美梦成真。

2024年2月20日，耿车镇召开了高质量发展大会，对全年工作进行统筹部署。陈茂辉激情洋溢地指出，全镇上下要坚持"绿色发展"不动摇，深入践行"绿水青山就是金山银山"理念，学习运用"千万工程"，通过党建引领，做好做实重点工程，守稳守牢安全、环保、社会稳定三大底线，在发展中坚决保障和改善民生，奋力谱写"耿车蝶变"崭新篇章。

在陈茂辉的讲话中，耿车镇下一步发展方向也愈加明晰：

根本路径是"项目为王"。按照制定的《"1515"工程实施清单》，以追求精致和极致的态度完成重点项目，以项目推进环保意识落实，以项目促进社会经济发展，以项目满足人民群众期待，以项目凸显党的组织优势，确保在重点项目实施中，把"绿水青山就是金山银山"理念践行到位、把"千万工程"运用到位、把产业短板弥补到位、把目标考核完成到位。

坚决态度是"毫不松懈"。坚守安全生产底线，在安全生产监管体系建设完善上持续发力，重点做好涉粉尘企业、群租房、燃气安全、危化品使用、租赁厂房安全、既有建筑安全等"七大领域"的隐患排查整治工作。坚守环保底线，继续保持对"散乱污"的高压态势，狠抓大气污染、水环境污染等重点问题，不断拓宽环境问题排查的覆盖面并提高精准度，继续投入资金用于河道清淤、底泥修复、改善人居环境和推进垃圾分类，从源头处消除环境污染各类隐患。坚守社会稳定底线，夯实基础工作，充分用好镇村两级社会治理服务中心，完善信息收集、风险排查的一体化处置平台，激发网格化治理工作效能，深挖"八有"治理特色，深入实践社会治理"微机制"，系统总结社会治理"微经验"，努力打造城郊版"枫桥经验"实践品牌。

使命担当是"为民情怀"。坚决实现联系群众的力度只增不减，全面开展"大走访大调研"活动，形成党员干部走访调研常态机制，要求每位干部帮助群众完成2—3件民生小事，让"允诺"和"践诺"相结合，把党的关怀带下去，把群众诉求带回来，靠一言一行诠释公仆内涵，凭一举一动演绎公仆角色，借一下一回凝聚鱼水深情。坚决实现兜底保障特殊困难群体的力度只增不减，对于群众尤其是困难群体的保障帮扶工作，不等、不慢、不推，全面完成全镇"特殊困难群体帮扶保障机制"，不忽略在民政帮扶系统以外的实际困难人员，统筹镇财政资金，兜底兜牢生活保障。坚决实现稳定群众就业增收的力度只增不减，发挥地域优势，联系开发区、经开区企业，协调用工岗位。联合人力资源公司，开发"就业直通车"，让老百姓"出门就有工作"。有序推进基础设施短板提升工程，深入实施强村富民工程，招引土特产项目落户村居，有效解决大龄、残疾等弱势群体的就业问题，让发展成果实实在在地惠及更多群众。

核心灵魂是"党的领导"。面对风高浪急的外部环境和艰巨繁重的国内改革发展稳定任务，坚持党的领导是最根本保证。镇党委将坚持以习近平新时代中国特色社会主义思想为指导，深入贯彻落实习近平总书记对江苏工作重要讲话重要指示精神，在推动发展中不断践悟"绿水青山就是金山银山"理念的深刻内涵和"千万工程"的宝贵经验，让耿车发展之路越走越宽、越走越远。增强基层党组织政治功能和组织功能，深入实施党建引领乡村振兴、党建引领基层治理、党建引领产业发展的新路径，统筹推进机关、村（社区）、离退休干部、非公企业和社会组织等领域基层党建工作，为全面推进中国式现代化耿车新实践提供坚强组织保证，以更高的目标、更实的举措、更新的思路完善"两新"党组织制度体系和工作机制、突破村级集体经济发展瓶颈制约、强化党员干部教育管理，推进基层党建工作迈出跨越性步伐。

对于身处新时代的耿车人而言，对于致力书写蝶变新篇章的耿车镇来说，坚持党的领导，这一点在任何时候都不曾动摇。

时光流转，征程如歌。2024年3月，十四届全国人大二次会议在北京胜利召开，习近平总书记在参加江苏代表团审议时强调，要牢牢把握高质量发展这个首要任务，因地制宜发展新质生产力。对于耿车镇来说，这是新的要求和方向。

在现场聆听了习近平总书记重要讲话的宿迁市委主要领导在接受采访时说："站在新的起点，宿迁将坚持把深入学习贯彻此次习近平总书记参加江苏代表团审议时的重要讲话精神，作为当前和今后一个时期的重大政治任务，与习近平总书记历次对江苏工作重要讲话重要指示精神紧密结合起来，一体学习领悟、融会贯通理解，因地制宜发展新质生产力，全力以赴推动高质量发展，加快谱写'强富美高'新宿迁现代化建设新篇章。"壮志满怀的陈茂辉第一时间召开了专题会议，传达学习习近平总书记重要讲话精神，研究部署耿车镇发展新质生产力的具体举措，要求全体干部职工尤其是各村干部要找准全镇和各村优势，依托现有的科技型、创新型产业，加快技术性企业的培育和引进，加快发展新质生产力，为耿车镇高质量发展注入强劲动力。

以前，这里创造了后进地区发展乡镇企业的传奇，闻名遐迩的"耿车模式"响彻大江南北。但也因为过分追求经济利益，富了口袋，毁了生态。恰如一个人走得太远太快，却忘记了为什么要出发。

进入新时代，耿车人以刀刃向内的勇气，掀起自我革命的浪潮，仅用66天时间，以"彻底禁、禁彻底"的坚定，打赢了废旧物资回收加工综合整治的"人民战争"，开启了"耿车蝶变"的历史新进程。

迈入"十四五"，耿车镇以生态产业为笔，以人居环境为墨，以公共空间为纸，绘制了人与自然和谐共生的美丽画卷，走出了一条生态美、产业兴、百姓富的绿色蝶变之路，使曾令耿车人倍感光荣的"耿车模式"重焕新生。

推窗可见绿，出门能遇景，水里有鱼游，树上有鸟栖，已经成为耿车人的生活常态。耿车的"生态旧账"日渐清偿，"生态疮疤"逐步消失，"耿车味"销声匿迹，"耿车蓝"常驻此地。

这一路既跌宕起伏、波澜壮阔，这一路也精彩纷呈、风光无限。面对各级媒体和前来调研参观的团队，耿车镇的当家人、党委书记陈茂辉言语中流露出自豪："'耿车模式'是耿车镇的发家密码，我们引以为傲。这种模式始终在自我调整中成长，在自我更新中重塑，也在自我适应中升华，从'乡办、村办、户办、联户办'四轮齐转到如今的'产业、创业、生态、文化'新四轮齐转，从'集体经济、个体经济'双轨并进到现在的'生态文明建设、经济社会发展'新双轨并进，'耿车模式'不断给我们带来新的惊喜和力量。"

触碰当下，凝视远方，陈茂辉的目光愈加坚定。

奋进新征程，在习近平新时代中国特色社会主义思想指引下，耿车镇将认真贯彻党的二十大和二十届三中全会精神，按照"中国式现代化是人与自然和谐共生的现代化"的发展定位，继续深入践行五大新发展理念，走好"四化"同步发展基本路径，坚持"彰显特色优势"工作要求，树牢"生态优先、绿色发展"鲜明导向，做到锚定绿色生态一个方向，发扬改革创新一个特色，凝聚团结奋进一支队伍，补齐产业发展一处短板，站稳宿城发展第一方阵，为全区全市乃至全省的高质量发展多作贡献，做实"绿水青山就是金山银山"理念的生动实践地、"千万工程"经验的重要展示地，坚决走好生态优先、绿色发展的耿车之路，持续谱写精彩的"耿车蝶变"。

立足幅员辽阔的中国大地，若将视野投向更宽广的范畴，或可发现，"耿车蝶变"的意义是深刻而多元的。正如江苏省委研究室调研组在耿车镇驻点调研后所指出的那样："耿车蝶变"的意义，不仅仅体现为一个区域的环境改变、产业转型、模式嬗变，更体现为基层干部组织推动经济发展和社会治理工作的思想信念、根本立场、领导方式以及科学方法。而这，也赋予了"耿车蝶变"更庄严的内涵和更典型的意义。

有人感慨道，总感觉耿车人身上"有股劲儿"。当拨开了耿车砥砺前行中的历史烟尘，品味了耿车人逐梦路上的酸甜苦辣，便能真切感受到，这股劲，其实就是自强不息的心劲、敢试敢闯的拼劲、永不服输的韧劲和务实创新的干劲。它是耿车深层次的精神内核，不仅贯穿于过去，更存在于未来。

忆往昔，"耿车模式"，已华丽转身；望今朝，"耿车蝶变"，正行进路上。

后 记

2023年夏季，记得是在一次出差途中，老师章剑华先生和我谈起这个选题。从老师的言语中，我捕获到两个关键词："生态"与"耿车"。"生态"是耳熟能详的词，但"耿车"就相对陌生了。我立刻用手机查询，并从浩如烟海的资料中，对耿车有了粗略的第一印象。

9月下旬，当地领导邀请老师到耿车调研，我陪同前往，那是我首次到耿车。对于耿车的第一印象虽是城镇整洁、村庄优美，但实话说，彼时并没有特别的感想。毕竟，苏南的许多地区都是这样，斑斓里显出生机，美丽中透着恬静。而真正触动我的，是参观展馆时看到的几年前老照片，污水横流、垃圾遍野，空气中飘浮的尘埃将天空染成了灰蒙蒙的色彩。隔着时空，我似乎都能嗅到那股令人窒息的酸腐味。我很难想象，照片中的场景与我此刻驻足的地方竟是同一片土地。

有了对比，才有了视觉震撼；有了触动，才有了情感认同。我随之产生了好奇：这种天翻地覆的变化究竟是如何实现的？参观的过程中，我始终探寻着那份神奇的答案。虽然在座谈会和介绍中，听说了一些经验做法和事件经过，但那更多是逻辑层面的总结，总感觉缺少些感性的共鸣。

这份好奇，让我对耿车印象深刻，并保持着关注。

不久后，老师找我和宋显磊谈话，提出由我们来承担本次创作任务，并说明了这个题材的现实意义与时代价值。这让我意外，并带有一丝惊喜。我理解老师的良苦用心，通过创作实践培养徒弟是他一以贯之的带徒方式，这种方式也曾让我受益匪浅。对我们来说，这既是老师厚重的信任，更是一次宝贵的机会。

接受任务后，我们立刻投入到创作中。我们牢记老师"采访是创作之本"的叮嘱，尽可能详细地与亲历者交谈，尽可能丰富地获取第一手资料。采访中，客观困难不可避免地存在，比如南京市距离耿车镇约250公里，每次往返都需6个小时，且因工作在身，我们只得抽空前往，所以时间较为有限。为了充分利用并不充裕的时间，我们便马不停蹄地采访，有时一天要见六七位对象，再连夜整理谈话内容。虽节奏紧张，但我们从未因身体的疲劳而觉辛苦，相反，对创作保持着旺盛的热情。后来，机缘之中，耿车镇宣传委员倪李加入了创作队伍。他在当地工作多年，对情况较为熟悉，因此在推荐典型人物、联系采访对象、提供图文资料等方面为创作带来了很大的便利。

在前后五次奔赴耿车镇的采访中，我们见到了几十位不同时期、不同阶段的亲历者，从机关到企业，从干部到村民，从他们口中，我们回到了那段精彩纷呈的过往，听闻了许多惊心动魄的故事，在历史里游历，于现实中感叹。对关键人物，我们还进行多次采访，比如宿豫区委常委，宿迁高新区党工委副书记、管委会副主任徐光良，他曾任耿车镇党委书记，经历并参与了废塑整治和产业转型的完整过程，并代表镇党委接受了习近平总书记的接见和中共中央的表彰。因他平日工作较忙，故我们与他的几次碰面都是在晚饭时，边用餐边聊天，每次起码两个多小时。记得有一次，我们走出饭店已近深夜12点了，空旷的大街上拂掠着苏北的凉意，我们充实的心里却无比舒畅。还有当地不少领导干部，都在百忙之中接受了我们的采访，以及许多基层工作人员、企业员工和村民等，也均给予了密切配合，让我们收获颇丰。从那些炽热的语言和依旧滚烫的情感追述中，我们知晓了耿车镇的曲折历程，也读懂了耿车人的往事沧桑，感受到了当地干部群众的艰难抉择，更明白了生态文明建设的深远意义。最终，我们听到的和看见的鲜活事件和人物，连同心里涌起和激荡的深切感悟与心得，都通过文字，源源不断地注入作品中，以另一种方式流露了出来。

关于报告文学（纪实文学）的创作，老师曾在不同场合表达过这样的观点，被采写对象才是作品的"第一作者"，正是有他们的精彩事迹，我们才有了创作的意义和可能。我对此观点深有同感。习近平总书记说，中国人民是伟大的人民。耿车人以实际行动印证了总书记的感慨。我们在整理资料时感受到，在面临抉择的重大关头，在发展前进的关键路口，耿车人都会表现出"为大公、守大义、求大我"的优良品格，做出值得被颂扬、被记录的光荣选择，恰如其书写的"耿车模式"的时代辉煌和"耿车蝶变"的华美篇章。而这，我认为也正是作品的内核所在。

这部作品对我来说，还有着更为丰富的意义，它是我首次领衔创作的作品，压力如影随形。如何拿出高质量的书稿，不辜负老师的信任和江苏省生态环境厅的期待，更不辜负希冀通过这部作品了解耿车的读者，这种思考贯穿了创作的全过程。为了发挥好团队的力量，我与宋显磊、倪李或线上或实地，多次围绕书稿内容进行充分讨论，明确了各自承担的文稿内容。按照分工，倪李承担第一章至第三章的创作，宋显磊承担第五章至第八章的内容，我则承担剩余部分，并最后进行统稿。由于宋显磊和倪李之前并没有报告文学创作的经验，因此他们在创作之外又倾注了很多精力，边学习边写作、边讨论边修改。遇到把握不准处，我们及时沟通、互相交流好的想法和创意，并按老师和江苏省生态环境厅领导的要求积极调整优化。时光荏苒近一年，酸甜苦辣几百天，我们所有挑灯夜战的努力、所有激烈热切的争论、所有段落字句的探讨，都只为呈现出最优质的稿件。

我深知，一部作品的顺利出版，背后凝结着多方面的支持，正是集体的力量，才让这部作品得以顺利面世。在这过程中，江苏省生态环境厅主要领导高度关注，分管领导更是多次安排与我们直接沟通，听取创作进度汇报，江苏省环境保护宣传教育中心的同志们密切跟进，及时传达意见建议。宿迁市、宿城区和耿车镇很多领导干部也均为我们的采访提供了便利，江苏人民出版社的同志很早就介入出版过程，对封面设计、书稿样式进行了充分构思。为使作品更加直观生动，书中还引用了许多精美的照片，陆启辉、吴胜、朱江、徐江海等同志无私奉献了宝贵的图片资料，为书稿增色良多，以及许许多多为本书创作和出版提供帮助和支持的人们，无法一一列举。在此，我们一并致谢，深表感激。

特别要说明的是，老师在这部作品的创作出版中投注了极大精力，不管是主题立意的确定，还是创作方向的把握，不论是初稿的修改调整，还是成稿后的优化完善，也无论是书名的反复斟酌，还是章节标题的仔细推敲，老师都给予了大力支持和帮助，更亲自为本书题写书名、撰写序言。可以说，这部作品中凝聚着老师的亲切呵护与宝贵心血，感谢的同时，我们更多是无以言表的感动。

从 2019 年 4 月正式与章剑华先生结为师徒算起，我从事报告文学（纪实文学）的创作有五年多了。在不断的写作实践中，我对这种文体有了更深入的理解和体悟。我觉得创作本身就是学习的过程，只有对目标领域深入理解，才有可能写出有深度、有价值的作品。

就本书而言，在此之前，我对生态环境的认识只是停留在蓝天绿水的感性层面，很少去思索习近平总书记提出"绿水青山就是金山银山"的理性层面深意。通过"耿车蝶变"的鲜活案例，通过又见青绿的情感回归，我真正感受到了生态文明建设的长远意义和丰厚价值，也更加深刻了解了习近平生态文明思想的深邃含义和实践伟力。对于我来说，这无异于一次思想的升华。

通过这部作品的创作，我意识到，生态文明建设只有进行时，没有完成时。保护环境、爱护生态理应是全国人民乃至全人类的共同追求。作为"绿水青山就是金山银山"理念的实践受益者，耿车人民亲手书写了生态文明建设的区域范本。从这个角度看，如果依托这部作品，能使其他地区对生态文明建设路径有更深入的认识和更科学的规划，能够对当地深化产业转型升级、推进生态文明建设起到一定的参考或借鉴作用，我想，这便是最值得我们欣慰的事了。

孟 昱

2024 年 10 月